[挪] 奥斯娜·塞厄斯塔 著 孙文龙 译

两姐妹

ÅSNE SEIERSTAD

TWO SISTERS

Into the Syrian Jihad

中信出版集团 | 北京

图书在版编目（CIP）数据

两姐妹 /（挪）奥斯娜·塞厄斯塔著；孙文龙译
. -- 北京：中信出版社，2019.4（2019.9重印）
书名原文：Two Sisters
ISBN 978-7-5086-9582-2

I. ①两… II. ①奥… ②孙… III. ①纪实文学－挪威－现代 IV. ① I533.55

中国版本图书馆 CIP 数据核字（2018）第 228024 号

两姐妹

著　　者：[挪] 奥斯娜·塞厄斯塔
译　　者：孙文龙
出版发行：中信出版集团股份有限公司
（北京市朝阳区惠新东街甲 4 号富盛大厦 2 座　邮编　100029）
承 印 者：北京诚信伟业印刷有限公司

开　　本：880mm × 1230mm　1/32　　印　　张：17　　字　　数：408 千字
版　　次：2019 年 4 月第 1 版　　印　　次：2019 年 9 月第 2 次印刷
京权图字：01–2018–7217　　广告经营许可证：京朝工商广字第 8087 号
书　　号：ISBN 978–7–5086–9582–2
定　　价：58.00 元

服务热线：400–600–8099
投稿邮箱：author@citicpub.com

目 录

第一部

003 第一章 离家出走
029 第二章 面纱
053 第三章 无头苍蝇
063 第四章 越过边境

第二部

095 第五章 少年时光
105 第六章 新的使命
115 第七章 与魔鬼一起进餐
121 第八章 是的，我们热爱这片土地
135 第九章 穆斯林服饰
141 第十章 一切从心
155 第十一章 伊斯兰情人
169 第十二章 目标训练

187 第十三章 合法约会
193 第十四章 校规
205 第十五章 奇怪的鸟
215 第十六章 离别
221 第十七章 行骗
243 第十八章 十月革命

第三部

251 第十九章 死神之舞
293 第二十章 蓝图
313 第二十一章 回家
325 第二十二章 好男人
331 第二十三章 战利品
353 第二十四章 《赛克斯－皮科协定》的终结
369 第二十五章 争论

第四部

391 第二十六章 我一定要找到她们
403 第二十七章 新的一年，新的机会
413 第二十八章 拉卡的家庭主妇
427 第二十九章 挪威来的人

445　第三十章　如果你愿意，可以冲她们开枪
471　第三十一章　斋月

第五部

481　第三十二章　不同的生活
493　第三十三章　内心的声音
507　第三十四章　尾声

525　后　记

第一部

先知（穆罕默德）曾描述殉道者：

真主会让他们的灵魂进入绿翠鸟的身体里，让他们住进悬挂在全能的真主那宝座旁的灯笼里。他们在天堂里自由漫步，随意食用各种果实。真主看着他们，问他们是否还有其他需要。他们回答道：我们既已可以随意食用天堂的果实，早已别无所求。真主又问了他们一次。当真主第三次问时，他们答道：真主啊，我们希望您能把我们的灵魂送回我们的肉体，如此我们便可再一次为您献上生命。真主认定他们确实已别无所求，便让他们留在天堂。

——阿卜杜拉·伊本·马苏德

我们都将归于安拉。那么，就请让我们趁现在还活着，为能回到真主那里而努力奋斗吧。

——乌姆·胡达法·阿卡·阿扬

第一章　离家出走

房间中央放着一张双层床，床上铺着五颜六色的被褥，上铺有一个白色的铁制扶手，可以防止睡在上面的人滚落下来。这张双层床把整个房间分成了两部分，靠近房门的这一边有一张书桌、一把椅子和一个衣柜，另一边摆着一个抽屉柜，抽屉柜的旁边是一扇窗。透过这扇窗可以看到另一栋红砖结构的住宅楼，跟这栋一模一样。窗台很低，只要一抬腿就能跨过去，跳到外面的草地上。房间内的家具上贴满了便笺，便笺上面写着：床、窗、椅子、书桌、门。这些字词先用铅笔写好，然后又用蓝色的记号笔描了一遍，标准的书写体，字迹非常工整。抽屉柜上方的墙纸上也贴满了便笺，上面写着：大、小、高、矮、暖、冷。这些字词都是用阿拉伯语写的，尽管从几处字母混淆的地方可以看出，这是出自初学者之手，但书写这些字词的人态度还是非常认真的。这些字词的旁边都注有挪威语释义，拼写得很准确，不过都是用铅笔写的，颜色很淡，字迹也凌乱。

贴这些便笺的人是妹妹，也就是睡在上铺的那位。不单是姐妹俩房间里的物品上贴满了这种便笺，她们居住的公寓里的其他物品——台灯、沙发、窗帘、架子上也到处都是。她们的阿拉伯语课是从世俗的物品开始学起，最终的目的却是精神层面的：阅读《古兰经》，并弄懂其中蕴含的深意。因为《古兰经》是真主对先知穆罕默德的启示。

我。他。我们。我是。他是。我们是。真主至大。真主伟大。真主更伟大。指引我们走上正路。

那个10月的早晨，莱拉（Leila）比以往起得早一些。她穿着及地长裙，去厨房给妈妈帮忙。厨房与姐妹俩的房间紧挨着。她的母亲萨拉（Sara）是全家起得最早的一个。为了不吵醒丈夫萨迪克（Sadiq），萨拉总是偷偷溜下床，双脚小心翼翼地踩在地板上。直到床的另一边余温散尽，被窝变凉，萨迪克感到冷了，他才会起床。

萨拉站在餐桌旁，正在自顾自地想事情。看到莱拉进来，她吃了一惊，抬头看了看刚满16岁的女儿。莱拉长得很像她父亲：体形单薄，身材高挑、修长。

“我可以帮你叫弟弟们起床。”她说道。

“你今天不是有课吗？”母亲问道。

“是的，我只是觉得你可能需要人帮忙……”

“不需要，你把自己收拾好就行了。我自己能照顾好他们。”

与很早就开始帮忙做家务的大姐阿扬（Ayan）相比，莱拉很少主动帮忙。父亲经常说她：“这是公主才有的懒散呢！”

萨拉轻声唤醒6岁的伊萨克（Isaq）和11岁的贾布里勒（Jibril）。她给伊萨克穿好衣服，然后催着两个孩子快去厨房吃饭。

这时，萨迪克已经在炉灶旁忙活起来。他正在用少量的油慢炒洋葱粒，加上一些碾碎的蒜瓣，再倒一点儿油，然后撒点儿红辣椒粉、香料粉，最后加水。等到汤的颜色变深，他把头一天晚上准备好的豆子倒进锅里，用小火慢慢煮开，再用手动搅拌器把它们搅烂。接着，他把做好的浓汤倒进一个大盘子里，最后再滴上几滴橄榄油。

睡眼惺忪的伊萨克和贾布里勒一屁股坐到椅子上。他俩把面包撕成小块，在汤里蘸一蘸，然后塞进嘴巴里。和往常一样，伊萨克把食物弄得到处都是，贾布里勒则把面包吃得干干净净。

莱拉在餐桌旁走来走去，餐桌上早已放上了一壶加了豆蔻籽的红茶。

“你不坐下来吃吗？”她父亲问道。

“不了，我和阿扬正在斋戒。”莱拉答道。

萨迪克没有再问下去。斋戒期间，莱拉和正在洗漱的大姐阿扬都严格遵守戒律。伊斯兰教教义规定，女人在身上不洁的时候不能进行宗教仪式，因此两个姑娘想尽可能地把错过的那几天时间补上。先知穆罕默德在斋戒时曾说过，星期一和星期四是最适合斋戒的日子。今天就是星期四。

每年的斋月[①]对穆斯林来说是一次严酷的考验。今年的斋月是在公历7月，太阳在晚上10点后才落下，几个小时后便会再次升起。所

① 斋月是伊斯兰历的9月。斋月里，穆斯林要进行斋戒，从日出到日落期间不吃不喝。斋月的开始和结束都以新月牙的出现为准。由于看到月牙的时间不一致，不同的伊斯兰国家进入斋月的时间也不一样。同时，因为伊斯兰历每年约为355天，与公历相差10天左右，所以斋月在公历中没有固定的时间。——编者注

以，一天中禁食的时间非常长。现在正值都尔黑哲月[①]，姐妹俩又开始斋戒了，还增加了每天祷告的次数。都尔黑哲月是伊斯兰历中最神圣的月份，在此期间，一切善功所得的回报会比一年当中其他任何时候都多。

☙❧

这时候，伊斯梅尔（Ismael）腰间缠着一条浴巾走进了厨房。伊斯梅尔是家里的三兄弟之一，年龄介于阿扬和莱拉之间。他见阿扬刚从洗漱间出来，便准备去洗漱。他经常这样半裸着身体，大摇大摆地走，要是遇到姐妹俩，便会突然把身体向她们一歪，逗她们一下。“别这样！”每当此时，姐妹俩就会大声叫喊，“妈妈，他又来惹我们了！”

这三位少年——19岁的阿扬、18岁的伊斯梅尔和16岁的莱拉，志趣迥然不同。姐妹俩抱怨伊斯梅尔只知道健身，跟朋友瞎逛，还玩电子游戏。他经常不去清真寺，这一点她们也不是没有察觉，并因此为他感到羞耻。“你不是真正的穆斯林！”前一阵子阿扬还这样说了他，并催着妈妈把他撵出去。她无法跟一个不祷告的人住在同一个屋檐下。

“他只是一时糊涂！”妈妈替儿子辩解道。

“撵他出去！”

妈妈试图安抚阿扬，便说道：“等到了夏天，我会带他到哈尔格

① 都尔黑哲月是伊斯兰历的12月，意为“朝圣月”，是穆斯林去麦加朝圣的月份。——编者注

萨见一位酋长，请他为你弟弟祷告……”

以往听到这些说辞，阿扬总是会大声抗议，莱拉也会随声附和。然而，头天晚上，伊斯梅尔健完身回家后，莱拉却一下子冲过来，双臂搂着他的脖子。

“哦，伊斯梅尔！我都想你了！”

“啊？我不过才出去了几个小时而已……”

“你去哪儿了？”

“健身房。”

“锻炼得怎么样？”

“这个……我练了上身，胸和臂。”

姑娘们，你们是认真的吗？多年来，莱拉对伊斯梅尔一直非常反感，现在却突然一下子变得如此热情。

伊斯梅尔穿上牛仔裤和T恤，过来跟大家一起吃饭。他打开冰箱。冰箱门上贴着一张便笺，上面用阿拉伯语写着“冰箱”一词。在这张便笺旁边，姐妹俩还贴了一些从挪威伊斯兰文化中心学来的名言警句。一张绿色便笺的边缘已经有些破损，似乎有人曾尝试把它从冰箱上揭下来。这张便笺上这样写道：“安拉绝不在意你的财富和金钱，他看重的是你的心灵和行为。”一张紫色便笺上写着：“相信安拉和末日的人，请与你的邻居和睦相处，对宾客慷慨好施，与他人坦诚相待，要么就保持沉默。比如，克制自己，永远不说那些错误或不洁的言辞，不撒谎，不诽谤，不传谣。”

伊斯梅尔站在餐台前，往三片抹了番茄酱的全麦面包上放鲭鱼。这个18岁的年轻人特别注重体内蛋白质的摄入，他认为父母做饭放的油太多，烹煮食物的时间也太长，把食物炸得都太脆了。他喜欢纯净、健康而又简单的食品，不喜欢来自索马里的各种香料和调味品。

他来到餐桌旁，跟大家一起吃饭。坐下来时，他还开玩笑似的碰了一下两个弟弟。伊萨克冲他的胳膊打了一拳，贾布里勒扭了一下身子，喊着让他老实点儿。

“你让他俩好好吃饭吧。”萨拉说道。

天慢慢亮了起来，不过距离太阳升上东边那几栋公寓楼的屋顶还有一段时间。

萨迪克最近在休病假。他在可口可乐公司的仓库干活的时候，被一个坠落的板条箱砸伤了肩膀。挪威失业救济和社会保障署给他安排了一位理疗师，下周就要开始进行理疗。他的脑子里快速地想着很多事情，他已经好久没有跟住在索马里的母亲联系了，她有没有生病呢？今天晚些时候一定要给她打个电话。

这时，他听到两个女儿的房间里传来用力关衣柜门的声音，似乎还有拖动重东西的声音。今年春天，阿扬已经中学毕业，现在在一家为老年人提供私人服务的机构做钟点工。按照合同约定，阿扬要为老年人提供一些日常生活方面的帮助。今年是她上大学前的一个空档年。

阿扬拉着一个行李箱走出了卧室。

“你拿那东西干什么？”萨迪克问道。

“艾莎（Aisha）要借用一下，”阿扬回答说，“她要去旅行。”

姐妹俩和朋友经常互相借东西用。

艾莎的家距离他们家有几条街。姐妹俩有时候会让父亲开车送她们去那儿。有一次，在去艾莎家的路上，萨迪克问她们，她们来来回回拿着的那些塑料袋里都装着什么。她们解释说，艾莎家的洗衣机坏了，她们在帮她洗衣服。艾莎比阿扬年长几岁，丈夫离开后，艾莎便带着孩子回来跟母亲和几个姐妹住在一起。

阿扬拖着行李箱走过客厅，在大门口的一面镜子前停下，用一块希贾布[①]把一头卷发包了起来。

阿扬继承了母亲的特点：饱满的前额、圆润的脸颊、深陷的眼窝。她使劲收紧头巾，把头发全包了起来，然后用一件吉尔巴布[②]罩在外面，最后又加了一件宽松的外衣。这时候，门廊已经快挤满了。贾布里勒站在门口，正准备出门。伊萨克正在使劲把脚往一只鞋子里塞。

"你得把鞋带解开才行。"萨迪克对他说。

"我解不开。"伊萨克抱怨道。

同样的规则适用于生活中的每一件事，父亲对他说道："动动脑子，别总是用蛮力。"

小儿子伊萨克长得很像萨拉和阿扬，个子不高但很壮实。萨迪克俯下身子要把缠在一起的鞋带给他解开。

阿扬第一个出了门。"拜拜！"她边说边冲他们笑了笑。

房门在她身后"砰"的一声关上了。没有了阿扬和她的行李箱，门廊一下子空了很多。莱拉也跟姐姐一样，来到镜子前打扮了一番。戴好头巾后，她背着书包仍站在门口。

---

① 希贾布，指穆斯林妇女戴的面纱或头巾，也指穆斯林风格的服装。——编者注

② 吉尔巴布，是穆斯林妇女穿的罩袍。——编者注

“不用我开车带着你吗？”父亲问道。此时，萨迪克仍在卖力地给伊萨克解鞋带。

虽然学校离家不远，但当和弟弟们上课时间一致时，莱拉通常都会跟他们一起坐车上学。

“不用了，谢谢。”她回答道。

父亲不解地抬头看了看她。

“我需要减减肥，多锻炼锻炼。”她解释说。

“你？你身上哪有一点儿肉！瘦得跟木棍似的！”萨拉翻了个白眼说道。

莱拉微微笑了笑，跟父亲和母亲都拥抱了一下。

“我爱你，爸爸。”她趴在父亲的耳边小声说道。“我爱你，妈妈。”她小声对妈妈说道。

这两句话用的都是索马里语。他们几个跟母亲总是讲索马里语，跟父亲则更常用挪威语。

“咱俩一起走吧？”伊斯梅尔问道。

他俩都在鲁德中学上学。莱拉刚上一年级，学的是卫生和社会课程。伊斯梅尔已经上三年级了，学的是电子课程。他们早上很少一起上学，不过，鉴于头一天晚上莱拉突然变回了“从前的样子”，如果他们不像小时候那样结伴而行的话，就显得有点儿说不过去了。

“不了，我得……”

伊斯梅尔没有听清她说的是什么，莱拉已经背着帆布包消失在大门口了。

其他人最终也都收拾妥当。年龄较小的两个男孩跑到了台阶上。贾布里勒走在前面，伊萨克跟在后面。这些呈阶梯状分布的公寓楼建在一道斜坡上。要想走出他们住的大楼，他们得登上三级台阶。

科尔索斯山的山脊笼罩着一层晨雾，像一堵黑色的墙矗立在这片住宅区的后面。萨迪克打开车门，两个孩子开始争抢前排的座位。

“好了，好了，好了，”萨迪克责备道，“上次是怎么坐的？上次贾布里勒坐在前排，这次轮到伊萨克了。”

车子启动后，萨迪克很快把它从停车场开了出来，还是那么急，速度也跟以前一样快。

到了布琳小学后，读六年级的贾布里勒希望父亲快点儿离开。这么大了还要父亲送，让同学们看到是一件很尴尬的事。而两个月前刚上小学的伊萨克却要让父亲送他进校门。

上课铃响后，萨迪克开车回家，准备接萨拉去看医生。最近，萨拉的头、脖子、手指、腰、双腿和双脚一直疼，她还总是感到疲倦，浑身没劲，怕冷，还爱出汗。不知道有没有治疗的办法，也许补点铁能管用？钙？维生素 D？她一直在吃鱼肝油胶囊，不过没什么效果。“我需要的是热骆驼奶，”她经常这样说，“骆驼奶能止我身上的痛。”对她来说，她所居住的这个国家，在这段时间里，阳光根本不能温暖她的身体，这个国家不适合她。

他俩开车来到当地的购物中心，找到一个可以免费停车三个小时的车位，把车停下，然后步行前往贝鲁姆诊所。这一家人来到挪威后便在贝鲁姆安顿下来了，贝鲁姆位于奥斯陆西南部，距离奥斯陆约 9 英里[①]。到了诊所，他们的家庭医生让萨迪克描述一下妻子的症状，然后又问了几个问题，给她检查了一下，最终得出了结论：她现在需要

---

① 1 英里 ≈1.61 千米。——编者注

的不是药片，而是改变生活方式。萨拉需要加强锻炼，多走一走，此外还需要减掉一部分体重。

离开诊所后，萨迪克开车和妻子一起回家。像平时一样，萨拉一回到家就躺下来休息。

两个小儿子下午一点半就放学了。莱拉到家的时间通常要比他俩晚一点儿。到家后，莱拉会先摘下头巾，脱下及地罩袍，然后洗漱、祷告，吃点儿东西，之后便回她和阿扬的房间。回到房间后，她会打开电脑做功课，或者听听布道课和《古兰经》吟诵。这两个女孩总是待在自己的房间里。如果有人想要进她们的房间，她们就会生气地大喊："别进来！"

其他的母亲会为女儿交男朋友或者衣着不得体的事情而烦心，萨拉却没有这方面的烦恼。两个女儿对她向来是言听计从。萨拉曾在朋友面前夸耀，女儿们做什么事都会征得她同意，哪怕是去邻居家串门儿。她们没有过多地接受挪威人的生活方式，这一点也让她感到很欣慰。相对而言，需要她操心的是伊斯梅尔。她感觉伊斯梅尔正离索马里人的生活方式渐行渐远，有被挪威人同化的危险。

时钟的指针已经转过了三点。由于之前答应辅导两个弟弟做家庭作业，伊斯梅尔放学后就回家了。两个弟弟落下了不少课程，兄弟三人围着餐桌坐成一圈。莱拉还没有到家，真让人感到奇怪。

萨拉试着给她打个电话，但莱拉的电话关机了，阿扬也联系不上。也许这两个孩子今天下午有什么安排，具体情况她并不知情。

过了一会儿，她又开始给她们打电话。先打给莱拉，再打给阿扬，最后打给了萨迪克。他们三人都没有接电话。她又让伊斯梅尔给他们发短信。肯定出什么事了，不然莱拉怎么这么晚还不回家呢？

萨拉开始往最糟糕的方面想，也许有人袭击了她的女儿？她知道有一些挪威人不喜欢深肤色的人或穆斯林。而且，莱拉曾说过，她曾经遭到一群男孩骚扰。

阿扬的电话终于打通了。

“你在哪儿？”她的母亲大声喊道，“我很担心莱拉，她到现在还没有回家。”

“别担心，莱拉跟我在一起。”阿扬回答道。

“哦，”萨拉长舒了一口气，“那就好。”

只要她俩在一起，就不会有什么事了。萨拉从冰箱里拿出几块羊羔肉，然后往饭锅里加上水，准备给一家人蒸米饭。

此时，萨迪克正坐在位于贝鲁姆市中心区桑维卡的图书馆里看《科学画报》(*Science Illustrated*)。他的肩膀还是疼，看来还要过段时间才能回可口可乐公司上班。他想再找一份工作。萨迪克曾经想做一名工程师，并且到奥斯陆的一所夜校学习，想获得工程师资格，但后来他还是放弃了。

他非常喜欢这个图书馆，几乎每天都来。他来到图书馆后的第一件事，就是从架子上取下自己最喜欢的杂志，认真看一遍，然后再上会儿网。

萨迪克走出图书馆，准备抽根烟，这时候他才发现有好几个未接电话。

“两个女儿还在外面办事，”妻子萨拉对他说，“你能给她们打个电话，然后开车去接她们吗？接到后你们一起回家吃饭。”

他拨了阿扬的号码，然后又给莱拉打过去。她俩也许在附近的那个清真寺，或者在艾莎家。莱拉的电话关机了，阿扬的电话没人接。她们会不会去了奥斯陆的陶菲克清真寺？

他返回图书馆，跟一个朋友聊了会儿。大约下午5点的时候，他起身回家。在门廊脱下鞋子后，萨迪克直接朝客厅的沙发走去。在等晚饭做好的这段时间，他需要躺下来休息一下。

那套黑色的人造皮革沙发摆在电视机的对面。沙发背后的墙上挂着一幅麦加城的图片。墙角靠近阳台的地方铺着几块地毯，上面放着一台旧的健身器材。除此之外，整个客厅里空空荡荡，只有为数不多的几件索马里式样的家具。

萨拉让他再给两个女儿打电话。

“她们跑哪儿去了？我没工夫打电话！”他大声喊道。

6点刚过不久，阿扬回了电话。

“冷静点儿，爸爸。”她说道。她停了一下，好像是在给萨迪克一点儿时间冷静下来，然后接着说：“爸爸，你坐下。”她的声音有点儿嘶哑，“我和莱拉给你发了一封邮件，看看吧”。

说完，她便挂了电话。

萨迪克从背包里拿出笔记本电脑，戴上眼镜，然后打开邮箱。里面有一封未读邮件，收件时间是2013年10月17日17点49分。

“愿和平、真主的怜悯和祝福赐予你们，我们的爸爸妈妈。”这句话是用索马里语写的，后面的内容则是用挪威语。

我们非常非常爱你们，你们给予了我们生命中的全部。我们对这一切非常感激。

萨迪克接着往下读。

请原谅我们给你们造成的痛苦。我们非常非常爱你们，愿意为你们付出一切，绝不会故意伤害你们。同样，我们愿为真主做任何事，并因遵守他的规则、法律和命令而被赋予的一切感谢他，这才是公平的、恰当的。

穆斯林现在正面临四面楚歌的境地，我们需要做点儿什么才行。我们非常希望能够去帮助穆斯林，我们唯一能做到的就是跟他们在一起，与他们同甘共苦，仅仅坐在家里给他们捐点儿钱是远远不够的。正因如此，我们决定前往叙利亚，尽我们所能去帮助那里的人。我们知道这听起来有点儿荒唐，但这是真理，我们必须这样做。我们害怕安拉在末日审判时给我们的判词。

萨迪克脑袋里的血似乎一下子被抽干了，眼前一片漆黑，浑身一丝力气也没有了。他接着往下读，四周的气氛越来越凝重。这一定是个玩笑，是她们在跟他闹着玩儿。

爸爸，你要知道，不仅男人要承担宗教责任，女人和其他所有有生活能力的人都应承担。

萨迪克快速浏览了剩下的内容，试图为这些乱七八糟的东西找一个解释。他知道“宗教责任”这个词的意思。它指的是每个信仰伊斯兰教的人都应当履行的义务，比如祈祷、斋戒、施天课[①]和去麦加朝圣。

现在我们出发了。如果安拉保佑，我们很快就会到达目的地。请不要生我们的气，没有以一种恰当的方式跟你和妈妈告别，我们心里非常非常难受。看在真主的分儿上，请原谅我们。我们之所以做出这样的决定，既是为了我们伊斯兰世界，也是为了我们全家。这一点你现在可能一下子理解不了，但如蒙真主垂怜，这个决定将在末日审判时对我们大家有所帮助。

我们非常非常爱你们，希望你们不要跟我们断绝关系。如蒙真主眷顾，到了酒店后我们会给你发短信，这样你就可以给我们打电话了。

在这里，我们要再次告诉你们，我们全身心地爱着你们。很遗憾用这种方式跟你们道别。我们已经欠你们太多太多，但现在不得不再求你们一件事：为了我们和家人的安全，不要让外人知道我们离开的事，切记切记。看在真主的分儿上，希望你们能尽量理解我们的行为。

一切赞颂，全归真主，全世界的主。阿扬与莱拉

① 施天课，伊斯兰教五大宗教信条之一。伊斯兰教教义规定，凡有合法收入的穆斯林家庭，每年都须抽取一定的家庭收入用于赈济穷人或帮助其他需要救助的人。——编者注

萨迪克用双手捂住了脸。

“邮件里说了什么？”萨拉斜靠在丈夫的肩膀上，看了看屏幕，又看了看自己的丈夫。

“伊斯梅尔，赶快过来！”萨迪克大声喊道。

伊斯梅尔正待在房间里，听到父亲的声音不同以往，他怀疑自己是不是做错了什么事情。

“大声读读这个。”看到儿子走进房间，他说道。

只读了几行，伊斯梅尔的声音便开始颤抖起来。

“什么？什么？”萨拉大声叫道。伊斯梅尔先用挪威语读，然后再用索马里语翻译给母亲听。

“……我们决定前往叙利亚……”他读道。

“真主啊，救救我吧！”萨拉大哭起来，身体瘫软到地板上。

萨迪克本想搀她起来，不料自己也摔倒在地板上。他坐在地上，双手抱着妻子，不断晃动着她的身体。

“我不相信这是真的，”他嘴里嘟哝着说，“这不可能。”

两个小儿子睁大眼睛盯着他们。伊萨克慢慢爬到父母身边。

“爸爸，她们去哪儿了？”贾布里勒问道。

“我也不知道。”萨迪克回答说。

他试图把这些乱糟糟的东西理清楚。她们不应该就这样说走就走，事先一点儿征兆都没有，不，他绝不相信。这件事有三种可能：一是她俩在开玩笑，二是这封邮件是别人写的，三是他没能正确理解邮件的内容。

21点54分，警察指挥中心登记了一个报警电话。报警人称，他"收到了两个女儿发来的一封电子邮件，说她俩要去叙利亚参加'圣战'"。

萨迪克恳求警察追踪女儿们的手机，找到她们的落脚点。

"一定是有人绑架了她们！"萨拉大声嚷道。

萨迪克不停地给她们打电话。这两个孩子不可能走远！终于，他听到了电话那头的按键声。

"爸爸……"

他打断了女儿的话，清了清嗓子，尽量使自己平静下来。

"阿扬，待在原地别动。不管你们在哪儿，待在那儿。我马上过去。我去把车子加满油，求你了，不管你们在哪儿，待在那儿别走……"

"爸爸，你听我说……"

"我马上来接你们，我马上去开车，你们在哪儿？"

"在瑞典。"

"等着我。我开车去，不，坐飞机去，我坐飞机去！"

"别这样，爸爸。"

"好好想想，你们都好好想想，我们需要谈谈。你们跟谁在一起？"

电话挂断了。等萨迪克再打过去，提示音告诉他，他拨打的电话不在服务区。

他再次拨通了警察指挥中心的电话。接线员记录的两个女孩的位置是在"瑞典的某个旅馆"。

这时候，待在自己房间里的伊斯梅尔突然大喊一声，接着来到客厅，用手指着自己的笔记本电脑。

“阿扬在线上，她在脸谱网（Facebook）上。”

萨迪克看到了一个他认识的名字，那是他女儿的中名：法蒂玛·阿卜杜拉（Fatima Abdullah）。

他坐下来给她发信息：“我的孩子，告诉我你们在哪儿，我马上过去找你们，要么就接我的电话。你俩正在给全家人制造大麻烦，不要把事情弄得更糟了。亲爱的孩子，我的孩子，求你了。我的孩子，回答我。”

萨迪克就坐在那里，眼睛盯着屏幕。阿扬的语气非常坚决，一副义无反顾的样子。她们一定要去叙利亚，去帮助那里的人。帮助他们是她们的责任。

萨迪克给警察打电话时的那种果断已经不见了。

萨拉正在电话里跟一个朋友说这件事。

“哦，可怜的人啊，”她的朋友说道，“我听说有几个英国人也去了叙利亚……”

厨房里传来一股煳味。饭锅里蒸的米饭煳了。

伊萨克似乎成了父亲的跟屁虫，像个小动物一样缠在爸爸身上，萨迪克让他到一边去玩儿。贾布里勒神情紧张，小心翼翼地站在他俩身边。

平常这个时间，阿扬会照顾两个弟弟上床，然后给他们读《古兰经》，给他们讲穆罕默德的事迹或者过去的事情。

那天晚上，两个弟弟只能自己上床睡觉，睡前再也没有那位先知的祝福。

晚上 10 点 47 分，法蒂玛·阿卜杜拉·阿卡·阿扬回复了。她用的是脸谱网的聊天客户端。

“爸爸，你们都别那么紧张。大家都冷静下来，好好想一想，这样我们再谈会比较好。”

“好吧，现在跟我说说吧。”她的父亲回答道。

“我们明天再说不行吗？”阿扬提议道，“看在我们是你女儿的分儿上，不管怎样，不要告诉其他人。”

“我的孩子，你已经足够大了，不能让别人洗脑了。我相信你还是以前那个听爸爸话的小阿扬。你妈妈现在都昏过去了。家里到处都是警察，儿童福利会的人也来了。”

“你为什么要报警？我跟你说过不要跟别人说！”

“我的孩子，你们就没有一个人能事先跟我说一下这事儿吗？”

“说了你绝不会同意让我们去的。”

“阿扬，阿扬，阿扬，如果你真的信仰真主，请你敬畏他。在没有男性监护人陪同的情况下，你们不可以远行。告诉我哪个酋长同意你们这样做，让他说个道理给我听听。如果找不到你们，我会发疯的。”

“爸爸，放松点儿！我会送本书给你看。”

“我的女儿啊，我们不会原谅你们所做的一切，现在不会，以后也永远不会。你们也不会为此而受到真主的奖赏。”

“爸爸，不要说这些会让你自己后悔的话。大家都累了，我们也累得够呛，明天再聊好吗？”

"'天堂就在母亲的脚下。'这是《圣训》里的话，我的孩子，这是先知说的。你们的母亲现在躺在医院里昏迷不醒，你们怎么能够成功呢？你们寻求的真主的奖赏从何而来？我的孩子，不要去做那些会让自己下地狱的事。"

"你们还有两个幼小的孩子需要照顾，看在他们的分儿上，坚强起来。我俩很安全，会照顾好自己的。"阿扬向萨迪克保证道。

"不要再这么幼稚了！"萨迪克继续在电脑上敲字，再一次告诉她"天堂就在母亲的脚下"。"这一点你们忘记了吗？"他问大女儿阿扬。

"天堂是安拉的恩惠。"阿扬回答道。随后她便下线了。

伊斯梅尔的色拉布（Snapchat，"阅后即焚"照片分享软件）上收到了一张照片：一块装在盘子里的大牛排，洁白的桌布，精美的餐具。

"在欧洲的最后一餐！"照片下方写着，几秒钟后，照片便消失了。

信息是从 Viber（跨平台网络电话及即时通信软件）上发来的。伊斯梅尔点击了一下收到的信息。他姐姐阿扬不知道的是，如果不事先设置的话，这个信息软件会自动显示发信人所处的位置。

土耳其，亚达那省，塞伊汗市。他又点击了一下，屏幕上出现了一幅地图，还有一个小蓝点。他把地图放大，屏幕上显现了一个十字路口，还有几条街道。

“他们在土耳其！”伊斯梅尔从房间里冲出来，指着那个小蓝点给父母看。“我能准确地看到她们的位置！快给警察打电话，让他们联系土耳其警方，那边的警察可以到餐厅抓住她们。她们现在正在餐厅吃饭！”

萨迪克打通了警察局的电话，把女儿无意间泄露的信息告诉了警方。这时已经到了晚上 11 点。

“我们现在情况非常紧急，需要你们马上援助我们。趁现在还不太晚，请找到她们！”萨迪克催促道。

警察指挥中心记下了他说的信息，然后传送到挪威警察安全局在当地的分部。

信息以电子邮件的方式传送过去，然后就静静地待在邮箱里，整晚都没有人查看。与此同时，两个女孩就待在亚达那，在用她们自己的护照和真实姓名登记的宾馆里呼呼大睡。

晚上 11 点半，萨迪克的笔记本电脑提醒他收到了一封电子邮件，是阿扬发来的。没有问候语，也没有“亲爱的爸爸妈妈”之类的称呼，内容直奔主题。

把整本书都好好读读，弄清楚作者是谁，然后再给我回复。这件事我俩思考策划了一整年，我们绝不是一时冲动才这么做。你忠诚的阿扬。

萨迪克打开邮箱的附件，里面是一本电子书。

书的开篇引用了穆罕默德的话："……那些在安拉的大道上死去的人，他们的事迹将永存。"

萨迪克坐在原地，继续读下去。伊斯梅尔关上自己的房门，躺在床上，手里握着手机，眼睛盯着天花板。一切都显得那么不真实。他登录脸谱网，不断点击，脑子也飞快地思索着。突然，他看到法蒂玛·阿卜杜拉又上线了。

"阿扬，我是伊斯梅尔，"他开始打字，"我知道你们已经离开了。你们准备到那边干什么？我是说，你们真正要做的是什么？你们什么时候能到叙利亚？"

他的大姐马上回复了他："我先问你，家里的情况现在怎么样了？警察还在吗？儿童福利会的人还在吗？"

"不在了，都走了。"

"感谢真主！妈妈醒过来了没有？"

"她一直在哭，很伤心。说说你们的情况。"

"嗯，我们准备去做需要我们做的事。"

"具体是做什么呢？"

"什么都做，给病人送水，到难民营帮忙。"

"妈妈以为你们是要去跟别人结婚，跟参加'圣战'的人结婚来满足他们。哈哈哈。妈妈担心你们被人强奸。"

"真主不允许。你知道，我们不是那样的人。"

"现在我不太确定了。"

"你以为我们是什么人，荡妇吗？"

"我不知道。"伊斯梅尔在这句话的后面加了一个哭泣的表情符号。“我还一直觉得你更信任我呢。你走之前至少应该跟我说一下。”

“你会拦着不让我们去！”他的姐姐写道，“告诉妈妈，我们深感抱歉，让大家担心了。不过，跟任何人相比，安拉都是第一位的。”

“她都气得昏过去了。”

“她没有昏过去。”

“她不停地哭，话都快说不出来了。你说这是什么状况？”

“如果她在哭的话，那就说明她没有昏过去。不要给我说这些鬼话。”

“嗯，我有点儿夸张了。我可以给你发一段她的视频。”

“不要。”

“你从哪里弄的钱？”

“上班挣的。”

“你带了多少钱？”

“钱足够了。不管怎样，让爸爸把我发给他的那本书好好读读。”

说完她把手机递给了妹妹。

“伊斯梅尔，亲爱的伊斯梅尔，我是莱拉。这个世界上我最爱的就是妈妈了。但是，一想到安拉和先知穆罕默德，我就害怕安拉在审判日对我的审判。我知道我今世伤害了很多人，但此时此刻我考虑的并非今世。我这么做是因为我深爱着爸爸妈妈，深爱着全家人。我这么做不仅仅是为了我自己的后世，也是为了你们的后世。我不是个称职的女儿，我没有给父母他们想要的东西，但这是我弥补他们的机会，可以帮助他们获得后世的幸福。请你尽量理解。如果你有机会在审判日帮助你的父母，那么，即便是在今世伤害了他们，只要这么做能够让他们升入天园，你也会像我一样尽全力抓住这个机会，对吗？”

信息是一行一行发过来的。莱拉写完一行就发过来一行。伊斯梅尔熟知伊斯兰教教义，明白妹妹说的意思。“今世”就是指人在世间的生活，“后世”则是指人死之后的生活，“天园”指的是天堂乐园。

“你们会回来吗？我是说，以后？”伊斯梅尔躺在床上写道。

“我们也不确定，不过我们没这个打算。”莱拉回答说。

“这么说我们永远也不可能再见面了？”伊斯梅尔发给她一个哭泣的表情符号。

“别这么想，我们还有网络电话呢，哈哈。”

“在现实生活中呢？”

“谁知道呢。”

伊斯梅尔发了一个失望的表情符号，接着说：“嗯，好吧。”

“你怎么样？”他的小妹问道。

“感觉不可思议。我不知道。难过。”

“别难过了，我们又没有死掉，一切都很好呢。乐观点儿，想点儿开心的事。还记得春天时的事吗？你曾说我胆子小，永远不会做出格的事。”

“记得。你赢了，那现在你可以回家了吗？”

看到莱拉没有马上做出回答，伊斯梅尔快速加了一句：“哈哈，开玩笑的。只要你自己觉得对，就去做吧。”

“我会的。”

“我够酷吧。”伊斯梅尔回答道。

“晚安。”

莱拉发来一个笑脸和一颗红心符号。

随后她便下线了。

伊斯梅尔拿着手机躺在床上，眼泪顺着脸颊慢慢流了下来。

客厅里，萨迪克一边读着女儿发来的电子书，一边不时查看手机和脸谱网，等待两个女儿给他发信息或打电话。

这本书的作者阿卜杜拉·阿扎姆是现代“圣战”的发起者。20 世纪 80 年代初，他在沙特阿拉伯传教时结识了奥萨马·本·拉登。他曾促使沙特阿拉伯商界出资援助那些在阿富汗抵抗苏联军队的“圣战者”。至此，他与本·拉登的友谊更深了一层。他还制定了一条伊斯兰律令，规定了什么是“圣战者”的个人宗教责任，什么是“圣战者”的集体宗教责任。

“相对于奔赴战场参加‘圣战’而言，坐在家里祷告不过是小孩子的把戏。”阿扎姆如此轻蔑地描述道，“当你们的脸上流下泪水时，我们的胸口淌下的是鲜血。你们在拿自己的信仰当儿戏，当你们在做礼拜时，‘圣战者’在献出自己的鲜血和生命。”

这名巴勒斯坦学者写道，如果穆斯林的土地，哪怕是巴掌那么大的土地，受到了侵犯，那么“孩子可以不经父母的允许赶赴战场，妻子也可以不经丈夫的允许参加‘圣战’”。

这正是两个女儿希望萨迪克从这本书里看到的东西：她们可以选择不经父亲的允许就离开。萨迪克关上了文件。

“圣战”。

殉道。

“把整本书都好好读读……然后再给我回复。”最让他伤心的是女儿说的，“这件事我俩思考策划了一整年。”

萨迪克一整夜都没合眼。

他感觉天都要塌下来了。

第二章　面纱

新的一天开始了。

伊斯梅尔一睁开眼，马上把 Viber、脸谱网和瓦次普（WhatsApp，跨平台即时通信应用程序）逐个检查了一遍。什么都没有。

“阿扬，莱拉，你们还活着吗？”他接着昨天晚上的聊天记录写道。

萨拉还在不停地哭：“肯定是有人把她们骗走的！”

“她们被洗脑了。”萨迪克说道。

伊斯梅尔现在虽然不像昨天晚上那样浑身发抖，但内心依然余悸未消，就好像在毫无防备的情况下被人打了一拳一样。他恨自己没有注意到这件事发生前的各种迹象。她们在视频分享网站优兔（YouTube）上听传教士布道，她们因为他不去清真寺而恼怒不已，还经常指责他，她们对异教徒深恶痛绝。

“不要用这个词！”父母曾阻止她们，“这样说很不尊重你们的兄弟。”

两个女儿收敛了一段时间，但她俩对异教徒的鄙视依然如初。在她们看来，如果自己身边的人变得越来越肮脏，那么自身也会变得不再纯洁。

莱拉经常提到末日审判，在那一天，只有真正的信徒才能免受真主的惩罚。她曾说，今世的生活只是一种考验，真正的生活是在后世、在天堂里。但只有听从真主教诲的人才能上天堂，然后就可以在那长满各种各样美味的水果的花园里、在流淌着牛奶的河流旁居住，得到你想拥有的一切，享受美满、幸福的生活。你的心情将会变得愉悦、纯净，不再有恼怒、悲伤、痛苦或者遗憾。你拥有的只有和谐、幸福和快乐。你将会在地上铺满钻石、四壁贴满黄金的房子里漫步，天使在四周歌唱，你每时每刻都会感受到真主的存在。

当伊斯梅尔对这一切表示质疑时，莱拉变得非常生气。

“那么，你认为人死之后会是怎样的？”她问道。

“我觉得人死之后，被埋掉，然后……就没有了。”

“不，”莱拉纠正道，“人死之后，要么升天堂，要么下地狱。伊斯梅尔，相信我，现在还不是太晚。让我来帮助你吧，我会告诉你什么是正道。”

她指出，质疑真主的教义是一种亵渎神明的表现，质疑真主者应该得到的惩罚就是死亡。

伊斯梅尔把昨天晚上莱拉发给他的那一大段话又重新读了一遍。她已经说了，相对于身边人而言，在审判日那天能答出真主的问题更加重要。“我不是个称职的女儿，我没有给父母他们想要的东西，但这是我弥补他们的机会，可以帮助他们获得后世的幸福。”参加“圣战”，她便可以把父母从地狱中解救出来。因为殉道者可以选择 70 个家人与他一起升入天堂。莱拉认为她是为了父母而牺牲自己。

ꕥ

那天上午晚些时候，萨迪克接到警察安全局在本区的分部打来的电话。那封告知警察两个女儿在土耳其的邮件终于被他们看到了。打电话的警察问了几个与两个女儿相关的问题，如她们常去哪些地方，都认识些什么人，萨迪克夫妇是否能想起某个知情人，他们是否还有其他的线索等。

警察指出，如果想让警方发布寻人通告，他们首先要向警方报两个女儿失踪。

萨迪克放下电话。两个小儿子来到客厅。那天早上萨拉没有喊他们起床，萨迪克也不需要费劲给伊萨克系鞋带，他俩也不用为谁该坐在车的前排而争吵了，因为谁都没有精力送他们去上学。

“她们离开是不是不对？”伊萨克问道。

“是的。”萨迪克回答说。

两个孩子看了看他，然后坐下来开始玩电脑游戏。

谁有可能知道一些内情呢？谁会事先知道此事呢？萨迪克试图找出一点线索、一丝痕迹，什么都行。他一晚上绞尽脑汁，试图想明白这到底是怎么回事。直到天快亮了，他也没想出来在过去的几年里，两个女儿都做了什么，跟什么人接触过。有几次，他曾开车送她们去位于奥斯陆市中心的陶菲克清真寺，那是挪威最大的由索马里人建造的清真寺。他只记得她们是从女士专用通道进去的，仅此而已。他还开车带她们参加过几次由伊斯兰讯息网组织的聚会，此外还去过一次桑维卡那里的清真寺。她们到那里是去见什么人呢？是那个讲授《古兰经》的经师怂恿她们去的吗？以前在毛里塔尼亚的时候，那个经师不就是一个“圣战者”吗？具体情况萨迪克记不太清了，也许他把这个经师跟别人搞混了。现在他意识到，自己一直以来太大意了。他得去这几个清真寺查个明白。他得去问问艾莎，看她是否知情。阿扬不是说艾莎要借用她的行李箱吗？他得挨个去这些地方查一查。

不过，他没有立刻动身，而是继续思考。

每当谈起两个女儿，萨迪克夫妇都得意扬扬，甚至引以为豪。他还记得女儿们第一次要晚上出去参加聚会的事。“晚上 8 点开始。”女儿们说道。当得知她们是要去清真寺参加聚会时，他和萨拉哈哈大笑起来。星期五晚上去城里可不是什么好主意，不过萨迪克还是送她们去了。她们在过去的一年里见过哪些人，他一个也想不起来。

她们出走的前一天，阿扬还让萨迪克帮忙办了几件事。

“你能开车带我出去一下吗？”她问道。“当然可以。”目前萨迪克正在休假，整天都没有什么事。女儿找他帮忙，他其实非常高兴。最近，阿扬一直对父亲敬而远之，避免与他接触，几乎不跟他说话。这让他很烦心，因为阿扬是几个孩子中最像他的。他经常弄不懂莱拉的想法，而阿扬却跟他志趣相投，喜欢跟他讨论问题，也喜欢思考事情。以前，她凡事都要征求父亲的意见，不过随着时间的推移，阿扬开始有自己的想法，他们之间开始有争执，最后连基本的交流都没有了。

那天，阿扬想去位于奥斯陆的拉比塔清真寺旁边的几家商店。她说艾莎准备出去旅行，需要她帮忙买点东西。他没有接着问什么，女儿愿意让他陪在身边，他已经很高兴了。

路上大部分时间里，他们都没有说话。他本来想找个话题跟女儿聊聊，但空气中似乎有什么东西将两人隔离开来。到了市中心后，他去了购物中心旁边的一家咖啡厅，阿扬则一个人去买东西。

现在萨迪克才明白过来。那天他开车带阿扬出去，阿扬其实是去采购姐妹俩出行所需的各种物品了。这一切一定是阿扬策划的。她们有什么事都是阿扬说了算，萨迪克曾称她为家里的“副指挥”——地位仅次于萨拉。

他们俩拎着大包小包回到家里后，阿扬抱了抱他，然后说了一句：“非常感谢你，爸爸！”

“她们用拥抱迷惑了我。”萨迪克想，女儿们用自己对她们的爱掩盖了真相。

那天晚上晚些时候，阿扬从自己的房间出来，向他借信用卡。她说她的信用卡过期了，她需要上网买东西。“我的卡里没几个钱了。”萨迪克回答说，“不到 1 000 挪威克朗。”她看起来有点儿紧张。“你能带我去桑维卡的银行吗？这样我可以把钱存到你的卡里。我有现金。”

“银行早就关门了，等到明天不行吗？”

阿扬坚持让萨迪克开车带她去看看。他说得对，银行已经关门了。那天阿扬是要去买什么呢？机票？不对，她们肯定早就买好了。那么，是谁负责整个出行途中购票的事，又是谁怂恿她们离家出走的呢？

那天一整晚，莱拉都待在自己的房间里。

“你不舒服吗？”萨迪克曾问过她。莱拉只是摇了摇头，然后像以前一样，开玩笑似的捅了捅他的肚子。“我要把你身上的肥肉都减掉，爸爸。”她笑眯眯地对他说。伊斯梅尔健身回来后，莱拉还拥抱过他。

买完东西，从银行回来后，阿扬便一头钻进自己的房间。她曾登录推特（Twitter），并在上面写道："善良是一种能够跨越视觉与听觉障碍的语言。"而在前一天，她曾在推特上写道："沙坦是病毒，伊斯兰则是解药。"阿拉伯语中的"沙坦"即指魔鬼撒旦。

阿扬的推特头像是一只长着油亮羽毛的绿翠鸟。先知穆罕默德曾说过：如果你因参加"圣战"而死，安拉会让你的灵魂进入绿翠鸟的身体里，让它们把你带到天堂。到了天堂，它们会在悬挂在万能的真主那宝座旁的灯笼里筑巢。

凌晨12点半，警方接到了人口失踪报警电话，直到那时，他们才通过国际刑警组织发布了全球寻人通告。官方记录显示，他们采取了如下措施："根据危急情况处理规定，向各个银行、电信公司、航空公司和边境检查站调取相关信息。"

在阿斯克尔和贝鲁姆的警察局，当地警方从失踪人员登记处指派了一名工作人员负责此事。他跟萨迪克取得了联系。

"你们派警察去找她们了吗？"萨迪克问道。

"我们已经上报外交部，挪威驻土耳其安卡拉大使馆正在处理此事。我们还联系了土耳其警方。"

"那他们采取了什么行动？"

"我们会及时通知你的。"那位警察向他保证说。

"但你们怎么会让她们离开挪威呢？为什么不在机场拦住她们？莱拉是未成年人……并且……"

萨迪克没有得到答案。警察告诉他，一会儿会派车来接他们全家去警察局。

“如果是挪威人的孩子失踪了，他们的反应就会完全不一样。”萨拉说道，“因为我们是索马里人，警察都不拿我们当回事！”

萨拉有种身体被撕裂的感觉。女儿们的出走让她心里堵得慌。

他们被带到警察局的一间办公室。萨迪克第一个进去，随后又让萨拉进去。

“我该跟他们说点儿什么？”萨拉问萨迪克。

“回答他们的问题就行了。莱拉刚满16岁，阿扬刚刚成年，她们是挪威公民。警察会尽全力追踪她们的下落。”萨迪克对萨拉说道。

参与问询的共有两人：一个是失踪人员登记处的办事员，另一个是当地的一名警察。

最后轮到伊斯梅尔进去。

“你的情况如何？”问询人员问道，“你也和她们一起参加《古兰经》课程了吗？”

“你经常去清真寺吗？”

“你明年准备干什么？有什么计划没有？”

“你提交大学入学申请了吗？你准备去旅行吗？”

“你知道你的姐姐和妹妹计划做什么吗？”

“她们是被强迫出行的吗？”

“你的父母掌握哪些情况？”

“你也是激进分子吗？”

这些问题惹恼了这个18岁的小伙子。看起来这两个人是想弄清楚他在思想上是否跟两姐妹差不多，是否会步其后尘，或者说，他们背后是否有一个更大的组织。然而，对伊斯梅尔来说，当下第一要紧的事是拦住阿扬和莱拉。他的回答澄清了萨迪克没有说明的一点：阿扬和莱拉离家出走完全是出于她们自己的意愿。

回家的路上，萨迪克一副心灰意冷的样子。

“他们当我们是危险分子，”他说道，“而不是因女儿失踪来报警的一家人。我们向他们寻求帮助，他们却像对待犯人那样对待我们。”

那天清晨5点左右，他们家的门铃响了。

门外站了三名警察，两名穿着警服，一名穿着便装。

他们持有搜查令，先搜查了两个女儿的房间。其中一名穿警服的警察打开了衣柜和抽屉柜，穿便装的那个人则在一旁记录。他们收走了所有的纸张、笔记本和其他与电脑有关的东西，然后走进另一个房间，继续检查里面的衣柜、架子和各种盒子。

伊萨克依偎在萨迪克身边。“爸爸，把你的手给我。”伊萨克一边看着那几个人，一边小声哀求道。

三名警察要求全家人都待在客厅，萨迪克起身想看看警察在干什么，却被呵斥，被要求待在原地。

“我们全家是恐怖分子吗？”萨拉一边在客厅里踱着步子，一边用索马里语大声喊道，“你们是来吓唬我们的，还是来帮助我们的？”

“坐下吧，冷静些，这是他们的工作。”萨迪克对她说道。

“真主帮帮我吧！真主帮帮我吧！”萨拉哭喊道。

这些人在警察局里不停地盘问，这会儿又到家里乱翻。身心俱疲的萨拉给朋友打了个电话，不过她并没有得到太多安慰。

“什么！你们惹上警察了？这下问题大了！他们不会为索马里人做任何事的！你们得自己去找孩子们，别指望挪威警察会帮你们。”

伊斯梅尔无法再忍受母亲的哭泣和父亲的烦躁，他走进自己的房间，关上了房门。那天早上他发出的信息，没有收到任何回复。

7 点，他又发了一条信息：“你好，请回复我。”

8 点：“你好？”

9 点：“阿扬？”

就在那天上午，两姐妹结账离开了亚达那的格兰德酒店。她们从前台取回了登记时上交的护照，继续向南，朝着叙利亚边境出发。当天下午，土耳其的电信网络里便搜寻不到她们的手机信号了。

萨迪克开始变得狂躁不安，生怕她们会出什么意外。还有另一个原因：这两个孩子让他蒙羞，警察也不拿他当回事，他感到很丢面子，他快失控了。

“喂，萨迪克，拿出点样子来吧。”一个声音在他的脑海里说道，“我是萨迪克，全家的顶梁柱。”

按照 Viber 上“在欧洲的最后一餐”的留言，萨迪克知道两个女儿最后的落脚点是亚达那。他不能坐在家里等她们自己回来，不能坐等她们自己改变主意，更不能指望警察把她们找回来。趁现在还不太晚，他必须阻止她们。

萨拉最后决定：“萨迪克，去把她们找回来！”她坐在沙发上下了命令。

他突然有点儿迫不及待。他已经找到了方向，现在唯一要做的就是安排好行程。

土耳其航空公司每天都有从奥斯陆飞往伊斯坦布尔的航班。他订了第二天的机票，往行李箱里胡乱塞了几件衣服，又到一个朋友那儿借了点钱。到了机场，他把所有的现金都兑换成美元，总共有几千美元。刚过晌午，他的航班便起飞了。

在两个女儿离家出走的三天后，萨迪克也踏上了同一条路。

飞机上播报着："请您关闭所有电子设备。"接下来的三个小时里，他不能时刻查看手机了。他陷入了沉思之中。

在暑假结束不久后，萨迪克注意到阿扬有些异常。她变得更加安静，不爱说话，不过这些变化是一点点出现的。他以为阿扬的这些变化是因为男孩子的问题。

萨拉没拿这些变化当回事。"她才十几岁，会过去的，不要管她。"萨拉向来非常严厉。几年前，阿扬在伊斯兰讯息网上遇到了一个男孩，两人之间有过交往，结果被萨拉横插了一杠子。跟阿扬一样，那个男孩也是索马里人。有一天，阿扬说自己想跟那个男孩订婚，萨拉这才勉强同意他们交往，但萨拉坚持认为阿扬太年轻，还不适合结婚。

"我不在乎，我想怎么做就怎么做。"阿扬回答。伊斯梅尔对此深感佩服。他从来不敢用这种语气跟母亲说话。获准跟那个男孩交往后，阿扬对爱情的美好印象却破灭了，也对他失去了兴趣。

会不会是产生了新的火花，从而让自己的女儿卷入了这种事？

萨迪克第一次发现两个女儿接触激进主义大约是在两年前。当时莱拉 14 岁，阿扬 17 岁。

“我们要跟几个朋友一起去奥斯陆，不过我们身上没钱了。”阿扬说道。

萨迪克经常会给她们一些钱，让她们买点烤肉串、冰激凌之类的零食。那天，他没有带现金，便把信用卡给了她们，还把密码告诉了她们。

“最多只能花 500 挪威克朗。”

“如果不够呢？”

“足够了。”

萨迪克在脑海里回忆当时的场景。阿扬抱了他一下，莱拉也抱了抱他。那天晚上，她们拎着几个购物袋回了家。

“我们花了 600 挪威克朗。”阿扬曲了一下膝盖，表示道歉。

他装出一副生气的样子说：“下不为例。我们已经提前说好数目了，说多少就是多少。”

姐妹俩回到自己的房间，不一会儿，她俩又从房间里出来了。或者说，是两个身穿“黑斗篷”的人出现在客厅里。

萨拉当即说：“脱下来！”

两个女儿只是不停地大笑，衣服上的褶子都跟着不停地抖动。

“听你妈妈的话，”她们的父亲说道，“你俩看起来就像魔鬼！”

她们全身上下只有眼睛露在外面，眼神里充满了反抗。她俩的鼻子从尼卡布[1]下面凸显出来，像两个黑色的鸟喙。

“是谁出的主意？”萨迪克问道。

“我们俩。”

说归说，她们还是很不情愿地回到房间里，脱下尼卡布，叠好后放进衣柜。回到客厅时，她们一脸不高兴地说：“教义要求女人把自己蒙起来。”

“面纱跟伊斯兰教没有任何关系，”萨迪克说道，“戴面纱只是一种文化，与宗教无关。并且，那是阿拉伯文化，不是索马里文化。”

“在先知生活的时代，女人都是戴面纱的。”两个女儿回答道，“真主命令先知，让他告诉妻子和女儿们把自己蒙起来，保持稳重，避免被陌生人看到。”

“不要用穆罕默德的话来教育我，”萨迪克喊道，“对于《古兰经》，我理解得比你们深刻得多。我 8 岁的时候就能背下第一章了。”他接着说，先知从来没有让自己的妻子和女儿们把脸蒙起来。两个孩子却坚持说，至少先知最爱的那个妻子——年轻的艾莎在陌生人面前是戴面纱的。

“这也不意味着你们俩就应该戴！”

“在索马里，我们看到很多妇女在夏天的时候都戴的！”

“那跟我们没有关系，”萨迪克说道，“我们跟她们不一样。你们是在哪里买的？”

“在希贾布商店，就在拉比塔清真寺旁边。那个店里出售穆斯林妇女穿的各种衣服和尼卡布，料子都很好。”

---

① 尼卡布，是一种将除眼睛之外的面部全部蒙上的面纱。——编者注

她俩觉得自己买的东西都是物有所值。除了两件面纱，她们还买了两件及地罩袍和几块新头巾。

接下来的一段时间里，萨迪克没有再看到两个女儿戴面纱。不过萨拉给她俩放洗好的衣服时，在衣柜不同的地方都发现过面纱。

在那之后没多久，两个女儿又提起了这个话题。阿扬说她被男孩看她的眼神烦得不得了，莱拉也随声附和。

“他们盯着我们看，”她们抱怨道，“这是教法不允许的。我们想把身体蒙起来。”

“学校里的男生当然会看你们。你俩这么漂亮，这种事不足为怪。”萨迪克打趣道。

“不，不是学校里的男生，是奥斯陆那边的索马里人，城里的那些人。在我们去清真寺的路上，格陵兰的那些成年人一直盯着我们看，试图调戏我们。”

“那你只要跟他们讲‘管好自己的事’就行了。告诉他们你是大诗人萨迪克的女儿，这足以让他们敬而远之了！”在索马里的时候，萨迪克曾是一个诗歌团体的成员。这个团体的成员在哈尔格萨的咖啡馆里聚会，朗诵诗歌，一起讨论。后来战争爆发，他们各奔东西。多年之后，其中的一些人通过网络取得了联系。他们创作的诗歌和各自的思想通过网络在哈尔格萨、那不勒斯、哥德堡和贝鲁姆之间传播。萨迪克还经常参加在奥斯陆举行的各种索马里文化活动，或是朗诵自己写的诗歌，或是敲一段手鼓。这让他在这个群体里的自由派人士中树立了一定的形象和地位。宗教观念较强的那部分人则蔑视萨迪克这位鼓手，在他们看来，“音乐人”是个骂人的词。音乐及一切与音乐有关的东西都是有罪的。

住在奥斯陆的索马里人有一套严格的荣誉标准。大家相互监视，特别是在被称为“小索马里”的奥斯陆格陵兰中心区一带（挪威约有3.6万索马里人，其中大部分都住在这里）。在挪威，索马里社区的人口已经超过巴基斯坦人，成为这个国家最大的非西方少数族裔。

萨迪克在沙特阿拉伯上过学，能讲一口标准的阿拉伯语，比大部分同胞的文化水平都高。即便如此，很多人还是批评他对伊斯兰教和伊斯兰传统保持得不够好。“他觉得自己是个挪威人。”人们在背后这样说他。相比上一代而言，很多年轻人更为顺从，在遵守伊斯兰教教义方面也更严格。

阿扬和莱拉就是太固执了，还特别能言善辩。后来，萨迪克让步了：“好吧。在格陵兰的时候，如果你们想戴面纱就戴吧。但不能在贝鲁姆戴，更不能在学校里戴！”

他知道挪威人视蒙面女人为受压迫者的象征。这位诗人兼音乐人可不想让自己的孩子跟这个扯上关系。

不久后的一天，萨迪克和萨拉被莱拉所在的学校叫去开会。萨迪克一个人去了，开会时莱拉也在场。

“我们现在很难认出她来了，”一位老师说道，“我们需要眼神的交流，需要识别面部表情。如果戴上面纱的话就不那么容易了。”

萨迪克看着女儿说道：“我们不是说好了在学校的时候不戴面纱吗？”

莱拉没有答话。

“你必须遵守学校的纪律。如果学校规定不准戴面纱，那就不能戴。”他一边说着，一边看看老师，又看看自己的女儿。

“好吧，爸爸。”

“要鸡肉还是牛肉？”

萨迪克抬头看了看土耳其航空公司的乘务员，又低头看了看她手中的托盘，点了鸡肉。刚咬了一口，他的胃里便有些翻腾。他放下了塑料叉子。窗外的天空一片湛蓝，几朵柔和的白云飘了过去。他的脑海里思绪万千。这是他的错吗？是因为他管教孩子不够严格吗？是因为他对孩子太放任自流吗？他是不是太过于关心自己的事情了呢？光想着敲鼓了？光想着写诗了？

他拿起一杯放了糖的茶，喝起来有一股金属的味道。

他怎么会没有发现任何迹象呢？

但谁又能想到他的两个女儿会想着去参加“圣战”呢？

她们用拥抱迷惑了我，她们用我对她们的爱掩盖了真相。

他的两个女儿，仅有的两个女儿啊。

过了不知多久，飞机进入了土耳其领空。

待在家里的萨拉也感到困惑不解。她试着把脑海中的记忆碎片拼凑到一起。

不知从什么时间开始，两个女儿对自己的要求越来越严格。礼拜、服饰、饮食、行为举止，一切都严持戒律，完美无缺。她们不再使用化妆品，也不戴首饰。含酒精的香水也被她们丢到一边，后来干脆什么香水都不用了，因为教义禁止她们使用这种能吸引男人注意力的东西。

两个女儿还下载了一长串E代码，即食品添加剂国际编码，对照代码检查各种包装袋和罐头盒，检查食物的成分是否适合穆斯林食用。萨迪克实在忍不住，发火了："《古兰经》里哪一句提到过E代码？"

后来有一天，萨拉打开全家的相册，发现有几张照片被撕掉了，还有几张合照被剪开了，阿扬和莱拉被整个从照片中剪掉了。她们俩完全从家庭相册中消失了。

萨拉简直是怒火中烧。

"我们没有蒙面，妈妈！如果被外人看到了该怎么办？这是教法不允许的！"

过去的那些记忆都不见了，萨拉为此伤心了好久。

她走进女儿的房间，站在那里，向四周看了看。不，这太让人伤心了，她又从房间里走了出来。她们已经走了，连一声"再见"都没有说。"我们非常非常爱你们，愿意为你们付出一切，绝不会故意伤害你们。"她们如此写道。既然这样，那就回来吧！

几年前，她曾批评阿扬太挪威化了。那时，她一直害怕会失去这个女儿。阿扬开始去参加聚会，有天晚上，萨迪克还看到从她的包里掉出一盒烟。

跟朋友一样，阿扬一直穿紧身牛仔裤和紧身T恤。一个酷热的夏夜，阿扬邀请了几名同学来家里吃东西。她们来到厨房，上衣领口开得很低，白花花的大腿也裸露在外。"我的真主啊，她们怎么都光着身子啊！"萨拉用索马里语大声叫道。

"忍着点儿，妈妈。她们爱怎么穿是她们的自由。"她的女儿回答道。

“你得答应我，你绝不会穿成那样满屋子跑！”萨拉说道。阿扬瞪了她一眼，身体转向朋友那边，哈哈大笑起来。

直到现在，萨拉才试图回想阿扬的同学上次到家里来是什么时候。她记不太清楚了。萨拉自己只有几个索马里朋友，所以对于阿扬跟同学日渐疏远的事，她并未感觉有任何反常之处。

萨拉带着孩子们来到挪威的时候，阿扬6岁，伊斯梅尔5岁，莱拉只有3岁。真不该带他们来这里！真不该带着他们离开家乡！如果不来这里的话，这一切就不会发生了，她的女儿们就会留在她身边。实际上，萨拉一点也不想离开索马里，是萨迪克说他们在西方国家可以过上更美好的生活。

萨拉还怀着莱拉的时候，萨迪克买了一本护照，办了一个去丹麦的旅游签证，从亚的斯亚贝巴飞到哥本哈根。那里的一个朋友告诉萨迪克，他应该去挪威，那里最适合索马里人。于是，萨迪克又到了奥斯陆。在奥斯陆，萨迪克来到警察局，告诉警察，如果他回到自己的国家，会像自己的父亲和兄弟那样被人杀掉。他说自己在14岁的时候，左邻右舍的男人都被抓了起来，反对独裁者西亚德·巴雷（Siad Barre）的人都被处死了。他本来也跟那些人一起被抓，不过他的母亲一直哭喊着对抓他们的人说：“他还只是个孩子！他还只是个孩子！”

萨迪克对警察说，他就这样捡了条命，而其他人，包括他的父亲，都在他面前被杀害了。“替你父亲报仇！”他的母亲对他说。萨迪克从大街上的一具尸体旁捡了一支枪，加入了叛军。

反叛成功了，但随之而来的和平非常短暂。为了取得控制权，胜利者开始内斗。有两个参与了反叛的部族住在流经哈尔格萨市的一条河流的两旁，他们都想获得该地区的控制权，于是互相开始了武斗。萨迪克感觉不值得冒死参加这样的斗争，便选择了离开。

萨迪克先是被送到了位于贝鲁姆的塔努姆收容中心，这里是专门为寻求庇护者设立的收容机构，然后又转到了往北约 350 英里处的莱旺厄尔。在莱旺厄尔待了 6 个月后，他又被送回了南方，来到了位于奥斯陆的克拉梅特斯鲁收容中心。萨迪克跟他们讲，自己曾被逮捕过，跟他哥哥和其他船员一起被拘禁在他们家的那艘被用来运送武器的小货船上。他的哥哥被杀害了，萨迪克却被放了出来。

“我是个危险的人。”刚来的时候，萨迪克就对警察这样说道。收容中心安排了一位心理医生为他治疗在战争期间留下的创伤。随着时间的推移，萨迪克的愤怒有所缓解，人也平静了很多。是时候把全家人都接过来了，但他首先要获得永久居住权。时间一点点流逝，到了 1998 年，也就是他来到挪威两年后，他收到了相关部门的回复。尽管疑虑重重，挪威移民局还是给他颁发了永久居住许可证。

拿到永久居住许可证后，萨迪克立即申请与家人团聚。他填写各类表格，不断写信，不断催促，但事情一拖再拖。在获得永久居住权的两年后，萨迪克给挪威驻埃塞俄比亚大使馆传真了一份手写信。当时，萨拉和孩子们正在埃塞俄比亚等待移民。“我的家人在亚的斯亚贝巴没有亲戚，也没人能帮助他们，他们就像是生活在地狱里一样。”他说，妻子和孩子们都病倒了。“因此，我请求你在休假前优先照顾一下我的家人。”

当年秋天，在联合国家庭团圆计划的安排下，萨拉和孩子们飞抵挪威，在贝鲁姆安了家。贝鲁姆是挪威百万富翁最多、贫富差距最大的城市。伊斯梅尔和莱拉进了幼儿园，阿扬则上了学前班。在那里，刚移民到挪威的孩子要先学一年挪威语，然后再进入常规学校学习。上学第一天，阿扬戴着一块头巾，她告诉同学们这叫希贾布。她有各种各样的头巾，有的带着花边，有的嵌着饰品，颜色和花式也各不相同。她第一次打架就是因为头巾而与一个黄头发的男孩发生了争执，把那个男孩都给吓哭了。如果有谁说了她不爱听的话，她就会反击。先是拳脚相加，后是言语攻击。论打嘴仗，没人是阿扬的对手。突破了语言障碍后，埃维耶小学的老师逐渐发现了阿扬有多聪明。她知道很多班上同学连听都没听说过的事儿，她还喜欢讲故事。这个班上唯一来自非洲的学生显得格外出众。

来挪威一年后，萨拉怀孕了。2002 年，贾布里勒出生了，5 年后，她又生下了伊萨克。由于家庭人员变多，贝鲁姆当局给他们安排了一所大房子。很长一段时间里，他们住在哈曼斯科根一个到处都是高楼且楼间距很大的小区里。多了几个孩子后，那栋房子变得太拥挤了。女儿们喜欢跳绳，在游乐场飞跑，去海滩玩耍，到游泳馆学游泳。莱拉最大的愿望就是跟姐姐阿扬在一起，不管她做什么，也不管她到哪里去。阿扬有时会同意莱拉跟着她，但大部分情况下都不同意。

只要一有机会，伊斯梅尔就会去踢足球。他晚上睡觉前想的是足球，早上一睁眼想的还是足球。他还让爸爸替他报名参加足球队。他梦想加入贝鲁姆体育俱乐部，梦想去参加各种比赛，参加杯赛，告诉大家他进了几个球，还梦想自己能有一个教练。为此他缠了父亲好久，却没有任何结果。萨迪克天天忙自己的事，每次都告诉儿子："明年再说吧。"伊斯梅尔只好继续在小区里面踢足球。

从来到挪威的那一刻开始，萨拉就感到很孤独，她想念远在哈尔格萨的亲人。她用婴儿车推着小伊萨克四处转悠，抱怨不论她做什么别人都会批评她。她一直不知道自己到底做错了什么，因为她听不懂小区里的那些老年人在对她说什么，她走错地方了吗？难道是因为他们不喜欢她的肤色，不喜欢她戴的头巾，或是她蒙起来的身体？

即便是在挪威待了 13 年，她的心还是在索马里。

现在，她的心却碎了。

萨拉走进卧室，在床上躺下。她把手机放在身边，把声音调到最大，以防有人打来电话听时不到。

当然，萨拉也会和女儿们吵架，但她们最终总能说到一起去。两个女儿凡事总要经过她的同意才去做，哪怕只是去邻居家串门儿。

萨迪克在阿塔图尔克机场转了好几圈，费了很大劲儿才走出国际航班候机楼。他来到入境检验处时，因为没有签证而被禁止入境。他只好先去另一边排队办理，办好后重新回到入境检验处排队。最后，他终于走出了这栋庞大的国际航班候机楼，朝国内航班候机楼那破烂不堪的大厅走去。

萨迪克买了一张去亚达那的机票，因为两个女儿在发“在欧洲的最后一餐”的信息时，无意中泄露了她们所在的位置。他认为自己会在那里追上她们。

就在萨迪克往南飞行的时候，一架更庞大的“机器”也开始运转起来。负责调查此事的挪威外交部和挪威刑警部门之间设立了一条通话专线，后者还与国际刑警组织取得了联系。挪威驻安卡拉大使馆也通知土耳其南部的警察局和各个边境检查站，要求他们一旦确认，立即拘捕这两个女孩。

萨迪克刚抵达亚达那，就收到警方发来的一条短信。这两个孩子很有可能朝土耳其南部的安塔基亚方向去了。这只是猜测，因为在过去 24 小时里她们一直没有使用手机。

安塔基亚？在哪儿呢？

“你可以坐公共汽车去那里。”咨询台的人告诉他。

那个星期六晚上，谣言开始漫天飞舞。从西部的桑维卡到奥斯陆市中心的格陵兰，从东部的峡谷传过去，又顺着海湾传回贝鲁姆：你听说了没有？真的没有？这能是真的吗？

消息传到了新闻中心。星期天上午，也就是萨迪克出发的那天，挪威影响力较大的《世界之路报》（*Verdens Gang*）的记者按响了萨迪克家的门铃。伊斯梅尔开门接待了他们。“是的，没错，我的姐姐和妹妹说她们准备去叙利亚。”“不，她俩没接我们的电话，不过我父亲已经动身去找她们了。我们希望她俩还没有越过边境进入叙利亚。”“不，我们家并非典型的宗教家庭，不过我的姐姐和妹妹最近变得有点儿激进。”“表现之一就是，她们开始戴面纱。妈妈非常反对此事，但她们不听。”

伊斯梅尔对到访的记者聊了这些事，并请求他们不要泄露家人的姓名和住址。

当天晚上，《世界之路报》首度披露了这一事件：“16 岁少女跟姐姐一起前往叙利亚帮助那里的穆斯林”。报纸头条的下面用小一些的字体印着“展开全球搜索”、“警察安全局提醒提高警惕”等字。

“家住阿克什胡斯郡的两姐妹，一个16岁，一个19岁，离家前往叙利亚。该国国内正发生战争，其家人担心她们会去参战。”文中称，信息来源是两姐妹的兄弟，但没有具名。文章中还提到，一个调查小组正在紧张地工作，试图确定这两个女孩在国外的确切地点。

文章引用了警察安全局新闻发言人马丁·伯恩森的话：“从去年夏天开始，我们就发现前往发生冲突的地区，尤其前往叙利亚的人数呈上升趋势，其中很多都是年轻人。我们怀疑并且担心，其中有些人在叙利亚会加入与‘基地’组织有关的组织并参与冲突行动。这一点值得关注，也是很危险的。我们已经发现有挪威过去的民众在那里丧生。我们也担心那些参加过战争、思想极端的人某一天返回挪威后，仍被战争的创伤和压力折磨。”

16岁的男孩若阿基姆坐在贝鲁姆的家中看到了这则新闻，他立刻把新闻链接发到了莱拉以前的同学的讨论群里。

“这事太出人意料了，不可能是真的。”若阿基姆在链接下面写道，“那些流言看来是真的……太疯狂了。”

很快就有人回复了。

亚历山大：是莱拉……

苏菲：天啊，太糟糕了

艾米丽：真的是莱拉？

亚历山大：是真的。

若阿基姆：真是太糟糕了。

艾米丽：确定是她吗？

苏菲：当然是她了！

西耶：哇哦！

苏菲：她16岁，她有个19岁的姐姐。她和她姐姐都戴面纱。

艾米丽：哦，上帝啊，可怜的一家！

亨里克：天啊！我就知道会发生这种事……她参加了奥斯陆那边的一个什么组织，也许就是组织里的人带她去的……

桑尼：这太疯狂了！

西奥多：她以前确实说过，18岁的时候会去索马里。

亨里克：索马里？现在怎么跑到叙利亚去了？

艾米丽：请不要这样无礼。

亚历山大：她想干什么？一个16岁的人在真实的战争中能帮上什么忙？

艾米丽：她一定是觉得眼睁睁地看着那些人被杀害实在是太恐怖了，因此她觉得自己必须得做点儿什么，而不仅仅是捐点儿钱……

大家继续评论着，留言里满是感叹号和表示强调的大写字母。随着越来越多的人加入讨论，各种质疑和回复也越来越多。

斯托姆：莱拉的脑子不太正常，她的信仰也有点儿问题，在课堂上能看出来。

桑尼：我觉得你这么说不太尊重人。我们每个人一生中都会对某些事物充满热情。我觉得她这么做很勇敢，不过有点可怕。

想一想，如果莱拉出什么事了该怎么办？

亚历山大：这是她自己的选择。我觉得值得同情的是她的家人，而不是她。

若阿基姆：我敢肯定，莱拉的下场一定很惨……我们要做最坏的打算！

亚历山大：同意。

乌尔里克：她是个极端主义者。

桑尼：一个人失踪了，你们这些家伙却在这里胡说八道。你们太不严肃了。

亚历山大：说她是极端主义者并不是说她不好。只是觉得不能只是因为她失踪了，人们就应突然对她心怀敬意。

西奥多：这事儿需要全面考虑才行，这是一场令人厌恶的战争。希望她运气好点，别像别人一样受伤……

直到临近午夜，参与讨论的人才慢慢散去。这些 16 岁左右的孩子明天还要上学，他们将在学校里继续讨论此事。

第三章　无头苍蝇

萨迪克刚走下公共汽车，一股恶臭便扑面而来。四周一片漆黑，夜间的空气非常潮湿，弄得他感觉身上黏糊糊的。来到柏油路上，刚才那股臭烘烘的气味被汽车尾气取代。他站直身子，把全身的衣兜摸了个遍，找出来一根香烟。

他坐了大半夜的车，汽车穿过漆黑一片的乡村，朝着仍亮着灯光的城市一路驶来，过了一条又一条街。这里能藏人的地方太多了。

他猛吸了一口烟。司机大声报着站名，下车的人们背着巨大的帆布包、手里拖着行李箱从他面前匆匆而过。下车的人们像蚂蚁一样，拿着包裹，奋力在人群中穿梭前行，心中都知晓各自的归处，而萨迪克却不知自己该去哪里。

他一句土耳其语也不会讲，但因为这里靠近叙利亚和土耳其的边境，肯定有人懂阿拉伯语。他理了理思绪，掐灭了香烟，叫了辆出租车，让司机带他去这个城市中有阿拉伯人居住的地方。

“我想找一个便宜又干净的宾馆。”他说道。

“要多便宜？”司机问道。“最便宜的房间要20里拉，”他说道，“不过不是很干净。”

装有笔记本电脑的双肩包放在他的大腿上，那个带轮子的小行李箱放在旁边的座位上，他把自己的行李往身边拉了拉。

出租车在一个狭窄的门口处停了下来，门前的牌子上用阿拉伯语写着“糖宫”两个字。萨迪克付了车费，踩着陡峭的台阶往上走。来到台阶上面，他看到一个收费窗口，里面有一个人正坐在那里睡觉。萨迪克敲了敲玻璃，窗口打开了。

“房间、床、现在。”他对这名前台接待员的语言水平要求不高。那人递给他一把钥匙。

“这几天你就要待在这里了。”他躺在床上，自言自语道。窗外，太阳正冉冉升起，但他得睡会儿，就睡一小会儿。

萨迪克醒来时，浑身被汗水浸透了。此时已经是星期一上午 11 点。他给萨拉打了个电话，萨拉正焦急等待着最新消息。

“你找到她们没有？”

“没有。”他告诉她，心里非常沮丧。

“你在睡觉？我不是让你去旅游的！快去外面找！”

他们的家已经被媒体围得水泄不通，至少感觉上是这样。萨拉和伊斯梅尔都无法出门，两个弟弟也没去上学。

萨拉接到了很多谴责电话，有些甚至是几乎不认识的人打来的，斥责她的女儿给索马里人丢脸。

“你不应该跟挪威政府沟通，我们是穆斯林，他们什么忙都不会帮。”

“你简直是疯了！竟然跟媒体合作！跟警察合作！太幼稚了。”

在索马里人的网上论坛和社交媒介上，他们的措辞更加严厉：“这家人之所以管不住两个女儿，是因为她们的母亲教女无方，父亲也有失察之过。”

萨拉的朋友试图安慰她："等等看吧，她们很快就会自己跑回来的。你想想，两个女孩在那样的地方能待多久？"

"待不了多久的。"萨拉自己也这样想。

萨迪克必须在阿扬和莱拉进入叙利亚之前找到她们。

他必须听妻子的话，他需要听她的话，在这件事上，他们必须齐心协力。

"我会找到她们的。"他发誓说。

千万不要迷路了，那只会让事情变得更糟。

萨迪克先是沿着一个方向走到尽可能远的地方，然后回到旅馆，再接着朝相反的方向走。就这样来来回回，一次比一次走得远。在转身回到原地之前，他会把所到之处都记下来，然后再沿着另一条不同的路线走，每次都以他住的旅馆为出发点。通过这种缓慢而又费力的方式，他逐渐熟悉了这座城市。

"我看不到我的目标，我不知道目标在哪里。"他的脑子里不断翻腾着这些想法。

天气很热。他需要喝点东西，便去买了一些水。他感觉有点儿头晕眼花，就着扁豆汤吃了点儿面包，然后又喝了一点水。

他开始向过往路人打听。

"女孩？"

"这里？"

被问到的人都摇摇头。"索马里女孩？戴着面纱？没看到……"

萨迪克唯一能从家里找到的是她们护照上的照片的复印件。在照片里，莱拉戴着一块粉色的头巾，阿扬戴着一块黑色的头巾。而复印的照片上只有一片灰色。

他开始重点关注那些戴面纱的女人。她们有一些是独自一人，另一些则是结伴而行。临近傍晚，太阳渐渐落山，更多妇女出现在大街上。那儿，那儿，那儿！他的女儿们也许就在人群当中，但他看不到她们。会不会当她们经过他身边的时候，他没认出来呢？不会。他从她们的步态、身高、举止以及昂头的姿势就能认出来。她们总是像父亲一样，把头昂得高高的，一副自信的样子。本地的妇女要么紧张兮兮地从他身边匆匆跑过，要么气喘吁吁地裹在黑色的衣服下面，女儿们跟她们完全不同。

他朝着城市东郊那座大山的方向走去。在一座城市里想要找出两个女孩子是……不可能的。想到这里，他转身往旅馆走，进了距离旅馆最近的一家名叫“大口喝”的酒吧，点了一杯浓浓的土耳其咖啡。咖啡的味道实在太冲，他觉得嘴巴快要被割开了。直到午夜时分，他才瘫倒在床上。他需要换个方式，这种漫无目的的寻找是在浪费时间。

旅馆外面有很多出租车司机在等着拉客，萨迪克刚来这里的时候，其中一个司机曾给过他一张名片。“我叫穆罕迈德（Mehmut），如果要用车，给我打电话。”好不容易熬过了一夜，萨迪克一大早便拨通了名片上的号码。他们约好见个面。

“你怎么这么着急？”穆罕迈德问他。

萨迪克移了一下脚，对他说：“我们去‘大口喝’酒吧坐坐吧，我把来龙去脉告诉你。”

这个出租车司机身材像个拳击手，上臂粗壮，脖子像公牛那么粗。他前面的门牙掉了一颗，换上了颗金牙。他坐在那里，静静地听萨迪克讲述。

听完，他说道：“我一定帮你，我的朋友。”

萨迪克在他的眼里看到了一丝希望。

穆罕迈德开车带着他转了一天。虽然比步行效率高一点，但还是一样漫无目的地瞎找。

其间，萨拉打了好多个电话。“你找到她们了没有？她们给你打电话了没？”

第二天上午，穆罕迈德建议两人一起去报警。“像你这个找法是很难找到她们的。”

穆罕迈德开车带他去了警察局。那是一栋气派的红砖楼，白色的护栏上缠绕着粉色的花儿，白色星月图案的土耳其国旗在屋顶上迎风飘扬。

两人走进了警察局。萨迪克讲了一下自己的具体情况，穆罕迈德给他当翻译。

“我的女儿从挪威来到这里，计划越过边境去叙利亚。你能帮助我找到他们吗？”

接待他们的警察说，当地的警察很愿意帮助他，不过他们需要接到挪威警方发来的正式申请。

“这两个孩子现在已经在国际刑警组织的失踪人员名单里了。”萨迪克说道。

“她们在这儿没有犯任何错误，所以我们也无能为力。让挪威警察来跟我们联系吧，我们会关注此事的。”

看来是毫无希望了。毫无希望，毫无希望。

挪威警方确实已经指派了一名为驻安卡拉的斯堪的纳维亚国家大使馆工作的警察担任联络员，在挪威警方和土耳其警方之间充当联络人。他曾给萨迪克打过电话，不过萨迪克没明白他说什么，因为那个警察讲一口丹麦语。最后萨迪克挂断了电话。

从“大口喝”酒吧回到旅馆，萨迪克累得一屁股坐到了床上。在黑暗中，他支支吾吾地给萨拉打电话。

萨拉问：“然后呢？然后呢？然后呢？”

他的回答是：“很不幸，太难受了，对不起。”

第二天早上，他喝了一杯浓咖啡，又吃了一些豆子、橄榄和酸奶酪，然后问旅馆前台的接待员：“那些想去叙利亚的人在这个城市有没有聚会地点？”

那个接待员从头到脚打量了他一下，然后压低声音说道：“这附近有个公园，他们都在那里聚会，谈价格。那儿有人能把你弄过去。”

萨迪克在旅馆里遇到过两个从瑞典哥德堡过来的索马里青年，他们是从叙利亚那边过来的。其中一个后背受了伤，准备回瑞典的家中疗伤。土耳其哈塔伊省是“圣战者”在土耳其的一个中转点。他们乘飞机或公共汽车来到这里，待上几天，等待着蛇头把他们送进叙利亚。他们当中有一些人下了飞机就直接赶到边境线那边，几个小时之内就能过去。有时候，他们会从战区撤回到哈塔伊省省会安塔基亚，在这里恢复体力，休整一下，会会朋友，补给一下必需品。

“出门左拐，”那个接待员提示道，“沿着人行道一直走，走到一条主干道，然后左拐，过了一座桥，在第一个红绿灯处再左拐，过河，然后继续往前走，就能看到那个公园……”

他大老远就看到了高大的棕榈树和地中海松树的树冠。再靠近点儿，眼前布满了纵横交错的小路和一些健身器械，还有一个卖饮料的小亭子。“那里只有到了晚上才会热闹起来。”萨迪克准备来这里之前，那名接待员又补充了这么一句话。于是萨迪克便坐下来等着。

几个妇女在旁边的游乐场里聊天，在这种昏昏欲睡的气氛中，不时会响起几声孩子的尖叫。年长的人们拿着小椅子坐在树荫下，一边抽烟一边小声说着话，就这样从下午一直坐到天黑。公园四周到处都是高大的、树冠呈圆锥形的冷杉树。

一位母亲推着童车离开了公园，接着两个年轻人走了进来。一位拄着拐杖的老人颤颤巍巍地从椅子上站起来，两个满脸胡子的人立即坐在了他的位子上。就这样人来人往，一直到太阳西沉。

好戏开场了。现金、便条、电话号码单等在人们手中不停地交换着。人们小声交流，一会儿用土耳其语，一会儿用阿拉伯语，讲着相互都能听得懂的行话。大部分蛇头都是家在叙利亚的阿拉伯人。

哈塔伊省充分地反映了叙利亚的宗教和民族情况。这里居住着努赛里耶派、逊尼派、库尔德人、切尔克斯人、亚美尼亚人和基督徒。在哈塔伊省，与叙利亚人通婚是家常便饭。

奥斯曼帝国统治时期，哈塔伊省是贸易发达的阿勒颇的一个贸易区。“一战”后，奥斯曼帝国瓦解，西方国家开始瓜分胜利果实。它们依据《赛克斯－皮科协定》，在中东地区重新划分疆界，哈塔伊省被划入了法属叙利亚地区。20世纪二三十年代，凯末尔·阿塔图尔克统一土耳其期间，哈塔伊省没有被统一，直到1939年土耳其才正式收回这里。叙利亚曾提出抗议，不过没有任何效果。尽管如此，阿萨德政府正式发布的叙利亚地图上仍然包括哈塔伊。这两个国家曾经试图找到一种友好的解决方案，他们计划在奥龙特斯河筑一道友谊大坝，建一个大水库。不过，这些都是叙利亚爆发战乱之前的事，如今一切都变了。

内战导致叙利亚国内的民族和宗教愈加分化，土耳其政府担心战争蔓延到自己这边，但与此同时，又对武器走私和参战人员的流入视而不见。每天都有来自世界各地的“圣战者”降落在土耳其的各个机场，然后从这里进入叙利亚。

萨迪克发现了这个隐秘的地下世界。只要有钱，这些蛇头就可以把人弄到叙利亚那边，或者把他们从那边弄过来。人们就这样进进出出叙利亚，前去杀人或者被杀。

这个公园只是隐秘世界的入口，真正的黑市在这座城市的郊区。阿萨德政府控制的油井里每天都抽出一桶桶的石油，空气中都弥漫着汽油的味道。在这里，什么都可以用钱买到。要武器，什么型号？要弹药，要多少？各类药品，要什么有什么。或者想找个女人，一小时还是一晚上，随你便。

这些武器将用来瞄准何人，没人在乎。女人叫什么名字，只有她自己知道。没人问你的信仰，也没有关心你的疑虑。在这里，金钱就是一切。

“你是来找儿子还是找女儿的？”有人问他。

“找两个女儿。”

“先付 1 000 美元，可以买个回话。如果她们还活着，想把她们弄出来的话，每人 3 000 美元。如果把两个都弄出来，那就要 6 000 美元。”

而且，他们还不打包票。萨迪克暗自思忖，这事儿必须靠他自己了。

不过，也确实有人被蛇头解救出来。在家人付钱之后，一个受伤的男孩被从叙利亚那边弄了过来，萨迪克告诉萨拉。还有来自科威特、卡塔尔和英国的父母前来寻找自己的孩子。他们佝偻着身子，眼神里充满绝望，缩着脖子，不停地搓着双手。

孩子失踪之后，人就是这个样子。

当然，也有找不到孩子的人。他们会得到这样一句回话：“他死了，他死在那边了。”“你儿子，忘了他吧。”“你女儿，忘了她吧。”

一天，他坐车去一个地方跟蛇头讨价还价。他坐在后排座位上，几乎要晕过去。汽车每拐一个弯，或者颠簸一下，他都感觉自己快要吐出来了。下了车，沿着一个楼梯走上去，他发现自己走进了一栋公寓里。

“先把我的两个女儿找到，我再付给你们 6 000 美元。”

“不行，先付钱。”

“我还要养活一大家子人，我不能随便把钱全部拿出来。”

“没有钱，没有女孩。”

这时候中间人说道：“好吧，那就先给 1 000 美元。事后再付 1 000 美元。”

第二天，他得到回话：“你的两个女儿上个星期五来到了这里。”

她们和其他几个女孩一起待在一栋公寓里，一直没有出门，然后结伴越境了。

她们已经在这里待了一周了。她们跟萨迪克同时抵达这里。

“但昨天，她们越过了边境。”

第四章　越过边境

穆罕迈德小声说道："祝你好运……"

萨迪克已经准备妥当。

他朝着那道带刺铁丝网飞奔过去。铁刺划破他的皮肤，扎进他的肉里。四周的探照灯在无人地带缓慢地扫来扫去，在两道灯光之间形成了一片漆黑的间隙。他拼力从铁丝网上的一个洞中爬了过去。"不要被他们逮住，不要犹豫不决，不要摔倒。"

他跑了起来。

边境这边有一片两英里宽的无人占领区。一部分地方被人挖过，似乎曾计划作为战壕使用。这些壕沟的另一边则是大片的田野和平地。

这时，萨迪克听到了枪声。他的身体一下子绷紧了，嘴里冒出一股强烈的血腥味。"现在千万别摔倒，千万别摔倒。"

这里有的地方地势平坦，使你感觉像是在笔直的大路上奔跑一样；有的地方则遍地沙砾，你很可能会被某个松散的石块绊倒，或是撞到某个障碍物上，或是被带刺的铁丝网给缠住。

他身旁有个人也在气喘吁吁地跑着，还有个人紧跟在他的后面。"千万不能慌，千万不能乱。"

黑暗中，传来某人的呻吟声。

真主至大!

紧接着，他又听到一阵枪声。他跑的方向对吗?

两个女儿也是从这个地方跑过来的吗?

那天，得知两个孩子已经越过边境进入叙利亚后，萨迪克一下子崩溃了。

他拖着疲惫的身体回到了旅馆，费力地走过门口的接待室，步履蹒跚地沿着楼梯来到三楼的房间，躺倒在床上。

他的大脑一片混乱，眼前的一切都变得模糊不清。他就这样躺在床上，天渐渐黑了，然后太阳又出来了，然后夜幕再次降临。

他没有给萨拉打电话。该怎么对她说呢?

除了偶尔起来到水龙头那边喝上一大口水之外，其余时间他一直躺在床上。无论是作为一个父亲还是作为一个男人，他觉得自己都很失败。

太阳再次升起后，他开始整理自己的思绪。他有一个习惯：自言自语。

“如果我不继续找下去，我就不配当她们的父亲。”

“如果我现在就打道回府，那我就不叫萨迪克。”

说完这些，他马上给萨拉打电话。

“别去了。好，去吧。不，回家吧。”她先是语无伦次，最后说了一句，“把她们找回来。”

随后，萨迪克打电话通知了阿斯克尔和贝鲁姆的警察局。

得到的回复是“我们强烈反对此事”。

萨迪克又给穆罕迈德打了个电话：“你能开车把我送到边境那儿吗？”

ജ്ഞ

太阳落山后，他们出发了。大路两边长满了蓟草，再往外围则是田野。此时，正值10月底，地里的庄稼都已经被收割完毕，农田像是一片紧实的沙地。

四周的景物落上最后一抹粉色的霞光，然后逐渐蜕变成暗淡的棕灰色。夜幕降临了。

一开始，穆罕迈德劝萨迪克再好好考虑一下。

“我必须搞清楚我的女儿们现在怎么样了，我必须这么做。”

“好吧，我会帮你的，那边有我的朋友。”

后来，穆罕迈德打来电话，让萨迪克当天下午准备妥当。

“我有个朋友叫奥斯曼（Osman）。”上车后穆罕迈德对他说道。他把奥斯曼这个名字重点强调了一下。“奥斯曼能帮上你的忙。只要他开口，你就可以百分百相信他。不要相信其他任何人，一定要记住这一点。”

他俩在边境附近的一个村庄外停了下来。

这附近还藏着其他偷渡客。他们乘汽车、摩托车或公交车来到这里。这里有满脸胡须、操着一口海湾国家口音的人，有来自北非国家的人，有英国人，有胡须剃得干干净净的土耳其人，还有他这个挪威籍索马里人。

每天都有数百人非法越过这片无人地带。这里虽然用铁丝网拦了起来，但铁丝网上有很多洞。穆罕迈德告诉萨迪克，他之前在这个地方送过去好几个“圣战者”，前几天还刚送了三个挪威人过去。这三个挪威人中有两个是搭伴来到这里，另一个是独自一人。有时，他去机场接到人后，直接开车来到边境这儿。这种接机任务大多都是奥斯曼安排给他的。提到奥斯曼，他再次强调说：“除了他，谁都不要相信，不管在这边还是到了那边。奥斯曼正在那边等着你呢，他正在一片橄榄树林里等着你。”

想要越境，可以选择乘车从位于巴布哈瓦的边境检查站进入叙利亚，只要几分钟的时间就可以过去了，不过花费太高了——要给蛇头钱，要给汽车司机钱，还要出钱贿赂边防巡逻队。

第二个选择就是跑过去。这种方式只要花200美元就够了。在土耳其这边支付一半的费用，如果你成功越境，在叙利亚那边支付另一半的费用。

萨迪克听到沙子被踢飞的声音和说话的声音。有人正从对面朝他这边跑过来。他们正在逃离叙利亚，逃离战争。

突然之间，萨迪克被一群人围了起来，周围全都是手电的光和人影。他停住脚步，大口喘着粗气，浑身大汗淋漓。

通过手电的光，他看到周围全是树木：弯曲的树干、横生的树枝和被照亮的树叶。他前面有一大群人，他能听到他们的声音，能感觉到他们正在一步步逼近。他们的肩上挂着卡拉什尼科夫冲锋枪，身上穿着防弹衣，头上戴着巴拉克拉瓦盔式帽。萨迪克环顾四周，什么都没有看到。这时，一柱光打在他的脸上，一个体格强壮的人来到了他的面前。

接着，他们用什么东西套在了他的头上。萨迪克伸手去挡，结果把自己的眼镜给弄掉了。这时，一个人伸手掐住了他的喉咙。

“冷静！”一个声音说道，“这只是一个头罩。”

“离我远点儿！”萨迪克大声喊道。

“新来的人都得戴上这个，我是奥斯曼。”那个声音平静地说道。萨迪克从头罩上的孔洞望去，看到忽明忽暗的灯光里站着一个体格强壮的人。

从国外赶来参战的人都要戴上头罩，这样便不会被认出来。这些“圣战者”通常由同一帮蛇头组织偷渡入境，因此，如果大家互相认识，一旦某个人被看到并被指认出来，其他人也都将被供出来。萨迪克选择了跟那些“圣战者”一样的偷渡路线，因此不得不遵守规则。他戴上眼镜，透过头罩上的孔洞不停地偷看周围的情况。那个说话的人大约 30 岁，身材高大，体格魁梧，皮肤白皙，留着大胡子。

“现在，你是我们中的一员了。”他一边说着话，一边递给萨迪克一把 AK–47 自动步枪和一条弹链。“弹夹里有 26 发子弹。”他对萨迪克说道。

萨迪克已经很多年没摸过枪了。他打量着手里的步枪，然后用手握住枪托。

“不对，里面有 25 发子弹。”萨迪克说道。

“26 发。”

萨迪克举起枪，对着天空开了一枪。

“你疯了吗？”奥斯曼低声喊道。

“我得看看这枪好不好用，”萨迪克回答说，“你说得没错，确实有26发子弹，而且有一发已经上膛了。”

枪声在树林中回荡。

“快走！”有人喊道。一群人爬上了一辆浅色的斯柯达皮卡车。

“发生什么事了？”萨迪克问道。

“跟我们没关系。”一个人回答道。此时，萨迪克坐在后面的座位上，挤在这些战士中间。

“跟我们无关。那我们现在是什么人？”

“我们现在是什么身份？”他问道。

“我们是‘胜利阵线’的人。”

这是“基地”组织在叙利亚的分支。

皮卡车在坑坑洼洼的路上狂奔，在一个环形交叉口猛一转弯，驶入了一条漆黑的街道。汽车停下来后，仍能听到远处的枪声。萨迪克此时已经进入战士的角色，他本来以为自己再也不会有这种经历了，但事实上不是，他的大脑早已被程序化了，需要的只是重新激活。枪声又把他带回了充斥他童年时期的战争。

他将自己调整到十几岁时参加反抗独裁者战斗的状态。他让自己镇定下来，一名合格的战士需要在混乱中保持平稳的心态。

萨迪克曾在手无寸铁的情况下参加民族运动，那时他还是个孩子，不知道害怕。看到前面有政府军，他会直接冲上去。在一次交火中，他受了伤，被送到沙特阿拉伯接受治疗。治疗期间，人们发现他的视力非常差，便给他配了副眼镜。萨迪克非常高兴，而回国后他发现，自己不再像以前那样勇敢了，因为他现在能看清楚一切了，他的目标也变了。当时，萨迪克被安排跟一些神枪手待在一起，他正是从那些人身上学会了如何控制起伏不定的心跳。

现在，身处战区的萨迪克感觉自己好像回到了家乡，跟朋友一起，有点儿热血沸腾，有点儿等不及要开始战斗了。他在等待着命令。

“不，不，现在不行。现在另外两伙人正在交火。”奥斯曼指着萨迪克手中的枪说道，“这只是给你自卫用的，以防万一。战争就在我们身边，随时随地都会发生，什么情况都可能出现。”

他浑身的血液流淌得缓慢下来。不，他不会开枪的。

“因为这场战争跟我无关。”

“我是来救两个女儿的。我只是在履行父亲的职责。”

“伊斯梅尔，感谢真主，我们还活着！”

此时，距离阿扬和莱拉离开挪威已经过去 12 天了。

“我们一切都好。”两姐妹在脸谱网上留言道，并为这么久没有联系家人而感到抱歉。

“我们知道你们已经报警了，这让我们很难跟你们联系。我们有很多新鲜事要告诉你们，很想跟你们多聊聊。你们不必担忧，我们都平安无事，感谢真主。我们现在已经找到了住的地方，这里的每个人都非常欢迎我们。这里的一切都跟索马里差不多，呵呵。破烂不堪的厕所、断水、断电，没有交通规则可言。但感谢真主，我们很满意。爸爸，如果你还在土耳其，赶快回家去吧。我们已经远离那里。在这样一个艰难的时刻，你们不团结在一起是不行的。告诉妈妈，给你们造成了痛苦，我们深感抱歉。但你们要坚强起来，向安拉祈祷一切都会向最好的方向发展。告诉贾布里勒和伊萨克，我们很想念他们。另外，他们可以用我的 iPad（苹果平板电脑）。”

这条信息既是一份独立宣言，也是一封辩解声明。

“我们明白，很多人都认为我们的所作所为是错误的，但我们向这边的一位‘阿里木’（伊斯兰教法律学者）讲了我们的情况，他赞同我们的行为。如果你们想让我们多说说这里的事情并继续与你们保持联系，请一定要保守秘密。除了自己的家人，我们不想让外人知道我们出走的事。所以，最亲爱的家人，原谅我们，耐心等待吧。”

伊斯梅尔马上做了回复。

“你们好，很高兴联系上你们。”

两个女孩子再次申明观点：“告诉爸爸让他回家！他在这里不安全！”

“爸爸没有回来的打算，”伊斯梅尔回复道，“他说自己宁愿死在那边。”

“我们所在的地方他找不到，了解我们底细的人也不会把我们的行踪透露给他。给那些声称能找到我们的人塞钱是没有用的。”

“想跟妈妈说几句话吗？”伊斯梅尔坐在房间里问道，“她觉得你们所做的一切都是错的，她希望你和莱拉能回家。”

“我们现在没法打电话。”

“你们有回家的打算吗？”

她们没有回答。

“妈妈说，你们曾发誓永远不会离开她！”伊斯梅尔继续说道。

姐妹俩下线了。

萨迪克躺在奥斯曼家的后院睡着了。

头天晚上，他被领着走进一扇蓝色的大门，穿过一个院子，来到沿墙建起的一间小屋子里。一进门，他就倒在一张窄小的床上睡着了。

天刚破晓，萨迪克就被一阵沙哑的声音叫醒：“阿布·伊斯梅尔，阿布·伊斯梅尔……”

他往四周看了看，一位老人正盯着他。

“来跟我们一起喝茶吧？”

“阿布·伊斯梅尔”是穆罕迈德告诉蛇头的名字，意思是“伊斯梅尔的爸爸”。在阿拉伯世界，用长子的名字称呼父亲很常见。

阿布·伊斯梅尔现在唯一想做的事情就是继续睡觉。昨晚，他睡得很沉，一个梦都没做。但此时，他不能拒绝，于是便起身跟奥斯曼的父亲——阿布·奥马尔一起喝茶。奥马尔是奥斯曼的大哥的名字。

老人卷了两支烟，递给萨迪克一支，然后俩人一起点上。卷烟用的烟草是他自己种的。

“奥斯曼关系很广，他能帮上你的忙。”老人清了清嗓子说道。

萨迪克开始咳嗽起来，他喝了口带甜味的浓茶，以便冲淡口中那股辛辣的味道。

每当手里的卷烟抽完，阿布·奥马尔便会再卷上两支，俩人就这样一支接一支地抽着。

后来，萨迪克听到开门的声音，听到有人往水槽里灌水。这栋宅子的其他地方也活跃了起来。现在，他们可以出发去找他的两个女儿了。根据哈塔伊那边的蛇头推测，她们很可能被送到萨迪克现在所在的地方——阿特麦。

大约10点钟，奥斯曼来到他们这边。在阳光下，萨迪克看到他脸上的淡棕色雀斑、赤褐色胡子，这是典型的叙利亚北方人的长相。

奥斯曼的几个兄弟端进来一盘鸡蛋、一盘橄榄、一盘奶酪，一份用鲜百里香、芝麻、漆树叶和香油做的浓汤，还有热面包和浓茶。

谈判的时间到了。萨迪克需要支付租车、人力和枪支的费用。两个贴身保护他的人，每人每天10美元；那支卡拉什尼科夫冲锋枪的租金是每天20美元。在没人保护的情况下，萨迪克不能单独外出，因为萨迪克自己也可能会被人绑架。这里的民兵中有一些犯罪组织，专门绑架外国人交给阿萨德政府或者极端分子。奥斯曼告诉萨迪克："如果你还活着，他们会把你扔进监狱，向你的家人或者政府索要5 000美元的赎金；如果你死了，他们则会索要2 000美元。这期间，他们会把你的尸体放进冰柜摞在别的尸体上面，直到他们收到赎金。"

"所以，你需要保镖来保护你，"奥斯曼说道，"不过你自己也要小心，留神观察周围的情况，现在世道乱得很呢。"他叹了一口气，接着说道，"你在阿特麦的安全没问题。这里的人都认识我们。"

奥斯曼的父亲——一位退役的阿萨德政府空军上校，一言不发地看了儿子一眼，然后摇了摇头。

“在叙利亚，没有一个人是安全的。”

这个国家被称为“恐怖之地”。对很多叙利亚人来说，恐惧已经成了生活的一部分，他们无法远离恐惧，更无法消除恐惧。恐惧已经伴随着他们的每一次呼吸、每一次心跳，进入他们的思想和肉体，深深融入他们的灵魂。年龄越大，恐惧就越深。

一般来说，阿拉伯世界反独裁抗议运动爆发时，走上街头示威的大多都是年轻人。年长的人对此更多的是持怀疑态度。同往常一样，反抗者终将受到惩罚。年长的人没有年轻人的那种大无畏精神，因为他们经历过太多了。

数十年来，叙利亚人一直生活在阿萨德家族的统治之下。1930 年，哈菲兹·阿萨德（Hafiza al-Assad）出生。他的父亲因为早年反抗法国统治，后来又反抗叙利亚政府的统治，获得了“雄狮”的绰号。哈菲兹在一个努赛里耶派居住的村子里长大，9 岁离家，成为家族中第一个小学毕业后继续接受教育的人。他四处寻找能够接收努赛里耶派的地方，对由叙利亚富裕阶层保守派组成的“穆斯林兄弟会”产生了最初的仇恨。16 岁时，哈菲兹加入了以“统一、自由、社会主义”为宗旨的阿拉伯复兴党，并开始从事地下活动。他结交贫苦的逊尼派和基督徒，与他们团结一致反对统治这个国家的资产阶级。军队和政党是胸怀抱负的年轻人最好的上升路径。位于霍姆斯的军事学院提供免费食宿、生活补贴和飞行训练，哈菲兹的人生在那里扶摇直上。

1966 年，阿拉伯复兴党成功发动了一场政变。政变之后，年仅 36 岁的哈菲兹·阿萨德被任命为国防部部长。接下来，经过一系列激烈的权力斗争，哈菲兹取得了胜利。在又一次发动政变之后，哈菲兹·阿萨德于1970年集所有大权于一身。他对宗教反对派进行残酷镇压，大批伊斯兰极端主义者被迫害。

从20世纪60年代初开始，政府与极端主义分子之间一直冲突不断。到了70年代，“穆斯林兄弟会”放弃了和平反抗的方式，开始使用游击战术。大批政府官员在一系列汽车炸弹事件中丧生。一天早上，在位于阿勒颇的一所军事学院里，值班长官召集所有努赛里耶派学员开会，在会上同手下一起屠杀了这些手无寸铁的学生。该事件发生后的第二年，即1980年，哈菲兹遭遇手榴弹袭击，他的一名保镖挺身而出，牺牲了自己替他挡住了炸弹，哈菲兹得以侥幸逃生。事后，哈菲兹施行了无情的报复。“穆斯林兄弟会”的成员被处死，组织也被解散。

针对军队和地方阿拉伯复兴党支持者的袭击依然在继续。1982年年初，伊斯兰主义者宣布由逊尼派控制的城市哈马“获得解放”。政府决定一劳永逸，彻底粉碎反对派。在接下来的数周内，在哈菲兹的弟弟里法特（Rifaat）的率领下，政府军把这座城市夷为平地。有两三万人被屠杀，不过无人知晓确切数字，也没有能证实屠杀的照片存世，只有有关此事的流言到处传扬。

阿萨德一派大权在握，但与阿萨德一起组成国家机器的还有逊尼派、什叶派、基督徒、伊斯兰主义者、库尔德人和德鲁士族。他们一起共享特权、同担风险。大马士革和阿勒颇的逊尼派中产阶层组成的战略联盟拥有特殊的地位，而占人口总数11%、被逊尼派视为异教徒的努赛里耶派之前从未享有过政治权力。阿萨德的策略是，尽量避免偏袒任何一支主要的宗教力量，并借此建立了一个相对稳固的政权。

伊斯兰主义者被投入大牢，在刑讯室里惨遭折磨。知识分子放下了手中的笔，不再发声。人们需要活下去。

他们寄希望于这只“雄狮”的继承者能够松一松手中的缰绳。

哈菲兹的长子巴西勒（Bassel）被推荐为政权的接班人。1994 年 1 月的一个早晨，巴西勒在前往大马士革机场的一个环形路口发生车祸，当场身亡。随后，巴西勒的弟弟、正在伦敦学习眼科的巴沙尔不得不回国接受严密的军事训练和政治培训。很多人都怀疑巴沙尔是否有能力掌控大权。

2000 年，哈菲兹因心脏病突然去世之后，叙利亚的学者和伊斯兰主义者看到了一丝希望。这位年轻的眼科医生实施改革，世称“大马士革之春”，这种改革在其父当政期间是绝不能容忍的。在没有自由媒体报道的情况下，人们在私人住宅里举办沙龙，进行了一系列的讨论，讨论的结果是，大家认为目前需要进行一系列的改革。99 位叙利亚学者草拟了《99 人宣言》，要求实现政治多元化，建立法治政府，允许言论自由，尊重人权。2001 年 1 月制定的《1 000 人宣言》更进了一步，要求发扬民主、实行多党制。

随后，“大马士革之冬”降临了。由于军方的压力和阿拉伯复兴党元老的反对，事情出现了反转，改革运动的领导者被抓进了监狱。

其他的政党也被一律禁止，人们开始效忠新任总统。墙壁上、路灯柱上、集市里、办公室、学校和医院，到处都张贴着巴沙尔的照片。就像他的父亲、那位老飞行员曾经做的那样，无论你走到哪里，巴沙尔·阿萨德总是在低头看着你。与其父亲统治时代唯一不同的是，年轻的巴沙尔戴着一副太阳镜。

☙

巴沙尔继承父亲的权力时，奥斯曼刚满 19 岁。他辞别了居住在阿特麦的父母，到阿勒颇学习电气。

此时的叙利亚已经是一潭死水。北部贫困地区经济发展停滞，几乎没有任何工业。人们仅靠田里种植的作物——黄豆、扁豆和鹰嘴豆维持生计。不过局势还算稳定。你能准确地预测秋天会收获哪些食物，知道山羊的价格是多少，知道电视台会播放什么类型的新闻。新上任的总统许诺在第一个五年计划里实行改革，然而经济增长带来的所有利益都集中到了少数人手里，到了那些支持巴沙尔政权的人手里。

叙利亚有 1/4 的人失业。奥斯曼发现经商比没什么活干的电气工程师要挣钱多。廉价的叙利亚商品在土耳其能卖个好价钱，还可以在邻国以合理的价格买到在叙利亚几乎看不到的商品。后来他结婚了，搬到阿特麦跟父母住在一起。他的父母在靠近土耳其边境的地方有一片橄榄树林。这种靠近边境的便利为他们创造了赚钱的条件：他们可以通过从事合法贸易创收，也可以通过其他暗中操作的交易，例如走私人口来挣钱。

只要能拿到好处，边境巡逻队就会对他们的行为视而不见。由于土耳其的生活水平不断提高，而叙利亚经济则停滞不前，他们的收益逐年增长。跨过边境后，一盒香烟的价格可能翻好几番，柴油买卖挣的钱也非常可观。

在阿特麦，蛇头的身份已经成了公开的秘密。这些无名之辈正在闷声发大财，很多人都参与其中。每个家庭都有一个人参与“这桩生意”，其他人要么辛辛苦苦地在橄榄树林里耕种着贫瘠的土地，要么无所事事。

随后，一切都变了。正如人们看到的那样，以前的叙利亚永远消失了。

2011 年 2 月的一个傍晚，在叙利亚最南部的城市德拉，有一群男孩放学后聚在一起踢足球。踢完球后，孩子们坐下来聊天。其中一个孩子出了个主意：在校园的墙上写一句反对现任总统的话。这个 15 岁的孩子用喷漆在墙上喷了一句话，然后大家就各自跑回家了。第二天早上，校长看到墙上的字——“很快就要轮到你了，医生”，于是报了警。学生们被分成 10 人一组进行审讯，一个 14 岁的孩子被指控参与了此事，他被打得鲜血淋漓，随后他供出了其他参与者。

这些孩子全部被捕，然后不知所终。他们的父母到警察局讨说法，警察只是冲他们耸耸肩。人们开始聚集到警察局门外，要求释放这些孩子。这些孩子的父亲们再次去警察局讨说法时，警察劝他们忘了这些孩子。“把你们的老婆送来这里，我们会给你们再造些孩子出来。”一个警察如此说道。

要求释放孩子们的行为升级成抗议活动。安全部队动了枪，最初有两人在骚乱中丧生，后来传言说德拉有成百上千人失踪了。

在监狱里关了一个月后，孩子们被放了出来。装着课本的书包被交还到他们手中，他们被告知说，因为在母亲节这天实行大赦，总统（也就是那个医生）赦免了他们的罪行。孩子们出狱后，双眼呆滞。被监禁期间，他们饱受了火烧、刀割和殴打，有的人指甲都被拔掉了。

抗议就这样开始了，从孩子们在墙上写下那几个字开始了。

突尼斯、埃及和利比亚的首都全都陷入混乱。叙利亚的抗议活动没有像这几个国家那样蔓延开来。大马士革的秩序得到了有效控制，密探和便衣警察遍布全城，任何形式的抗议活动在数秒钟之内就会被上报，几分钟内就会被镇压。载有安全部队士兵的公共汽车在全市巡逻，随时可以对任何可疑的行为采取行动。

在一些没有如此高级别戒备水平的卫星城镇和地方城市，人们发出了自己的声音。他们没有要求巴沙尔下台——这样做太危险了，他们只是要求进行改革，要求民主和自由。在叙利亚，除了星期五的聚礼之外，禁止任何其他形式的集会。随后，在一次聚礼结束后，游行开始了。起初，参加游行的男人们都默不作声，后来他们逐渐开始高喊口号。

一些集会演变成庆祝活动。地方歌手在临时搭建的舞台上献唱，诗人站在人群中间的梯子上朗诵诗歌，小女孩骑在父母的脖子上观看，妇女则站在阳台上挥动自己的头巾，一片群情高涨的景象。

后来，伊斯兰主义者来了，“圣战者”也来了，随他们而来的还有各种武器、装备。人们第一次开启了对自由的梦想。

随着零星的小冲突不断发生，战争开始了。一人被杀，全家哀痛；两人被杀，人们继续载歌载舞；三人被杀，人们依然信心满满；四人被杀，妇女开始闭门不出；五人被杀，孩子们不再参加示威游行；六人被杀，演唱会终止了；七人被杀，葬礼变成了游行示威；八人被杀，此仇必报；九人被杀，年轻人拿起了武器；十人被杀，人们学会了杀戮……

随后，大屠杀开始了。

2011年，针对游行示威者的无情杀戮搅动着叙利亚人的集体记忆，让他们想起了数十年前的哈马大屠杀。与之前不同的是，这一次人们通过录像的形式把一切都记录了下来。人们用手机录下屠杀过程，然后偷偷送到国外，在互联网上发布。阿萨德政府再也不能在黑暗中屠杀百姓了。然而，国际社会一点儿忙也没有帮。虽然各国领导人一致谴责这种暴行，但一切还要靠叙利亚人自己奋起反抗。为回应政府军用坦克对付示威群众，“叙利亚自由军”（FSA）成立了。

最初的叛军由士兵、政府官员和一些拒绝向自己的同胞开枪的将军组成。这些反叛者希望“阿拉伯之春”运动蔓延到叙利亚，以结束阿萨德政府的统治。随着新的示威者被杀掉，更多叙利亚民众加入武力反抗者的行列。诗人不再取悦大众，他们学会了真枪实弹的射击；理发师不再给人们剃发，他们留起胡子，擦亮了武器；工程师开始制造炸弹；医学院的学生开始制造燃烧弹。“叙利亚自由军”向一切人员开放，不管是逊尼派、什叶派、努赛里耶派还是基督徒，任何人都可以加入。它唯一的目标是建立一个自由、民主、安全的国家。

为了分裂这种由不同团体组成的联盟，政府试图把冲突引向宗派之争。巴沙尔的策略是扶持在叙利亚少有人支持的伊斯兰极端主义者，打压代表大多数人利益的温和派。相比伊斯兰极端主义者而言，这个眼科医生更害怕民主。

国家宣传机器不断将革命者称为恐怖分子。早在2011年春，骚乱刚开始的时候，政府便从位于大马士革郊外的塞德纳亚监狱释放了数百名激进的伊斯兰主义者。他们很快建立了民兵组织，为了表示感恩

（因为罪犯通常很少有从监狱里活着出来的），他们不去攻击政府军，而是把枪口对准了反政府武装。由海湾石油大亨资助的“圣战者”开辟了一条对抗“叙利亚自由军”的新阵线。

为民主而奋斗的各派力量向西方国家寻求军事援助，但欧洲各国领导人对此犹豫不决，奥巴马政府心不甘、情不愿。世界各国都把脸扭向了一边。

内战爆发前，奥斯曼与父母、妻子和两个女儿生活在边境村庄阿特麦。2011 年 10 月，“叙利亚自由军”占领了那个小村庄。由于这个狭长的地带深入土耳其境内，阿特麦躲过了阿萨德政府军的空袭。因为远程导弹精准度不够，叙利亚政府不想冒险误伤这个北约成员国。因而，这个村庄成了外国战士出入叙利亚的大门，前来参战的人由此进入叙利亚，负伤的人从这里撤出叙利亚。从土耳其运送武器装备的卡车由此进入，由民兵组织占据的油田出产的石油则从这里运出。

2013 年 10 月底，萨迪克来到这里，当时阿特麦已被“叙利亚自由军”和其他几个伊斯兰组织分而治之。其中最大的三个组织是“胜利阵线”、“沙姆自由人组织”和“沙姆猎鹰旅”。由于他们相互之间交火不断，这几个民兵组织所控地盘的界线很不固定。因抢夺地盘而交火时，戴着不同颜色头带的年轻人荷枪实弹，怒目相向。只要一方先开一枪，另一方马上开枪还击。“我们在这里！这是我们的地盘！赶快滚出去！”

阿特麦这个昔日风平浪静、被橄榄树环绕的小镇正在快速改变。

在奥斯曼家的客厅里，大家从上午商讨到下午。最终，他们达成了协议，定下了保镖、武器和汽车（就是头天晚上他们乘坐的那辆斯柯达皮卡）的租赁价格。

“你是我的客人。”奥斯曼咧嘴笑了笑。协议的第一条就是带萨迪克四处转转，把他介绍给当地各个组织。战争形成了自身的法则：如果不投靠某个组织，外国人在叙利亚无法生存，也就是说必须得有人罩着你才行。如果你独来独往，在选择投靠的组织方面犹豫不决，那么很可能会被怀疑是个间谍。

他们首先去拜访的是“胜利阵线”。这是“基地”组织在叙利亚的一个分支，也是本地区实力最强的民兵组织，直接听命于恐怖组织的领导层。该组织的收入主要来自石油贸易、绑架人质、抢劫、走私、捐赠、税收和侵占财产。它的总部位于阿萨德政府曾经的一个办公大楼里。在那里，奥斯曼和萨迪克见到了戴着高度眼镜、身材圆胖的阿布·伊斯兰（Abu Islam）。

奥斯曼和萨迪克在房间外脱下鞋子，赤脚走进了铺着地毯的房间。里面有几个指挥官正在一边喝茶一边商讨事务。

萨迪克把自己的情况说了一下。很不巧，阿布·伊斯兰没听说过有索马里女孩来过这里。他告诉萨迪克和奥斯曼，外国人通常会直接穿过这个小镇，继续往里走。

“往里走到哪儿呢？”

“一直走到‘达伊沙’的地盘，”他进一步解释说，“只有‘达伊沙’才招女人，我们这里不要。”

“达伊沙”是一个贬称，指的是“伊拉克和大叙利亚伊斯兰国”（ISIS，以下简称“伊斯兰国”）。大叙利亚地区包括约旦、以色列、黎巴嫩和土耳其的部分领土，西方人在历史上称之为黎凡特。ISIS 和 ISIL[①] 这两个不同的名称指的是同一个组织。

“达伊沙”和“胜利阵线”可以说是同宗同源，它们拥有共同的源头——“基地”组织。叙利亚内战爆发后，“伊拉克伊斯兰国”（ISI）派出一队人马进入叙利亚，创建了“胜利阵线”，随后“伊拉克伊斯兰国”进入叙利亚。宣布为独立组织后，“伊拉克伊斯兰国”被“基地”组织除名，并在阿布·贝克尔·巴格达迪（Abu Bakr al-Baghdadi）的领导下更名为“伊拉克和大叙利亚伊斯兰国”。“胜利阵线”原本就是他们创建的，更名后他们要求“胜利阵线”重新加入他们的队伍，不料却遭到了拒绝，因为“胜利阵线”更愿意留在“基地”组织里。

是否允许妇女应征入伍一直是争论的焦点。“基地”组织欢迎妇女来到叙利亚，前提是等战争结束，等真正的“哈里发国”建立起来，而“伊斯兰国”则希望她们现在就加入。

阿布·伊斯兰送客人出门时不停地点头，并答应“我们一定会盯着点儿的”。

要拜访的下一家是“沙姆自由人组织”。这是一个由伊斯兰主义者组成的民兵组织，较“胜利阵线”来说相对温和，与“基地”组织也没有牵连。“沙姆自由人组织”的目标也是要建立一个伊斯兰国家，不过它反对在全球范围内发动“圣战”，也不希望建立一个超出叙利亚现有疆域的“哈里发国”。他们唯一的目标是在叙利亚实施伊斯兰教法。

该组织的几个领导人都在塞德纳亚监狱被关了好几年，遭受了严

① ISIL 是“伊拉克和黎凡特伊斯兰国”的简称。——编者注

刑拷打。阿萨德政府放他们出来后，这几个狱友一起成立了一个民兵组织。他们承诺保护宗教少数派，并与世俗武装合作，从而与极端的萨拉菲派划清了界限。他们被称为“隐秘的实用主义者”。

“你知不知道孩子们大致的去向？”该组织司令官阿布·乌萨马·阿塔尔（Abu Utham al-Atar）问道。

“我只知道她们来了叙利亚，具体去了什么地方我不清楚，”萨迪克回答说，“她们很可能路过这里，也许被人绑架了。”

“一个来到战区寻找女儿的父亲，我很佩服。”司令官说道，并答应会关注此事。

萨迪克把一张已经磨烂了的护照照片复印件拿给他看。不过，什么照片估计都没有太大的用处了：这两个女孩现在很可能戴着面纱。

“叙利亚自由军”的总部位于当地警察局，离这里只有几分钟的车程。这支部队最初从阿萨德政府手中夺取了这片地方，现在它的控制区却在一点点萎缩。美国和沙特阿拉伯都支持“叙利亚自由军”，但拥有重型火炮和空军力量的政府军与武器精良、车辆众多的极端主义分子对“叙利亚自由军”的攻击越来越密集。在煽动性很强的宣传和利诱下，很多年轻人都离开了世俗武装，加入了极端主义分子的阵营。此外，内部分裂使“叙利亚自由军”的力量逐渐弱化。还有一些人顶着他们的名号作恶，从而导致百姓也越来越不支持他们。与此同时，“胜利阵线”和“沙姆自由人组织”则通过慈善行动不断赢得当地百姓的支持，与“叙利亚自由军”形成了鲜明对照。

刚踏进“叙利亚自由军”总部的大门，萨迪克便闻到一股刺鼻的烟味。后来他点了一根烟，奥斯曼也点了一根。这里弥漫着一股忧郁的气氛。头天晚上他们遭到了袭击，现在萨迪克和奥斯曼得等“叙利亚自由军”的领导人开完会。他们等了好长一段时间，抽了几根烟后，只见一个60多岁、身材瘦高、留着海象胡子的人朝他们走了过来。

“可怜，真可怜啊。”听完萨迪克的故事，阿布·阿卢什（Abu Alush）说道。他是第一批背弃阿萨德军队的军官之一。

“这个地方有很多不幸的事是我们控制不了的。如果有消息，我会通知你的。”

“她们肯定沦为人质了，”萨迪克说道，“很可能是某个犯罪团伙干的。”

阿布·阿卢什点了点头：“是的，没错，毫无疑问。不过现在你们该走了。”

现在只剩下一个组织还没去——“伊斯兰国”。

“伊斯兰国”的总部位于一栋别墅里。那里曾是阿萨德手下一位将军的住宅，大门紧锁，四周高墙围绕。这栋别墅坐落在一座废弃的花园当中，花园里只剩下几棵无人照料的扁桃树。别墅内则充满了家的味道——两个男孩正在准备晚饭：扁豆汤、黑豆和面包。

一位高个子“埃米尔”[①]出来迎接他们。他的名字叫阿布·萨阿德·图尼西（Abu Sadd al-Tunisi）——名字的最后一部分暴露了他的祖籍。萨迪克尽最大努力选择恰当的词汇，力图描绘出一个动人的故事。他强调了给之前拜访过的人留下深刻印象的那部分内容，不太重要的则略去不提，尽量把话题集中到“他女儿在违背自身意愿的情况下来到这里”这一重点上来。

---

① 埃米尔，原意为“受命的人”“掌权者”，伊斯兰教国家对上层统治者、王公、军事长官的称呼。——编者注

阿布·萨阿德请他俩吃了饭，不过没有做出任何许诺。盘子被一个个端进来，萨迪克能听到隔壁房间里有几个人正在吃饭。他们吃得热火朝天，武器放在伸手就能够到的位置，肯定跟他当兵时的情景一样。萨迪克想起自己是如何把枪像抱女朋友一样抱得紧紧的，一旦感觉心里不踏实，就会检查一下子弹是否已经上膛，保险栓有没有拉开。拉开保险栓只需要三秒钟，但这三秒钟足以让你命丧黄泉。

拜访“伊斯兰国”是由阿布·伊斯兰（就是他们在“胜利阵线”见到的那个身材圆胖的人）安排的。阿布·伊斯兰走进房间，跟大家简单打了个招呼，随后便离开了别墅。虽然这两支“圣战”军可以共进晚餐，也可以在战斗中结成战略联盟，但两者之间的关系依然紧张。两派领导人之间的权力斗争激烈且不可调和。他们不但没有联合起来对抗叙利亚政府军，自当年夏天以来，反而一直在为争夺叙利亚北部地区的控制权而不断交火。

从绿色头带换成黑色头带，他们不停地向那些能给予自己更多利益的人表忠心。数月之后，为了铸造持久的联盟，“伊斯兰国”开始把枪口指向那些全力以赴支持他们，甚至贡献出自己女儿的人。

时间一天天过去了。萨迪克能做的就是等待、付钱、等待。

直到最后他的钱包空了，再也没人会保护他。

“回哈塔伊取钱去吧。”奥斯曼对他说。

战争期间，现金为王，银行存款分文不值。萨迪克还得再跑一次：跑两英里过去，再跑两英里回来。

他给穆罕迈德打了个电话。这个出租车司机答应会在边境另一边等他。

太阳快要落下，还有几个人也在等着越境。其中有几人冲过去试了一下，但很快就掉头回来：巡逻队的人太多了。后来穆罕迈德从土耳其那边打电话过来说："萨迪克，今晚别试了，巡逻队全部出动了。"一个埃及人试图过去，结果被逮个正着，其他还有几个人也被抓了，等待他们的将是土耳其的大牢。心灰意冷的萨迪克又回到了奥斯曼家，奥斯曼同意他再在这里吃住一天，钱可以先欠着。

第二天晚上萨迪克跑过了边境。穆罕迈德安排了一个摩托车司机在半路接他。萨迪克一跃而上，跳到了摩托车后座上，接着那个年轻的司机在布满沙砾的道路上全力飞奔。坐摩托车的这一英里路花了萨迪克 20 新土耳其里拉。他真希望挪威失业救济和社会保障署已经把 11 月的康复补贴打到他的银行账户上了。

自动取款机吐出现金后，萨迪克返回边境，付了钱，再次跑进战区。

回到伊德利卜省后，奥斯曼继续帮他一个军团接着一个军团、一个村又一个村地四处打听。萨迪克不断描述女儿们的特征：高个子、神态骄傲，可能戴着面纱。只要有人愿意听，他就不停地讲。现在住在阿特麦的人们都认识他了。他们会说：那个来找女儿的父亲过来了。

"我们需要出省去找。"有一天，奥斯曼对萨迪克说道，"不过这可不便宜。"

萨迪克需要再次取钱。奥斯曼告诉他，第二天是土耳其人的公休假日，因此越境没什么问题。奥斯曼说得没错。萨迪克又一次跑过了边境，穆罕迈德接他到哈塔伊的自动取款机上把钱全部取了出来。然后，萨迪克回到糖宫旅馆取存在那里的行李。这时，奥斯曼突然出现在他面前，说自己有紧急业务需要处理。

“只要再花几个小钱，我保你在回去的路上舒舒服服。”奥斯曼信誓旦旦地保证。

一辆汽车载着他们来到了位于巴布哈瓦的边防检查站。障碍杆直接抬起来，他们开车径直穿过了边境，没人过来对他们进行搜查，晚饭时候他们便回到了阿特麦。

奥斯曼已经可以自由穿越边境了。之前他把萨迪克第一次遇到他的那片橄榄树林租给了一个外国救援组织，该组织在那里建起了一个收容站。除了收取租金、可自由穿越边境这两个条件外，奥斯曼还要求自己家所有的亲属都到这个收容站工作。自从建立这个收容站后，阿特麦的人口翻了10倍。目前，这片橄榄林里里外外住着大约三万人，大多都是无力支付数百美元越境费用的人。

这名来自阿勒颇的电气工程师利用战争带来的苦难大发横财，他不断偷渡更多的“圣战者”进入叙利亚，使得战争的车轮永不停歇。

奥斯曼带着萨迪克往南行进，难民们则向相反的方向前进。他们中有男人、女人、老人，也有儿童。有步行的、有坐马车的，也有乘汽车的。他们朝着橄榄树林那里的收容站、朝着土耳其边境进发，不管走到哪里，只要能离开就行。截至2013年秋，有200万叙利亚人逃离了自己的国家，而叙利亚国内还有更多的人无家可归，他们不停地在战争区之外的地方寻找暂时的庇护所。

萨迪克的心情极度沉重。放眼望去，到处都是被炸毁的建筑、新立的墓碑、碎石瓦砾，还有人，一望无尽的人。

为了收复阿勒颇一带的战略地区，政府军发起了新一轮进攻，各路反政府武装遭受重创。长久以来，阿勒颇一直是数百个“圣战”派系、民兵组织和萨拉菲武装的必争之地。现在，他们正在联合起来，共同抵抗政府军的进攻，另外还有几个组织也正从拉卡和伊德利卜赶来此地。

奥斯曼和萨迪克每到一处收容站，都会停下来问是否有人见过两个女孩。没人见过。战争正在身边肆虐，谁还有工夫留意两个女孩呢？

那年秋天，有数千名外国战士从欧洲抵达这里，人数是夏天时的三倍。“伊斯兰国”将阿萨德政府残酷对待老百姓的行径作为自己征集人马的手段。那年夏天，政府军使用化学武器进行攻击，超过1 000人因窒息而死，“伊斯兰国”便借机大肆宣传。“伊斯兰国”最大限度地向外国人开放，而其他组织在择人方面则更为慎重，更倾向于招募经验丰富的士兵，而不是对战争几乎一无所知的“炮灰”。

通过与叙利亚人进行交谈，萨迪克感觉到这些人对来到他们国家发动战争的“圣战者”非常厌烦。这些“圣战者”来到这里，或是带来了欧洲各国的风俗和行为习惯，或是接受了海湾国家的金钱资助。他们傲慢自大、行为粗鲁、残酷无情，并试图在叙利亚的土地上，甚至在地球上建立他们所谓的神圣国家。

萨迪克思考着这场战争的本质。每一方都认为这片土地是自己的，别人应该离开这里，认为站在自己这一边的是真主，而支持对方的是魔鬼。大家都认为自己坚持的是真理，每一方都嗜血如命。每到深夜，这些词语总是在他的脑海里回响：杀戮、砍头、复仇。

跟士兵们一样，萨迪克和奥斯曼选择在废弃的建筑里藏身。他们首先得仔细观察，看看屋顶的破洞，看看钢筋裸露在外的混凝土墙壁。这个屋顶还能再撑一个晚上吗？这栋房子还能再撑一天吗？

在被人抛弃的房子里过夜，萨迪克感到很不适应。这家人离开了自己的家园，带着孩子逃离了这里。

一路上萨迪克不断产生希望，又不断失望。两军的阵线已经发生了改变。沿着大路开车意味着有可能进入政府军控制的地区。为了避开政府军，他们不得不放弃汽车，商讨沿着远离大路的崎岖山路前进。奥斯曼建议租两头驴。

“阿布·伊斯梅尔，你会骑驴吗？”

一个小男孩教他如何赶驴。这个消瘦的索马里人跨上驴背，而驴却待在原地不肯动。

“不对，不是这样。看着，拍它这儿，踢它那儿！”

想不到骑驴会这么难！萨迪克骑过双峰驼和单峰驼，还帮爷爷放过羊。他问小男孩几岁了。

“8岁。”

“伊萨克也快8岁了，”萨迪克心里想，“可我的小儿子现在还不能自己去学校，还不会系鞋带呢。”

这个叙利亚小男孩的裤子上破了好几个洞，脚上没有穿鞋子。

“这样，这样坐。”他继续耐心地说道。

萨迪克从驴背上滑了下来。

最后，萨迪克把帆布背包和枪放在驴背上，自己在一边跟着走。很快，他便落到了后面。那个每天10美元雇的保镖沿着山脊上了山，萨迪克则远远地跟在后面。

这时候，突然传来一阵枪声。他们碰到打仗的了。各种口径的枪炮声在耳边回响。萨迪克趴在一片矮树之间的地面上，尽力控制自己的呼吸。如果能够稳住心跳，他就会瞄得很准。他带了满满两夹子弹，他之所以能在索马里内战中活下来，就是因为他的射击水平比敌人更高一筹。

萨迪克喉咙发干，开始爬离交火区域。他四肢贴着地面，感到自己像在做自由落体运动，先是自由地飘浮在空中，紧接着又突然摔下来，好像跳伞时没打开降落伞一样。“我控制不了自己的生活，控制不了局面，什么都控制不了。”现在，萨迪克唯一能做的就是抱着头一动不动。他想着奥斯曼指明的地标，试图弄清楚自己现在身处何地。这个叙利亚人曾指着地标对他说：“这是他们的地方，现在我们来了。”萨迪克对自己感到非常恼火，真后悔只是盲目地听奥斯曼的话，没有自己观察一下。

如果被阿萨德的军队碰上，他们会把萨迪克当成伊斯兰极端主义者，很多索马里人都是伊斯兰极端主义者。这时候他听到了一个低沉的声音。

“感谢真主，”奥斯曼说道，“你还好吧？”

“是的，谢谢你。”萨迪克回答道。

“低头别动，”奥斯曼说，“让他们看到了，会冲我们开枪的。”

叙利亚太大了。萨迪克逐渐失去了信心。

他们现在位于阿勒颇市郊。这座昔日繁华的城市散发出阵阵恶臭，叛军占领区的气味令人作呕。尸体都被压在废墟下面，他们在这儿没法住，只得继续往前走。“找到她们！”这是萨拉对萨迪克说的最后一句话。

附近的几个社区几乎没有一栋完整的楼房，如果再来一轮攻击的话，这些楼就会全部倒塌。这些建筑紧挨在一起，很多都是一道墙两家用。墙壁上有很多洞，方便士兵在这些房屋之间来回穿梭。士兵通过这些隧道般的墙洞赶到前线，也就是外面的大街或是某个墙角。那里曾经是孩子们上学的必经之路，也可能是年轻情侣的拥吻之地。而现在，死神每天都会降临。

天黑之后，他们来到一栋公寓楼休息。

萨迪克四处打量了一下。这里之前一定是个非常漂亮的地方。虽然外面已经面目全非，但整栋屋子并没有完全毁掉。橱柜里还放着很多碗盘，炖锅可以用来泡豆子，还有一个篮子里装着一些干蒜皮。书架上摆满了书，衣柜里还挂着各种衣服。

墙上挂着一幅带框的结婚照，照片里的两位新人眼睛炯炯有神，满脸洋溢着幸福的神色。新娘的脸上擦了粉，化着妆，身上穿着一条白色的裙子，头上插着鲜花。新郎身穿白色衬衣，黑色西装外套，胡子剃得干干净净。从他们的衣着风格来看，婚礼距离现在的时间并不长，他俩看起来很现代、很时髦。“他们还很年轻，”萨迪克想，“这就是我们这个时代发生的事。”

他们现在会到哪里去了呢？混在那些难民之中，拖着身体沿着布满砂砾、泥泞不堪的道路前行吗？

萨迪克站在那里，站在那对儿漂亮的新人的结婚照前，站在他们化为灰烬的幸福前，忍不住流下泪来。

战争粉碎了多少人的梦想啊。

萨迪克对两个女儿感到非常气愤。他大声哭了起来。叙利亚人不需要更多人前来参战！不需要从西方国家来的男男女女！他们需要和平！他用头使劲撞着墙壁，四周传来一阵阵空洞的回音。他伸手到口袋里找香烟，没有找到，他便离开了客厅。

有一个房间里还留着一张双人床。他躺在床上，一动不动。这是那对儿新人的婚床。他躺在他们的婚床上。

他大声抽泣起来。

我的女儿们为什么要来这里呢？

阿扬！莱拉！你们到底是怎么想的？

第二部

走向激进的 7 个步骤

1. 他化：我是一个单独的群体，他们是另一个群体。

2. 集体化：他们都是一样的。

3. 压迫叙事：他们正在压迫我们。

4. 集体犯罪：他们串通好一起来压迫我们。

5. 至上主义叙事：我们比他们强。

6. 自我防卫：我们不得不对侵略行为进行报复。

7. 暴力思维：暴力是唯一的解决方式。

——@伊亚德_艾尔巴格达迪

“阿拉伯之春”激进分子，2015 年

第五章　少年时光

捷图姆中学坐落在挪威贝鲁姆市的东西分界线上。在它的东侧，住房更宽敞，人们也更富有；它的西侧则是一排排普通居民楼，居住的也都是普通收入家庭。

这所学校号称学生主体呈多元化，但绝大部分学生都是金发碧眼、地地道道的挪威人。女孩们很像贵族学校预科班的学生，喜欢购物，脚穿雪地靴，下身穿着紧身打底裤，上身穿着格子衬衫，外面套着夹克。她们大都是一头金色的长发，脸上化着淡妆，嘴上涂着口红。

2006 年秋，三个与众不同的女孩加入了这群 13 岁学生的队伍。伊万娜（Ivana）一身黑衣，风格夸张；埃拉（Ela）穿着不太合身的大号裤子和 T 恤；阿扬披着绿松石色披肩，戴着大大的耳环，下身穿着紧身牛仔裤。她们三人都有一头乌黑的头发。

外来人的身份让她们走到了一起，别人都称她们是“移民帮”。伊万娜是克罗地亚难民，埃拉的父母来自中国，阿扬则和小学时一样，是班上唯一来自非洲的学生。这三个女孩在家里分别说克罗地亚语、汉语和索马里语。伊万娜是天主教教徒，埃拉是奥斯陆一个华人宗教团体的成员，阿扬则定期到《古兰经》学校去上课。她们一起讨论各自的信仰、相同之处和不同之处，讨论真主、后世、天堂、地狱、性、同性恋和堕胎等诸如此类的话题。埃拉获得永久居住权后，请阿扬和伊万娜参加了她的家庭聚会。她们应该都会承认，自己的命是挪威政府给的。阿扬和伊万娜都是逃难出来的。埃拉的父亲是北京一家宾馆的按摩师。有一天，挪威亿万富豪斯坦因·埃里克·哈根（Stein Erik Hagen）来按摩。这位超市巨头对埃拉父亲的服务非常满意，便安排他来到挪威。

不过，三个女孩都确信，她们长大后会离开挪威。“我想去澳大利亚，”伊万娜说道，“挪威这里又冷又无聊。”她特别不喜欢这里的冬天。阿扬跟她想法一样。“挪威的太阳就像手电筒，”阿扬说道，“只有光，没有热量！”她想成为一名外交官到联合国去工作，为消除不公和贫穷而奋斗。被同学称为“我们的中国基督徒小钢琴手”的埃拉则想成为一名摇滚歌手，周游世界。

最初，不论什么事情，她们总是一起去做。她们一起参加各种聚会，一起挤青春痘，一起吃墨西哥玉米片，一起变胖，一起跑步，一起量腰围，甚至一起来例假。她们共用润唇油，互相倾诉自己的各种感受，互相讲述自己浪漫情感的种种细节。

从 13 岁到 14 岁再到 15 岁，她们就这样一直在一起。

萨迪克一家人在贝鲁姆属于低收入阶层，居住在地方政府为他们建造的简易住房里。在重新接受福利救济、进行就业培训之前，萨迪克一直梦想成为一名工程师。萨拉曾被一所挪威语培训学校录取，不过她从来没去上过课。直到伊萨克上幼儿园，萨拉还是待在家里，一点儿挪威语也没有学会。

阿扬读了不少书，她最喜欢的作家是克努特·哈姆逊（Knut Hamsun）。“他是新浪漫主义时期第一个站到舞台中央的人。”在一篇评论《饥饿》（*Hunger*）的文章中，阿扬写道，“一切事物都是关于我自己的想法，我自己的感觉，人的心灵被放在了首要地位。新浪漫主义不关心宗教或国别，而关注人的想象力，关注一切神秘、非理性和不可言说的事物。”在《饥饿》这本书的结尾，主人公在克里斯蒂安娜（现为奥斯陆）四处游荡。阿扬评论道：“他认为自己是一个失败者，冲动之下登上了一条船，试图逃离克里斯蒂安娜的苦难。这个城市给他留下了深深的印记，在他之前，没人离开这里。”

阿扬没有耐心，做什么事都是凭一时的热情，这一点在写作上倒是问题不大。清楚地表明自己的观点是写作的第一要义，标点符号和单词拼写则是第二位的。她可以写出最不羁的文字。比如，在写一篇关于“发生美好改变的小故事”时，她的第一句话是这样的：“终于，她的眼睛散发出了光芒！”阿扬给这篇作文起的题目是“心·跳”，后来老师把这个题目改成了“心跳”。故事的主人公名叫奥达（Oda），她的眼睛曾“如同布满繁星的夜空一样美丽，而现在却像两个深不见底的黑窟窿”，原因是奥达现在当了妓女。在当地太平间上班的一个男人成了她的客人。一天晚上，奥达在客人的住所借宿，她“躺在那里想，在自己心爱的人的臂弯里醒来是多么幸福的一件事啊。她轻声对自己说：‘一个我爱的男人。’此时，她突然意识到，他们的关系已经非常亲密了。从一开始他就对她很好，好几次无处可去的时候，她都到他这里来借宿。仅仅是‘自己已经爱上他了’这个想法，就让她浑身振奋。她的内心产生了一种温暖而又特别的感情，她越是想，这种感情就越强烈。跟他在一起日子过得应该不会太差，他有工作，收入也挺高”。

在故事的结尾，那个客人要去德国出差，邀请奥达跟他一起去。“这个提议让她不知所措，随后他说出了最令人震惊的一句话：‘我爱你，奥达，跟我一起去吧。’她认真考虑了一番：她有什么可失去的吗？没有，她在挪威一无所有。那为什么不抓住这个机会呢？”

这篇作业阿扬得了B–。老师的评语是：“本文思维严密，描写细致，修辞得当，情节生动。”之所以得了B–，是因为“文中出现大量的错别字，标点使用不当，且文中一些合成词书写有误”。

阿扬还有一篇文章是从托瓦尔·赫尔默（Torvald Helmer）的视角写的。赫尔默是亨里克·易卜生（Henrik Ibsen）的作品《玩偶之家》（*A Doll's House*）中女主人公娜拉的丈夫。“1890年9月23日。亲爱的日记，今天我晋升为银行经理了。多么好的消息啊，我最亲爱的娜拉也替我高兴。但不管我做什么，都抑制不住内心的忧虑，她一定有什么事瞒着我，我能从她那忧郁的鸽子般的眼睛里看出来。如此美丽的一只小云雀不应该如此悲伤。”

另一篇作文里，阿扬把自己想象成一名参加越南战争的美国士兵。故事发生在1966年。“亲爱的日记。今天是我18岁的生日。我的感觉糟透了，甚至不愿从被我当镜子用的那块碎玻璃里看看自己。我们正在进行夜间巡逻，侦察敌情。那些狡猾的敌人可能藏在任何一个地方。我们被要求太阳出来后再露头，拿掉盖在身上的黑毯子，掩盖所有的血迹。”这个士兵还描述了他曾参与的大屠杀的场景：把妇女和儿童绑起来，把汽油浇到他们身上，然后点燃。这个士兵质问道：

“世界如此肮脏，而天空为何会如此美丽呢？地球燃起大火，天上的星星又为何闪闪发亮呢？”

6 个月后，阿扬只写了一句话：“亲爱的日记。我怀疑这个世界是否真的有真主。”

从 15 岁开始，阿扬的罗曼史不期而至。

“我感觉自己快要死了。”冬天的时候，阿扬发信息给埃拉说。这是她们在捷图姆中学的第三年。“我发现他有一个女朋友。（不过这很正常，他跟她一起会很幸福。）”

埃拉回复说：“你好可怜啊……好在你能接受这一点，还为他感到高兴。大海里的鱼还多着呢！我会一直跟你在一起，不管发生什么！爱你，小宝贝！”

就这样，满是笑脸、哭脸、又哭又笑等表情符号的信息跨过三个街区在贝鲁姆的上空传递着。到了暑假，这些信息就在非洲和欧洲之间来来回回传递，从达尔马提亚的海滩传到教会组织的青年营，又一路传到索马里。

“这里有数不清的小帅哥，不过我一个也没碰到。”快要升四年级的那个夏天，阿扬给埃拉发短信说，“这儿都快烤焦了，不过我买到了斯奈普饮料，所以很高兴。到目前为止，我一只蟑螂也没看到，这让我很高兴。奶奶很快就会从吉布提赶过来，我都快等不及了！你有伊万娜的消息吗？”

“小姑娘，”埃拉回复说，“挪威这边的天气好极了！（希望我能晒得更黑一点，我的皮肤太苍白了。）最近我一直跟教堂里的人一起到处闲逛。两周后青年营就开始了。我有点儿等不及了。”

“哇噢！”阿扬回复道。埃拉的青年营之行是这个夏天最精彩的部分，今年的青年营安排在斯德哥尔摩。至于索马里那边发生的一切，阿扬自然会向她汇报：“有好消息，也有坏消息。我把头发剪短了很多，呵呵，感觉轻松多了！这里有一个男孩我特别喜欢，他简直是可爱至极。坏消息是，他很轻浮。不过，他经常来逗我（那种感觉奇特极了），我不知道该怎么做才好。昨天晚上他尝试了4次要吻我，但每次都中途停了下来，我快要死了！今天他又来了，坐在我身边，吻了我的脸颊。不过，这时候另外几个人进了房间，所以我们没机会再做别的。我喜欢他，不过不想受到伤害。现在不想，离开的时候也不想。他不在身边的时候，我的感觉非常奇怪，吃不下东西，睡不着觉，我的姨妈很为我担心，妈妈也是。”

生活就像一出令人愉快的连续剧。

阿扬的性格倔强且充满自信。她对妇女受压迫的事愤愤不平，对时尚杂志上过分强调女性安全问题持批评态度。“你是否不满意自己的外在形象？过度紧张？今晚有多少男孩盯着你看？你上一次做爱是什么时候？这些诡异的问题会让你觉得自己像是印度的室外厕所。”在一篇名为《妇女解放》的文章中，阿扬写道：“更糟糕的是，我们还得生下这些小公老鼠，照顾他们，疼爱他们，直到他们从男孩变成男人，然后再去欺压另一个女人。”

她的作文很容易跑题，无法顺理成章地得出令人满意的结论。“解释一下！”老师在页边上的评语，要么是“这句话放哪里合适”，要么是“不连贯”，不过也有“写得好”或“好”等评语。

“在很久以前的沙特阿拉伯，对妇女的压迫异常残暴，以致如果你生了一个女儿，这个孩子就会被活埋，”阿扬写道，“后来先知穆罕默德来到这里，他保证妇女将受到与男人同样的待遇。他去世后，压迫妇女的风气又死灰复燃，直到现在仍然存在。然而，到了‘二战’末，越来越多的妇女厌倦了家庭主妇的形象。”

在《妇女解放》一文的结尾，阿扬赞扬那些开辟妇女解放道路的人：“即使遭受石刑，被称为巫婆，被杀害，你们也从未放弃信念。感谢你们告诉人们真理，把我们解放出来。”这篇文章得了中等分数，评语的大意是，一些观点还算不错，不过总体结构松散，段落划分也有问题。

阿扬成绩最好的是宗教课。她不仅熟知几种宗教信仰的内容，还能做出自己的评价。她声称伊斯兰教教义中也有很多她不喜欢的地方，特别是其中关于驯服妇女的内容。女人没有跟男人同等的地位，也得不到同等的权利。她告诉同学，她不准备为伊斯兰教辩解，因为如果这种情况继续下去的话，她将脱离这个宗教！

中学毕业时，毕业证书上成绩栏中 A– 和 B 各占了一半。阿扬做了一个大胆的决定：申请挪威最有名望的学校之一——内斯布鲁高中，希望能进它的国际学士学位班。内斯布鲁高中称，该项目的课程设置极具学术挑战性，是“全世界最好的大学预科培训项目”之一。除了挪威语课和外语课之外，该项目的课程全部使用英语授课，这对于希望成为外交官的阿扬来说非常适合。

第一年，阿扬被这所学校录取了。然而，到了夏天时，她开始后悔自己的选择。自从进了内斯布鲁高中后，她再也不能跟朋友一起闲逛了。她的朋友都进了鲁德的职业学校，埃拉学的是音乐，伊万娜学的是戏剧专业。

阿扬给正在多伦多参加青年营的朋友埃拉发信息说："你好，挪威来电！听说你谈了个男朋友？继续谈吧，小姑娘。这里太无聊了，从开学以来听到了很多关于内斯布鲁高中的负面消息，我很想念我那黄皮肤的小朋友。你要尽力多找点儿乐子，虽然基督教会的这种安排不怎么好。"

第一学年的成绩将决定阿扬能否继续该项目课程的学习。后面的课程将打开一扇扇通往广阔世界的大门。她将有可能成为全家第一个取得更高学术成就的人。

内斯布鲁辖区内有一座名叫内绍亚的岛，是著名的富人区。奥斯陆峡湾的美景从富人的豪宅里一览无余。这里的人阿扬一个都不认识，跟他们的长相也不一样。阿扬的长相与众不同：金色的皮肤、圆润的脸颊、饱满的前额，还有一双闪亮的眼睛。她的身材笔挺，神态傲气，喜欢穿紧身牛仔裤，戴各色各样的头巾。

小学时，英语曾是阿扬最爱的课程，这一点现在对她帮助很大。但阿扬的老师克努特·贡德森（Knut Gundersen）对阿扬在口语和写作水平方面的差异感到吃惊，甚至怀疑她患有轻度阅读困难症。阿扬的经济学老师是一位有伊朗血统的女士，曾在美国留学，成年后又自学了挪威语。她认为阿扬的拼写错误是由于其母语基础不好。"她懂很多语言，"这位老师说道，"不过没有一种是真正掌握的。"

贡德森认为阿扬天生具有能够透彻分析问题的能力，这是很多同班同学不具备的。阿扬能够用一种有趣且发人深省的方式把课堂上讨论的问题与自身经验联系到一起。她的思维完全是在另一个更高的层面上。

到了秋天，每个学生都要跟老师一起参加家长会。阿扬跟父亲一起来了。贡德森老师告诉萨迪克说，阿扬是班上的开心果，她学习用功，见多识广。“听到这些我非常高兴！”萨迪克微笑着说。

贡德森老师心想，这父女俩可真像。他们的性格都很开朗，都喜欢笑，很显然他们的关系也很好。贡德森老师总结说，阿扬的家庭拥有很强的家族纽带。

教挪威语的贡德森老师很少给学生们布置需要很强创造力的作业。他认为学生不可能写好。不过，有时候他会允许学生自由发挥，自己想写什么就写什么。阿扬曾写过一篇名为《未知世界之旅》的文章：

> 从前，有两个女孩子。她们想去外面的世界看一看，找到最真实的自己。在家的时候，她们想要什么就有什么。她们上最好的学校，穿最好的衣服，但从来没有机会自己做决定，而这才是年轻女孩子最想要的。很久以来，她们一直计划出游一次，或者说，她们计划通过某种方式离家出走，但她们不知道自己可以到哪里去。一个夏天的夜晚，父母不在家，她们给父母发了一条信息：“妈妈，爸爸，我们出去一段时间，不要等我们。”
>
> 姐妹俩来到一个出租车车站。很多相貌英俊的司机都提出愿意让她俩搭车，一个老太太还想骗她们，这时她们遇到了一个“特别的男人”。后来，她们来到了机场，乘飞机去了土耳其，一

个位于“太阳以西、月亮以东”的地方。她们尽自己最大的努力，能走多远就走多远，最后终于到达了目的地。她们出现了可怕的时差反应，不过她们还是要继续前进。直到她们看到了三个太阳和三个月亮，然后，她们在许多迷失的灵魂所居住的深渊处右拐。等她们到达那里，发现路已经到了尽头。我不知道她们最后是否找到了最真实的自己，不过，她们余生一直幸福地生活在那里。

克努特·贡德森给她打了一个B，并用绿色圆珠笔写道：“很好的故事，亮点颇多，不过结尾不太令人满意，此外还有一些语法错误（你的阅读困难症还没有得到很好的控制）。”

写到这里，贡德森停下来沉思了一会儿。可以确定的是，这个故事有点儿杂乱无章，但它是否暗示了一些东西，一些更深层的、他没有看懂的东西呢？

第六章　新的使命

上高中后的第一个秋天，阿扬经人介绍，接触了一个新的宗教团体：一个坚持纯粹宗教原则的穆斯林青年组织。这个组织讲道魅力非凡，唤醒了人们内心的情感，激起人们追随他们的念头，从而使生活变得纯洁而真实。

伊斯兰讯息网在奥斯陆大学学院举办了一系列讲座。他们从伊斯兰教的五大支柱开始讲起。这些阿扬都知道，她了解先知的生活和教诲，知道先知的继任者都有谁，这些都是她熟悉的内容。

尽管如此，这些讲座仍然令她兴奋，这些人太酷了，感觉非常好。此外，这里还有很多小帅哥。

听讲座的时候，男孩与女孩分成两排坐在长椅上。经过许多个夜晚的学习，一个 4 人小组形成了，成员是艾莎、埃米拉（Emira）、迪尔拉（Dilal）和阿扬。

促成小组形成的是艾莎。她精力充沛，忙里忙外，不过为人处世略微有点儿直率，经常说些伤人的话。艾莎的性格傲慢，有时候显得过于冷漠，跟人讲话时喜欢把头略微后仰，抬起下巴。

在迪尔拉看来，艾莎为人非常和蔼，只是给别人的感觉有点儿不太合拍。之所以会这样，是因为从很小的时候起，艾莎就把自己的内心给封闭了起来，使自己免受父亲的虐待。

跟艾莎一样，埃米拉的问题也出在自己的家庭里。埃米拉的父母早已安排好了她的婚姻。她的未婚夫来自巴基斯坦的农村。埃米拉求父母放弃这个婚约，结婚的事儿让她自己做主，但她的父母坚决不同意。埃米拉要求至少要等她结束学业后再举办婚礼，她的父母暂时答应了。埃米拉是个勤奋的学生，她想当一名计算机工程师。她喜欢踢足球，并且是霍姆利亚队的主力球员。她经常参加足球训练，大部分时间都穿着运动装。

迪尔拉是来自伊朗的库尔德人，最初生活在伊拉克，后来在她很小的时候举家迁到了贝鲁姆。她看起来像一个中东模特，一双杏仁眼化着妆，脸上扑着粉，还有一个小小的鹰钩鼻。她喜欢锻炼，大部分时间都在练瑜伽、普拉提和轻量级举重。上小学的时候迪尔拉就跟艾莎在一起，看到艾莎吃垃圾食品，生活没有规律，皮肤和身材都保养得不好，就会骂她。艾莎反驳说，人要看重自己的内心，并反过来劝迪尔拉用头巾把头发包起来。艾莎说，伊斯兰教教义要求她们这么做。迪尔拉不同意她的观点，她们都引用《古兰经》中的话来支持自己的说辞。

她们就这样一起长大，就像长在一棵四叶草上的四瓣叶子。

2008 年，伊斯兰讯息网在脸谱网上建了一个网页，由奥斯陆大学学院的十几名工程系的学生维护。为这些工程系的学生指引方向的是萨拉菲派。萨拉菲主义者仿效的是先知穆罕默德去世后的那三代虔诚教徒。

萨拉菲主义者属于极端保守主义者，寻求激进的变革，从过去寻求灵感。他们认为，伊斯兰教的信仰应建立在伊斯兰的基础之上，也就是《古兰经》和穆罕默德言行录的基础上。穆斯林应该一字不差地按照先知的教诲和箴言行事，克服本地文化和近代流传下来的传统影响。这一派别的渊源很深，但它的壮大只是最近50年的事。

20世纪50年代，沙特阿拉伯开始对周遭的宗教进行伊斯兰化。沙特阿拉伯国王一直通过资助一个全球性的传教网络来进行"创新"，也就是劝导他人改信伊斯兰教。后来这项运动的模式及其思想流出了阿拉伯沙漠，受到了各石油国的金钱资助，凡接受其思想的年轻人都可以带薪到麦加和麦地那进修学习。

伊斯兰讯息网的组织者没有提自己属于萨拉菲派，不过他们声称自己是"受四大教派之一的逊尼派引导的"穆斯林。"9·11"恐怖袭击事件发生后，萨拉菲派遭到诟病，这些学生有意避开这个敏感的标签。

在脸谱网上获得成功之后，这些学生决定建一个网站。他们聚到一起商讨网站的具体内容。

有人早已为他们开辟了道路——他们的偶像叫扎基尔·奈克（Zakir Naik），是一个与沙特阿拉伯皇室关系密切的萨拉菲派电视布道人。奈克曾写过一本名为《针对非穆斯林的伊斯兰教知识问答》（*Answers to Non–Muslims' Common Questions About Islam*）的书，意在"匡正人们对伊斯兰教的各种误解"，有学生提议可以直接复制他在该书中提出的观点。奈克的演讲在优兔上能找到，他们把这些讲话挂到了伊斯兰讯息网的首页。在奈克的名为"和平电台"的专属频道上，这些年轻人不断发现一些言辞听起来新颖而又真实的新布道者。

这些学生在脸谱网上结交朋友，自建的网站上也不断有新会员加入。在大学的祷告室讨论时，一个学生建议进一步扩大规模。为了招募更多人员，他们需要举办聚会，让大家有个聚在一起的机会。

有数百人参加了第一次聚会，巴基斯坦裔挪威人祖卡纳因·迈达尼（Zulqarnain Madani）作为特邀嘉宾出席了聚会。这位曾在麦地那大学进修过的“伊玛目”被邀请来痛批荷兰政治家、社会活动家海尔特·威尔德斯（Geert Wilders）的电影《菲特那》（*Fitna*）。但在聚会现场引起更多争议的问题是：是谁策划了“9·11”事件？迈达尼认为该事件的策划者是犹太人和美国政府。

几次聚会之后，伊斯兰讯息网的付费会员增加到了数百人。该网站的领导者希望进一步扩大规模，为达到这一目的，他们提议召开一次和平大会。这一想法源于印度的孟买。多年来，那里的传教士一直试图用充满宗教激情的演说来唤醒印度大众。

在挪威，伊斯兰讯息网反映出了两代穆斯林之间的代沟。这些年轻学生抵制按照种族划分清真寺的传统。20 世纪 70 年代，第一批穆斯林来到挪威后，并没有想到建立清真寺，因为这些移民觉得自己在这里待的时间不会太长。到了 20 世纪 80 年代，他们当中大部分人都获得了永久居住权，便有了建立清真寺的需求。他们需要一个举办人生中的重要仪式（出生、婚礼、葬礼等）的场所，需要一个在遇到挫折时可以寻求指引的场所。

老一辈的穆斯林曾在公寓、地下室和废弃工厂里祷告。清真寺成了星期五聚礼和会见同胞的场所。学生则认为自己的父母把宗教和文化混为一谈，他们会继续像在巴基斯坦旁遮普省或在索马里摩加迪沙时那样祷告。对他们来说，这更像是一种传统，并不代表他们对安拉有某种清醒的认识。学生认为，根据国籍建立的清真寺对穆斯林的集体利益没有任何帮助。只有去掉这些清真寺外表的文化面纱，真正意义上的宗教才能形成。学生认为，只有这样，伊斯兰才能站到舞台的中央。

这些学生属于第二代移民，在挪威出生，在挪威长大。他们当中有些人认为自己处于挪威社会主流之外，觉得自己没有得到与挪威本地人同样的机会。认为无论怎么努力，他们也不会被这个社会完全接纳。

他们的父辈采取的是一种温和、传统的快乐主义生活方式，遇事随遇而安。他们当中一些人对此持反对态度，另一些人则与这个社会针锋相对——如果你不要我，我也不要你了，于是便加入了各类帮会。在犯罪人员的数据统计中，有穆斯林背景的年轻人所占的比例相当之大。

不过，他们中的大部分人都找到了一种中间身份，双脚分别踏在两种不同的文化之船上。他们可以自己决定从父母那里汲取哪种价值观，从他们出生的这个国家汲取哪种价值观。一些人试图在地道的挪威人当中确立自己的地位，首先在教育方面，其次在工作方面；另一些人则倾向于一边，他们选择单脚站立，用一条腿来保持平衡，因为他们发现西方的世俗价值观与伊斯兰教教义水火不容。

“9·11”恐怖袭击事件发生后，很多人发现穆斯林的处境变得越发艰难。伊斯兰教树起了一个新的敌对形象。大众对移民的恐惧演变为对伊斯兰教的批判。相互扶持的需求变得更加强烈，穆斯林的身份变得越来越重要。

一些年轻人饱受挫折，因自己的穆斯林身份而痛苦万分。他们认为媒体都在反对穆斯林，误解和偏见漫天飞舞，整个西方社会都准备群起而攻之。伊斯兰讯息网的创办者十几岁的时候，曾见证过因一家丹麦报纸上刊登有关穆罕默德的卡通漫画而引发的冲突。他们需要某种形式的防护。

如果能做一等的穆斯林，为什么要去做二等的挪威公民呢？

女孩的成长教育更为严格。一些女孩进入了在传统上属于男人的领域，进入了法学院或医学院；另一些则受宗教复兴浪潮的影响，将《古兰经》当成人生指南。关于女性贞洁的观念越来越受到她们的认可，即便是职业学校里的女生也是如此。一时间，戴面纱成了一种时尚。

迪尔拉接到了直接的提醒。“你在聚会上吸引了不少男孩的目光，”一个女孩小声对她说，“你应该穿得更得体一些。”迪尔拉没理她的话。不过埃米拉开始戴面纱，即便在踢足球的时候也不摘下来。她从只穿运动服，换成运动服加头巾，再到后来只穿穆斯林服饰。那年秋末，她换上了吉尔巴布（又称索马里布卡），即一种将头和脖子一起覆盖起来的罩袍。后来，她退出了足球队。

加入伊斯兰讯息网意味着对家族传统的一种反抗。对很多人来说，跟来自家乡的同辈远亲结婚都是一种负担。伊斯兰讯息网鼓励女孩将选择伴侣的范围扩展到整个穆斯林社会——从所有严格的穆斯林中选择。无论他们的家族出身，无论他们的种族和国别，伊斯兰教将把他们结合到一起。从这方面来看，伊斯兰讯息网并不看重肤色。

这一点埃米拉非常能够接受。在她和她堂兄很小的时候，她父亲就定下了他们的婚事，如此一来，他们家族中就又可以有一个人来挪威了。她的单身生活就要结束了。她苦苦恳求父亲，然而父亲并没有让步。埃米拉将按照家族的意愿结婚。

埃米拉希望能够自己做决定，她也确实这么做了。有一天，她小声对迪尔拉说，她恋爱了。

“跟谁？”

“我不能告诉你。”

“趁现在还有这个能力，好好享受吧。”迪尔拉说道。

“他人很好，”埃米拉补充道，“也很虔诚。”

艾莎穿着一件盖住全身的长罩袍出现在一次聚会上时，朋友们都吓了一跳。她浑身上下只有一双眼睛露出来。

“做好心理准备，”迪尔拉挖苦说，“我可不认为挪威人受得了这个。”

埃米拉也说艾莎浑身上下裹着这么多布料有点儿不切实际，而阿扬却被艾莎的穿着吸引。阿扬只包住了头部，身上穿着正常的衣服。

现在，艾莎能看到别人，而别人却看不到她。从某种程度上来说，这让她看起来更加坚强，更加无懈可击，因为别人只能听到她的声音。戴面纱似乎能给人一种印象，让人有一种激进的宗教虔诚和道德上的优越感。

艾莎在宗教上的急速转变始于他们全家在英国的那段时光。在那里，她父亲给她和她的姐妹们报了一所教学严格的穆斯林学校。

“你这是在给孩子们帮倒忙。这种教育会让她们在挪威找不到工作的。”艾莎父亲儿时的伙伴、在贝鲁姆服务部门上班的伊赫拉克·尚（Ikhlaque Chan）告诫他说。

“会这样吗？”艾莎父亲不以为然，仍然让女儿们留在那所学校。

迪尔拉的压力越来越大。伊斯兰讯息网的一个管理人用友好的口吻对她说：“你应该把头发包起来。”

迪尔拉抬起涂着睫毛膏的双眼，勉强笑了笑。

“我一次只能前进一小步，一点点来，可以吗？”

一天晚上，伊斯兰讯息网分发了如何增加新成员的宣传单，顺从安拉并愿改教的人将受到他的奖赏。

阿扬最先发动自己身边的人：信仰天主教的伊万娜和信仰新教的埃拉。2010年圣诞节前的几周，阿扬给她们发了一条内容相同的信息：“喂，有一场小辩论会要举行，也许你可以来参加哦。”她还随信附了一张伊斯兰讯息网的邀请函。

伊万娜忙着上戏剧课，埃拉则在追逐自己的梦想。埃拉与自己的同班同学亚历克斯（Alex）和哈康（Håkon）组建了一支名为“迷路的孩子”的乐队，并且为乐队制订了很多宏伟的计划。亚历克斯和哈康从小学到初中都与阿扬同班。

阿扬邀请整个乐队的人前来参加伊斯兰讯息网组织的聚会，他们没有一个人参加。她不停地发出邀请。

哈康浏览了一下不断发到他手机和电子邮箱里的那些材料。他进入伊斯兰讯息网的首页看了一下，很快就断定这些并不适合他。他对网站上写的有关同性恋、婚前性行为和妇女蒙面之类的东西感到非常震惊。他很奇怪，倔强的阿扬竟然会成为这样一个组织的成员，他怎么也想不明白。亚历克斯也有同样的感觉。阿扬到底怎么回事？之后，他们便把这事抛在脑后了，没有时间再去多想。他们不断地结交新朋友，认识新的女友，阿扬发来的邀请函给他们的感觉就像是垃圾邮件。如果说有谁是真正的“迷路的孩子”的话，那么这个人就是阿扬。

在内斯布鲁，阿扬向班里的同学分发邀请函，把邀请函用图钉钉在公告板上，或是用胶粘到电灯杆上。2011年春，第一学年快结束时，阿扬告诉贡德森老师她加入了一个穆斯林青年组织，想问一下能否让这个组织的几个领导者到学校里做一下宣传。“当然可以。”老师回答道，他一直很喜欢学生能够对各类事物产生积极的兴趣，“让他们给我发电子邮件，我们一起来商讨一下怎么操作此事。”

伊斯兰讯息网很快与贡德森老师取得联系，商讨合适的宣传时间。贡德森觉得他应该事先了解一下这个组织。他上网搜了一下，看到的第一篇文章便是《世界之路报》发表的一篇批评文章。该文指责伊斯兰讯息网开办了一所偏狭的“皈依学校”，把那些不同意他们观点的人斥为“异教徒”。这个组织还邀请一些有争议的、被控激进的穆斯林“伊玛目”前去演讲，这一点也饱受诟病。贡德森继续读着。

“伊斯兰讯息网正在把挪威带向危险的方向，”律师、自由党中立派领袖阿比德·拉贾（Abid Raja）说，“他们想掌控穆斯林的思想和行为。”这位获得当年“言论自由奖”的律师声称，很多伊斯兰讯息网的演讲者支持对堕落的穆斯林进行处决，赞扬“圣战”，为暴力侵害妇女的行为进行辩护，支持对同性恋执行石刑。社会主义左翼党政治家、挪威议会第一位非西方副议长阿赫塔尔·乔杜里（Akhtar Chaudhry）也认为：“年轻的穆斯林应该按照挪威社会的民主和人道价值观来解释我们的宗教。”

年长一些的穆斯林对伊斯兰讯息网持怀疑态度，一些颇有声望的清真寺也对该组织的发展壮大持否定态度。克努特·贡德森犹豫了。除了两位政治家关于伊斯兰讯息网的那些警告之外，伊斯兰讯息网发给他的那些电子邮件的语气也让他感到不舒服，这一切都与学校开放的、国际化的氛围格格不入。

伊斯兰讯息网最终没能踏入内斯布鲁高中的大门。

第七章　与魔鬼一起进餐

住在贝鲁姆的那些来自索马里的母亲对孩子们接受的《古兰经》教育很不满意。孩子们的经课有时由萨迪克来教，有时由其他家的父亲教。他们一般先教几段《古兰经》，讲一点儿《圣训》，再教几个阿拉伯单词，然后就让孩子们到外面去玩儿，或者吃东西去了。在母亲们看来，这么做有点儿草率，他们简直是在瞎胡闹。

萨拉和其他几位母亲早就从城里的陶菲克清真寺那里听说过一个著名的《古兰经》经师的名字。她们同意邀他一起见见面。穆斯塔法（Mustafa）很年轻，还不到 20 岁，但已经是一位受人尊敬和欢迎的经师了。他的声音平和、圆润，听起来无所不知，这些母亲感觉他知道她们想要的是什么，他是站在她们这边的。穆斯塔法答应将制订更为严格的教学计划。这个用祈祷帽盖住秃顶的帅小伙迷住了她们。她们决定分摊学费，将领到的社会保障金、工资收入和家庭开支预算的费用都节省下来，用于支付这位新经师的教课费。时间定在星期日，轮流到各家上课。母亲们准备好吃的东西，其他活动就交给老师和孩子们了。

与此同时，伊斯兰讯息网开始不断发展壮大。之前承担授课任务的各位父亲见到了这位新经师。

“他的阿拉伯语语法太差了。”萨迪克总结道。

“他是个激进分子。”另一位父亲这样说。

从孩子们的角度来看，骨子里带的索马里传统使他们更喜欢母亲们的决定。

第一堂课，穆斯塔法让孩子们围着他在地板上坐成一圈，男孩在一边，女孩在另一边。有几个孩子跑到沙发上去抢垫子，直接被他训斥了一通。

“你们不是来享受的。为了将来能够有好的发展，你们现在要努力学习，学会吃苦。”

母亲们做的决定是对的。穆斯塔法确实与众不同。经他一讲，伊斯兰教马上变得令人激动，魅力十足。他创造了一个只有他们自己知道的私密场所，一片只属于他们的空间。其他人则被隔离在外，对他们的世界一无所知。这位《古兰经》经师将先知的经历生动地展现在孩子们的眼前。他给孩子们讲《圣训》和伊玛尼（即相信安拉，相信天使，相信众先知，相信末日审判，相信命运）。

穆斯塔法解释说，命运可以分为三类：“一类是从你出生之日起就定好的，一类是《古兰经》里描述的，一类是你自己走出来的。”

伊斯梅尔感觉他的声音会让你联想到美国影星摩根·弗里曼（Mogan Freeman）。无论他说什么，你都会相信。

阿扬在一个练习本上用略微潦草的字迹记着笔记：“意向是所有行为的基础。保证意向纯洁需要做到以下三点：尊敬真主，敬畏真主，仰慕天堂。”

要想成为真正的穆斯林，需要考虑很多的实际问题。他们得知道什么时候该刷牙，什么时候该做小净（即做礼拜之前进行的清洗仪式）。从阿扬的笔记中我们可以看到，《古兰经》是这样记述的：“虔诚的人在祷告之前要洗脸、洗手至肘前，擦头、洗脚和脚踝。”阿扬在页边上记录道：“记住准确的顺序。”她还记下了去厕所的规矩，比如，坐在马桶上时，不能面对着克尔白的方向。克尔白是建在麦加清真寺内的一座神殿，里面供着黑色圣石。当你背对着克尔白的方向坐下时，后背决不能正对着太阳或月亮。如果你在无意之中“隔着衣服挠屁股”，或者碰到了家族之外的男人，或者喝了酒，抽了烟，接触了你的私处，晕倒了或者睡着了，都应重新净身。吃饭的时候要用右手，这一点非常重要，因为“如果你用左手吃饭，那就是在与魔鬼一起进餐”。此外，用左手吃下去的饭只能提供一半的营养。

穆斯塔法让他们牢牢记住哪些是符合伊斯兰教教义的食物，哪些是不符合教义的食物，有时候他还会沉迷在描述食用违禁食品将会遭受的处罚中不能自拔。这些内容萨迪克家的孩子们大部分都知道，不过他也讲了一些新鲜的东西。阿扬的笔记本边上记着这样一句话：“不能使用金银制作的餐具！”笔记本上记满了正确的、合适的、干净饮食的标准要求。

穆斯塔法讲述的这些生活标准部分来自《古兰经》和伊斯兰教法，部分是来自传统习惯。如果看到有孩子把鞋子的鞋底朝上放在门廊，穆斯塔法就会大声喝道：“把鞋翻过来！永远不要鞋底朝上摆放鞋子！”如果问他原因，他会告诉孩子们说，永远不要用鞋底对着安拉。鞋底很脏，你永远不知道鞋底踩到过什么东西。如果这样摆放鞋子的话，天使永远不会进入你的家门，安拉就会忽略你的存在。

穆斯塔法对孩子们朗读《古兰经》经文时的发音要求非常严格，对朗读阿拉伯单词的要求简直到了吹毛求疵的地步。每次上课，他都会选几个孩子背诵前一周的内容给其他孩子听。萨迪克自己教的时候，三个孩子都表现平平，而现在阿扬和莱拉都学习异常用功，这让她们的母亲非常欣慰，但伊斯梅尔慢慢落在了后面，这让萨拉很是心烦。

时间一周一周地过去了，孩子们学到了一些伊斯兰教的核心概念，比如不同类型的“圣战”：第一种是内在的“圣战”，即灵魂的“圣战”，与邪恶思想和欲望做斗争，努力按照真主希望的那样生活；第二种是外在的“圣战”，即手拿刀剑与异教徒作战。此外，还有针对伪君子、叛国贼和暴君的“圣战”。“圣战”可以通过不同的方式进行——用你的心、你的嘴、你的手、你的笔、你的金钱，甚至你的整个生命。最高形式的“圣战”是冒着生命危险去参加战斗。

穆斯塔法说：“那些采取最后一种方式进行‘圣战’的人将获准坐在天堂里真主的宝座之下。”

伊斯梅尔开始讨厌这位《古兰经》经师。他觉得这个经师太把自己当回事儿了，他那又短又稀的胡子看起来很可笑。阿扬和莱拉对他却越来越着迷。

死亡是穆斯塔法讲述的重要主题。在他选出的那些章节里，死亡被描述得非常美好，殉道者去世的时候面带微笑，身上还散发出麝香的味道。

“我们穆斯林把死亡看作新生命的开始。”他用悦耳的声音说道。

“生命只有在死亡后才真正开始。”

伊斯梅尔对此很不赞同，他对姐妹俩说：“他是在美化死亡！”

姐妹俩都不理会伊斯梅尔的抗议。

阿扬笔记本上记下的那些言论都用漂亮的花纹加以修饰。其中有一条修饰得格外认真："先知曾说过，我们奉命杀掉所有的非穆斯林，只有当他们宣誓信仰伊斯兰教，当他们开始祷告并进行慈善捐助时，我们才可以放过他们。"

伊斯梅尔觉得他们学的东西越来越令人不快。他问穆斯塔法："你的意思是你将会攻击那些非穆斯林吗？"

"我只是在引用先知的话，"穆斯塔法回答说，"先知的姐夫阿卜杜拉·本·乌玛尔（Abdullah bin Umar）曾复述过这句话，后人把它写了下来。他的话很可靠。"他接着引用了先知的同伴阿布·胡赖拉（Abu Hurayra）的话："我们之前的人就是问题太多，并且敌视先知。"

伊斯梅尔觉得这句话是在训斥他。

他不再记笔记。阿扬的笔记本上记满了那些7世纪时出生在阿拉伯半岛的男人，但在伊斯梅尔看来他们毫无意义。那个与先知处于同一时代并且被认为与先知很像的阿卜杜拉·伊本·马苏德（Abdullah ibn Masud）是穆斯塔法最喜欢的一个人物。他经常引用马苏德的话："除以下几种情况之外，杀死穆斯林是非法的……犯通奸罪的已婚男女于星期四被处以100下鞭刑，并于星期五被处死。杀人者必偿命，一命抵一命。"

一个小女孩问，那些离开伊斯兰教的人是否真的会死掉。穆斯塔法回答说："我只是在引用先知密友的话，他则是引用先知的话。记住！穆罕默德直接从安拉那里得到启示。"

"我听说，在叛教的问题上，只有真主才能做出审断，其他人不能因为某人离开伊斯兰教而惩罚他。"那个女孩反驳道。

经师进一步解释说："如果一个人叛教，他应该为此流血。根据教法，他可以被处死。因为先知曾说过这样一句话：'如果有人放弃了自己的宗教，那就杀掉他。'”

听了这话，伊斯梅尔真想马上离开那里。

穆斯塔法接着说，叛教的人在下葬时不可以被清洗身体，别人也不可以为他祷告，他也不能跟其他的穆斯林葬在一起。

布道产生了从没有过的负面影响。孩子们在课堂上听到的一切萦绕在他们的脑海中，在那里生根发芽。每上一节课，他们就与周围的世界、与贝鲁姆距离更远了一些。

阿扬用绿色墨水在笔记本上写道：“每天都要感念安拉！如果相信安拉，就要接受恐惧、饥饿、破财、受伤等考验。但有耐心的人将会在天堂赢得一席之地，他们将会得到无穷的奖赏。”

这位《古兰经》经师建起的那个房间的墙壁变得越来越厚，天花板越来越低，窗户越来越小。里面的一些人感到很压抑，另一些人则觉得很有吸引力。

伊斯梅尔想走出这个房间。

阿扬则希望能够走进房间的更深处。

第八章　是的，我们热爱这片土地

萨迪克一家现在都是挪威公民。在挪威，他们有护照，有投票权，有公共服务设施个人识别码。尽管如此，他们的国籍处依然写着：挪威籍索马里人。

几个孩子都在挪威上学，他们还学会了挪威的国歌《是的，我们热爱这片土地》以及其他几首表达对挪威国旗和这个国家热爱之情的歌曲，比如为纪念挪威在“二战”期间被德国占领而写的《挪威红白蓝》。5 月 17 日挪威宪法日这天，他们都会穿上最好的衣服加入游行的儿童队伍，跟其他孩子一起挥动着手中的旗帜。2011 年，阿扬给久未谋面的埃拉发了一条短信：“你好，宪法日快乐！”

埃拉回复了一些祝福的话和一个笑脸。她和家人正在奥斯陆跟教团一起参加庆祝活动。阿扬和莱拉陪着两个弟弟去了学校，贾布里勒要参加学校里组织的套袋赛跑、鸡蛋勺子比赛和扔罐头比赛。

艾莎已经不再参加宪法日庆典。伊斯兰讯息网上曾经有过争论，虔诚的穆斯林是否可以庆祝挪威宪法日，毕竟这不合伊斯兰教法。大家的观点各不相同。一部分人认为，这不算什么大事，宪法也不算太差。然而，在艾莎看来，庆祝基督教国家的节日是违反伊斯兰教教义的，何况这个国家的国旗上还有一个十字架。

艾莎写的一篇文章将于当月发表。挪威出版社找了一些穆斯林女孩，邀请她们为一本名为《揭秘》（*Uncovered*）的书写一些关于她们的生活和信仰的文章。艾莎·谢扎迪是挪威为数不多的几个戴面纱并将全身遮盖起来的人之一。编辑在伊斯兰讯息网上发现了她，便问她是否愿意写点儿东西。艾莎答应了。文章的标题定为“你、我和尼卡布”。

> 我在挪威出生，在挪威长大。如果说我在这里学到了什么的话，那就是挪威社会重要的价值观：尊重、宽容、平等、团结和统一。然而，把我与某些犯罪分子联系到一起，还贬低我，说我支持那些压迫妇女和杀害无辜的人，这是尊重人的表现吗？拿一些跟我毫无关系的观点来指控我，说我被洗脑、被控制了，宽容何在？我不介意自己不被别人支持和接受，但在一个如此尊重别人的思想和态度的国家，我希望人们的心胸稍微开阔一点儿，这个要求应该不过分吧。

《挪威日报》（*Dagbladet*）的一位书评人对此书持谨慎乐观态度：《揭秘》一书提供了“足够多的新观点”，弥补了“很多老生常谈的观点所带来的不足”。不过，他并不认为艾莎有什么贡献：“这很显然是一个政治选择，一个强力标志，对我们这些局外人来说，很难理解艾莎·谢扎迪所说的‘面纱让我感觉到前所未有的幸福’这句话。”

正当人们阅读和谈论艾莎写的文章时，她的生活却走在崩溃的边缘。她想逃离自己的家庭。从记事时起，艾莎和姐妹们就经常目睹父亲把母亲按在墙上、家具上或地板上毒打。艾莎也经常被父亲拳打脚踢、扇耳光、用皮带抽、用东西砸。她的父亲在一次车祸中受伤，之后便开始领取局部伤残津贴，并开始服用抗抑郁药物。艾莎的父母是堂兄妹，20 世纪 80 年代，母亲随父亲来到挪威。父亲患上抑郁症后，母亲成了第一个受害者。与此同时，父亲还把怒火发泄到了 5 个女儿身上。他经常会当着女儿们的面说，他更希望用她们换几个儿子回来。由于父亲一生气就会打碎东西，用手掐母亲的脖子，或者拽着她的头发满屋子走，几个女儿都尽量避免惹他发火。有时候，为了保护母亲，她们不得不用自己的身体挡住父亲。

艾莎的母亲尽可能地在房子里少放点儿易碎物品，甚至其他的东西也很少放。每当父亲找不到自己要找的东西时就会大发雷霆，所以，最好的办法就是把家里的东西摆放得井井有条。

艾莎已经习惯了听父亲大吼大叫，用很多难听的话骂母亲。

到了 12 岁，艾莎再也受不了。在一次父母争吵的过程中，为了保护母亲免遭父亲的毒打，艾莎挺身挡在了母亲前面。父亲一拳打在了艾莎的脸上，把她拽到了一边，然后放开了妻子。女儿的保护似乎给了母亲力量，她来挪威已经 15 年了，也遭受了 15 年的虐待。15 年来头一次，她打电话报了警。一辆警车来到了她们家，不过一切没有任何变化。在那之后的第二年，她的丈夫把她推倒在地板上，跨坐在她身上，抓着她的头往地上撞，差点儿把她给撞死，最小的女儿在旁边号啕大哭。这一次，艾莎的母亲下定了决心，如果自己还想活下去，就要到法院告他。案子转到了调解处，调解处的记录显示：艾莎的父亲“承诺以后再也不对自己的妻子施加暴力。他将尽力去理解她，给她更多的时间。他答应以后不再骂人”。

然而，一切都没有得到根本性改变。一天晚上，只有父亲和女儿们在家。这位父亲被孩子们的吵闹声激怒，动手打了最小的女儿，并声称这是她自找的。为了免遭父亲的毒打，几个孩子跑到了洗漱间，父亲则跟在后面追赶。艾莎挡在门口拦着父亲，结果父亲先揍了艾莎一顿，然后又打了其他几个孩子。艾莎的手指被门缝夹了，伤得很严重，不得不去医院治疗。

手上的伤好了之后，她写下了那篇发表在《揭秘》中的文章。

艾莎成了一名作家，阿扬和埃米拉在伊斯兰讯息网上的级别也节节上升。到 2011 年夏，她们进入了该组织的组织委员会（简称“组委会”）。

她们参加的第一次会议是在 7 月的一个闷热的星期三。十几名学生坐在一起，商讨来年的一件大事——召开和平大会。大会要请什么人来演讲？要在哪里举办？去年的和平大会是在奥斯陆中心区的音乐厅举办的，不过在这样一个中心地带开会的费用太高了。越往城市边缘去，场地花费越小。但越靠近城市中心，会议成功的概率就越大。去年和平大会的头两天针对的是非穆斯林人群，这些人不用交入场费。伊斯兰讯息网的野心很大，他们想让挪威所有的年轻人都皈依伊斯兰教。

伊斯兰讯息网组委会会议结束两天后，一枚两万磅当量的炸弹在奥斯陆政府大楼外面爆炸。人们的第一反应是，这是恐怖分子干的，并把猜疑的目光投向了“基地”组织。就在爆炸案发生两小时后，一名身穿警服的金发男子在于特岛向人群开了第一枪，他的目标是工党的一群青年团员，当时他们正在当地组织夏令营活动。到了晚上，人们才弄清楚此次袭击事件的幕后黑手不是外国恐怖组织，而是挪威右翼极端分子安德斯·贝林·布雷维克（Anders Behring Breivik）。此次恐怖袭击导致77人死亡。

从布雷维克发表在网上的声明中可以看出，他要求把伊斯兰教从欧洲清除出去：所有的清真寺都要拆掉，所有带着穆斯林文化痕迹的东西都要毁掉；所有的穆斯林要么改变宗教信仰，要么被驱逐出去，要么就接受他们应得的惩罚——死亡；阿拉伯语、乌尔都语、索马里语和波斯语都要被禁止；改信基督教的穆斯林必须使用基督教名字；如果其祖国的人口超过20%的人都是穆斯林，则该穆斯林移民不得再与祖国有任何联系，而且他们不能有两个以上的孩子。

尽管这个恐怖的家伙声称仇恨穆斯林，但他袭击的是工党，而不是某个清真寺或伊斯兰讯息网的人。他认为，当权者都是叛国贼，让穆斯林进入欧洲的就是他们，这次恐怖袭击将迫使他们认清自己的错误，从而采取措施阻止穆斯林移民潮。

整个挪威都震惊了。人们奔走相告。

“埃拉，你和家人都好吗？”袭击事件发生后，阿扬立即跟埃拉联系。这对曾经的密友从初中毕业后就没有再见过面。当相互之间不再需要对方的帮助，中学时组成的“移民帮”就自动解散了。她们各自走上了不同的道路，在自己的人生道路上也都开辟了新的领域。只是她们的道路似乎已经不再有交集。

“我很好。”埃拉回答说，“我认识的人都没有受伤。你怎么样？”

“很高兴听到这些。具体情况我不太清楚，到目前为止我还没有收到我认识的人受伤的信息。”

“啊哈，这很好！”埃拉回复说，“嗨，我们得抓紧时间聚聚！你啥时候有空？”

“呃……除了每个星期的星期三和星期五，我其他时候都有空，呵呵。”

“那明天怎么样？”

“好呀，我们去干点啥？”

“去桑维卡怎么样？我们可以买些草莓，坐码头那边吃。或者去逛街？”

“感觉好多年没去过商场了，不过我不会拒绝草莓的诱惑的。”阿扬说道。

她们约好在埃拉家见面。第二天，阳光灿烂，大街上的人们衣服都穿得很少。

开门后，埃拉往后倒退了几步。她叫了一声“阿扬”，便再也说不出话来。

“你父亲在家吗？”阿扬一进门便问道。

埃拉摇了摇头。

“你的哥哥们呢？”

房间里没有其他人了。阿扬摘下了面纱，只穿着无袖上衣和浅色裤子站在埃拉面前。她满身汗水。埃拉望着她，见到她真是太好了。两人一起大笑起来，然后伸出双臂抱住了对方。

“还记得吗？这个不行，那个不行！”

“你总嘲笑我！”

“伊斯兰和黑头发永远在一起！”

她们一边开着玩笑，一边回忆以前的事。她们一起重温曾经的友情。在埃拉家的露台上，阳光温暖着阿扬那从不向外人展露的身体，她们一边吃着草莓，一边相互看着对方，不时哈哈大笑。这两个 17 岁的女孩没有去逛街，也没有去码头。她们只要能在一起就足够了，就像其他的挪威人那样。

在一段时间里，也许是几个星期，也许是几个月，“团结”和“爱”这两个词拥有了真正的含义。但正如其他人一样，阿扬和埃拉之间的那种团结的关系也将不复存在。

这是她俩最后一次见面。

“除非特别说明，不然的话我发的任何电子邮件都要在 24 小时之内得到回复！”

奥斯陆恐怖袭击发生的 5 天后，伊斯兰讯息网的领导人要求进一步加强组委会的组织纪律。

“你们当中有谁把我发的文件资料都好好看了一遍？”法赫德·库雷希（Fahad Qureshi）问道。

组委会正在研究如何募集到更多的钱，并决定组织一次募捐晚宴。“每个人必须确保从 5 个富人那里得到捐款。纳菲萨要保证组织 100 名女士参加，萨阿德要保证组织 100 名男士参加。真主保佑。”这位领导人发言道。他之所以发火，是因为他们没有向他汇报“天堂之路”活动的最新情况。会议记录上写着：“埃米拉负责制作邀请函，阿扬负责监督埃米拉的工作。娜迪亚要确保阿扬尽职尽责。”“阿扬找到要来参加聚会的姐妹们了吗？脸谱网上的推广宣传工作必须进一步改进。到这个星期五，脸谱网上必须有700名确认参会人员。”

阿扬被安排负责设计海报。“标题的字体都确定了吗？”“没有。”“娜迪亚要记得提醒阿扬这件事，阿扬需要好好思考一下。处理工作的时候，必须自始至终把精力放在这件事上，以便对需要改进的事情保持足够的警惕。”

法赫德·库雷希是伊斯兰讯息网无可争议的领袖。这名建筑工程系的学生把这个组织治理得像是一个阿拉伯王国，在这个王国里，所有的重大决策都由他和他的哥哥两人决定，他的其他家庭成员也都是该组织的核心成员。法赫德的妻子马迪亚（Madia）负责管理组织内所有的女性成员。在这里，民主是不存在的，人们所期待的只有绝对的忠诚。

这种专制风格并非人人都能适应。有些人来参加了几次会议，感受了一下氛围，觉得没有太大的吸引力，然后就不再来了，但会有更多的人蜂拥而至。在短短几年里，伊斯兰讯息网已经变成了挪威最重要的萨拉菲派组织，声称拥有两万名缴费会员。这个组织的目标是继续发展壮大。

组委会正在计划组织一次活动，以便招募更多的女孩加入。“阿扬什么时候能把传单设计好？”活动负责人问道，“阿扬要记得让我把网站的标识发给她。我们需要几个姐妹来协助募捐活动。阿扬负责把这些人找来，这些人必须要经过马迪亚的同意，因为要确保她们完全理解这份工作。”阿扬在最后一句话旁边加了4个感叹号。

开学的前一周，法赫德收紧了手中的缰绳：“开会当天要确保把备忘录发给在场的每个人，这一点阿扬一定要记住。即便有一个人不参加，对我们整个组织都没有好处。如果干这活儿有钱发，估计所有人都会按时到会。但我们这么做是为了真主，这比有偿工作更为重要。”

法赫德对招募情况不甚满意。“阿扬负责招募女性和提升在线注册人数。阿扬，我们是否有足够的姐妹来协助募捐活动？”

ꕤ

夏天来临后，阿扬的服饰风格发生了变化。新学期的第一节课，她穿着一身黑色的衣服来到了教室，从头到脚都被包裹着。

那位曾在美国接受教育的经济学老师觉得是阿扬的父母对阿扬施加了某种压力。她找了个机会问了一下阿扬。

“你为什么穿成这样？为什么选黑色？为什么选棕色？为什么不选绿色、蓝色或粉色？”

“嗯，我妈妈也这么问我。”阿扬回答说。

老师对阿扬的回答感到惊讶。这身衣服难道不是她母亲逼她穿的吗？这件事的幕后推手一定是她的父母。按照索马里文化，阿扬已经到了可以结婚的年龄了。就在去年，阿扬还在学校的走廊里引起了这位老师的注意，当时阿扬围着时尚的披肩，穿着现代样式的牛仔裤。这位老师很佩服阿扬总是把自己的头巾和衣服搭配得很漂亮。

现在，阿扬却穿着一身黑色的衣服出现在老师面前。

“你没什么事吧？”老师问她。

“我要去清真寺，今天是星期五。”阿扬回答道。

老师把她拉到一边问道：“你妈妈也这样穿吗？”“不，不过她很快就会这样穿了。”阿扬回答道，“我妹妹已经这么做了。”随后，阿扬问自己是否可以提前离校，以便去参加星期五聚礼。从今以后，每个星期五她都要去参加聚礼。

老师通知她的父母到学校开家长会，萨迪克一个人去了。

“到底发生了什么事？”老师问道。

这位老师担心的不仅是阿扬的穿着，她现在似乎完全不做作业，不交作业，也不预习功课。国际学士学位课程需要学生投入大量的个人学习时间，这位经济学老师强调说。

萨迪克非常吃惊。他对此一无所知。在他看来，阿扬一直在忙于学业。他向老师表示道歉，承认他可能过于关注自己的学习了。他告诉老师，目前他正在学习工程技术。

这位老师很严厉地对他说：“学生需要自己安排好学习时间，阿扬需要通过严格的自律来实现自己的目标。”

萨迪克告诉老师，阿扬大部分时间都在自己房间的电脑前学习。

“是的，没错，她在课堂上也用电脑。”老师大声说道。

有好几次，老师不得不走过去让阿扬把电脑关上。“你看的这些东西与我们的课程没有任何关系！”有一次看到阿扬正在浏览伊斯兰讯息网，老师对她如此说道。

伊斯兰讯息网组委会接下来的会议备忘录预示着这个组织将变得更加僵化。

“马迪亚和我与组委会在沟通方面出现了问题。发出的邮件没人回，也没人为此负责，什么事都执行不下去。如果我们要实现伊斯兰讯息网的目标，就不能再这样下去了。”法赫德·库雷希强调说，组委会理应成为理事会开展工作的得力助手。他想出了一个主意："从今天开始，我们要实施罚款制度。每项任务都会设定一个最后期限，如果未能在规定时间内完成任务，则该任务的负责人就要接受处罚。每个人都必须在24小时内回复我和理事会其他成员发出的电子邮件，否则将面临处罚。工作进展报告必须在星期六凌晨三点前上报，报晚了也要受到处罚。星期六凌晨三点前未能上报工作进展报告者，罚款100挪威克朗，星期日中午前仍未上报者，再罚款200挪威克朗。共罚款300挪威克朗后，新的上报期限和罚款额度根据每个人的具体情况而定。"

处罚措施成了新的鞭策手段。

由于组委会内的普通会员为数不多，所以每个普通会员肩上的担子都很重。阿扬被委任很多任务：在两个星期内募集到5万挪威克朗；在两家当地报纸上刊登广告；呈报会标；与一家移动手机公司签订合同。组委会仍在四处寻找召开和平大会的地点。不幸的是，很多地方都"不允许特意把男女分开"。

埃米拉的任务是为大会申请公共基金。"到下个星期三，她要确定相关子账户，并开始走申请流程，同时还要学会记账。"备忘录上这样记录着。

9月底，阿扬第一次受到处罚，因为她没能在当地的报纸上刊登广告。备忘录上直接这样写道："没有按期完成任务，阿扬被罚款100挪威克朗。这钱她交了没有？"

组委会正在计划请埃及传教士法德勒·苏莱曼（Fadel Soliman）前来演讲，目的是提升该组织传教的水平，并就演示技巧、公共演讲技巧、伊斯兰教的信仰和仪式、非穆斯林等问题发表一下看法。伊斯兰讯息网的注册会员可以免费参加。备忘录上是这样记录的："法赫德负责组织男性志愿者，阿扬负责组织女性志愿者。"

苏莱曼是个有争议的人物。他曾说"揍一个惹你不高兴的女人没啥问题"，扇一巴掌没事，用一根小棍子打也问题不大。在伊斯兰讯息网的成员看来，他的观点是可以接受的，但该组织的领导者对苏莱曼来访的准备工作感到很不满意。"阿扬负责安排姐妹们工作。马迪亚需要提前认识这些姐妹，而不是到了会议当天才搞清楚。"此外，马迪亚还对阿扬手下的那几个人很不满意。阿扬又挨罚了，"因为我没有收到埃米拉的宣传名单。最新期限：明天"。

老师发现阿扬在教室里坐立不安，并发现她的手上戴了一枚戒指，一个很细的金色圆环。这难道是她的订婚戒指？于是，老师再次让她的父母来学校。萨迪克去了学校。

"你对阿扬有什么打算吗？"

看到萨迪克有点儿疑惑，老师直白地说道："你准备把她嫁出去了吗？"

"不不不不不。"萨迪克回答说，"我们不是激进分子。"

老师倒是没有把他们一家看作激进分子，她只是担忧他们会向阿扬施压，让她成为一个与世隔绝的传统女性。

秋天的时候，老师发现阿扬上课总不能专心听讲，这让她也经常分神。一天上午，在讲解经济学中供求关系的问题时，她发现阿扬的嘴唇在不出声的快速移动，手指似乎在数着肉眼看不到的念珠。从眼神来看，她似乎已经陷入了沉思之中。

老师一巴掌拍在阿扬的课桌上："你不能在我眼皮底下这么做！"

这已经不是她第一次告诉阿扬不要在上课期间祷告了。除了感觉被冒犯之外，这还影响了老师的注意力，也是缺乏尊重的表现。老师告诉阿扬，要祷告就到教室外面去。

第二天，老师觉得是时候好好跟阿扬谈一谈了。她想弄清楚这个学生在生活中到底发生了什么事。她问阿扬为什么最近总是那么不用功。

"你已经远远落在后面了！这样的话这一整年都会被你浪费掉。振作起来。"她恳求道。

这个课程的要求很高，也许阿扬想转到正常的学习课程中，以便有机会弥补落下的课程？

"我会考虑你说的话的。"阿扬回答说。

11 月初，晨霜把贝鲁姆染得一片雪白。第一堂课开始时，阿扬浑身上下裹着好几层衣服走进了教室。当她试图脱掉外层的衣服时，几条披巾缠到了一起，把她的手套在头上拿不下来了。在一名同学的帮助下，阿扬最终脱下了想要脱掉的那件衣服，又把自己想要穿上的那件套到了身上。

"你穿这么多衣服干什么？"一个男孩问道。

"因为我想让你们看到我的智慧，而不是我的身体。"阿扬回答说。

"我们为什么不能看你的身体？"那个男孩问道。

"因为你们应该感兴趣的是我的头脑。"

"既然如此，你最好开始使用你的大脑，这样你就会发现这里有很多需要了解的事物！"那位经济学老师在一旁打趣道。

那是阿扬在内斯布鲁高中的最后一天。

第九章　穆斯林服饰

“改变这个世界，从改变自己开始。”这句一直以来被误认为是出自圣雄甘地之口的名言，被写在多恩斯基高级中学大门内的院墙上。旁边是蒙提·派森（Monty Python）的名言：“永远要看到生活中光亮的一面。”

在警告大家“吸毒有害”的海报旁，用几种不同的语言写着“欢迎”一词。入口处有一个楼梯通往二楼。二楼的一端是学生教室和图书馆，另一端是校长和老师办公室，中间有一道玻璃门将走廊一分为二。刚开始玻璃门是开着的，后来有一个学生偷走了老师的手提包、手机和笔记本电脑，于是玻璃门上就装上了带密码的门锁。

这里便是阿扬的新学校。

2011 年 11 月初，阿扬跟内斯布鲁高中的校长说，她想转学到多恩斯基高中，因为她所有的朋友都在那里上学。

从多恩斯基附近的火车站出发，只要半小时就可抵达奥斯陆市中心。阿扬很快就适应了这里的环境。多恩斯基高中的教学水平较低，管理也较为宽松，因此，阿扬可以有更多的时间做伊斯兰讯息网安排给她的任务。

11 月底，伊斯兰讯息网安排给阿扬的工作已经堆积如山。“之前安排阿扬去奥斯陆的那些商店拉赞助。截至上次会议时间，如果没完成，那就要罚款。如果今天再完不成，就要再罚一次。距离筹款的最后期限剩下的时间不多了，阿扬一个赞助商也没拉来，这事她办好了没有？如果没办好，还要罚款。”

阿扬在自己的备忘录上写着：“跟马迪亚汇报！联系马迪亚！咨询法赫德！”

在备忘录的“杂事”一项下面，写着这样几句话：“自做出处罚决定之日起一星期之内必须上交罚款。对那些没有按时递交工作进程报告的人，交罚款的日期和新的递交期限是在到期之后的第二天。”备忘录的结尾写道：“大家的罚款都交了没有？”

每到星期日，贝鲁姆的《古兰经》课依然照常进行。

穆斯塔法的世界观与伊斯兰讯息网十分相似：如果你陷入了挪威社会的堕落和不道德之中，就不可能纯洁地生活。西方的生活方式充斥着各种夜总会、毒品和性。这些都会让你直接下地狱。

伊斯兰讯息网的领导者也持同样的言辞。法赫德曾对一群青少年说：“挪威人每个星期一到星期五的生活都枯燥无味，周末则是他们放松的时候，到处充斥着酗酒和疯狂的性爱。”他还声称，大部分挪威人都心情压抑，“我们越是沉迷这个世界，越会感到沮丧”。

为了得到救赎，你必须遵照伊斯兰教教义生活，要像伊斯兰教逊尼派那样严格要求自己。这意味着女人要把自己蒙起来，不能跟男性握手，避免与男性进行眼神接触，不可以与家人之外的男性独处。如果不这么做的话，魔鬼随时会降临。

《古兰经》课有时候会在萨迪克家进行，这时候，伊斯梅尔想逃课也逃不掉了。他的姐妹们越是对穆斯塔法描绘的生活入迷，他就对此越反感。他发现这位《古兰经》经师的那些长篇大论中潜藏的论调很有问题。穆斯塔法一直在宣扬恐怖组织。“资助他的人正是我们这些索马里家庭的妈妈们。”伊斯梅尔曾这样对阿扬说道。那位《古兰经》经师曾对恐怖组织中相关人员的牺牲表达自己的敬意：“真主会赞赏他们的，殉道是美好的。”

伊斯梅尔曾直截了当地问他是否支持“基地”组织。穆斯塔法没有回答。

“那么你支持‘青年党’这个恐怖组织吗？”伊斯梅尔继续问他。

穆斯塔法给了他一个模棱两可的答案：“我想不出可以说他们什么坏话。”

伊斯梅尔大惊失色，他告诉母亲，这个老师拒绝谴责各种恐怖组织。

萨拉只回复了一句：“你一定是听错了。”然后就把儿子撵走了，她认为儿子只是不想在星期日上课才这么说的。

萨拉不关心什么“青年党”。她很尊重权威，她是铁了心喜欢这位《古兰经》经师。

在伊斯梅尔看来，穆斯塔法正在把这些学生（最小的才 12 岁）推向仇恨的阵营。他塑造出了一个敌人的形象，然后不断在学生的头脑中强化敌对的观念。例如，他告诉学生，媒体与西方各类安全机构是一伙的，他们与那些意在摧毁伊斯兰教的人沆瀣一气。

“我得看看能否相信你们。”一天，这位《古兰经》经师说，“假如我做了某些对抗西方国家的事，中央情报局和联邦调查局的人来抓我。我就藏在那边的衣柜里，全副武装的特工走进屋里问你们，‘穆斯塔法在哪里？他在哪里？’你们会告诉他们我在哪里吗？”

孩子们默不作声地看着他，有几个人摇了摇头。

经师对他们的表现并不满意。

“举起手来！有谁想告诉他们我在衣柜里，把手举起来。”

没有人举手，就连伊斯梅尔也没有这样做。他不想惹麻烦。

艾莎已经成为挪威第一个戴面纱的名人，她发出的声音值得一听。她刊载于《揭秘》一书中的文章引起了阅读协会的兴趣。阅读协会是一个政府资助的组织，目的是提升儿童和青少年的读写能力。该协会把书中的文章发给一些中学，并邀请作者到各所学校去交流。艾莎接受了邀请。在这次由挪威非小说作家和翻译家协会资助的活动中，如果她能说服某人改信伊斯兰教，那么她将得到天堂里的额外积分。

各种批评很快接踵而至。奥斯陆大学的教授谢尔·拉尔斯·贝格（Kjell Lars Berge）说：“这种服饰表达的是一种政治倾向，而不是一种个人选择。”

“这是一种极端的宗教信仰，这种信仰与某种有法西斯倾向的政治纲领有关。我们都清楚这些组织代表的是什么，这些东西在我们的课堂上没有落脚之地。”2012 年 7 月，他对记者如是说。

为了表示抗议，《揭秘》一书的作者之一莫滕 · 斯科德尔（Morten Skårdal）退还了阅读协会颁发给他的奖品。《卑尔根时报》（*Bergen Tidene*）的编辑希尔德 · 桑德维克（Hilde Sandvik）将艾莎 · 谢扎迪与右翼极端主义者安德斯 · 贝林 · 布雷维克相提并论，并声称此次学校交流活动的支持者正在使暴力合法化。《挪威晚邮报》（*Aftenposten*）的编辑克努特 · 奥拉夫 · 阿玛斯（Knut Olav Åmås）则提醒人们不要在面纱和极端主义之间画上等号。阿玛斯说：“就因为人们憎恨戴面纱的挪威青年所支持的东西，是否就应该阻止她到各所学校去访问？答案是‘不’。”2011 年 7 月 22 日的恐怖袭击后，社会需要更加开放一些，允许更多不同的声音出现，以此作为策略对抗那些不支持开放、不支持言论自由的势力。

在艾莎对袭击挪威士兵的“塔利班”武装表示支持之前，这次学校之行并没有引起太多人的注意。在脸谱网上的一张国际联盟士兵和“塔利班”士兵的照片下面，她写道：“无论他们拥有多少武器装备，都永远不会消灭这些安拉的狮子。”

她鼓励人们举行抗议活动，并在脸谱网上一个名为“示威：来自阿富汗的挪威士兵”的活动页面上写道：“安拉保佑示威取得成功……示威吸引的关注越多越好，这将意味着有更多的人关注此事，我们伟大的主可以展示我们的能力。”在一次支持把伊斯兰教教义引入挪威的讨论中，她写道：“在我们有了伊斯兰教教义后，民主还有什么用呢？”

游行活动的主要发言人是阿尔范 · 巴蒂（Arfan Bhatti）。他年龄在三十五六岁，眼睛乌黑，眼窝深陷，胡子修长，步履敏捷，极富个人魅力。巴蒂中等身材，肩膀宽阔，浑身透着一股子野劲儿，令人望而生畏。他曾因施暴而数次入狱，出狱后从犯罪的黑社会团伙转入了一个伊斯兰极端主义组织，摇身一变成了一位“埃米尔”，一个穆斯林指挥者。

“挪威人需要明白，只要有挪威士兵在阿富汗，你们的安全就得不到保障。这不是威胁，这是为了你们的利益而发出的一个警告！”阿尔范·巴蒂冲着聚集在一起的示威人群大声喊道。这个把新学到的《圣训》和街头俚语混杂在一起的伊斯兰极端分子声称，这个国家正在同伊斯兰教作战，正在对所有的穆斯林开战。他把挪威士兵称为恐怖分子，并发誓要报复。

1 月的那一天，艾莎戴着面纱站在国会大楼外，对自己的所见所闻深以为然。

她的这身装扮明显代表了一种政治选择。

第十章　一切从心

2011 年 12 月 5 日，阿扬 18 岁了。现在，她可以申请护照和信用卡，可以上网购物，可以考驾照，还可以参加选举投票。老师再也不能以关心她的名义把她的父母叫到学校来，因为上学现在是她自己的事了。

1 月，阿扬在推特上注册了一个账号。她发的第一个帖子是那位《古兰经》经师经常提到的穆罕默德·提尔米基（Muhammad al-Tirmidhi）的一句话："你要知道，胜利来自耐心，解脱来自磨难，安逸来自艰辛。"

与艾莎不同的是，阿扬在推特上的个人简介里没有仇恨和极端主义的内容。她转发了一些人物采访和谈话的链接，如美国记者格伦·格林沃尔德（Glenn Greewald）谈"恐怖"和"恐怖主义"这两个词是多么没有意义之类的内容。阿扬写道："美国每天都要驱逐 1 000 名移民。对于一个最初从别人那里偷土地的民族来说，这算不上是在做坏事。"

她对自己的非洲裔身份很感兴趣。"我向真主发誓，做个真正的黑种人并不容易。世人一直以来是多么喜欢与黑种人为敌啊！我为伊斯兰而赞美安拉。"她接着写道，"尤其是在挪威这样的国家里！一切赞颂，全归真主！”

“阿拉伯之春”运动已进入第二个年头。突尼斯独裁者本·阿里（Ben Ali）在民众大规模示威后逃到沙特阿拉伯。胡斯尼·穆巴拉克（Hosni Mubarak）被关进了开罗监狱。穆阿迈尔·卡扎菲（Muammar Gaddafi）被从排水管中拖出来，打得血肉模糊，最后头部中弹而死。随后他的尸体被扔在了位于米苏拉塔的一个民兵总部，直到臭气熏天，他们才把尸体搬走。

在叙利亚，巴沙尔·阿萨德仍然大权在握。阿扬远远地观望着事态的发展，用她的心灵、语言和键盘进行着“圣战”。2012 年 3 月，她在推特上写道：“‘世界上最丑的狗死了’——这是一个多么误导人的标题。我还以为他们终于把巴沙尔杀死了呢。”

西方国家领导人拒绝像支持利比亚起义那样支持叙利亚起义。阿萨德政府军袭击和平示威者时，西方国家采取中立态度；示威者拿起武器反击时，西方国家则为了自卫选择了离开。干预叙利亚内战将会引发一系列前所未有的挑战。叙利亚军队的战斗力更胜一筹，他们拥有先进的俄制防空系统。此外，阿萨德政府还得到伊朗的支持，任何干预叙利亚内战的行为都将促使伊朗采取更直接的方式援助阿萨德政府，进而损害美国在伊拉克的利益，而这又可能会导致伊朗中止核计划协议谈判。所以，对西方国家来说，此战根本不值得参与。

当第一批来自欧洲的士兵进入战区时，西方国家领导人对此视而不见。有一段时期，这些士兵被视为援助工作者或自由战士之类的角色。虽然少数人加入了“叙利亚自由军”，希望将民主引入叙利亚，但大多数人是“圣战者”，他们最终加入了“基地”组织在叙利亚的分支组织。

随着伊斯兰讯息网和平会议的临近，阿扬在推特上的活动越来越频繁。作为组委会的成员，她经常与一些会议发言嘉宾进行短信交流。她以私人身份与他们交流，语气中充满了自信，称呼他们为“我的兄弟”。对于这些萨拉菲派年轻人来说，这次会议是一年中最重要的活动。会议将于复活节周之初正式开始，那时大多数挪威人都会收拾好背包，前往山区旅游。

组委会最终选定了位于奥斯陆市中心南部艾克伯格的一个室内体育场作为会议地址。他们计划在这里设两个出入口，一个供男士进出，一个供女士进出。此外，场内还将设立隔离休息区，为参会者提供萨莫萨三角饺、各式蛋糕和各种软饮料。

在女士区的一张桌子旁，阿扬招募的几个女孩正在分发宗教资料。埃及的一位书商免费赞助了一些书籍，还有印着“伊斯兰教中的女性权利——受人尊敬、获得荣耀、被人珍惜”字样的粉色小册子。这些字旁边还有一些心形图案中，图案中印着从《古兰经》里摘出来的句子，如“以创造男性和女性的主发誓，你们的确是不同的。虽然如此，男女仍彼此需要，他们是你们的衣服，你们是他们的衣服”。

星期五早上，阿扬和莱拉逃课去参加和平大会的开幕式。今年的复活节比往年来得晚一些，已经快到4月底了。贝鲁姆那些别墅的花园里，藏红花和郁金香争奇斗艳，樱桃花也挂满了枝头。在一道青翠的山坡处，阿扬以碧蓝的天空为背景，拍下了一张满树绿叶的桦树照片，并把这张照片发到推特上，配上文字：“风雨之后，必见彩虹！

赞美真主！”

阿扬和莱拉穿着黑色罩袍在贝鲁姆上了公共汽车。快到奥斯陆中央车站前的广场时，她们戴上了面纱，之后在这里换车前往艾克伯格。公共汽车一点点靠近终点站，车上与她们装束相同的人越来越多。她们走的是相同的一条路：真主之路。

姐妹俩没有到女士队伍那边去排队，好歹阿扬也是组委会的成员，坐在入口处的桌子旁边负责登记和发放会标的会务人员都是她招募来的。

会场逐渐坐满了人，男士坐在前排，女士坐在后排。这些年轻人或是独自一人，或是几人一组，到会场后面祷告。进行小净的时候，他们把白色运动鞋、高跟鞋、靴子和凉鞋都脱了下来。他们躬身祷告——除真主外，绝无应受崇拜者，穆罕默德是他的使者。祈祷完毕之后，他们又回到各自的座位上坐好。

签到流程冗长、复杂，花了好几个小时的时间，之后法赫德·库雷希才给大家致欢迎词。他穿着紧身的深色西装和白色衬衫，头上戴着一个圆顶的祈祷帽。据教义所说，祈祷帽可以追溯到先知时代。法赫德戴的是一顶条纹祈祷帽。

这个挪威籍巴基斯坦人站在聚光灯下，其他到会的大腕们的光环很快就将照亮整个舞台。本次会议意在传递真实的信息，以遏制恐惧、偏见和仇恨。法赫德认为，如果社会对伊斯兰教有更多的了解，那么右翼分子于7月22日那天发动的恐怖袭击事件或许就可以避免了。

会场里冰冷刺骨，参加会议的人都快冻僵了。女孩们把披肩和斗篷紧紧围在身上。她们中的一小部分人戴着面纱，大部分人则戴着各式各样的头巾，有豹纹的、有金色的、有闪闪发亮的、有条纹的、有粉色的，还有土黄色的。头巾和珠光宝气绝非互不相容。

今天来的大人物是来自英国的皈依者阿卜杜勒–拉希姆·格林（Abdur-Raheem Green）。他出生在坦桑尼亚，父亲曾在那里担任殖民行政长官。他的童年是在天主教寄宿学校里度过的。他从 24 岁开始读《古兰经》，后来便皈依了伊斯兰教。

格林身穿米色长外衣，长相酷似维京人：身材高大，体格强壮，有一双淡蓝色的眼睛和迷人的金色胡须。由于发表了诸如“穆斯林和西方人无法和平共处”和“在‘圣战’中死去是通往天堂和安拉的最可靠途径之一”等言论，他被禁止在加拿大演讲，被禁止进入澳大利亚，也被禁止进入阿森纳足球俱乐部的主场酋长体育场。在伦敦的海德公园，人们曾拍到他大喊着要一个头戴犹太小圆帽的男人把帽子摘下来：“把这个犹太人带到离我远点儿的地方去，这样他身上的臭味就不会熏着我了。”

伊斯兰讯息网认为他的观点可以接受。他演讲的题目是“空虚的心灵、疯狂的生命”。

“让我们看看心的本质，”按伊斯兰教方式问候大家之后，他接着说道，“它就是一块肉。先知——愿安宁与他同在，曾说过，如果这块肉健康，那么全身都健康。如果这块肉腐坏，那么全身都会腐坏。”

通过你的嘴巴就能看出你的心里包藏着什么。“你们大家一定听过这句话：‘人如其食。’如果你不停地吃垃圾食品，时间长了你就会变成垃圾，并陷入其中不能自拔。人们已经变得跟耗子差不多了，每天都吃垃圾食品。”格林要强调的是，这意味着你将得不到身体和心灵所需要的营养——真主。

人们的内心渴望认识安拉，服从安拉，崇拜他，敬仰他。“你的眼睛需要深入内心，审视你自己：是什么在激励着我？我的目标是什么？是想得到荣誉吗？是想让别人认识我吗？是为了让别人崇拜我吗？是为了让别人在脸谱网上关注我吗？”

他演讲的时候，坐在后排座上的人在不停地聊天，小一点儿的孩子则围在一起玩儿。不过格林并没有受到影响，他开始列举种种有害的事物。

“音乐能够满足你的内心，确实如此，它能够满足你的内心。听音乐的那一小段时间里，你会感到高兴。但当音乐停止，你独自一人时，你就会意识到内心是多么空虚。看电影也是如此，单纯为了消遣的性关系也是如此，它们都是填补内心空虚的一种手段。你想要通过一些东西来分散注意力，大麻、迷幻药、可卡因、海洛因、酒精，诸如此类的东西。而这么做的后果却是进一步加剧了酗酒、吸毒、暴力、抑郁和自杀等现象。”

幸运的是，世间还有一种拯救的方法。

“读《古兰经》！这是真主降示的经典，以便我们认识他。祈祷吧！用你的心祈祷！理解你所说的话。‘安拉胡阿克巴’是什么意思？它的意思并不是‘真主伟大’，也不是‘真主至大’，不是这个意思。从字面上的意思来看，它是说‘真主更伟大’。这种说法所包含的意义几乎无以言表。无论你能想到真主有多伟大，真主总是比你想象的还要更伟大。”

他滔滔不绝地讲了将近一个小时。随后到了听众提问的时间。一个小伙子问格林，他怎么知道唯一能填充人们心灵的只有真主。

“那是真主赐给人心的天性……我们如何知道伊斯兰教是真的？

《古兰经》教导我们，宇宙有一个造物主，而且这个造物主是独一无二的。它不同于任何被创造出来的事物，已有事物中也没有哪一种与它有相似之处。宇宙中没有与真主相似的事物。”

宇宙有自己的系统和逻辑。就像一台 iPad 一样，它是被创造出来的。它并不是一系列随机事件和周围环境的任意结合。格林说：“虽然基督教有类似的真主概念，但由于他们称耶稣为主，实际上是混淆了这个概念。这种说法毫无道理可言，是完全不合理的。”

男士提问完了之后，开始轮到女士提问。一个女孩站起来问道：“我看到有些穆斯林的内心充满仇恨，看到他们自相残杀，萨拉菲派在攻击苏菲派清真寺时，大喊着自己将如何去天堂和先知共餐。我们怎样才能阻止仇恨在穆斯林之间蔓延？在我们清理掉垃圾的同时，怎样才能防止心中充满仇恨呢？”

格林回答说，这个问题非常好，他将在星期日的演讲中回答这个问题。

“还有其他的问题吗？”他问道。

又一个女孩站了起来。7 月 22 日的恐怖袭击事件发生后，歌曲在哀悼逝者和团结生者的过程中发挥了很大的作用。她想知道的是，歌曲也在被禁止之列吗？

格林没明白女孩的意思，于是她不得不解释一遍。难道歌曲不是在创造团结、和谐的氛围吗，为什么格林说它会导致内心的空虚呢？格林仍然没明白她指的是什么。女孩紧张地又重复了一遍，并再次引用奥斯陆恐怖袭击事件为例。格林声称他对此事一无所知。

尽管如此，他还是做了回答：“有些人可能会说，科学家已经证明，每天喝一杯红酒真的会让你更健康。因为红酒中富含抗氧化剂，对健康有益。”然而，喝红酒带来的危害远远超过了它带来的好处，音乐也是一样。“音乐可能有一些治疗效果”，但这并不能弥补它给人们带来的伤害。

闲下来的时候，阿扬就会听听演讲。有很多事情需要她去忙。现在她就在这里，与伊斯兰讯息网上的名人比肩并坐。她优雅地扫视着会议大厅，时不时地消失在女士聚集的地方。不一会儿，又看到她回到那里，腰板挺直。

和平大会期间，艾莎和埃米拉也有很多工作要做。阿扬把迪尔拉的名字加到了志愿者名单上。但这名库尔德女孩遭到了马迪亚的拒绝。“如果你想加入我们的组织，就必须把头蒙起来。”马迪亚告诉迪尔拉这是规矩。迪尔拉坚持称伊斯兰教并不强制要求女性戴头巾，马迪亚也没兴趣跟迪尔拉争辩，她让迪尔拉到大厅里找个座位坐下。

衣着考究、妆容精致的马迪亚像普通观众一样坐在那里，她的那些身居要职的朋友却穿着长袍、戴着头巾。

休息的时候，迪尔拉来到她的那些朋友身边，抱怨马迪亚太蠢了。艾莎扬起了手掌：“你不能这么说！”

迪尔拉耸了耸肩，她已经习惯了艾莎对她的指责。

中途休息之后，会议继续进行。会场里终于有点儿暖和气了。埃米拉紧张兮兮地盯着男士出入口的大门。她曾告诉过迪尔拉她爱的人是谁，他们正在秘密约会。

“他可能会晚来会儿，也许明天才能来。看到他我会指给你看的，不过我不能在这个地方跟他打招呼。”

她小声说，他是巴基斯坦人。迪尔拉耸了耸肩问道：“他是干什么的？”

他的全名叫阿尔斯兰·马鲁夫·侯赛因（Arslan Maroof Hussain），不过最近他把名字改成了乌拜杜拉（Ubaydullah），意思是“真主的小奴隶”，服从真主的人。这个眉清目秀的小伙子曾是奥斯陆公路收费公司的足球裁判，现在却梦想成为一名全职的伊斯兰教教徒。

星期五晚上最后一位演讲者是阿扬最喜欢的人之一——摩洛哥出生的加拿大人里亚德·瓦尔扎齐（Riad Ouarzazi）。他们在推特上说的话充满了调情的意味。她曾暗示说，她可能会很忙，没时间听他的演讲。

“为什么呢？你准备等演讲后参加我的一些私人活动吗？”这名传教士反问道。

“这么说你已经准备好事后的惩罚措施了？”阿扬问道。他很快就回复说：“可不是这样的啊。”阿扬说：“我是大会的组织者之一，所以希望不是这样。见到你本人应该会很有意思。”

当然，她听了他的演讲，并从台下拍了他的照片，随同一行文字一起发给了他：“酋长在行动！”

瓦尔扎齐的声音抑扬顿挫，好像是在跳舞。他时而高声大喊，时而细声低语，时而面带微笑，时而作势低嘘：“天使们来了，就在这里。她们从天国降临，围在我们身边。如果能看到她们，我们会晕倒的。”

他演讲的主题是“仁慈”。“有一天，先知哭了，于是真主派大天使加百列问他：哦，真主的先知啊，你为什么要哭泣？先知回答，‘乌玛提，乌玛提’，意思是我的子民，我的子民，我想要真主拯救我的子民。”

瓦尔扎齐强忍着泪水，说出了真主对加百列的吩咐：“去告诉他，我们会取悦他，取悦他的子民！”

然而，这些年轻听众的眼睛是干燥的。毕竟，他们是在挪威长大的，这里的人很少在公众场合表达自己的情感。

演讲者低下头，开始专心讲述故事的高潮：先知穆罕默德临终时，他的妻子艾莎陪在他身边。“此时先知已经63岁了，头发灰白。”说到这里他有点儿说不下去了。

演讲结尾，他表达了自己对先知的爱，并问在座的年轻人是否像他一样爱着先知。

“你爱他吗？真的爱他吗？有多爱他？你愿意为他做出什么样的牺牲？”他大声喊道。

阿扬拍下了这名传教士哭泣的照片，并把照片发到了推特上。他没做太多的评论，只是简单回了一句：照片拍得有点不清楚。

为期三天的和平大会快要结束时，一群男士来到了会场。他们穿着传统的萨拉菲派服装：下身是又短又肥的裤子——裤脚刚到脚踝处，上身是据说先知曾穿过的那种长袍。他们下巴上留着胡子，嘴唇边上却没有，因为先知曾说过，任何毛发都不能碰到嘴巴。他们当中有些人还戴着阿拉伯式围巾，把脸和脑袋都围了起来。

这些人的经历都非常坎坷。有一些曾加入帮会，有过犯罪前科，还有一些是在儿童福利会长大的。

其中有一个名叫希沙姆·侯赛因·艾哈迈德（Hisham Hussian Ahmed）的人，他比阿扬早几年到多恩斯基中学上学，他们曾一起负责位于奥斯陆中心卡尔约翰大道上的传教点。阿扬根据传单类别的不同，把它们发给不信伊斯兰教的人和信仰程度不一的穆斯林。她满面笑容地站在步行街上，试图让人们对伊斯兰教有一个初步印象。而大部分时间里，希沙姆就站在一旁看着，只会分发宣传册，不敢直接与人交流。他们还一起去见过宜家家居公司那些天天爬上爬下盘货的员工，这是伊斯兰讯息网安排的募捐计划的一部分。他们与那些人一拍即合。

希沙姆于2003年来到挪威，比阿扬晚三年。当阿扬在联合国家庭团聚计划的安排下乘飞机抵达挪威时，希沙姆正独自一人从厄立特里亚出发。到达挪威后，他告诉人们他的年龄是13岁，于是被登记在未成年寻求庇护者的名单当中，随后被安置到贝鲁姆的一户寄养家庭。他很快就在那儿交上了朋友，把时间都花在了踢足球上。他的寄养家庭父母说，他们从来没有遇到过相处如此融洽的寄养儿童。

他上了一年的过渡班，读完了初中，然后被多恩斯基中学的体育班录取。他是一个技术娴熟的足球运动员，一个天才运动员。实际上，他还是班上最爱笑的人。在多恩斯基中学的一张照片上，他像一个吉祥物一样横躺在姑娘们的大腿上。

他来到挪威后没有告诉当局的是，他的家人都在奥斯陆。他的几个叔伯和堂兄妹都住在市里。他过着两种生活，一种是在贝鲁姆，另一种是跟叔伯们在一起。

与在宜家家居募捐时相比，现在的希沙姆变了。他下巴上的胡子变得更长了。以前他的面部表情很柔和，现在却变得严肃起来。他穿着先知穿过的那种衣服。阿扬还发现了另一点变化：他的婚姻情况。希沙姆已经结婚了。

大会总结演讲的时候到了。这次演讲的主题是关于审判日。

“亲爱的兄弟姐妹们。”穆罕默德·阿卜杜勒·贾巴尔（Muhammad Abdul Jabbar）开始讲话。他是伯明翰一个大型传教团体的领袖。

“末日近了！这句话就是传达给你们的信息。大地将会裂成碎片，海洋将会燃烧，人们会四处奔逃，但他们将无处可躲。星星会熄灭并从天空落下，黑暗会随着宇宙的结束而降临。每个人都将在复活之前灭亡，以面对真主的审判。”

阿扬在优兔上建立了一个个人账号，用于发布网站和宗教频道的链接。贾巴尔的演讲“信徒的灵魂”与他在和平大会上传达的信息一模一样：“现在是黑暗时期，这一点无人能否认。末日近了！”

放映天灾特效的灵感源于好莱坞电影。特效中展现了雷声、闪电、火焰，被烈火吞噬的人们尖叫着纷纷倒下。接着便传来传教者那低沉的声音：“这就是末日吗？不，这只是开始……”

审判日临近的预言记录在《古兰经》中。这些征兆包括：谋杀等杀戮行为的激增，世界各国领导者日益专制，几乎所有人都喝酒，孩子代替父母做出各种决定。此外，人们不再信奉真主，而是崇拜各类明星，到处充斥着音乐和歌曲，自杀和死亡的想法变得很普遍。随着时光飞逝，各类假先知将粉墨登场。

另一个预兆是：地球上将发生大地震，一场在东方，一场在西方，一场在阿拉伯国家，也就是先知所说的世界的中心；一场大风将吹遍全球，太阳将从西方升起，也门将发生一场大火。一旦这些征兆出现，那时候再悔改并皈依伊斯兰教就不可能了。一切都已经太晚了。

贾巴尔的演讲接近尾声。他用雷霆般的声音喊道，全世界的穆斯林都为西方文化感到震惊，Lady Gaga、史努比和说唱歌手 50 美分之类的偶像已经取代了先知的位置。他敦促听众像真正虔诚的先辈人物那样，为自己的后世投资。他提醒听众，现在募捐箱正在会场中传递，向伊斯兰讯息网捐钱，这是“以真主之名的一次投资”，将给末日审判增加额外的积分。

“那些还不是注册会员的人，你们可以在座位下面的地板上找到一张登记表。你们可以到那边的桌子上把表格填好，然后捐钱！”一个声音在大厅里回荡。

募捐会变成了竞买会。你可以根据自己想要捐赠的数目决定是否举手。一名后进来的传教士大声喊道：“趁还活着的时候把钱存到天堂里，这是非常重要的事。捐献财物可以洗涤罪恶，并有助于抵御疾病。”总之，他们不断地大声喊着一些警告和责备的话。

那些穿着与先知一样的衣服、留着长胡子的男士早已离开。他们只为自己的事业募集资金，人们经常看到他们中的一些人拿着募捐箱站在格陵兰地铁站和清真寺外，嘴里喃喃而言：“紧急救援！为了叙利亚的儿童和失去丈夫的女人们。”

从纯粹的宗教角度来看，这些较为粗野的人与伊斯兰讯息网的领导者之间的差别其实并不大。他们都想有一个基于伊斯兰教法的社会，都相信末日，都声称追随先知。尽管他们的服饰不同，但真正将他们区别开来的是另外一些更为重要的东西。伊斯兰讯息网遵照先知的启示传播教法，而那些早已离开会议大厅的人希望追随先知穆罕默德的脚步，用刀剑征服这个世界。

他们之间的不同在于对暴力的信仰。

第十一章　伊斯兰情人

阿扬的朋友艾莎最近的日子很不好过。

挪威媒体的批评铺天盖地般袭来，艾莎只能一个人面对这场狂风暴雨。在这场关于戴面纱的争论中，她希望伊斯兰讯息网能助她一臂之力，于是便到法赫德·库雷希那里寻求帮助。法赫德回答说，这件事必须要经过理事会讨论才行。

这需要时间。

艾莎告诉法赫德她曾遭到一个男人的袭击。那人浑身涂满金粉，站在街头一动不动，眼睛也不眨，就像一座雕像。当时，艾莎正路过国会大厦，从那人身旁走过的时候，他突然伸手把她的面纱扯了下来。

伊斯兰讯息网一贯支持女性在公共场所戴面纱。不过，现在是追究这个问题的适当时机吗？艾莎是否是最合适的人选呢？

艾莎为人处事略显粗鲁，在这一点上伊斯兰讯息网并不是很认可她。她只愿服从真主，而不愿服从其他的男人。用她的话说，女权主义就是“为争取蒙面的权利而奋斗”，戴面纱是为了把她保护起来，而不是为了让别人替她做决定。

伊斯兰讯息网还对阿尔范·巴蒂在反对挪威出兵阿富汗的示威游

行中所发表的激烈言辞深感不安。此外，网上流传的一段支持此次游行的视频也令伊斯兰讯息网陷入焦虑，而艾莎对这段视频持支持态度。该视频的导演巴斯蒂安·瓦斯奎兹（Bastian Vasquez）出生在位于奥斯陆以南的基恩，距离奥斯陆几个小时车程，他的父母都是智利人。这个身材矮小、略显肥胖但信仰坚定的家伙拍了一段关于挪威驻阿富汗部队的视频，视频中出现了挪威王储哈康、挪威首相延斯·斯托尔滕贝格和挪威外交部部长约纳斯·加尔·斯特勒的镜头。视频中威胁道："哦，真主，摧毁他们，让他们痛苦吧！"

巴斯蒂安把这段视频发到了网上，为游行示威做宣传，结果几个小时后，警察便找上门了。他腰上围着一条浴巾打开了房门，警察跟着他进了卧室，让他把衣服穿上，然后便开始对整栋房屋搜查。一个警察发现他把什么东西塞进了嘴里，便上去卡住他的脖子，防止他把嘴里的东西咽下去。最后，巴斯蒂安不得不把塞进嘴里的东西给吐出来——那是一个储存卡，里面有他拍摄的视频、炸弹制作说明、数百部"基地"组织斩首和实施酷刑的录像。

巴斯蒂安·瓦斯奎兹入狱后做的第一件事，就是要求通知黑社会的前任首领阿尔范·巴蒂。他从未要求跟自己的妻子见面。

根据警方的审讯笔录，"几周前，为了再娶一个穆斯林为妻"，巴斯蒂安在网上申请了一个新账号。笔录中记载道："被告已经结过婚了，但伊斯兰教允许一夫多妻制。"他还创建了一个名为"穆罕默德·真主军"的账号，目的是"在网上联系并尽可能结交更多的朋友"。笔录中还记载道："被告是伊斯兰讯息网的会员，并将使人改信伊斯兰教视为一项重要工作。"

巴斯蒂安承认他和阿尔范·巴蒂共同组织了此次示威活动，并详述了他与这名臭名昭著的敲诈犯之间的关系。“被告认为，与阿尔范·巴蒂一起组织此次示威活动具有非凡的意义，他制作这段视频是为了得到人们的认可。被告希望人们认为他很酷。他知道这事儿听起来很愚蠢。不过被告在成长过程中受过别人欺负，并认为正是这种成长经历导致自己产生了这样的想法。”

巴斯蒂安否认曾威胁过任何人。当警察问他视频中的“哦，真主，摧毁他们，让他们痛苦吧！”是何用意时，他回答：“意思是说，真主会惩罚这些人，把他们赶出挪威……赶出阿富汗。”

“‘这些人’指的是谁？”警察继续问道。

“杀害无辜平民的挪威士兵。”

“怎么惩罚他们？”

“让他们患上感冒、发烧或者其他什么……具体我不太清楚……疾病之类的，不管怎样，只要能让他们离开就行。”

当问到他为什么选取视频画面中的那些人时，巴斯蒂安回答说，他之所以选斯托尔滕贝格首相，“仅仅是因为当时的画面背景中有北约组织的标志”。他说自己不知道视频中的王储是什么人，只是“在一张照片里看到他在阿富汗同挪威士兵打招呼”。至于那位外交部部长，巴斯蒂安说他以为此人是一位将军，或者是“某个与军队有关的人物”。

至于视频中提到的“摧毁他们”，巴斯蒂安说他只是希望那些士兵回国后出现心理问题。

艾莎仰慕的那些家伙都被警察局列入了监视名单，伊斯兰讯息网不希望自己也被列入该名单。

理事会讨论了艾莎的事，认为当前对戴面纱问题的任何关注，只会进一步吊起批评者的胃口。他们担心会出现最坏的结果，就是政府全面禁止穆斯林女性戴面纱。如果事情发展到这种程度的话，艾莎不但会破坏“当前穆斯林女性戴面纱的局面，还会破坏全体穆斯林的处境”。理事会投票决定不会公开支持艾莎。

事后，法赫德·库雷希把艾莎叫到一边，对她说：“你受到如此多的批评真的很令人痛心，希望那个揭掉你面纱的家伙会受到应得的惩罚。”不过他解释说：“挪威人还没有做好接受面纱的心理准备，希望真主保佑，他们的态度会变得更加包容。”

艾莎的家里依然麻烦不断。艾莎一家人住在贝鲁姆的一间狭小的地下室里。她们姐妹几个对家里的事情已经毫无办法。一天晚上，她的一个妹妹哭着求父母停止争吵。父亲把妹妹推到一边，并大声骂了她几句。妹妹也发火了，她把桌子上的东西都推到地板上，然后又把书架上、灶台上的东西都一股脑儿摔到了地上。“我只是在学爸爸！”她大声喊道。她把家里的电视和父亲的摄像机都给砸烂了，然后举起父亲的笔记本电脑往墙上砸，砸完后便丢在了地上。

父亲回到家后，大发雷霆。他照着女儿的头猛揍了几下，然后又把孩子的妈妈推倒在地板上用脚猛踢。为了阻止父亲，另一个妹妹用牙咬住了父亲的手。艾莎把年龄小点儿的三个妹妹带到另一个房间，锁上门，然后打电话报了警。随后，警察赶来，逮捕了她们的父亲，并以袭击他人的罪名对其提出上诉。调解处又召开了一次会议，随后给出的报告干巴巴地写着这样一句话："他已经做出承诺，不再殴打妻子和孩子们。"后来，父亲搬出去住，与妻子和女儿们分居了。2012年春，又一次家暴事件发生后，政府给她父亲下了一道禁令。艾莎发誓再也不会见父亲了。

殴打、恐吓、恐惧。为了生存，艾莎已经关上了感情的大门。摆脱了父亲的影响后，她渴望用一些美丽、强大、属于她自己的东西来填补这个空白。

那些穿着先知般服饰的人引起了艾莎的注意。有谁能比追随穆罕默德的人更可靠、更真实呢？

参加和平大会的那些留胡子的男人没有组建一个等级森严的组织，不过他们提名了一个领导人（称其为"埃米尔"）和一个统治委员会（称其为"舒拉"）。他们希望挪威成为一个在伊斯兰教法约束之下的伊斯兰国家，而在如何最好地实现这一目标上，他们意见不一。目前，他们选择的方式是在大街上布道和举行示威游行。

针对有争议的问题，他们没有意识形态层面的指导方针。他们中的几个强势人物用黑帮规矩统治着这群人，他们通过对帮会的忠诚联系在一起。这个组织的成员经常为宗派体系问题争论不休，他们在网上的公开讨论就证明了这一点。他们讨论时说的话就像是精神分裂症患者的语言，可以说是极端主义、法律术语和黑帮俚语的大杂烩。

他们中有一些人沉浸在《古兰经》的研究里。那些人在格陵兰的一座清真寺里成立了一个研究小组。后来，那座清真寺的宗教领袖担心政府会找麻烦，请他们离开了那里。他们只好去租房子，或者轮流到各成员家中聚会。

制作那段视频的巴斯蒂安·瓦斯奎兹获释后，阿尔范·巴蒂专程前来接他。巴斯蒂安作为曾信仰天主教的伊斯兰皈依者，并非学术型的伊斯兰教教徒，阅读经书会让他感到崩溃。他曾在一次会议上嘲笑组织里另一个成员的行为，随后又在给那人的电子邮件中写道："现在不是翻书本的时候，而是需要付诸行动的时候。"那是这个皈依者第一次，也是最后一次参加研究小组的讨论会。通过那段视频，他实现了自己的部分目标——得到阿尔范·巴蒂的认可。他俩现在几乎天天待在一起。

在一些人研究《古兰经》的同时，另一些人则更倾向于讨论如何使用恐怖手段。在挪威报纸转载了穆罕默德的卡通漫画，反对挪威出兵阿富汗的示威游行爆发之后，组织中最激进的人认为，现在已经有理由去袭击挪威境内的目标，挪威士兵在其他地方杀害穆斯林的行为必须遭到报复。

报复原则的核心就是：以眼还眼，以牙还牙。

一些年轻人讨论了可能的袭击目标，并最终确定了最佳袭击地点：位于奥斯陆滨海的一片高档住宅区和零售商务区——阿克尔码头。那边晚上没有小孩或者穆斯林，只有饭店和酒吧里的雇员，以及来市里旅游的乡巴佬。

他们觉得国会大厦也是一个不错的目标。

然而，经过长时间的讨论，统治委员会认为，不能把挪威平民作为袭击目标，即便民众对其领导人做出的抉择负有责任。毕竟有些平民可能并没有把票投给好战分子。他们认为，攻击军事基地也许会更好一些。

也许他们有太多的顾忌，也许他们居住的这个小国家还不算太坏。不管怎样，他们中最激进的那部分人最后找到了一个可以浴血奋斗的战场，这个战场远比袭击国内的军事基地更有吸引力。

“相对于奔赴战场参加‘圣战’而言，坐在家里祈祷不过是小孩子的把戏。”阿卜杜拉·阿扎姆曾如此写道。穆斯林的土地被攻击时，“圣战者”应该奉上自己的鲜血。在叙利亚，他们可以跟真正的兄弟在一起，为建立一个伊斯兰国家而战。等到国家建成之后，伊斯兰教便可从那里向北传播。

这种冒险行动吸引了一部分人。一些人是出于穆斯林之间的兄弟情义，另一些人则是希望通过参加“圣战”来洗脱自己身上的罪恶。不管怎样，有一点是确定的——叙利亚为他们指明了人生的方向，给他们一种做正事的感觉。并且，如果在战斗中牺牲，他们还可以确保在真主的宝座下获得一席之地。

他们煽动人们参加“圣战”的方法就像恐怖分子在招募成员。阿富汗和叙利亚死伤儿童的恐怖画面与挪威的军事行动形成了鲜明的对比。还有从《古兰经》中节选出来的文字，旨在传达西方国家正在与整个伊斯兰世界为敌的信息，为参加“圣战”提供了进一步的理论支持。欧洲妄图彻底消灭伊斯兰教的虚构故事也被大肆宣传。挪威人不喜欢穆斯林是既定事实，穆斯林受到了压迫和歧视，支持“圣战”是一种自卫行为。

这个团体与媒体之间的关系可以说是爱恨交织。两者都是既寻求扩大公众影响力，又企图避开大众的目光，并且都善于传递自己的观点。一些记者受到了威胁，有人甚至冲着一名记者家的窗户开枪。与此同时，那个臭名远扬的阿尔范·巴蒂却在与一个金发碧眼的电视台记者秘密约会。

ஐ

艾莎说她想结婚。

“跟一位‘埃米尔’。”她对迪尔拉说。

“谁？”迪尔拉吃惊地问。

“他叫乌拜杜拉·侯赛因。”艾莎给她看了一张乌拜杜拉在网上的照片。照片中的他微笑着看着镜头，蜷曲的头发，圆圆的脸蛋，看起来非常可爱。

“这不是跟埃米拉秘密约会的那个家伙吗？”迪尔拉很是纳闷。

“那件事已经结束了。”艾莎赶紧反驳道。接着艾莎告诉迪尔拉，她已经央求媒人替她求婚了。

迪尔拉大吃一惊：“你向他求婚？”

艾莎点了点头。她从未与心爱的人说过话，不过曾经看到他打扮得像先知一样，手里拿着一个麦克风。她喜欢看他这身打扮。这个长着一张娃娃脸的伊斯兰教教徒是个了不起的演讲家。此外，他还能够背诵整本《古兰经》。

艾莎找的媒人是个来自拉维克的挪威籍伊拉克人，也是最新一波伊斯兰教运动浪潮中最重要的人物之一。莫耶丁·穆罕默德（Mohyeldeen Mohammad）进入公众的视线是在奥斯陆举行的反对穆罕默德讽刺漫画的集会上。“挪威政府什么时候才能明白此事的严重性？”他说道，“希望政府不要等到什么都晚了才明白。希望他们不要等到在挪威的土地上发生‘9·11’事件才明白。我这么说并非威胁，而是警告。”

游行事件发生后，莫耶丁被麦地那伊斯兰大学开除。学校认为，他是一个喜欢煽风点火的家伙。他一回到沙特阿拉伯就被当地警察逮捕了，并被遣返回挪威。

艾莎想要的回复迟迟没来。每次去问时，莫耶丁都会跟她说还没有任何消息。

迪尔拉一直旁观此事。想不到艾莎会自己去求婚！把这项男人的特权变成自己的特权，这简直可以被视作一种女权主义行为，用一种激进的方式打破传统。从某种意义上说，艾莎采取的是一种非常规的方式，无视周围的风言风语。当她想要得到什么东西时，就会立即着手去做。现在，她想要得到的人是极端主义在挪威的代言人，而这个人不久之后就会成为挪威警方怀疑的煽动挪威穆斯林去叙利亚参加“圣战”的核心人物。

迪尔拉明白，艾莎的生活缺少父爱和安全感。在她看来，艾莎是在寻求地位和尊重，而不是爱。艾莎渴望成为伊斯兰世界中一位领导者的妻子，那个世界已经成了她的新家。她在那里找到了一种归属感，得到了支持和情感认同：我们与他们不一样，他们正在压迫我们，我们必须报复。

求婚信息最终传到了乌拜杜拉的耳朵里。面对这种直截了当的示爱，乌拜杜拉私下里偷偷打听这个年轻女人的具体情况。他听到的消息让他打消了接受求婚的念头。有人告诉他，她不是很漂亮。还有人悄悄跟他说，她有点儿胖。总而言之，这事儿没戏。

被拒绝的艾莎并没有停止自己的行动步伐。此时，她的眼光变得更高，瞄上了一个地位更为显赫的人物——阿尔范·巴蒂。她不再依靠莫耶丁，而是自己动手操办此事。她匿名注册了一个电子邮箱，联系上了她的新目标。此人比她年长15岁，成年后的大部分时间都在监狱中度过。他曾因向奥斯陆的犹太教堂开枪而被判有罪，却因恐怖主义罪名不成立而被无罪释放。

巴蒂早已结婚，但这并不算什么问题。

艾莎分步实施自己的计划。

“我代我的朋友给你写信。”艾莎写道，“她是个虔诚的教徒。她想知道你是否愿意娶她，她很想成为你的妾室。”

“当然可以。”巴蒂对纳妾很感兴趣。

下一步该怎么办？艾莎不知如何是好，只得向迪尔拉讨主意。

“我想你最好是以邮件中提到的朋友的身份出现，”迪尔拉建议她，“不过你确定他就是你想要的人吗？”

艾莎从来没有这么确定过。

阿尔范·巴蒂的犯罪生涯开始于13岁，那时，他加入了一个名为“青年枪手”的帮会。15岁时，他在奥斯陆市中心用酒瓶砸了一名店主的头，然后又用刀子把他捅伤。那是他第一次犯罪。童年时期，他要么是在挪威上小学，要么住在巴基斯坦的亲戚家。后来，儿童福利会给予他越来越多的照顾，并把他安置到一家福利机构中。十几岁时，巴蒂除了在犯罪，其他时间基本上都是在监狱里度过。在奥斯陆，他因暴力勒索而名声大噪。21岁时，他因在讨债中开枪伤人而被拘留。法院委任的精神病医生贝特霍尔德·格林费尔德（Berthold Grünfeld）认定他“智力发育不足”。在此后的两次法庭审讯中，专家们认为他患有“反社会型人格障碍”。他的行为表现出“缺乏责任感和对社会规范及义务的尊重，对他人冷漠无情，缺乏负罪感”。

艾莎开始以之前通信中提到的那位朋友的身份与巴蒂交往。他们开始在脸谱网上聊天，互发短信，打电话。艾莎在1月的示威游行中见过巴蒂，当时他还带着几个年幼的儿子，巴蒂却从未见过艾莎。艾莎想给他传张照片，但巴蒂拒绝了。他希望事情以恰当的方式发展，即以伊斯兰教的方式发展。

为了让巴蒂爱上艾莎，迪尔拉给艾莎提出了一些善意的建议。

“你得积极行动起来，艾莎。化化妆，剪剪头发，再买几件好看点儿的衣服！”

在层层面纱和头巾下面，艾莎通常穿着毛衣和宽松的运动裤。迪尔拉认为自己有责任提出一些建议：“记住，当你俩独处的时候，你是要摘下面纱的。”

“真主不看人的外表，只关注人的内心。”艾莎反驳道。

“但你不是跟真主结婚！”

“不要亵渎神明！”

“喷点儿除臭剂，或者香水，并且你应该……”

“这是被禁止的。”艾莎回答说。

艾莎从女士入口走了进去，巴蒂从正门大踏步进来。他穿着巴基斯坦传统服装，她戴着面纱。他找来了一个婚礼仪式主持人、两个证婚人，此外还给她找了一个监护人——一个著名的伊斯兰教教徒。

这是一场按照穆斯林传统仪式进行的婚礼，完全按照伊斯兰教法进行。

几分钟后，他们便成了夫妻。

艾莎的手机里有一大堆未接电话，都是她母亲打来的。艾莎知道母亲绝不会同意她嫁给巴蒂，她只跟最好的几个朋友透露过此事。最后，在去度蜜月的路上，坐在这个令挪威人闻风丧胆的男人旁边，艾莎给母亲回了电话，告诉她自己正与丈夫一起前往山区度假。

艾莎没有把此事告诉父亲，后来父亲还是从一个熟人那里才知道了艾莎结婚的事。

他们准备在哈山度蜜月。哈山是一个豪华的滑雪胜地，位于奥斯陆北部几个小时车程的地方。1994 年冬季奥运会的滑降比赛（高山滑雪比赛项目之一）曾在此举办。巴蒂已经订好了一间小屋。这对新婚宴尔的夫妻在半路下车买了很多食物，他们将在那里尽情享乐一段时间。

到了小屋后，艾莎取下了面纱。

他们的蜜月简直是一场灾难。乘车回家的路上，他们几乎一句话也没有说。

巴蒂几乎是在看到艾莎的第一眼便对艾莎失去了兴趣。回到奥斯陆后，艾莎躺在位于东区斯托纳的一栋公寓中的沙发上哭了起来。巴蒂告诉她，他很后悔跟她结婚，他对她没有兴趣。“你不是我想象中的那个模样。”他对她说道。

“我该怎么办？”艾莎在打给迪尔拉的电话中抽泣着说。

迪尔拉一时也不知该如何是好，她开始搜肠刮肚地想办法。

“稍微化一下妆怎么样？”

艾莎的回答她没有听清。

“除了运动裤，你还准备别的衣服了吗？”

艾莎老老实实地说，她还有一条漂亮的巴基斯坦裙子。“把裙子穿上，再化一下妆，准备点儿好吃的，在大门口迎他的时候吻他一下。”

然而，这些并没有用上。巴蒂回家后，径直从艾莎的身边走了过去。他们已经开始分床睡了。

巴蒂忘了告知他的原配妻子自己纳妾的事。几周后，他的妻子从别人口中知道了此事，她拿一个熨斗朝巴蒂砸了过去，结果被巴蒂揍了一顿。后来，巴蒂被指控犯了家庭暴力罪，他自己则说他只是“打了妻子几巴掌”而已，就像教训没有做《古兰经》作业的孩子那样。但据他妻子的指控，他用拳头打了妻子的脸部、头部和后背。

2012 年夏，巴蒂放弃了对孩子的监护权，并计划前往巴基斯坦和阿富汗交界处的部落地区。他告诉一名记者，他心中满是“该死的仇恨”，一想到当局的种种行径，他就会气得大哭起来。在西方国家生活已不再是他的选择，他必须继续前进，开创一条道路出来，这样他的孩子才不会完全在挪威文化的影响下长大成人。

“等我回来的时候，希望你已经从这儿离开了。”出发前，巴蒂对艾莎说道。后来，他在大半夜把艾莎从公寓里赶了出去。

在此之前，艾莎给公认的伊斯兰教教徒中最善良的人打了个电话。来自科索沃的阿尔巴尼亚人埃格松·阿夫德里（Egzon Avdyli）曾是多恩斯基中学的捣蛋鬼。艾莎坐在巴蒂公寓外的楼梯上给阿夫德·里打电话，请他前来接她。阿夫德里带着母亲一起开车过来，把艾莎送回了贝鲁姆的家中。

不久后，阿尔范·巴蒂离开了挪威。他在网上说，他参与了抵抗在阿富汗的国际部队的行动。他给艾莎发来了一条信息："塔拉克。塔拉克。塔拉克。"

结束了。丈夫连说三遍"塔拉克"，意味着按照穆斯林传统结成的婚姻关系正式终结。

然而此时，艾莎已经怀孕了。

第十二章 目标训练

“我选择离开并非出于宗教方面的原因。”阿扬在给法赫德·库雷希的信中写道。2012 年 8 月，阿扬开始了最后一学年的学习生活，她正是在这时候写了这封退会信。

“我觉得到目前为止，我已经尽力了。也许将来等我掌握了更多的知识，我会做出更多的贡献。真主保佑。感谢你给了我这个机会，也感谢你教会我的一切。我真的感觉伊斯兰讯息网对我的成长带来了很大帮助。然而，事情出现了一些变化，我觉得这里现在不需要我了。你真诚的阿扬。”

库雷希在回信中写道：“真主保佑。我希望有一天，当你变得更有能力、更有动力、更有纪律，目标更明确时，你还会回来。”

埃米拉也离开了这个组织。她明确说出了自己离开的原因。

“我们对信仰有着不同的理解。”她对伊斯兰讯息网的人说。理事会听说过埃米拉与乌拜杜拉·侯赛因私下约会的传闻，认为她是在侯赛因的影响下选择离开的。人们就这样在各种闲聊和流言中，不停地在这两大阵营之间转来转去。伊斯兰讯息网为失去这样一位专业的计算机人才而感到非常遗憾。

埃米拉曾多次在伊斯兰讯息网的一名成员面前谴责西方国家。

“你的意思是你支持恐怖分子将平民作为攻击目标？”他曾问埃米拉这样一个问题。

起初埃米拉没有回答。

“比如攻击一家咖啡馆？”那个年轻人继续问道。

埃米拉咧嘴笑了笑。

艾莎失望地离开了这个组织，阿扬选择礼貌地离开，埃米拉走了，迪尔拉也走了。不管怎样，迪尔拉从未觉得自己在伊斯兰讯息网里受到过特别欢迎。

还有一个原因是，她们心中都有了新的英雄。

2012年9月底，数百人在位于奥斯陆的美国大使馆前举行示威游行，抗议美国电影《穆斯林的无知》(*Innocence of Muslims*)。他们认为这部电影冒犯了先知穆罕默德。在皇宫公园和三角形的使馆大楼之间的人行道上，示威人群在蓝天下举起了印有伊斯兰教教义的黑色条幅。

“奥巴马，奥巴马，我们都是奥萨马[①]！”人们不断地高呼。

警方把参加示威游行的人都用摄像机给拍了下来，其中包括好战的极端分子、判过刑的暴力分子、脱离伊斯兰讯息网的成员，以及20多个蒙着面纱的妇女。他们曾就妇女能否参加示威游行进行过内部讨论，最终认为，只要她们“不跟异性混在一起”就可以参加。一个自

① 奥萨马在此指的是奥萨马·本·拉登。——编者注

称阿布·穆阿兹（Abu Muaz）的年轻人在脸谱网的一个秘密页面上发布了游行规则："兄弟姐妹们要分成两组，兄弟们在前面，姐妹们在后面。兄弟们要组织起来，确保示威活动有序进行，并避免姐妹们受到伊斯兰敌人的冒犯。"

这个组织还起了一个名字——"先知的乌玛[①]"。

示威的人群中有一个名叫希沙姆·侯赛因·艾哈迈德的人。还未成年的时候，他就独自一人从厄立特里亚来到了挪威。他住在萨迪克一家附近，去年还曾跟阿扬一起在奥斯陆的主要大道上传教。希沙姆为人挺有礼貌，不过胆子太小，不敢接近过路的人。

希沙姆13岁时从战争中逃了出来，现在战争的场面再次浮现在他的脑海之中。

最近，希沙姆的人生失去了方向。他为一家运输公司的一个员工送货，此人是公司的一个中层领导，经常干私活。一些钱就这样转弯抹角地流到了希沙姆的口袋里。

做这种用现金支付工资的工作有个好处，就是他可以同时领取一份失业救济金。这使希沙姆有更多的时间做自己最喜欢的事情——钓鱼。他随时可以在中午时分约上朋友，一起去奥斯陆附近最有名的河边钓鳟鱼，并在那儿一直钓到午夜。他也可以在凌晨三四点钟起床，这时候夏天的太阳早已升起，拿上渔具，找一个合适的地点，架上渔竿，然后陷入冥思。

以前，希沙姆的日子可从没这么舒服过。刚来挪威的时候，他几乎算是个文盲，学校里的很多科目他学起来都很吃力。最让希沙姆感

---

① 乌玛，意为共同体、社群。——编者注

到吃力的是英语，他一个英语单词都不认识。他学习不好的另一个原因是他不愿意做家庭作业。只要有什么让他感到烦的事，他会很轻易地选择放弃。老师们都对他很好，每次考试都会给他个及格，尽管给他打的经常是最低分。他的体育老师向他介绍了一个名叫“狂野 X”的组织，这是一个专为移民和移民家庭出身的挪威孩子成立的多元文化户外运动组织。该组织的发起人托尔·巴克（Tor Bach）称这些孩子为“沥青儿童”。希沙姆应邀前去划独木舟和钓鱼，这使他从体育课上那枯燥无味的越野滑雪中解脱出来。他从出生到长大从未滑过雪，根本不知道怎么滑。在滑雪训练时，他到达终点的时间通常会比第一名晚几个小时。中学快结束时，他的生活发生了急剧的变化。他开始跟来自科索沃的坏孩子埃格松·阿夫德里混在一起，抽大麻、喝酒、参加各种聚会，逃课是很常见的事。

在“狂野 X”组织里，希沙姆既能放松，又能挑战自我。他学会了如何看地图，如何使用指南针，如何点燃篝火。到了冬天，他们会挖几个雪洞，晚上钻到里面过夜，获得狩猎资格证书的人还可以去猎松鸡。

白天的课程结束后，他会到一家残疾人机构打工。他很受同事和顾客的欢迎，更多的是因为他很会逗乐子，而不是因为他工作努力。在制订校外生活计划时，一位咨询顾问建议他，既然他喜欢在那个机构工作，他可以考虑考一个社会工作者资格证，再读个卫生和社会工作学位。

社会工作者学位的要求是：“社会需要有能力的社会工作者，他们知道精神问题和社会问题是如何产生的，并能提供专业的帮助。”尽管成绩差得惊人，希沙姆还是被沃尔达大学学院录取了。

沃尔达大学学院坐落在一道峡湾边上，风景秀丽，校舍散布在山坡上。在夏日阳光的照耀下，大海和四周的景观闪耀着蓝绿色的光，与周围高耸入云的雪峰形成了鲜明对比。这里非常适合希沙姆所有的爱好——爬山、出海钓鱼和猎松鸡。

然而，等到秋天来临后，一切都变得灰白、冰冷，最终一片黯淡。中学时期周围那种安全的环境消失了，他也不准备继续学习，仅能勉强用挪威语书写。

他的室友发现他整天拿着一本书看。让他如此痴迷的并非是某一门课的课本，而是一本《古兰经》。

第一学期还没有结束，希沙姆退学了。回到奥斯陆后，他找了一份停车场收费员的工作，与乌拜杜拉·侯赛因成了同事。

2012 年冬末，“狂野 X”的组织者托尔·巴克接到希沙姆的电话。他们已经有三四年没见面了，接到以前徒步旅行同伴的电话，巴克又惊又喜。

“好几年没见面了啊！”巴克在电话中说道，并邀请希沙姆有时间来玩儿。

托尔·巴克身材强健，性格开朗，对人没有偏见。他还支持一个名叫“黄蜂”的左翼网站，该网站公开宣称其目标是从事“与暴力、种族主义、极权主义和反民主团体或组织有关的调查报道”。看到曾在“狂野 X”组织内被称为“梭鱼渔夫”的希沙姆带着三个朋友一起进来时，巴克眼睛都直了——他们 4 人都留着大胡子，一副“圣战者”

的模样。

上一次见希沙姆的时候，他还是个翩翩少年，而现在他看起来像是刚从举重队出来一样。

“你们看起来像‘青年党’。”巴克咯咯地笑了起来。

希沙姆板着脸，对巴克的评论没有做出任何反应。巴克想，只有想当“圣战者”的人才会不喜欢被这样开玩笑。

希沙姆的眼神非常冷酷，难道他是故意装出一副硬汉的模样？发生了什么事？他记得希沙姆有时候喜欢谈一些非常古怪的阴谋论，但这……

这几个板着脸的访客连寒暄几句的时间都没有就直奔主题：他们想参加狩猎课程。

巴克没说话，看着他们，略微犹豫了一下，然后开始一条条给他们讲具体的课程安排。先是理论课，共有 9 节，每周有三节晚课，共上课三周。第一堂课的题目是“人文狩猎与伦理”。理论课后是射击实践课和狩猎技巧课。他们将要学习各种规章制度、物种分类和武器安全知识，认识不同种类的猎犬，了解如何处理击落的猎物。学完这些课程后，他们便可以参加当地政府组织的正式的狩猎证书考试。

通过考试者可以获得持枪资格证。

“课程什么时候开始？”希沙姆问道。

这几个家伙离开后，巴克给警察局打了个电话。

警察告诉他：“只要他们没有犯法，我们就无权阻止任何人参加狩猎证书考试。不过我们会盯着他们。”

这个回答并没有让巴克感到放心。

ꕤ

巴克给他们几人注册报名，课程开始了。相比松鸡和鹿，希沙姆和他的朋友对武器更感兴趣。另一个一起上课的人告诉巴克，他无意中听到那几个留着大胡子的家伙在谈论如何猎杀“耶乎德”，即犹太教教徒。

理论课结束时，复活节也结束了。春天的太阳融化了漫山遍野的积雪，现在是去靶场进行实弹练习的时候了。托尔·巴克挨个拉着他们的手，告诉他们靶场的纪律，然后才允许他们开始射击。

“真主至大！”每当击中目标时，希沙姆和其他几个人就会大声欢呼。

巴克默默地站在一旁观望。篱笆的另一侧停着一辆白色的汽车，里面坐着两个人，他们是警察局派来监视这几个人的。

考试的时间临近了。巴克不知道自己到底该怎么办。

他又一次拨通了警察局的电话。

得到的回答仍然是：“我们无权干预，我们无法阻止他们参加考试。”

但是，托尔·巴克可以做到。他无视成年人教育法的规定，没有为他们几个人登记报名。当希沙姆打电话来问他们什么时候可以参加考试时，巴克对他说：“出了点儿问题，我也搞不清楚是怎么回事，你们的名字无法输入。”

后来，希沙姆又一次打来电话，这一次他显得更加生气：“到底怎么回事？考试什么时候开始？”

巴克说他真的不知道为什么系统拒绝录入他们几个人的名字。

“是不是因为有某种犯罪记录？”巴克问道。

希沙姆再也没有跟他联系。

希沙姆的妻子待在家里，快要临盆了。孩子预计会在12月出生。

夫妻二人对以后要住在哪里意见不一。希沙姆觉得住在一个非穆斯林国家有违教义。他想去叙利亚，过一种可以祈祷和战斗的生活，在神圣的土地上效忠真主。他想带着妻子和孩子一起去，让孩子也到那边，过一种穆斯林式的宗教生活。如果他们一家人被杀掉了，还可以确保在天堂拥有一席之地。

但是，准妈妈对这个想法一点儿兴趣都没有。她想要的生活就在这里。她在一家幼儿园上班，她认为在挪威也可以好好地按照穆斯林的方式过日子，他们一直以来也都是这么做的。

她的丈夫却很固执，认为“圣战”比任何事情都重要，比他自己、比妻子、比全家人都重要。这是为了真主。

一个朋友认为希沙姆的计划很不靠谱。“在出发前，你需要好好地了解一下伊斯兰教。只有这样你才能做出正确的决定。”他告诉希沙姆。

“我不适合学习，不喜欢读书，”希沙姆回答说，“我只要每天尽职尽责地祈祷，这对我来说就足够了。”

另一个朋友对此也持怀疑态度：“你的人生缺乏目标。你想睡觉就睡觉，想起床就起床，晚上钓鱼，白天睡觉。现在你连为什么都不知道，就想带全家人去叙利亚。先把《古兰经》好好读读，推迟你的出行计划。”

希沙姆用“先知的乌玛”组织的一句口头禅回应了两位朋友的建议：“我们不是读书的人，我们是打仗的人。”

2012 年 11 月，在妻子分娩前几周，希沙姆离开了挪威。留下妻子独自一人感受肚子里孩子的心跳，独自一人承担生育的焦虑和恐惧。从宫缩开始，到孩子出生，都只有她一个人。

孩子出生后的那段时间，她很不好过，只得搬回去与父母住在一起。她几乎不下床，整日待在家里，对孩子也不管不问。她患上了产后抑郁症，且伴随着严重的惊恐发作。看到她惊恐发作时，她的父母怀疑她被魔鬼附身了。他们试图通过诵读《古兰经》让她平静下来。

在叙利亚，希沙姆加入了“胜利阵线”，“先知的乌玛”组织中还有几个人也步其后尘来到这里，其中就包括那个智利人巴斯蒂安。巴斯蒂安没有空着双手来这里，他曾在格陵兰为伊斯兰救济组织 Al-Furqan 募捐。人们往募捐箱里塞入了大量现金，有的捐助者直接把装着厚厚的现金的信封塞进箱子里。施天课是伊斯兰教的五大支柱之一，在 Al-Furqan 组织的驱动下，每个星期五的聚礼结束后，人们都会向该组织捐赠大量的善款。

要想有资格为 Al-Furqan 组织募捐，必须满足以下条件：必须宣誓效忠该组织的“埃米尔”；成为一个虔诚的穆斯林；接受格斗训练；支持走上正义之路的和那些受到压迫的穆斯林。此外，除了真主，募捐者不需要向任何人解释。颂词写道：“真主是我们的审计员。”

除了自己，巴斯蒂安没有向任何人解释。他前往叙利亚的时候，带走了自己募集来的所有善款。Al-Furqan 的头领大为恼火：“骗子将在审判日受到真主的惩罚。”但巴斯蒂安说，这些钱将会用在他认为最合适的地方，因为 Al-Furqan 在救助难民的时候，同样有可能会帮助有罪者。没错，那些抽烟的人也算是罪人。因此，他认为自己支配这笔钱是合理、合法的。

像希沙姆一样，巴斯蒂安也把孩子丢在家里。一年前，巴斯蒂安按照穆斯林仪式跟一个十几岁的索马里女孩结了婚。婚后不久，这个女孩怀孕了。后来，巴斯蒂安变得飞扬跋扈，越来越暴力，妻子逃回了父母家，还打电话报了警。警察在报告中如是写道："他殴打她，把她拘禁在家中。如果不用头巾把头和脸全蒙起来就不让她出门。"巴斯蒂安试图跟妻子见面，但妻子申请了禁止令。报告中写道："她确信巴斯蒂安希望两人继续生活在一起的原因，并非是他爱她，而是他想把孩子掌控在自己的手中。他曾对她说过，希望孩子在伊斯兰国家长大，并计划培养孩子去执行自杀任务。"

很快，另一个女人与巴斯蒂安走到了一起，她就是埃米拉。学计算机工程的埃米拉抛弃了学业、自己的父母，还有亲人为她安排好的婚礼。为了前往自己眼中的自由王国——叙利亚，这个以前爱踢足球的女孩把一切都抛在了脑后。埃米拉在土耳其遇到了已改名为阿布·萨菲伊亚的巴斯蒂安。他们结了婚，然后一起越过了土耳其边境。

希沙姆也想再找一个妻子。即使他的妻子改变主意，愿意带着孩子跟他来这里，也没有什么问题，因为在叙利亚，一个男人可以娶 4 个妻子。希沙姆不会说阿拉伯语，也不会说英语，而在叙利亚几乎没有来自厄立特里亚的女人。因此，他认为最好的选择就是效仿巴斯蒂安，从挪威带一个妻子过来。他四处打听。

埃米拉不断地向朋友告知自己的最新情况：真主保佑，一切都很好。她已经和巴斯蒂安在那边落下了脚，住在一栋带花园和后院的大房子里。

埃米拉的父母几乎崩溃了——他们失去了女儿。埃米拉在巴基斯坦的堂兄也很失望——他失去了前往西方国家的入场券。

艾莎也想去叙利亚，毕竟她是这帮人前往叙利亚的主要推手。不过处于孕期的她毫无办法，她把自己的苦恼告诉了目前正在奥斯陆大学学院学习护理的迪尔拉。

“你疯了吗？”迪尔拉冲她大声喊道，“那里不是婴儿能待的地方！也不适合你。”

但迪尔拉自己也在慢慢地向“先知的乌玛”组织里的那些极端分子靠拢，是一个改信伊斯兰教的挪威女孩向她介绍了这个组织。那个女孩曾说过，这帮人有点儿极端，不过他们的领导者却长相英俊，魅力四射。

迪尔拉请求加入“先知的乌玛”组织在脸谱网上设立的私密网页。接收会员的权力由英俊迷人的领导人乌拜杜拉·侯赛因亲自掌控。埃米拉曾暗恋过他，艾莎在与阿尔范·巴蒂结婚前，也曾向他求过婚。乌拜杜拉必须确保那些申请注册的人是严格的穆斯林，而不是记者、研究员或者替警察工作的人。

迪尔拉提出入会申请后不久，就在脸谱网上收到了一条回复。回复人正是乌拜杜拉·侯赛因。

“你申请资料的照片上没有戴面纱，为什么？”

迪尔拉回答说，自己还没有准备好。

“你为什么要加入？”

“为了学习，我好奇心很强。”

“你不是什叶派，对吗？”

“不是。”

接下来便是一阵沉默。交流结束了。

是因为她没有把脸蒙起来吗？是因为她是库尔德人？这家伙以为自己是谁？

几天后，迪尔拉的弟弟收到了一条短信，他喊道：“怎么回事？乌拜杜拉·侯赛因给我发了条短信，问我是不是什叶派。这个恐怖分子想对我怎么样？”

迪尔拉装作不明白此事，心中却暗自高兴。乌拜杜拉·侯赛因肯定是在看她的资料时了解到她有个弟弟。这说明他很重视她。与阿扬同年级的迪尔拉的哥哥似乎觉察到了什么，警告她：“我希望你明白自己在干什么。”

再次登录脸谱网时，迪尔拉收到了一条通知，显示她已经获准加入这个秘密组织。她开始阅读页面上的帖子和评论。

没过多久，乌拜杜拉·侯赛因又联系了她，想为她进行个人指导。迪尔拉有点儿受宠若惊。虽然她对他写的大部分内容都不以为然，但她还是觉得他在某些方面很有吸引力。他们在网上聊天的次数越来越多，不分白天黑夜地聊。有时，她会放弃自己的观点，她觉得凡是他说的一定是真的，一定是对的。乌拜杜拉通读过整部《古兰经》，对经文烂熟于心，迪尔拉怎么能否定他的观点呢？

很快，迪尔拉对他就到了无话不听、无话不信的地步。

“我们能认识一下吗？”有一天，乌拜杜拉问道。

他们约好一起去散步。迪尔拉很紧张。乌拜杜拉告诉她，他有女朋友，不过快分手了。他们一起闲逛了好几个小时。走着走着，乌拜杜拉突然停下脚步，问道：“你想要的是什么？”

迪尔拉垂下眼帘，没有说话。他又问道：“你想再见到我吗？”

是的，她喜欢跟他在一起。

第一次见面后，迪尔拉就对他魂牵梦萦。她只想跟他在一起。乌拜杜拉不停地给她发短信。迪尔拉先是爱上了他的文字，乌拜杜拉的文字纯净优美，叙事条理清晰。或许这就是他的力量？是因为他声名狼藉、众所周知，才使得他如此有魅力？乌拜杜拉和“先知的乌玛”组织中的其他领导者对组织内的女性几乎都有着魔幻般的吸引力。她们中很多人都想嫁给准备参战的男人。进行“圣战”，只要是为了安拉，无论是赤膊上阵还是口诛笔伐，都是一样的。

“我想你！”他写道。

“我也想你！”她回答说。

像乌拜杜拉这样的人内心竟然也会如此柔软，真的很奇怪。一想到是自己让他展现出柔软的一面，迪尔拉很是惊讶。一想到他，迪尔拉就会浑身酥麻。他们有时会相约在毕尔克的赛马道旁见面，有时会去阿尔范·巴蒂那栋位于斯托纳东郊的公寓里幽会。再后来，迪尔拉便经常彻夜不归，跟父母说是住在朋友家，实际上是跟乌拜杜拉一起过夜。

“我们必须结婚！”乌拜杜拉告诉迪尔拉，“我们该做的不该做的都做了，你一定要嫁给我。”

“我不能。我的家人绝不会同意的，我的兄弟们会杀了你。”

“如果你的家人不接受我，那他们一定是异教徒。他们不能拒绝你嫁给一个穆斯林。他们没有合理的理由拒绝。”

是的，没有合理的理由。他们由看不见的纽带联系在一起。

乌拜杜拉让迪尔拉待在位于毕尔克的公寓里，没收了她的手机、钱包、银行卡、身份证和笔记本电脑。他不想让她继续读大学，不想让她跟家人联系，也不允许她在没有他陪同的情况下独自出门。

西方国家正在与伊斯兰世界作战。

西方国家正在抵制我们。

挪威是异教徒的世界。

这里的人都将下地狱。

他们是我们的敌人。

他们要伤害我们。

他们蔑视我们。

我们需要反击。

我们需要团结一致。

我们是兄弟姐妹。

我们将去往天堂！

阿尔范动身去巴基斯坦后，乌拜杜拉当选为“先知的乌玛”组织新的“埃米尔”。

主持婚礼的酋长来到时，迪尔拉被安排待在厨房里。厨房里有三把椅子，她坐在其中的一把椅子上等着。乌拜杜拉把一切都打理得井井有条，地板上稍微沾点儿灰尘，他马上就会拖干净。现在，乌拜杜拉、主持婚礼的酋长、两个证婚人和她的监护人都在客厅里。迪尔拉搞不清那个监护人的名字，好像是叫阿布什么。在艾莎的婚礼上，这人还当过艾莎的监护人。这个角色本应该由迪尔拉的父亲担任。如果父亲不能来，那就应该由大哥担任。如果大哥不能来，就由二哥担任。如果没有兄弟，应由家族中爷爷辈的、叔伯辈的或堂兄弟之类的人担任。然而，他们谁都没有收到婚礼邀请。

迪尔拉听到客厅里传来模糊不清的声音。接着门把手动了，那个叫阿布什么的人走进厨房。迪尔拉抬起头来。

“低下头去。”他命令道。

迪尔拉垂下了眼帘。

“听好，你有两件事情要做，”他说道，“低下头，只要回答‘是’就行了。”迪尔拉一声不吭地坐在那里，盯着自己的双手。乌拜杜拉说，迪尔拉的家人不同意两人的婚事主要是因为他是巴基斯坦人，监护人问迪尔拉，乌拜杜拉说的是不是实话。她回答：“是。”按照《古兰经》的规定，只要这个好男人是一位虔诚的穆斯林，女方的父亲就不能拒绝这门亲事。种族、国别、文化传统差异等都不能成为拒绝的理由。

这位长者严肃地问迪尔拉，是否愿意以乌拜杜拉为夫？

她回答：“是。”

这位长者读了几句从《古兰经》里摘选的经文，乌拜杜拉给迪尔拉戴上了一件首饰，他俩就算结婚了。

迪尔拉的家人怒火中烧，唯一的女儿离开了他们。他们开始讨论如何报复。

乌拜杜拉未经迪尔拉家人的同意就与她结婚，可以说是粗暴地侮辱了她的家庭名誉，这在“先知的乌玛”组织内部引起了争议。总的来说，在这个组织中，乌拜杜拉算是个特立独行的人物。他卷入了众多冲突和丑闻中，身后留下了无数颗破碎的心。很多人不喜欢他做出的那些带有负面影响的事情。他猛烈抨击挪威政府一边要求穆斯林纳税，一边参与镇压伊斯兰教的战争。而问题是，他自己还要靠这个国家吃饭。就在别人上交税款时，他却因辞去工作而每月可以领取 1.9 万挪威克朗（约合 3 000 美元）的救济金。他的脸谱网页面上充满了对不同种族的攻击言论。谈到因害怕而请求警察保护的犹太人时，他写道："真主保佑，我会提供给他们保护的。等我通过了狩猎资格证书考试，马上拿着 AK–47 去保护他们。"

各种争论和人际关系冲突几乎摧毁了该组织内部的团结。2013 年 3 月初，乌拜杜拉辞去了领导者职务。对此，他在脸谱网上列举了种种理由："除了其他原因外，人们对我的个人问题过于关注，对意识形态和组织任务却关心不足。"他补充说，尽管"先知的乌玛"组织内部的一些人明显抵触他的领导风格和他的个性，但只要他们遵照《古兰经》行事，就依然是伊斯兰教的兄弟。

一些伊斯兰教教徒玩弄女性和对婚姻随意的态度，玷污了他们作为正义的穆斯林的声誉：随便求一下婚，读几句《古兰经》的经文，就算是成婚了。婚后同居一周或者一两个月，只要丈夫说三遍"塔拉克"，就算是离婚了。

来自科索沃的阿尔巴尼亚人埃格松是该组织的一名领导者，他极力反对这种玩弄女性的行为。迪尔拉的哥哥从小跟埃格松就是好朋友。埃格松告诉迪尔拉的哥哥自己有多么生气："如果乌拜杜拉带走的是我妹妹，我早把他给杀了。"

他警告手下的那些人，不要如此草率地结婚或离婚。

埃格松用他的网名阿布·易卜拉欣写道："伊斯兰式的婚姻是一件美妙的事，不应该像什叶派的穆塔赫婚姻那样，稍遇挫折便宣布无效。”网友在这段话下面回复了很多“喜欢”和“爱心”符号，以及“同意”“不做被抛弃的玩偶”之类的话。

埃格松所说的“穆塔赫”这个词的字面意思是“快乐”。什叶派穆斯林用“尼卡穆塔赫”来表示暂时的、时间可长可短的婚姻关系。妇女必须要贞洁，不过不一定非要是处女。一些人认为这种行为是受宗教支持的卖淫活动。据说拥有 12 个老婆的先知也反对这种行为。在先知死去 1 400 多年后，奥斯陆仍然存在这种争论。

几名伊斯兰教教徒的前女友感觉自己受到了侮辱，遭人利用，被人玩弄。她们中有像埃米拉那样的，只是他们的秘密情人，连结婚的承诺都没有。有像艾莎那样的，在父母不知情的情况下按照穆斯林的传统举办了婚礼仪式，然后被抛弃了。还有像希沙姆那怀孕的妻子那样的，直接就被休掉了。

“兄弟们！像对待你的姐妹和女儿那样对待你的妻子。”阿布·库拉桑（即阿尔范·巴蒂）曾写道，“不要秘密结婚。这是件值得分享的快乐事儿，不要把你的婚姻遮掩起来。”

这些自称“先知的乌玛”的人，却只有在先知的教诲符合他们的心意时，才会遵照先知的教诲行事。

第十三章　合法约会

阿扬和莱拉的《古兰经》老师把课程安排得越来越紧密。星期日的课堂上讲的全是关于死亡和真主的惩罚之类的内容。之后的课程中还会讲到真主的赐福和拯救。

由于穆斯塔法的名气越来越大，母亲们便开始四处寻找更大的授课场所。后来，索马里妇女协会将贝鲁姆地方政府下属的莱基恩娱乐中心借给她们用。政府允许索马里妇女协会使用这个娱乐中心，但明确规定，这里只能用于举办文化娱乐活动，而不能用于开展宗教活动或政治活动。不过索马里妇女协会打赌没人会来检查。

学习班里现在有大约 20 名学生。除此之外，穆斯塔法还利用下午的时间到其中几个孩子的家中上课。现在他在全城都有课，名声大噪。

他跟学生走得很近，学生也都很佩服他。他教课认真，经常挨个纠正学生的阿拉伯语发音，这让每个学生都觉得受到了特别对待。他经常重复语句的发音，每次课后都会有学生因为背诵得不够好而被留下来。穆斯塔法就会单独指导他练习。

那些被留下来的人会觉得自己很幸运。

“你想想看，为了我，他专门拿出时间来跟我一起读。”在一次额外辅导课开始之前，一个女孩说道。

其他人都离开后，穆斯塔法和那个女孩两人留在教室。如果说有哪位家庭成员之外的男人和一个年轻女孩单独在一起而又不会引起流言蜚语，那就非《古兰经》经师莫属了。

阿扬是班上最勤奋的学生之一。除了背诵《古兰经》，她还阅读了一些与叙利亚反政府武装“胜利阵线”有关的东西。她观看了该组织发布的新闻，看了阿萨德政府攻击他们的视频。她在斋戒、祈祷、蒙面、守贞方面做得非常好。不过，真正吸引她的是另一件事：找一个男朋友。

萨拉菲派要求女人只可以等着被许配给别人，如此一来想找男朋友就难了。不过在网络上她是自由之身。她在优兔的播放列表里添加了一段名为“合法约会”的视频。这个视频共有5个部分。一个英俊潇洒的年轻男子身穿刚熨好的束腰外衣坐在办公桌前，笑容可掬地看着摄像头。他的身后是一个书架墙，上面摆满了书脊上印着金色文字的图书。

他说，有一个年轻人曾来电咨询：“你们这些人在男女之间竖起了一道高墙，如此一来，我怎样才能遇到女孩呢？如果我们不说话，怎么能知道两人是不是合适呢？”

这位看起来二十五六岁的布道者名叫赛阿德·拉加亚（Saed Rageah）。他曾在沙特阿拉伯上学，后来移民到美国，再后来去了加拿大。他用流利的英语对那个提问的男孩说，只要遵照伊斯兰教法行事，就会无往不利。

“教法只会对你有利，它会让你不去做违反教规的事。”

在介绍合法约会的方法之前，他强调说，有一点非常重要，那就是要与魔鬼的诱惑保持足够远的距离。这样的事情有很多。比如，当一个女士离开住处时，魔鬼便会一直跟着她，不管她要去做什么。他举了一个两姐妹去公园的例子。如果有男孩透过窗户看到她们，便会对她们念念不忘，因为魔鬼会在他的心里种下欲望的种子。男孩从她们身边经过的那一瞬间，魔鬼已经在男孩的身体里植入了一种欲念。想象一下，如果有将近10个男人从她们身旁经过，那将会有多少欲念！而产生这一切的根源仅仅是这两个女孩走出了家门！说到这里，这位传道者变得严肃起来，他恳求女性看好自己，不要做无谓的冒险。最好的办法就是待在家里别出来，他强调说，这永远是最好的选择。

如果女性非要出门，一定要记住不能走在路中间。穆罕默德曾说过："女性应该沿着路边走，靠墙走。要尽可能地靠墙，罩袍最好能触到墙上长出的荆棘。"这样才能确保安全，至少能够保证一侧的安全。此外，避开人群也很重要，因为魔鬼总喜欢在人多的地方出没。

这位布道者解释说，如有未婚男女共处一室，魔鬼也会伴随左右。在这种情况下，魔鬼会始终存在。"即便是两人在打电话的时候，魔鬼也会引燃那种感情。你们都知道的！你会想，没人看到我们，想干什么就干什么吧。这时，魔鬼会趁机进入你和对方的身体。所以，不要打电话，不要聊天，不要在脸谱网上乱点。"

随后，他专门针对男性听众发表了一番讲话。如果有已婚女子邀请男性去她的家里，这种情况该如何处理？他们会听到身体内部的魔鬼说："没人会知道的。"这位布道者说，他了解到，"很多离婚案件之所以发生，原因就在于妻子觉得这事不会有人发现"。然而，真主会知道的，真主一直都在监视着我们。

这个年轻的布道者认为自己能够洞悉人们的动机。他告诉年轻的男性听众，他知道他们追逐的是女人的美貌。反过来，女人追求的是成功的男人。女人可以嫁给一个长得像猴子的男人，因为她看重的不是他本人，她看重的是车子、房子和他送给她的戒指。是的，女人看重的是男人可以挥霍在她身上的东西。为了给予女人想要的一切，男人要努力奋斗、流血流汗、不辞辛劳。因此，布道者提醒这些年轻男人要提高警惕，因为男人和女人有着不同的追求。在这个社会里，女人总是试图勾引男人，不过男人在这方面也有过错，因为男人总喜欢对女人说"你真性感"之类的恭维话，这只会让女人在今后穿上更暴露的衣服，那种衣服在大庭广众下连魔鬼都不会穿。

这时，5 段视频已经播完了 4 段。在最后一段视频中，他将会告诉大家什么是真主认可的约会方式。这位布道者依旧坐在那沉重的书架前，冲着摄像头微微一笑，然后开始讲解什么是合法约会。

"在伊斯兰教里，没有'合法约会'这种说法！唯一合法的约会是在你娶了那个人之后。那时，只要你愿意，你就可以和她约会。你可以带她去看电影，开车去公园，去尼亚加拉瀑布，你想干什么就干什么。婚姻是唯一的合法约会方式。"

布道结束了。视频下面不乏各种评论，多数是对此持赞同观点的。不过也有一些批评的声音："他说过会讲点儿约会小窍门的，结果什么都没有，真让我生气。"

有个女孩大胆地评论说，布道的这位酋长长得非常性感。有人说这个女孩对一个神职人员说这样的话是"脑子有病"的表现，因为如果布道者本人读到那些评价他性感的话，会感到难为情，"他在这里布道，并不是想用自己的容貌打动你，而是为了向你传授真主的教导"。

阿扬还保存了这位布道者的另一部名为“伊斯兰婚姻”的视频。这部视频也分为5个部分，最后一部分讲述的是“女人身体的哪些部分可以被别人看到”。结论她早已知道：最好戴上面纱，这样魔鬼就无计可施了。接下来她又看了优兔上的另一段视频——“穆斯林必看：男孩和女孩可以交朋友吗”。该视频最终给出的结论是：“不可以。”

“穆斯林青年运动”曾发表一篇名为“结婚还是绝食而死”的演讲稿，强调尽可能早点儿结婚（年龄越小越好）的重要性。如果等年龄大了再结婚，只会给魔鬼可乘之机，让它在人们的内心扎根。

“纯洁的婚姻”网站的主页上写着这样的话：“如果你仍然单身，并希望按照合法方式遇到纯洁的婚姻伴侣，请点击这里！”接下来便是一段广告，讲的是一个男人通过这个网站找到了自己的另一半，并向大家保证这个网站的配对方式非常科学。

后来，阿卜迪（Abdi）出现了。

“我们得把男孩们的房间腾出来。”有一天，萨拉说道。

他们的表哥要从加拿大来这里待一段时间，两个小儿子得搬到父母的房间里。

阿卜迪身材高大、相貌英俊、彬彬有礼、仪表堂堂。他英语说得很流畅，索马里语则说得结结巴巴。他这次是要借道挪威前往索马里。阿卜迪的父母觉得很有必要让他对自己的文化和自己的家人有更多的了解。伊斯梅尔觉得他很酷，莱拉感觉看到他让人兴奋，阿扬则彻头彻尾地爱上了他。由于他们有亲戚关系，所以她不需要在他面前蒙上面纱。从十几岁开始，阿扬就将自己囚禁在一道禁令的高墙之内，而现在和阿卜迪在一起她可以比跟其他男孩在一起时更为自由。

阿卜迪要在这里待上一个月。

很快，阿扬家的公寓就人满为患了。

快要离开时，阿卜迪请求萨迪克把阿扬嫁给他。萨迪克给加拿大的亲戚打了个电话。

双方父母都不太同意。毕竟阿卜迪此行是要去哈尔格萨接受宗教教育，学习标准的索马里语，他长大后会用得着。阿扬现在正读高中，再等等看不是更好吗？如果现在定亲是不是有点儿太匆忙了？双方父母似乎都认为自己的孩子会有更好的选择。

双方最终商定，两人首先要完成各自的学业。阿卜迪和阿扬恳求父母改变主意。要么结婚，要么绝食而死。

第十四章　校规

宗教课老师盖尔·利（Geir Lie）沿着人行道从多恩斯基中学那边急匆匆地走了过来，他想搭乘公交车到城里去。

他看到一个身上裹着黑布的女人从主干道走了过来，身上的衣服随着她的脚步不停抖动，她的脸上蒙着一块黑纱。盖尔赶快走到人行道的右边，出于尊重，他低下了头。因为他知道，如果一个女人把自己全身都蒙起来，这说明她是在暗示自己会对男士的目光感到不适。这个女人走到他身旁时，他听到一个声音说道：“你好，盖尔！”

盖尔认出了那双眼睛，一种如释重负的感觉涌上心头。阿扬最近没有上学，盖尔一直担心她要么是辍学了，要么是被强行送回索马里了。出于关心，盖尔曾给她打过好几个电话，不过她并没有接。盖尔还考虑过给她的父母打电话，不过最后还是没有打。阿扬已经是成年人了，盖尔没有权利这样做。然而，也许问题正是出在她的父母身上。

“我一直在为你担心，”他说道，“我曾给你打过电话……”

“我一切都好。”阿扬回答道。

“太好了。那么，课堂上再见吧。”盖尔说，声音中夹杂着一丝不确定的语气。

她双眼盯着他。

“哦，顺便说一下，我已经决定从今天开始一直戴着面纱。”

“我知道了。”盖尔说道。他看了看手表：“我得先走了，我还要赶公交车。”

阿扬是盖尔最喜欢的学生之一，她课堂上积极踊跃，能言善辩，懂的也多，有时她也会显得有点儿古怪，比如，学校组织去附近的天主教教堂和佛教寺庙参观，她都会拒绝参加。最让盖尔感到奇怪的是，阿扬也不愿意到学校旁边的清真寺去，她说那个清真寺的教义都是异端邪说。阿扬心中对善恶有清晰的标准，并经常在课堂上陈述自己的观点。

阿扬对宗教信仰的虔诚也是盖尔从之前的学生身上没有见到过的。她经常直言不讳地谈到自己的信仰。每次提到先知的名字时，她总会小声地说一句“愿他平安”。在盖尔看来，这是一种真正的宗教行为。简言之，盖尔对阿扬印象深刻。他被这个来自索马里的学生折服，并非是因为他喜欢阿扬说的一切，而是因为阿扬相信自己所说的一切，她就像冷漠海洋中的一座灯塔。

阿扬所在的这个班级很难管理，问题重重。男生经常旷课，上课大声吵闹，不遵守课堂纪律。他们当中很多都是穆斯林，其中有几个试图“找出盖尔的错误”，让盖尔听他们的话。他们经常提出反对意见，并对盖尔在课堂上讲的内容吹毛求疵。不过总体来说，他们的知识还是过于肤浅，大多数情况下就是唠叨和起哄，没有什么目的性。阿扬渴望取得好成绩，而她的男同学们似乎觉得自己并不需要一张文凭。盖尔·利心地善良，对那些男生没有过多斥责。他很少训斥学生。有一次，一个学生在课堂上闹事，盖尔让他离开教室，这样至少不会影响别的学生学习。看到那个学生拒绝离开座位，盖尔来到他的课桌前。那个学生喊道：“不要靠近我，异教徒！”

盖尔·利爆发了：“出去！滚出去！”

“别碰我！”那个男孩吼道。

“出去！”盖尔咆哮道。

事后，那个学生纠集了一帮同学到校长那里告状。他们希望学校开除这个宗教课老师。阿扬听闻此事之后，带着一群女生到校长室抗议那帮学生的行为。

盖尔心里想，阿扬在班里很有威信，这真的很有意思。阿扬说话的时候，别人连大气都不敢喘。她有一种居高临下的个性，对批评视而不见。有一次，盖尔让学生每人自选一个话题进行演讲。阿扬在演讲中对伊斯兰教进行了一番幼稚却热情洋溢的描述。盖尔没有在乎其中几句对基督教的不恰当的批评，给了阿扬一个高分。

通往市中心的公交车从拐角处开了过来。盖尔上了车，他要在中午前赶到拉丁美洲教友的教堂——德迪奥斯饭店。

阿扬走下人行道，进入教学大楼，沿着走廊往前走。走廊两边的墙上用阿拉伯语、波斯语、乌尔都语和法语写着“欢迎”的字样。她没有摘下面纱，而是径直走进教室，在课桌旁坐了下来。

走进教室，看到好久不来上课的阿扬那包裹起来的身体，挪威语老师的第一想法就是：阿扬一定是结婚了。当阿扬绕过一排排桌椅来到教室前面时，老师发现阿扬的脸也被全部蒙了起来。

包括黑色的长手套在内的这身行头更加坚定了这位挪威语老师的看法，她怀疑阿扬的父母已经强迫阿扬结婚了。也许她们结了婚的女人都得这么穿，以确保别的男人看不到她们的模样。那一年，奥斯陆地区的学校特别重视包办婚姻和割礼等问题，老师们收到很多与这两种情况有关的材料。

这位挪威语老师50多岁，身材修长，头发金黄。与现在的学生相比，她更喜欢以前的学生。她感觉自己经常需要给学生解释一些正从语言中消失的词汇："禽畜"指的是"牲畜"；春天充满"活力"；"牧场"指的是动物吃草的地方。她还要给学生解释什么是"领地"，什么是"贵族"，有些学生甚至不知道北欧神话中的"巨魔"为何物。从小到大在挪威上学的孩子，却从没听说过"巨魔"这个词，这可能吗？这现在看来，确实有可能。

克努特·哈姆逊的作品不再能点燃年轻人心中的激情，自然主义兼女性主义作家阿马莉·斯克拉姆（Amalie Skram）的作品也不再让他们热泪盈眶，这不是很可悲的事情吗？难道文学已经失去抓住年轻人心灵的能力了吗？学生们的表现经常让她想起果戈理的《死魂灵》（*Dead Souls*），课堂上的他们感觉如此遥远。不过，并非所有的学生都表现很差，有一些人还是很喜欢参与讨论的，他们会把这些作品与自己的生活、情感等联系起来，寻找文学与现实的结合点。

其中一个便是阿扬。无论是讨论19世纪的文学还是讨论现代的卡通漫画，或是在自由表达观点的时候，阿扬都是班上的积极分子，但她也惹了不少事。有一次，学校为一年一度的筹款活动进行募捐，阿扬说服几个同学不参与这次活动，因为这笔钱指定要捐助给挪威教堂。作为年级主任，这位挪威语老师不得不找阿扬谈话。还有一次，阿扬交上来的一篇文章中写道，在她眼里，非穆斯林都是杂草。

“这到底是一种什么样的人生观？”这位老师问道。也许是阿扬没有完全理解“杂草”这个词的含义？

有移民背景的学生可能无法理解一些词语的确切含义。也许她是另有所指？也许她的意思是指要保持多样性，就像花园里需要有各种各样的植物一样？

放学后，老师让阿扬留下来。

“你结婚了吗？”

“没有。”阿扬回答说。

“那你为什么这副打扮？”

“我在修行。”

“为什么修行？”

阿扬没有回答。

“为了结婚？”

“我可没这么说。”

“他们要把你送回索马里吗？”

“我可没这么说。”

“你这么穿，只会把自己与这个社会、与周围的人、与工作环境隔离开来……”

“谁说我要在挪威工作？”

“你会失去很多机会……”

“谁说我要在挪威生活？”

她从哪里学来的用这种口气说话？用这种反问的语气说话显得既不自信，又很粗鲁。无论如何，学校里不允许学生上课的时候把脸蒙起来。

“在挪威我们必须得把脸露出来。”

“你不能阻止我按照自己的意愿穿衣服。”阿扬回答说。

“我当然可以，学校里有明文规定。”

“把规定拿来我看看，”阿扬直接反驳道，“规定写在哪里？”

这位老师一时显得有点儿尴尬。因为她想了一下，记不起任何有关蒙面的规定。她也没了底气。

“我会去跟校长谈谈这个问题。”她说道。

“这种穿着是我的宗教信仰里很重要的一部分。”阿扬说道。在转身离开之前，她又补充了一句，“挪威是个自由的国家，对吗？”

阿扬从内斯布鲁中学转到多恩斯基中学的同年秋天，汉娜·路德（Hanne Rud）当上了多恩斯基中学的校长。她了解过这个从国际学士学位班转来的学生的情况，猜测阿扬转学的原因是觉得这里更像是她的家。这所学校大约有一半的学生都有移民背景，很多都是穆斯林，并且许多人的穿着都跟她一样——身穿长裙，头戴宽大的面纱，或者披着连帽长袍。衣着能够反映身份，拥有共同的身份意味着有安全保证。他们的身边是成群结队的声音柔和、身穿破洞牛仔裤和格子衬衫的挪威本地学生。汉娜的工作装是紧身牛仔裤加运动夹克，她通常穿高跟鞋。

这是她第二次担任校长。她曾在多恩斯基中学教过学，在回到这里之前，她在贝鲁姆入校分数线最高的鲁德中学担任校长。与招生标准严格的鲁德中学相比，多恩斯基中学的招生名额都用不完。去年春天，在招生日期截止前，只有400名学生申请入校，还有500多个名额没人报。面对这种情况，汉娜没有退缩，她的目标是提高这所学校的知名度。她之所以申请到这所学校来，就是因为这里充满了挑战。多恩斯基中学的辍学率很高，尤其是男生。

汉娜花了很多时间在学校的走廊里待着。她希望尽可能地认识这里的学生，她认为，让学生知道她是谁也很重要，因为这样一来，一旦有什么事，学生就可以直接来找她。

多恩斯基中学有几帮凶神恶煞般的女孩，这一点没有逃过汉娜的眼睛。这些女孩中很多都是少数群体，她们需要坚持自己的立场。汉娜认为，这些女孩为她们自己的文化和宗教感到自豪，有勇气表达自己的观点，这些都是好事。她们并不回避课堂讨论，也不介意挑战挪威的核心价值观。汉娜认为，这说明学校老师工作做得很好，促进了多元化。

现在，汉娜正在听挪威语老师向她反映情况。

“阿扬今天在课堂上戴着面纱，”老师说，“我个人认为，学校不应该允许这么做。老师需要在上课时看到自己的学生。”

“在这方面我支持你的看法。”汉娜回答说。

阳光从落地窗照射进来。从她们坐的地方可以看到学校的入口和停车场。

那个学年开始不久，阿扬递交了一份书面申请，要求不再跟班上的其他同学一起上体育课。她从汉娜那儿领了一张表格，并按照要求填好。这个小姑娘已经对挪威教育培训局的通告烂熟于心。根据相关条款的规定：“校长可应要求给予正在接受中等教育的学生免于参加体育课程的权利。学生必须提供医疗证明，以示该课程对学生的身体有害，因而无法适应该类教学。”

阿扬的申请被送到了郡政府的律师那里。由于有很多基本情况需要摸清，得到批准估计要等上一段时间。汉娜已经告诉阿扬长期不上体育课会带来的后果。如果阿扬不上体育课，她就可能没有成绩，最终导致无法拿到毕业证书。

阿扬以前非常活跃，常和埃拉、伊万娜一起去当地的公园慢跑，还曾和迪尔拉一起在“弗里斯基斯与斯维蒂斯”健身中心的接待处打工，报酬是可以在那里免费健身。很多人抱怨阿扬经常在工作时间离开岗位去祈祷，于是健身中心的老板警告她，如果继续这样的话就辞掉她。后来阿扬选择了主动辞职。

有关上体育课的一系列问题也是在那个秋天出现的。

阿扬向体育老师抱怨，自己跟其他女孩一起洗澡时感到很不舒服。那位体育老师比阿扬大不了几岁，她允许阿扬用自己的更衣室。老师告诉阿扬，自己不介意晚点儿再洗。在老师的更衣室里洗过澡后，阿扬提出了另一个问题，她不能跟男生一起上体育课。老师问她什么原因，她说自己的宗教不允许她这么做。老师建议阿扬有些事可以自己把握，比如她可以自己避免与男生冲撞或近距离接触。

接下来的一周，阿扬又说，如果体育课上播放音乐，她也无法上课。接着，她又提出了衣服的问题，她觉得穿着合乎教规的衣服参加训练非常吃力。

班里有很多穆斯林，这位年轻的体育老师在安排课程计划的时候总会把这个因素考虑进去。比如，她在制订每年的训练计划时，会查一下斋月的具体时间，在那段时间里她会降低学生的训练强度。老师认为体育课最重要的目的就是激发学生的主动性。老师当然不希望阿扬借机放弃体育课，于是便允许她穿着长裙骑自行车，或在操场上随意走动。

后来，老师建议阿扬单独进行训练。

多恩斯基中学设立了一个顶尖的体育研究课程，训练内容包括越野滑雪、滑降滑雪、曲棍球和足球，还配备了一个有跑步机、自行车和其他健身器材的现代化健身房。这个健身房本来是为参加体育训练课程的学生准备的，但学校为阿扬开了绿灯。她可以在这里进行自己的训练计划，主要是提升力量和耐力。她需要坚持训练，并记录每次训练的成绩。

阿扬制订了训练计划，但几周后，她宣布不再使用这个健身房。因为在她训练的时候可能会有人看到她，只有确保在她训练期间不会有人闯入，她才会继续进行训练。

“这个房间有三个门，”阿扬抱怨说，“随时都有可能有人进来。”

体育老师认为，这件事并非是简单地不愿上体育课，而是有某种深层次的东西。这显然是个新问题。因为跟她见过的很多穆斯林女孩不一样，阿扬的运动技能非常好。老师认为阿扬小时候一定非常活跃。

后来，阿扬提出了一个建议。她说她以前在“弗里斯基斯与斯维蒂斯”健身中心做过接待员，在那里有一些熟人，她可以请他们在闭馆时为她开放健身房，老师可以来看着她训练。

体育老师不禁产生了怀疑：阿扬是不是哪里有什么不对劲？

第二天，阿扬又戴着面纱来到学校，并拒绝把它摘下来。

挪威语老师又一次跑到校长那里去反映情况。

几天过去了。到底是允许还是不允许？

2013年2月25日，汉娜·路德收到一封电子邮件。

“嗨，最近我一直戴着尼卡布，就是一种可以把脸上除了眼睛之外的地方全部蒙起来的面纱。我一直好奇这个郡是不是有什么与戴面纱有关的规定，但我在网上搜了一下，没发现任何不允许戴面纱的规定。我想你可能了解得更多一些。你真诚的阿扬，伊斯兰讯息网。”

汉娜很快回复了她：“在我看来，重要的是，我们必须在任何时候都能认出我们的学生。因此我不想鼓励大家穿着任何可能会造成识别困难的衣服。”

几分钟后，阿扬的回信来了：“我知道这么穿在上课或考试时会有点儿问题。但除此之外，在学校里戴面纱不会给任何人造成麻烦。如果有人想知道我是谁，很简单，可以把我拉到一边，直接问我就行了。”

阿扬还要求她加快处理其他事情。“至于体育课的问题，让我和班上其他人一起定期上课是不可能的。请好好考虑一下，肯定还有其他的考核办法。因为这个原因导致我拿不到毕业证是不合情理的。”

汉娜提出可以把阿扬关于戴面纱的请求递交给上一级管理层，即交给郡政府的律师去处理。“不过我会附上校方的建议：我们不希望学生戴面纱。”

“可以，”阿扬快速回复道，“但在这段时间里，我在学校会戴着面纱。如果有老师要求，我会在课堂上摘下来。”

汉娜立即回复道：“你不能这么做，在上级没有做出决定之前，你应该按照校规去做。”

阿扬想了几分钟，回复道：“那么，我很想看看你说的那些校规。”

汉娜让阿扬查查校规，特别是第四部分的内容。汉娜还写道：“让每位老师都提醒你摘掉面纱不仅浪费时间，还会导致不必要的教学中断。必须确保学校的教职工一眼就可以认出每一名学生，而不需要把学生叫到一边单独询问。”

阿扬回复道：“我会读读这部分的，真主保佑。在课堂上每位老师都会提醒学生摘下帽子，他们能在其他学生身上花时间，为什么不能在我身上花点儿时间呢？我只是想在走廊上的时候戴着面纱，我看不出这会造成什么麻烦。”这时，汉娜已经起身开会去了，在下班前，她给阿扬回了一封简短的邮件。“我俩这么讨论也不会有什么结果。我还是之前的意见。用不了多久郡政府那边就会给我答复，在此之前，你暂时按照我的话去做吧。”

那天下午，阿扬找来校规，翻到第四部分“秩序与行为”。该部分规定：“学生必须准时上课，做好课前准备，积极参与课堂活动，在规定的时间内完成学业；学生必须尊敬师长，举止有礼，共创良好的学习环境，尊重同学，爱护他人；不得有不良的、暴力的、具有冒犯性或威胁性的言论和行为，以及其他违反公认行为准则的行为；不允许携带含有色情、种族主义或其他具有冒犯性的物品。”

校规中并没有提衣服的事。

第二天早上，她把整段话通过邮件发给校长。“这是你跟我说的那段校规吗？在我看来，根据这段校规内容，你无权规定我应该穿什么衣服，因为我既没有冒犯别人，也没有让他们面临危险。”

“你对校规的熟悉程度值得表扬，”汉娜回复道，“但我指的是‘学生应服从学校及老师的指示’。”汉娜补充说，她已经收到郡政府那边的答复，郡长支持校方针对学生戴面纱问题的处理意见。

阿扬马上回复说："这句话我已经看过了。学校及老师可以要求我把脚从椅子上拿下来，或者要求我说话声小点儿，但在没有法律明文规定的前提下，我穿什么跟他们有什么关系呢？我想看看郡长做出这个决定的依据，希望他依据的不仅仅是你的建议。"

汉娜简要回复说，在律师做出决定之前这段时间里，阿扬必须照校长的话去做。最后汉娜强调："你要按规定去做。"

阿扬说话的语气表现了她对汉娜校长和整个教育体系的极度不信任。阿扬想自己制定规则，挑战旧体制。从内心来讲，汉娜有点儿感动，毕竟这正是她一直鼓励学生去做的事情：独立思考，闯出一条属于自己的道路；搜索信息，发现事物，仔细阅读，认真辨别。

汉娜急切地想知道阿扬是否会按照自己的指示去做。她希望这个自信的年轻姑娘能够明白事理，不要破坏学校的教育规则。

第十五章　奇怪的鸟

阿扬的妹妹莱拉今年 15 岁了。两年前刚上初中的时候，莱拉身穿亮绿色的裤子和大红毛衣，戴着一副又大又圆的眼镜，而其他女孩穿的衣服都是轻浅、柔和的颜色。

莱拉给人的印象是强硬中夹杂着一点儿粗鲁，总是要求得到别人的尊重，别人也确实很尊重她。在体育课上，她跟别人一起踢足球、游泳。她在脸谱网上的档案资料看起来跟别的女孩也差不多。尽管如此，她仍是与众不同的。当她像别的女孩一样穿着白色短裙参加挪威宪法日活动时，第一次因其美貌得到了其他女孩的交口称赞。

“你看起来真可爱！”看到她终于跟大家穿一样的衣服，同班同学都大声喊道。

“这个，呃……挺可爱！”当她参加完穆斯林宴会，手上画着古铜色的复杂纹饰出现在同学面前时，他们都这样说。

莱拉就像一只奇怪的鸟，可以被接受，时而被仰慕，但大部分时间都会被忽略。外界发生的重要事情与她无缘，她也不参加任何活动。莱拉就像不黏附任何物质的铁氟龙，其他女孩跟她没有半点儿联系，也没人与她分享自己的隐私。如果没有女孩间的相互信任，还有什么青春期可言？

莱拉创建了一个博客，不过没人阅读。于是，她废掉了那个博客，又建了一个新的，她给新的博客起了个名字叫“南瓜脸”。“我要继续像往常一样写博客。上一个博客弄得不好，所以这一次我要尽全力弄好这个，哈哈。对不起，我刚意识到……不，我忘记了……不过，我正在想我应该多写点儿博客，这样便可以准确记下我的所思所想，以免忘掉，因为我经常忘记自己想的事情。我的表哥喊我‘金鱼脑袋’，因为我遗忘得很快。”这个博客也没人读。

班里的女孩们很快形成了很多的小派系，各个派系自己划定什么东西酷，谁又酷又时髦，什么值得一看，什么看起来荒唐，谁高贵，谁不高贵。

莱拉没有加入任何派系。只有很少的几次，比如一起做团队作业的时候，她才会到别的同学家里去。这种情况下，如果同学家里有狗的话，必须把狗给拴起来，因为莱拉不能靠近狗，这是伊斯兰教法禁止的，班上的学生早就学会了伊斯兰教法中“禁止的”和“合法的”这两个词。莱拉知道的很多，因为她参加了《古兰经》课，还跟姐姐一起加入了奥斯陆的一个穆斯林组织。莱拉的书包里放着一本红色的小册子，里面记载着穆罕默德的名言警句和故事传说。初中的第一年就这样过去了。

随后，夏天来了。再开学的时候，班上的其他同学只是晒黑了一点儿，长高了一点儿，莱拉却完全变了一个样。那个暑假，她回到索马里跟亲戚一起度过。回来后，她脱下了红毛衣和绿裤子，换上了长裙来到学校。很快，她又套上了一件长袍，配着一条与秋天的颜色很协调的头巾。

“你为什么戴着这个？”一个女孩问道。

“这是别人给我的。”莱拉回答说。

那个女孩对班里的同学说，长袍和头巾都是教会送给莱拉的。

莱拉的姐姐阿扬身边的人也注意到了类似的变化。阿扬的衣服都是单一的黑色，平淡无味，沉闷压抑。秋天的时候，莱拉穿上了运动鞋，显得协调多了。到了冬天，像班里的男生那样，莱拉改穿登山靴，不过她的鞋子是假皮的。在她的同学看来，这也不是最恰当的穿戴方式。

在烹饪课上，莱拉不做也不吃任何非清真食材。如果菜单上的甜点含有明胶，莱拉所在的小组通常会做出两份，其中一份不含明胶，因为明胶这种添加剂属于非清真食材。

有一次，莱拉所在的小组得了个好成绩，坐在她旁边的男生举起手，准备跟她击掌庆祝，莱拉狠狠地瞪着他看。他一下子明白了：手掌贴手掌对莱拉来说是不合教法的。

还有一次，一个忘带铅笔盒的男生向她借钢笔用。她说：“好吧，不过你用过后我就不会再用了。”

他不太明白她什么意思。在把钢笔扔给这个男孩之前，莱拉说道：“你留着用吧，我不会碰你拿过的任何东西。”

后来有一次，一个男生不知因为什么事狂喜异常，紧紧抱住身边的人，这人正巧是莱拉。结果莱拉使劲挣脱他的手臂，大声喊道：“不要再有第二次！”

“哦，对不起，实在对不起……”那个男生结结巴巴地说。他并非有意冒犯她。

“如果哪个男孩碰到我这里，”莱拉指着自己的胳膊说道，“就像是用钉子穿过我的胳膊。如果有人拥抱我，就像是用10枚钉子扎到我的头里。”

下课铃响后，她会尽快赶往下一间教室，以免在人群中与男生发生碰撞。

莱拉不再参加课外活动了。虽然她也上体育课，但她拒绝参加有可能与男孩产生触碰的球类运动。她拒绝游泳，因为她不能在大庭广众之下展示自己的身体。还有舞蹈和体操，这些都是不合教法的。

初中的第二年就这样过去了。

最后一学年的第一天，同学们的肤色变得更黑，头发好像都被晒黑了。莱拉戴着面纱来到了学校。

几个男生笑了起来。莱拉到教室后面祷告时，这几个家伙给她拍了几张照片。“她脑子不太正常。”一个男孩说道。从那以后，他们开始称她为“黑色幽灵”。

之前，从未有人见过莱拉在学校里祷告。现在，她严格地遵守祷告的时间，腰带上别了一个小闹钟，每到祷告时间就会响。如果闹钟在上课时响了，她就会举手请求到外面去。

老师不知道该如何处理这种新出现的虔诚的宗教行为。她举手的时候，有的老师会允许她离开教室，有的则不同意，校方认为对文化多样性持包容态度非常重要。过了一段时间，学校给她指定了一个祷告的地方——走廊里的一间储藏室，她可以借钥匙开门，等祷告完毕再把钥匙还回去。有时候她会到教室后面，面对着麦加的方向，摊开祷告垫，双膝跪倒，然后开始喃喃地祷告。她严格遵照闹钟设定的时间祷告，经常导致其他同学回答问题或者考试的中断。

如果教室里播放音乐，她会离开教室；如果播放电影，她也会出去。莱拉拒绝参加角色表演，因为她不能假扮别人，这也是不合教法的。她删除了脸谱网上以“莱拉”命名的账号，新建了一个账号，自称“宾图·萨迪克”，意思是“萨迪克的女儿”，并只发与宗教有关的内容。

学校召开了一次教师会。校长非常赞同这种对不同文化的包容：“这一直是我们关注的重点。”人们渴望展示自身的包容和文化理解，没人想去歧视别人。不过会议最终决定，这种情况不能再继续下去。

莱拉被叫到了校长办公室，她被告知不许在上课期间离开教室出去祷告。因为这种做法不仅对教学造成了不必要的干扰，也意味着她会错过课堂上讲的某些内容。难道她不能在休息时间祷告吗?

但是，莱拉无视学校的要求，上课时间只要闹钟响起，她照样举手。如果闹钟在不上课的时候响起，她就会径直走出教室。

与老师发生争执的情况时有发生。如果莱拉感觉自己被误解或是被冒犯，她会毫不犹豫地说出自己的想法。此外，她在学习方面也不再像以前那样用心，成绩从优等下降到了普通等级。

莱拉在宗教课上引用不常用的宗教术语给同学们留下了深刻的印象，或者说，激起了他们争论的欲望。初中的最后一学年，学生需要自选题目做一次演讲。苏菲（Sofie）选的话题是“学校里的宗教头饰”。她从报纸和书籍中搜集了很多资料，做好了充分的准备。女性的头饰问题在伊斯兰教内部也是一个很有争议的话题，如同往常一样，这次演讲引发了激烈的讨论。

“你想戴头饰，这一点我能理解，”苏菲说，“但如果你这样做，就是屈服的表现。”

“真主创造了不同的我们，并命令女性把自己遮盖起来！”莱拉反驳道。

苏菲继续争辩说，这只会让女性消失在人们的视野中，会让女性交出来之不易的权力。过了一会儿，全班同学都开始反驳莱拉的观点。

莱拉强忍着泪水，对他们说：“真主把人分为两类：服从的和不服从的。不服从他命令的人将受到严厉的惩罚！”

“今天的讨论就到这里吧。”最后，宗教课老师说道。

有一次，当谈到莱拉为什么总是不合群，课间休息时也是一个人待着的时候，苏菲问埃米莉（Emilie）：“你觉得她孤独吗？”“当然。你想想，”苏菲接着说，“哪怕一个人待上一分钟，我也会受不了。”

她们决定跟莱拉谈谈，不过这种情况并不多见，这两个朋友还有很多其他的事要聊。

总的来说，班上的其他人对莱拉的生活知之甚少。放学后，他们从没见过她。如果莱拉不在眼前，他们也想不起她来。上午第一节课上课前，莱拉总是孤孤单单一个人坐在课桌前，其他同学则三两成群地坐在一起聊天。每到星期一早上，也很少有人问她周末过得怎么样，因为她从来不去他们去的那些地方，也不参与聚会、喝酒等年轻人初次体验成年人生活的活动。

就在那一年，莱拉下课后经常跟另一个班级的一个女孩阿玛勒（Amal）待在一起。阿玛勒也来自索马里，从小跟莱拉就认识。她们的母亲彼此都很熟悉，不过两人的性格完全不同。阿玛勒的母亲手脚麻利，身材修长，力气很大。来挪威后，刚适应了环境，阿玛勒的妈妈便马上开始工作，经常同时打两份工。她做的大部分都是体力活，如打扫卫生、重型吊装等工作。目前，她在一家寄宿式的护理中心当护工，每次值班的时间都很长。

“阿玛勒，你知道你的生活有两世吗？”有一次课间，莱拉说道，“今世和后世。今世的生活是一种考验，你要么成功通过考验，要么失败。每天晚上，真主都会派一个天使来带走你的灵魂，然后真主会决定是否再给你一次机会。从某种意义上说，每次你睡着时，你就会死去一次。只有受到真主的祝福，你才会醒过来。记住，这时候你被给予了一次新的机会。不过，你不得不准备好随时死去。”

阿玛勒经常跟莱拉和阿扬一起去参加伊斯兰讯息网的聚会，受莱拉的影响颇深。“阿玛勒，你该清醒过来了！你需要睁大自己的眼睛！你得靠真主再近一些。”莱拉不断地督促道。

于是，阿玛勒开始沉浸在《古兰经》中。她不是像在《古兰经》学习班那样死记硬背，而是以一种新的方式诵读和理解它，那种感觉就像是真主在直接与她对话。阿玛勒点开莱拉发送给她的网站链接，链接的内容主要是讲伊斯兰教是正路、是唯一的路，以及那些不服从真主旨意的人将会受到多么严厉的惩罚等。后来，阿玛勒开始不再穿长裤。

在家的时候，阿玛勒开始批评挪威。“这个国家的种族歧视非常普遍，穆斯林经常受到骚扰。”她跟妈妈讲。她在功课上投入的精力逐渐减少，转而花更多的时间阅读《古兰经》，或是到优兔上看视频。后来，阿玛勒说想要退学，因为经常受到别人的欺负。

“到底怎么回事？还是以前的同学，以前的老师，他们怎么突然之间就开始欺负你了？如果有个别人惹你，告诉我或者告诉老师，我们会处理好的。”

但阿玛勒想说的是，她讨厌学校。

“亲爱的，求你了，这是最后一学年了，你不能退学。”

“至少你应该答应我以后可以不再上体育课。”

身高比阿玛勒矮一些、身体也没有阿玛勒结实的母亲发火了。

“我天天围着你转，花费大量的时间工作，从小学到初中一直照顾你，就是盼着你在这里能有点儿出息！现在你却想退学！你到底怎么了？我要给你的老师打电话。”

跟老师谈过后，阿玛勒的妈妈考虑了很久，老师也很关心这件事。阿玛勒的行为发生改变，正好是在与莱拉频繁接触之后。她们待在一起之后，阿玛勒变得很难相处，并习惯性地见人就说挪威人的种种不好。

“我恨挪威”和“挪威人不喜欢穆斯林”这两句话成了她们的口头禅。阿玛勒还说，她感觉自己身处一个不属于她的世界里。

“挪威可没有故意骗你来这里！”母亲对自己的独生女儿喊道，“只要你不惹挪威，那么挪威就不会惹你。”

阿玛勒夹在母亲和莱拉之间。母亲天天像老鹰一样监视着她，莱拉则不断向她灌输天堂可能会给予她的种种好处。

尽管如此，阿玛勒偶尔也会为莱拉的一些行为感到尴尬。一天早上，在公交车上，莱拉的穿戴比平常更多一些。她在面纱外面又罩了一层黑色薄纱，厚度正好可以使别人看不到她的面容，而她可以看清四周的情况。莱拉看到车上从老年人到上学的孩子都在偷偷看她。她对这种行为感到非常生气，站在车内说道：“你们觉得我看不到吗？我看得到。我看到你们在盯着我看。我比你们看得还要清楚。”说完便在靠窗的位子上坐了下来。阿玛勒那时真想找个地缝儿钻进去。

莱拉经常表达她想到伊斯兰国家生活的愿望。她和阿扬曾请求父母允许她们搬到索马里和奶奶一起住，因为她们在挪威无法过上自己想要的生活。父母告诉她们，等她们完成学业再说。

莱拉已经对自己的学业毫不关心，她觉得学习一点儿用也没有。她跟朋友说，自己有很多别的理想。

“我想尽快结婚。”15 岁的时候，莱拉曾这样说过。“只要结婚，我就能完成我的部分善行了。”她解释道。

“你的年龄太小了！”阿玛勒反对道。

“我已经足够大了，我现在就想结婚生子。”

“跟谁？”阿玛勒问她。

“跟谁都行，只要他是个虔诚的穆斯林。”

阿玛勒惊呆了。

“我想生 8 个孩子。”有一天莱拉这样说道。

“我想搬到沙漠去住，”还有一次，她这样说道，“我想生活在寸草不生的地方，四周是一片荒野。我依靠沙子和水生活，这样可以距离真主更近一些。我要证明，除此之外我别无所需。”

“嗯，好吧。”阿玛勒回答道。

第十六章　离别

迪尔拉很少出门，不过今天晚上在格陵兰广场附近的一座公寓里要举行一场为Al-Furqan组织募捐的义卖会。由于妇女不能拿着募捐箱到街头募捐，她们只好把衣服和珠宝首饰等物品互相卖给对方。她们在一个嫁给摩洛哥人的挪威皈依者家中见面。迪尔拉刻意注重了一下自己的外表，穿上婆婆送给她的一身巴基斯坦服装，还化了妆，修了修头发，喷了最喜欢的香水。这身打扮让她格外惹眼。

人们对她尊敬有加。妇女们互相窃窃私语，那就是乌拜杜拉的妻子。大家都知道乌拜杜拉秘密结婚了，不过几乎没人见过他的新娘。大家都扭过头来看她。现在丑闻中的那个她就活生生地站在她们面前。

她真的是纯正的穆斯林吗？乌拜杜拉的妻子怎么可能不戴面纱？人们小声嘟囔着，你一言我一语地表达着对她的不满。毫无疑问，一个比她内敛一些的女人也许会与“先知的乌玛”组织的发言人更相配。

聚在公寓里的女人有的是伊斯兰讯息网的成员，有的是“先知的乌玛”组织成员的妻子，有的是“先知的乌玛”组织成员的仰慕者，还有一些单纯认同这一组织的女人。大腹便便的艾莎穿过公寓里拥挤的人群，径直朝迪尔拉走过去。

“还是以前的样子？我以为你早就改变风格了。”

不过艾莎没有痛斥她一顿，艾莎现在正忙着处理另一桩丑闻：巴斯蒂安和埃米拉在出走之前卷走了捐款。这笔钱本来是要用来改善叙利亚难民的生活的。

迪尔拉告诉艾莎，乌拜杜拉还在为巴斯蒂安私下募捐并背叛组织而恼怒不已。

“嫁给乌拜杜拉后感觉怎么样？”艾莎问道。一年前，艾莎曾向乌拜杜拉求婚，后来她嫁给了阿尔范，然后又离了婚。现在，她很快就要生下阿尔范的孩子，并且又恢复了单身。

周围的妇女听到艾莎的话，都靠拢了过来。一连串的问题朝迪尔拉抛了过来。

“一个库尔德人怎么能嫁给巴勒斯坦人？”

“你穿成这个样子出来，他怎么看？”

“他怎么样？”

那天晚上晚些时候，阿扬和莱拉也来了。阿扬冲过去紧紧抱住迪尔拉。她们已经很久没有见面了。

“告诉我！把你的所有事情都跟我说说！”

迪尔拉说完后，接着问道：“你怎么样？”

阿扬看起来有些紧张：“迪尔拉，我遇到了一个自己想嫁的人。”

“这太好了！”

“但我的父亲不想接受他。”

“他是谁？”迪尔拉问道。

“他叫阿卜迪，来自加拿大，是我的一个亲戚。他很阳光，但我父母不允许我们结婚。他已经走了，我特想跟他一起走，跟他结婚，到索马里生活，到一个我觉得像家的地方生活，一个伊斯兰国家。我实在是受不了这里的生活了。”

为了援助叙利亚妇女儿童，她们买了几件首饰，然后坐下来一起想办法。迪尔拉帮阿扬出了几个主意来劝说她的父母。只要阿扬继续坚持下去，她父亲最终会认识到他们是真爱，然后就会让步。

“爱情大于一切。只要有爱，万事皆有可能。”迪尔拉说道。

“也许你可以让乌拜杜拉找我父亲谈谈？也许父亲会听他的呢？毕竟你选了一个家里人都反对的人，最后也成了……”

最后她们还讨论了让乌拜杜拉说什么才能说服阿扬的父亲。

陷入爱河，按自己的方式行事——她们整晚都在谈论这些事情。

“我没时间再这样坐等下去了。我现在就想结婚！我想离开这里。”阿扬哭着说道。

迪尔拉说她会想办法，不过她并不认为乌拜杜拉是说服阿扬父亲的最佳人选，因为乌拜杜拉连自己的事都没能搞定。不过话又说回来，迪尔拉也从来没让乌拜杜拉去说服自己的父亲。她自己选择了离家出走，就再也没有回去过，断绝了与家人的联系。或许阿扬也可以这么做？

“也许吧。”阿扬喃喃说道。

受艺术和文学的影响，阿扬选择以“不幸的爱情”作为挪威语课程作文的主题。

“现代社会的许多人都不相信有一种真爱存在，尽管当代文学的很多主题都围绕这一点展开。”她在引言中写道。

我也有自己的疑虑，因为现在这种真爱已经不常见了。难道真的再没人愿意为心爱的人勇敢奋斗了？对于一个在挪威长大的索马里人来说，这是一个难以回答的问题。因为对于我们而言，爱情是一个禁忌的话题，我们不该谈论男女之间的浪漫爱情。你很少能听到索马里男人和妻子相互说“我爱你”这句话。虽然父母对孩子常这么说，但如果孩子听到父母对彼此说这种话，他们一定会感到震惊。尽管如此，我还是特别羡慕爱情，不管是幸福的爱还是不幸的爱。在我看来，它们都是那么真诚、那么现实。毕竟，并不是每件事都能有一个圆满的结局。

为了阐明什么是不幸的爱，阿扬特意引用了爱德华·蒙克（Edvard Munch）于1896年创作的油画《离别》（*Separation*）。这幅被她附在作文前面的画作展现的是这样的场景：一个身穿深色西装、脸色阴沉的男人弯着腰，眼帘低垂，一只手捂着流血的心脏；一个身穿白色连衣裙的金发女人身子转向一边，望着大海。

“当时我感觉这幅画表现的主题非常强烈，便开始仔细研究，后来无意之中又看到了画家关于这幅画的主题写的一段文字。”接着，阿扬引用了蒙克的一段文字：“于是，她离开了。我不知道为什么。她慢慢地离开，向大海走去，越走越远。接着，奇怪的事情发生了。我觉得好像有很多看不见的丝线将我们紧紧相连，仿佛她的发丝仍然缠绕着我。即使她已完全消失在大海的另一端，我还是感到流血的心在隐隐作痛，因为那些线无法割断。”

为了理解为什么不幸的爱情会对我们产生如此大的影响，我们需要了解爱情扮演的角色及其重要性，阿扬解释道：“克努特·哈姆逊用一段爱情表白作为其小说《维多利亚》（*Victoria*）的开头。我把这一段话省去，因为这种话是对神明的不敬。”她继续写道：“作为人类，我们总是在为自己无法拥有的东西而奋斗。在这个过程中，我们的心会感到痛苦，但如果我们放弃并离开，我们的痛苦会更甚。在那些转瞬即逝的时刻里，我们轻松地呼吸着，相互凝视着对方，不用担心命运会将我们分开。正是这样的时刻让我们得以活下去，让我们为之痴狂。我觉得如此热烈的感情是一件很美妙的事。尽管希望渺茫，但还是给予我们希望。”在文章的结尾，她写道：在当今世界上的很多国家，人们通往爱情的道路上都充满了各种障碍，“但你可以选择打破传统，走出一条属于自己的路”。

最后她总结道，你可能会有很多种结局，“可能会遭到荣誉谋杀，也可能会遭受世人冷落”。

第十七章 行骗

“以前，穆斯林曾像热爱生命一样热爱死亡。”阿扬在推特上写道。奥萨马·本·拉登的这句话现在已经成了全世界“圣战者”在网络上的座右铭。他们渴望像殉道者那样死去，这是他们认可的救赎方式。这句话的目的是吓唬那些不信真主的异教徒，因为人们最怕的就是那种不惧死亡的人。

阿扬发现了一个更好的世界，一个更高层次的天堂。她开始收听由美妙的男声诵读的《古兰经》，在“和平电视台”、“话说伊斯兰”和“古兰经周刊”等平台上观看各种视频。“你正在过的并非真实的生活，下一世才是。死亡只是两者之间的一个过渡环节。”

在学校，阿扬大部分时间都待在图书馆。她经常到图书馆后面的一个小书库里。那个房间没有窗户，门口摆着一排排的《动物农场》（*Animal Farm*）和《人鼠之间》（*Of Mice and Men*）等书。地上的塑料盒子里装着淡黄色封面的《圣经》，书架上则摆着给高级学习者用的德语词典。

阿扬有时一个人去那里，有时和几个朋友一起去。有一次，图书管理员偶然走进来，她看见这几个女孩正趴在绿色垫子上祷告。原来她们来这里就是干这个的，图书管理员赶快悄悄走了出去。有时，图书管理员会看到阿扬的头消失在角落里的沙发后面，祷告完了又露出来。这张沙发是图书管理员在一次旧货义卖时买的。沙发的料子具有中东风格，她觉得这个沙发能使毫无特色的图书馆充满活力。

阿扬利用午餐休息时间在那里看书，这一点让这位中年图书管理员十分欣赏。四周是三三两两围坐在一起、边吃边聊的年轻人，而阿扬对他们视而不见。她拿着一本书，静静地坐在沙发上。她这种与周围的世界隔离开来的能力给人留下了深刻的印象。

阿卜迪已经成了一个遥远的回忆。

他离开后，阿扬发现他有好多缺点。他不是真正的穆斯林。

她制订了一项新计划，没有理由再浪费时间等下去了。

在一堂关于政治与人权的课上，当听到有人在争论中提到“基地”组织时，阿扬笑了。当时讨论的话题是“9·11”事件。刚开始她拒绝参加讨论，没有参与他们。当他们讲到这里时，阿扬加入进来，讲了几句评论性的话，并表现出一副不屑的样子。事后一个名叫奥勒·马丁（Ole Martin）的同学问她为什么对受害者嗤之以鼻，阿扬回答：“美国人是罪有应得。”

对于西方船只在亚丁湾被索马里海盗劫持事件，阿扬也持类似的看法。“西方国家在索马里沿海倾倒有毒废物，想要摧毁我们，这才迫使我们从事海盗活动，以保卫我们的国家。”

阿扬还说，看到那些士兵在阿富汗被杀掉，她感到很高兴。北约部队正在镇压民众，他们犯有大规模谋杀罪。在伊拉克，真正的恐怖分子是美国人。

政治老师曾把阿扬当作班级的光荣。是的，她的观点很极端，但这种极端的观点可以促使讨论继续进行下去，因为阿扬的这些观点前后呼应，并且在一定程度上也是理性的，尽管老师认为她有阴谋论的倾向。2013 年春季过后，阿扬的论调变得更加极端。

阿扬认为，伊斯兰教法应该被引入挪威，这样可以阻止诸如犯罪、吸毒和社会分化等问题。第一步可以先试着把校规给改了。她写了一份请愿书。

“给我一个机会，让我来证明面纱不会给人与人之间的沟通带来问题！给我一个表达自己的机会！”请愿书的开头这样写道。后面用稍微粗一点的字体加了一句：“这个要求过分吗？”

“好的，阿扬！”一个人一边答应，一边在旁边画了一个心形图案。

阿扬收集了大约 150 个签名。

一方面，她想让规则变得更加适合自己；另一方面，她根本不在乎这些规则。从最后一个学年的 1 月开始，她一直在违反另一份社会契约：支付账单。

这一切是从年初她预订几件衣服开始的，这些衣服她准备在戴面纱的时候穿。从收据上看，它们包括性感舒适胸罩、女士蕾丝上衣、弗里堡牌上衣、利亚牌拖鞋。这些充满诱惑的物品一次又一次出现在催款单上。

除了蕾丝内衣，她还从红十字会预订了防水急救箱，从伊夫·黎雪品牌店预订了面霜和香皂。这些商品都按照订单如期送达，付款单却都被她丢到了一边。

催款单、最后还款期限提示、催债通知单，各种各样的单子很快越积越多。

然而，阿扬根本不在乎。

ᗢ

阿扬已经成了一群索马里女孩的领袖。她们定期在位于斯托加塔的古内里厄斯购物中心里的一个房间见面。这个房间是一个索马里人协会租用的。她们在这里吃清真比萨、聊天、学习。她们中有一个人用“淫威”这个词来称呼挪威，后来大家在提到挪威时都用这个词。

那些在信仰上不像阿扬那么虔诚的人很快就遭到了她的批评。有些人，甚至是与她志同道合的人，都觉得她很有攻击性。以前的阿扬做事坦率、为人平和，现在却自视高傲，稍有不顺便对人冷嘲热讽，声音还大得吓人。阿扬很有说服力，善于组织，凡事都喜欢自己说了算。这群女孩经常在这个小团体内发表演讲。阿扬想谈谈挪威人对伊斯兰教的看法。她的前提是挪威人憎恨穆斯林。她引用了一些挪威人针对伊斯兰教的批评来证明她的观点。她解释说，挪威想摧毁伊斯兰教，并大声朗读从伊斯兰教批评者博客里抄来的摘录。女孩怎么能生活在一个不尊重她们的国家？

这些穆斯林女孩的父母几乎都不知道女儿在忙什么。母亲们大部分时间都待在家里，照顾家人，很少外出工作，父亲们也经常不在家。

有几个女孩深受阿扬的启发，其中一个名叫萨米拉（Samira）。萨米拉也是索马里人，住在奥斯陆市中心区。像阿扬一样，萨米拉在初中的时候就很叛逆，倡导女性解放和女权。以描写19世纪资产阶级女性漫无目的的生活状态著称的作家卡米拉·科莱特（Camilla Collett）是萨米拉特别崇拜的女英雄。

萨米拉的母亲是在奥斯陆成立穆斯林小学的幕后支持者。她认为女儿已经太挪威化了，萨米拉中学第一学年结束后的那个暑假，她把萨米拉留在哈尔格萨的亲戚家，自己和其他家人一起返回了奥斯陆。萨米拉哭闹着要回挪威找自己的父母，却没有任何用——母亲把她的护照给带走了。在哈尔格萨，除了密集的《古兰经》课程，萨米拉再没有学其他的东西，想跑也没有地方去。在索马里学了两年后，萨米拉获准返回奥斯陆。此时的她已经变得服服帖帖，母亲也为此长松了一口气。现在，是时候让她嫁人了。

卡米拉·科莱特的声音在萨米拉的耳边回响：我们的命运是结婚，而不是得到幸福。卡米拉生活的时代至今尚未终结。

“来吧，萨米拉。”阿扬催促道。

激励她迈出第一步的是那位《古兰经》经师穆斯塔法，据说他和“青年党”关系密切。“青年党”是一个恐怖组织，曾在索马里和非洲其他地区实施一系列恐怖袭击。2012年，该组织宣誓效忠“基地”组织。穆斯塔法认识许多去叙利亚的挪威人，据说他还会给那些想去叙利亚的人提供帮助。人们说他做事谨慎，从不直说，都是等待对方提出请求。穆斯塔法总是暗示他们一些事情，但从不说透。他遇到的人和教过的学生都知道，如果他们想找他帮忙，他是不会拒绝的。

叙利亚的概念在阿扬的脑海中变得越来越清晰。他们打算在那里建立一个“哈里发国”，即一个理想的伊斯兰国家。在那里，阿扬可以自由自在地生活。

阿扬希望小组里的人都到叙利亚去，她们可以在那里帮助叙利亚儿童，可以按照真主的意愿，过上真正穆斯林的生活。然而一个女孩问道，那里正发生战争，难道阿扬不担心吗?

“不担心，我们都在真主的掌握之中。我们什么时候死，是早在娘胎里就已经注定了的。”

有几个女孩想去叙利亚，萨米拉也有点儿蠢蠢欲动，于是阿扬开始煽风点火。“我们还要在那里结婚，所有人都要结婚，”她坚持说，“我可以帮大家找挪威籍的人当老公。”阿扬说她认识那边很多挪威籍的单身战士，并一一列出他们的名字。她告诉女孩们，她们都能拥有漂亮的房子，比现在住的挪威地方政府提供的住房要好得多。

“我真的很想去，阿扬，但我想先在那里住上一年看看。”过了一段时间，萨米拉对阿扬说。

阿扬看着她：“一年？”

她的朋友点了点头。

阿扬摇了摇头。“如果你准备去叙利亚，就要在那里待到老。”

萨米拉咽了口唾沫，那是不可能的。那样她就再也见不到弟弟妹妹和妈妈了，也见不到姐姐了。然而，她真的很想去帮助叙利亚儿童，去做点儿正义的事。

阿扬当然不肯罢休，她们会过段时间再谈论这件事。阿扬把叙利亚之行的组织者给她的指示告诉了萨米拉：她俩决不能在网上讨论此事，脸谱网、电子邮件，各种聊天软件都不行，她们只能在没有被窃听的地方面对面地谈。

“萨米拉，我俩都到了该订婚的年龄了，不是吗？”

阿扬早已有了安排：出逃，结婚，直到死亡。

大多数外国战士在出发前都会筹集一点旅行经费。那些已经去了或者准备去的人告诉阿扬一个赚钱的方法：她只需密切关注网上的那种“一挪威克朗买一部手机”的活动，然后签署一个事后付费的固定期限套餐合同。签好合同后，她可以把手机和套餐一起卖掉，话费单会邮寄给她本人，不过她不会支付这笔钱。不管谁买了她的手机，在服务因欠费而中断、扔掉电话卡之前，想打多少电话就打多少电话。

从2月开始，整个春季，阿扬与7家移动电话运营商签了合同。她把收到的每个包裹里的电话卡和手机都卖了，赚了几千挪威克朗现金。

替其中一家运营商讨债的讨债公司在给阿扬的催款信中警告说：“再不支付话费可能会产生额外费用，甚至会诉诸法律手段。”阿扬倒卖的电话卡最大的费用来源是国际长途电话费。运营商的话费单显示：3月有200分钟的国际通话时间；4月，阿扬的国际通话时间上升到了600分钟。一封催款信上写道：“Onecall祝您国庆快乐，5月如意。”本金、滞纳金、利息、额外司法费用、赔偿金、诉讼费用。

阿扬申请了三张信用卡：一张挪威银行卡、一张学生万事达卡，还有一张是从在线服装零售商那里弄来的。重要的是，这几张卡差不多是在同一时间申请下来的。过不了多久，阿扬的信用评级就会受到影响，所以她及时找地方把信用卡的额度套现了。阿扬的债务逐渐累积，催款单也越积越多，1万、2万、3万、4万、5万、6万，最多达到10万挪威克朗。一半以上的欠款都是打国际长途电话的费用。窗台上的信堆积如山，她连拆也不拆，直接把它们扔进衣柜顶部的一个塑料盒里。

阿扬认为自己的欺诈行为有正当的理由。她认为自己去叙利亚是真主的旨意，她需要钱才能完成真主的旨意。真主把这个机会给了她。在一个攻击穆斯林的国家里，不向这些以经营为目的的公司支付欠款，可被视为一种经济“圣战”。

阿扬继续上学，以避免她的出行计划横生枝节。不过，她的出勤率很低，有时她直接不去学校，而是乘公交车进城。关于限制中学生最高旷课次数的规定最近被废除了，因此她可以随心所欲，想来就来，想走就走，还不用担心丢掉学籍。她收到的唯一通知是一封警告信。信中说，由于旷课太多，她有可能获得较低的成绩。

阿扬不再在社交媒体上发表文章。有人劝她与互联网撇清关系，因为警察局正在监视整个网络。于是，阿扬便与那些帮她的人通过手写信件、面谈或Skype（网络即时通信软件）进行沟通。

如何筹集资金？如何设计路线？如何寻找可能与她结婚的人？她不能以单身女人的身份住在叙利亚。在理想的伊斯兰国家，女人的目标就是结婚生子。

剩下的时间不多了。在债主找上门来之前，在诈骗案曝光之前，在父母发现所有事情之前，阿扬必须要离开这个国家。她去见了几个朋友。无论是去叙利亚还是结婚，萨米拉都还没做好思想准备，她想尽可能地晚点儿做决定。

艾莎生了一个儿子，名字叫萨拉赫丁（Salahuddin）。阿扬和莱拉到艾莎和她母亲住的地下室公寓里去看了看她。

迪尔拉和乌拜杜拉也来了。

“他长得像阿尔范，”乌拜杜拉抱起孩子，一边在怀里轻轻晃动，一边笑着说道，“眼睛、笑容、脸蛋都像。”

孩子的父亲阿尔范正在巴基斯坦坐牢，见不到自己的儿子。现在乌拜杜拉是前往叙利亚人员的主要招募者。由于患有克罗恩病，他无法亲自到叙利亚参加战斗。克罗恩病是一种肠道疾病，需要定期注射治疗。

乌拜杜拉就像一个旅行代理人。想去叙利亚的人会打电话给他，他会安排在一个没有人窃听的地方会面，如停车场、加油站或是高速公路的休息区。迪尔拉亲眼看到一个又一个男孩从最初的好奇转变成虔诚的伊斯兰教教徒。偶尔谈到这些年轻人是否真的明白自己将要卷入什么样的事情时，迪尔拉甚至会跟乌拜杜拉吵起来。

“他们可能会死在那里！”

“你比异教徒还差劲儿！”乌拜杜拉抱怨道。

有时，迪尔拉会陪乌拜杜拉一起去给那些人提供出行建议。她留在车里，看着他们一起商讨各种计划，并最终选定最佳路线。乌拜杜拉让这些男孩剃掉胡须，穿上西式服装，以免引起怀疑。这些男孩的朋友和熟人经常对这类出行充满期待，争先恐后地要把这些未来的战士送到机场，汽车里常常挤满了前来送行的“先知的乌玛”组织的成员。埃格松离开时，他的几个朋友陪他走了一程，把他送到了阿尔巴尼亚。2013 年 6 月之前，挪威任何关于恐怖主义的法律都没有禁止人员前往叙利亚作战这一内容。

过段时间，迪尔拉就会听到这样的消息：某某兄弟联系上了，乌拜杜拉给某某兄弟打电话了。他们通常用暗语联系：鸟儿已经飞走，鸟巢也准备好了。

有时，迪尔拉也会对这一切，对她和乌拜杜拉两人的感情和婚姻产生怀疑，但每次乌拜杜拉都能让她回心转意：“记住！你的家人永远不会让你回去。如果你回家，他们会杀了你的。”一天晚上，两人吵了一架后，乌拜杜拉出去了。回来的时候，他带来了一只猫。“你需要的就是这个。跟我在一起，你还想着那个想置你于死地的家干什么？”

当乌拜杜拉开始跟她谈生孩子的事时，迪尔拉才逐渐认清自己的处境。她想，“不行，我不能在这种情况下生孩子。这简直是疯了，我要出去，离开这里。我要回家”。生孩子的事让迪尔拉回到了现实。

然而，等到树叶再次变绿时，迪尔拉还跟乌拜杜拉在一起。迪尔拉望着外面的大街。他们住在 13 层，位置很高。楼下的商店不断有人进进出出，人们各自钻进汽车，扬长而去。她能做的，就是等他睡着了再溜出去。但她能去哪儿呢？她早与家人断绝了联系，已经没有家了。她无处可去，奥斯陆已经变成了一个可怕的地方。

就这样，她继续留了下来。

ꕥ

2013年5月初，阿克什胡斯郡政府做出决定：禁止在学校佩戴头部遮盖物。

校长通过电子邮件向阿扬通报了该决定。“如果你感到失望，我可以理解，但我们必须遵守政府的决定。这条禁令对你我都适用。”

阿扬立即回复：“这种可怜的示好对你一点儿好处也没有。我已经向你展示了充分的尊重和宽容，首先与你联系，然后按照你的要求去做。今后不要指望我会有同样的友好或尊重。”

汉娜·路德盯着屏幕。阿扬的语气如此严厉，毫无妥协之意。

汉娜站起身来望着窗外。几个学生缓步从窗前走过，其他人三五成群地坐在草地上。考试时间快到了，之后便是夏天了。阿扬的邮件让汉娜的心久久不能平静。汉娜坐了下来，然后把邮件转发给贝鲁姆警察局在本校的联络员，随后联络员把它送到了总部。

ꕥ

在奥斯陆东边的一个社区里，希沙姆妻子的身体每况愈下。她躺在床上的时间越来越多，对周围的生活毫无兴趣，对孩子几乎是不管不问，并且很容易惊恐发作。

她父亲相信这是某种超自然力量在作祟，认为她被魔鬼缠上了。

他与拉比塔清真寺的一名男子取得了联系。据说这个诚心祈祷的阿尔及利亚人有驱鬼的本领。他们决定让这个人为希沙姆的妻子诵读几段《古兰经》的经文，据信这些经文有消灾延寿的效果。

清真寺的几个成员倾向于用有魔鬼控制人身体的理论来解释各种疾病，特别是心理疾病。你要一边读《古兰经》，一边把手放在被魔鬼折磨的人身上，有时使劲压住他，有时用力殴打他。他们认为魔鬼也在拼力与之搏斗，但魔鬼最终会被《古兰经》的法力赶走，因为真主至大。

拉比塔清真寺是挪威最大的清真寺之一，有 2 400 多名成员。它从早到晚一直开放，所有的出入口都安装了监控摄像头。有些区域供女士活动，有些区域供男士活动。这座清真寺共有 4 层，寺内有公共区域和可以上锁的房间。2013 年 5 月中旬，希沙姆的妻子被带到了这样一个房间里。

她被安置在地板上坐好，然后那个阿尔及利亚人开始读《古兰经》。他冥想自己能听到她用低沉、恶魔般的声音叫出声来，音调低得听不出是女人的声音。他不停地读经，她不停地呻吟着。他继续读下去，她开始喊叫起来。这个阿尔及利亚人相信，魔鬼似乎正在通过这个女人跟他对话。随后他开始打她，这是与魔鬼的战斗。他猛击她的背部，那个魔鬼不肯让步。他脱下塑料凉鞋继续打，最后这个女人终于没有声音了。

教会领袖巴斯基姆·戈兹朗（Basim Ghozlan）在家中接到一个电话，说清真寺里有一名女孩需要帮助，他们已经叫过救护车了。

医护人员到达清真寺时，发现这个病人的心脏已经停止跳动。他们抵达医院后，这名 20 岁的女子被宣布死亡。

一时间，满城风雨。她是因为被打而引起心脏衰竭吗？他摇晃过她吗？有人说当她的身体像蛇一样扭动的时候，被他给按住了。听说，她的身体先是剧烈痉挛，然后突然身子一歪，“砰”的一声摔倒在地上。

那个驱魔人非常确定是谁杀死了女孩。他相信，魔鬼已经侵入了她的心脏和身体，听了《古兰经》后，魔鬼知道自己无处可逃，在死去的最后一刻，它挣扎着缠绕在女孩的心脏上，勒断了她的血管。驱魔人对一个朋友说，无论如何她都难免一死。他争辩道，与其继续遭受折磨，还不如死在清真寺。

那个女孩的父母非常伤心。联系驱魔人的是她父亲，他认为是由于自己没有经验才犯下如此大错。他声称，如果把驱魔任务委托给一个更可靠的人，他的女儿将会摆脱魔鬼的控制，也就不会死了。

远在叙利亚的希沙姆接到了妻子去世的消息。“先知的乌玛”组织的几名成员在希沙姆缺席的情况下参加了葬礼。后来，希沙姆的几个叔叔与他的岳父母就由谁来抚养那个6个月大的婴儿一事发生争执，他的叔叔要求他回家处理此事。根据穆斯林传统，孩子应该跟着自己的父亲。现在母亲死了，叔叔们认为他们代表希沙姆行使监护权是完全正确且恰当的。

这名“圣战分子”托一个朋友了解一下坐飞机回去的可能性，但他用什么名字好呢？用什么护照？他在挪威已经被警方通缉，不得不隐姓埋名，以免被挪威警方抓到。

希沙姆已经没有退路了。他已经抛弃了正常的生活，抛弃了妻子和作为父亲应该承担的责任。他为真主而战。与这个目标相比，其他的事物都显得苍白无力。

奥斯陆的赫伯尔滕公墓里立起了一块普通的墓碑。

世上多了一个永远没有机会认识母亲的婴儿，她也不知道自己的父亲是谁。

有一天，乌拜杜拉把手机还给迪尔拉，对她说："给你。"

过了一会儿，迪尔拉才鼓起勇气接过了电话。

迪尔拉考虑再三，准备从自己帮忙建造的这个"监狱"里逃出来。她不敢给她的兄弟或父母打电话。但她不能再这样生活下去了，她必须得试一下。

5月末的一天清晨，迪尔拉躺在床上，看着睡在她旁边的男人。

"我今天就要离开你了"，她心里想，"就像你知道的那样，今天就是我离开的日子了"。乌拜杜拉离开公寓后，迪尔拉给嫂子打了个电话。

"我能回家吗？"迪尔拉温顺地问。

嫂子屏住了呼吸，然后哭了起来。

"求求你！"迪尔拉恳求道。

"当然！回来吧，现在就回来吧！"

接着迪尔拉便收到哥哥发来的一条短信："门是开着的。"

迪尔拉没有浪费任何时间。她收拾了一个小提包，把猫放进笼子，拎在手里，然后出了门。沉重的大门在她的身后"砰"的一声关上了。迪尔拉沿着大街急匆匆地往前走，后来才意识到自己需要冷静下来，以免引起别人的注意。就在她叫出租车的时候，突然想起乌拜杜拉的社交圈里有很多出租车司机，但那时已经太晚了。

司机开车拐到她的面前。看到司机是个巴基斯坦人，她的心顿时怦怦直跳。

“奥斯陆中央车站，海滨入口处。”她说。那是她哥哥和嫂子说好去接她的地方。

一路上司机不停地问她问题。

“你是哪里人？”

“我是库尔德人，”她回答道，“你呢？”

“巴基斯坦人，我以为你也是巴基斯坦人，”他微微转过头来看着她说，“反正是个外国人！”他咯咯笑道。

他们开始聊外国人在挪威的生活情况。那个出租车司机告诉迪尔拉，他是多么喜欢挪威，他的孩子们是多么出色，这里的一切都很好。

“挪威为我们提供了很多机会。”他一边说着话，一边在歌剧院旁拐弯，朝车站的方向驶去。

“是的。”她喃喃地说道。

透过车窗，她看见哥哥已经在那里等着了。她赶紧下车，拿起提包和猫朝他跑了过去。

他们开车向西驶去。迪尔拉坐在后排座位上，擦干眼泪，打开手提包。汽车上了高速公路，这时迪尔拉拿出一面镜子开始化妆。她不能以现在这副模样出现在父母身边，于是她开始往脸上涂抹遮瑕膏、粉底、腮红和眼影。她画上眼线，涂上睫毛膏，最后涂上唇膏。她梳理了一下头发，用一层薄薄的摩丝定了定发型，然后昂起下巴，转身看着窗外。

他们很快就回到了位于贝鲁姆的家。

母亲猛地把门打开，朝迪尔拉伸开双臂。

父亲站在母亲的身后。他们拉她进了房间，紧紧地抱着她，不停地摇晃着她的身体，一直不愿松开手臂，眼泪顺着迪尔拉父母的脸颊流了下来。他们唯一的女儿回家了。噩梦结束了。

“我们的公主。”父亲抽噎着。

“我们的孩子。”母亲哭了。

不一会儿，她的手机发出收到短信的嗡嗡声。

“你在哪儿？？？”

“我已经回家了。我再也不会回去了。”

半个小时后，身穿制服的警察来到了这家库尔德人的门前，好几辆巡逻车停在门外面。警察声称，有人举报这里正计划对某人实行谋杀。他们很重视此事，接到举报电话后马上赶了过来。

迪尔拉的父亲气疯了，她的哥哥也觉得很委屈，忍不住掉下泪来：“我们怎么可能伤害自己的家人？”

在接下来的几天里，巡逻车又来了几次，这些警察是根据乌拜杜拉·侯赛因的举报才采取的行动。最后，迪尔拉被叫到了桑维卡警察局。经过长时间的面谈后，负责此案的警察宣布结案。“这是警察最后一次来你家了。”他说道。

然而，乌拜杜拉不愿放弃。他不停地给迪尔拉打电话、发短信、留言，但迪尔拉一次也没有回复。后来，乌拜杜拉的母亲打来了电话说：“迪尔拉，回来吧，离开你他活不下去！他爱你！”迪尔拉还记得婆婆有一次曾对她说，不明白迪尔拉怎么能受得了乌拜杜拉。

没有需要处理的手续。他们的婚礼是按照穆斯林仪式举行的，挪威政府并不认可这种婚姻。

乌拜杜拉之前几乎彻底地把迪尔拉洗脑了，但迪尔拉成功逃出了乌拜杜拉在她的脑海里建造的监狱。这个库尔德女孩决定从今以后再也不会被别人左右。她打算重新开始，继续以前的护士专业课程。新的生活开始了。

6月到了，太阳一大早便升起，直到深夜才会落下。这一学年就要结束了。捷图姆中学的这群16岁的学生已经申请了不同的高中。哪一所才是真正的好学校？他们的成绩能达到自己所选学校的录取要求吗？在同学们看来，莱拉对这件事一点儿也不关心。也许她压根儿就没想继续上学。毕竟，她已经清楚地表达了自己对上学一事的憎恨。然而，就在报考日期截止之前，莱拉申请了离多恩斯基不远的鲁德中学的卫生与社会课程。

这一学年结束前的那个春天，天气温暖，阳光明媚，女孩们穿着清凉，把大腿和乳沟都露了出来，男孩们也都穿上了短袖，露出手臂和胸部。

“穿那个不热吗？”走出校门的时候，一名同行的同学问莱拉。当时，莱拉正忙着罩上面纱，每次出校门的时候她都这么做。

“地狱里更热。”莱拉反驳道。

暑假快到了，考试已经结束。有一次在休息的时候，几个女孩坐在草地上谈论假期的计划。苏菲问莱拉是不是会像往常一样，去索马里看望亲人。莱拉回答说，不是，她要去桑维卡的清真寺给孩子们上伊斯兰历史课和《古兰经》课。莱拉穿着黑色罩袍，脚穿白色运动鞋。因为是在学校里面，她把面纱摘了下来。其他人则穿着凉鞋、短裤和无袖上衣围坐在一起。

“如果你在索马里穿短裤，他们会不会蔑视你？”一个同学问。

“他们会杀了我。”莱拉一板一眼地说。

她离开后，几个女孩翻了一下白眼说：“她真的把我给吓到了……”

然后，那些女孩继续专心致志地晒太阳。

这一学年结束前，“宾图·萨迪克”更新了在脸谱网上的个人资料照片。她把头像改成了一面印有用阿拉伯语书写的伊斯兰教教义的黑色旗帜。此外，她还把背景照片改成了一张戴头巾的战士的黑白照片。照片上只能看到战士的眼睛，他的身体挡在阴影下面。他正举起卡拉什尼科夫冲锋枪准备开火。

毕业在即。唯一能够容纳全年级学生的地方是当地的教堂，为此学校领导还详细讨论了这样做是否会引起穆斯林学生的反感。他们最终决定，只要把所有有宗教象征意义的东西——圣坛、洗礼堂、布道坛等都盖起来，应该就没什么问题了。

等到教堂做好充分的准备，学生开始报名参加毕业典礼时，里面连一个十字架都看不到了。

但莱拉还是没有到场。

“毕业证寄给我就行了。”她在上学的最后一天说道。

但她的朋友阿玛勒选择亲自领取毕业证，并参加了随后举行的庆祝活动。仪式结束后，全体学生被邀请到乌尔里克（Ulrik）家参加聚会。与莱拉不同的是，阿玛勒上学期间一直与挪威本地的学生保持朋友关系，以确保日后自己在这个从小长大的国家里有立足之地。在她母亲看来，女儿的未来全寄托在这方面。“挪威让你随心所欲地生活。”说完这话，她还会再重复一下她的那句口头禅，“只要你不惹挪威，那么挪威就不会惹你！”

阿玛勒早就开始与莱拉保持距离。她觉得莱拉对伊斯兰教的解读太过阴暗，过于严苛和狭隘。最后，一场小小的争论导致这对昔日的朋友分道扬镳。

就在暑假前，阿玛勒准备看一部罗马喜剧电影。听到“电影”这个词，莱拉露出了厌恶的神情。

“那是有罪的。”

“为什么说它有罪？”

“因为教法不允许。”

“那要看是什么电影了……”

“为什么要用特权来玷污自己呢？为什么一边读着《圣训》，一边还要去看别人接吻或做爱呢？”

“莱拉，不要光说别人！你坐在那里看优兔上那些被砍头或被石头砸死的人的视频，不违反教法吗？”

“那是真主的惩罚，是可以看的。”

阿玛勒受够了，她再也不能忍受莱拉对死亡的渴望以及有关殉道的看法。

“死亡就在眼前。”莱拉经常说。

它一直在向你招手，死亡近在咫尺，接受它。

阿玛勒没有挥手还礼。

阿扬在最后一学年快结束的时候一直没有去上学，考试的时候，她来了。像往常一样，她进了校门就摘下了面纱。笔试结束后，阿扬去看自己是否被选中参加口语考试。她得到了挪威语口语考试的资格。

上午9点，考生拿到了口语考试的题目："解释现代主义的概念""从历史的角度分析什么是现代主义""详细解释现代主义的特点"。考生还将分析5个案例，其中包括爱德华·蒙克的《焦虑》和卡夫卡的《审判》中的一段摘录。

考生有两天的准备时间。在回答考官的提问之前，他们要先做口头陈述。阿扬开始在家里看书。她不停地做笔记、研究、背诵，每读完一篇文章就在上面打个钩。两天后，她准确无误、干脆利索地回答了考官提出的所有问题：现代主义强调新颖、叛逆的思想观念，打破了传统的形式，其特点是具有实验性、艺术解放和相信进步。

她得了满分。回答问题时全部用的挪威语。真主是仁慈的。

几天后，阿扬在桑维卡的大街上碰到了她的挪威语老师。

"恭喜你，阿扬，"老师笑眯眯地说，"今后一定要把自己的知识用到正道上！"

阿扬点了点头。

考试后不久，学校举行了毕业典礼。每个班级都被邀请到舞台上，一位老师抱着一捧玫瑰花在那里等着每个班级的学生。听到自己的名字时，他们便会走上前去。校长会给每个学生赠送一朵玫瑰花，祝福他们"好运"，告诉他们"好好过个暑假"。

阿扬所在的班级被叫到台上。汉娜一直在想阿扬是否会到场。当看到阿扬在人群中时，汉娜非常高兴。她想，尽管有过一些冲突，尽管最后一封电子邮件里流露出毫不妥协的语气，阿扬在这里肯定还是过得不错。阿扬和班上的其他同学一起走上了舞台。

现在，主动权掌握在阿扬的手里，她是否会站在敌对的立场上，在校长喊她的名字时拒绝上前？阿扬没有这么做。她走到汉娜面前，接过玫瑰花，然后转身回到了座位上。

阿扬没有拿到文凭，只有一份成绩单。成绩单上有一大堆 B 和 C，只有挪威语口语得了一个 A+。体育成绩一栏中写着“未评估”几个字。换句话说，她这门课的成绩不及格。拒绝参加体育课，这一点便决定了她无法拿到毕业文凭。除非她重学一遍，并通过体育测试，否则其他科目的成绩没有任何用处。她不符合任何一所大学的录取标准。

两年前，阿扬雄心勃勃地想成为家里第一个学业有成的人。现在，她完成了二级教育，却连毕业证书都没拿到。

在最后一次走出教学楼的路上，她走过那面写满语录的墙，其中有一句话注明是纳尔逊·曼德拉说的，不过这句话实际上是维多利亚时代的一位英国诗人说的。这句话是：“我是自己命运的主人，我是自己灵魂的船长。”

阿扬已下定决心。

“我是自己命运的主人。”

第十八章　十月革命

2013 年秋，新学期开始的一天早上。鲁德中学的一位领导正坐在办公室的窗前盯着外面看。从他的办公室里，他可以很清楚地看到学校大门，学生们鱼贯而入。这时候，一个黑色的女生身影出现了。她看起来就像是被人用黑色床单罩在头上，然后在她的后背绑上了一个书包。这位领导匆匆下楼，把这个黑色身影拦在了教学大楼门口。

“你好，”他说道，“我叫托托·斯克雷德（Totto Skrede）。你是谁？”

莱拉做了一下自我介绍。

“你得把那个摘下来。”他指着她的面纱说道。

“没问题。”莱拉说完便把面纱摘了下来。

“这才符合学校的规定。”斯克雷德点头说道。他对最近召开的全郡学校管理委员会会议记忆犹新，他记得多恩斯基中学的校长汉娜·路德在会上向他们详细通报了郡里做出的决定：不允许在学校蒙面，每个人都要把脸露出来。

第二天，他照例坐在窗前。同样的事情又发生了！莱拉戴着面纱进入大楼。他走下楼去拦住了她。

“把那个摘下来。”

“我正要摘呢。”莱拉回答。

“在外面人行道上就要摘下来。从踏入学校大门的那一刻起就不能再戴这个了。”斯克雷德强调说。

这一年，融合与多样性理事会（IMDi）逐渐提高了人们对割礼和包办婚姻的认识。郡政府聘请了一名顾问，专门在鲁德中学设了一个办公室。也许这个女孩在某种程度上正处于危险之中？

莱拉的老师叫她父母来开会，但他们没有来。

老师决定暂时把这事放一放，过段时间再和他们联系。老师觉得莱拉挺有意思，今年的卫生保健、儿童和青年发展课程全都是女孩，而莱拉在这两门课上比其他学生表现得更成熟。这个女孩看起来并没有因为自己的肤色而感到难为情，她总是显得自信满满，以至让人感觉有点儿过了头，给人的印象是，她总觉得自己做什么都是对的。

老师还注意到，莱拉不跟其他同学来往，不愿闲聊，她宁愿去那个开放的小房间里祈祷也不跟其他人一起玩儿。有时，她根本就不来上课，这个迹象有点儿令人担忧。从老师了解的情况来看，随着时间的推移，她的缺勤率越来越高。从这方面来看，莱拉可以说是开了个坏头。

但实际上这并非什么坏的开始，而是一种障眼法。

尽管在玩障眼法，但莱拉做的事情还是留下了很多痕迹。进入鲁德中学仅一周，她便更改了脸谱网上的头像。新的头像是在向被称为“互联网上的本·拉登”的安瓦尔·奥拉基（Anwar Awlaki）致敬。在一次号召“圣战”的演讲中，奥拉基详细解释了为什么说消灭美国人是每个穆斯林的宗教义务。在另一次在线直播中，他以一种近乎平静的语气指导“基地”组织的激进分子用化学物质制作炸弹。

由于奥拉基参与了2011年也门无人机袭击事件，美国前任总统巴拉克·奥巴马将他列入了中央情报局“定点清除人员”名单。他是近代史上第一个在没有司法监督的情况下被自己国家的总统下令处决的美国公民。无人机袭击事件发生之后，奥巴马声称奥拉基已经被“从战场上清除掉了”。实际上，这个恐怖主义头目根本没有离开网络上的虚拟战场。

莱拉在学校上课的时候，阿扬每天都泡在网上。除了浏览宗教网站外，她还开始看一些新的视频。在一个名叫《厨房里的劳拉》（*Laura in the Kitchen*）的节目中，劳拉在向身材肥胖的美国人介绍各种食谱，从奶酪、花生巧克力蛋糕到肉桂卷，一应俱全。视频中劳拉大笑着说：“用巧克力酱做一根冰棍儿。”一个肤色浅黑的女人在旁边舔着嘴唇说道：“再烤一个肉饼。”《拿咖喱来》（*Show Me the Curry*）节目讲的是如何做亚洲菜。《索马里美食》（*Somali Food*）节目描述了阿扬父母家乡的美食。阿扬还从一个网站上学习如何在简单的条件下做饭。这个网站的名字叫“不用勺子的做饭方法”，讲的是怎样在不称量的情况下制作食物。

阿扬还花了很多时间浏览了诸如“装饰你的家”“学习缝纫”“住家大魔法”等网站，学习做家务的窍门。她坐在电脑前，渴望着魔法的降临，渴望着开始真正的生活。

在推特上，她的个人资料比以前更具政治色彩。她好久都没有更新推文了。在那个秋天，阿扬发的第一条推文上谈到了“性圣战”。这个词让阿扬火冒三丈。有一个穆斯林网站上说：“现在你可能已经听说了，为了把自己的身体奉献给那些饥渴的叛乱分子，一些参加“圣战”的突尼斯性奴正前往叙利亚……然后怀着“圣战者”的孩子返回突尼斯。”后面又补充了一句：“这是没有根据的！”

看到这些女人的纯洁意图被如此践踏，阿扬非常恼火。她们本来是想通过前往叙利亚来洗清自己先前犯下的罪恶，现在却被说成好像是要去犯下新的罪恶似的。

黎巴嫩的一家电视台报道说，拥有数百万追随者的沙特阿拉伯传教士穆罕默德·阿雷夫（Muhammad al-Arefe）发布了一道裁决：允许轮奸叙利亚妇女。报道发出后，上述事件才引起了人们的注意。一个阿拉伯网站报道了此事。阿雷夫还鼓励穆斯林妇女前往叙利亚与“圣战者”发生性关系，以鼓舞他们的士气。突尼斯内政部部长表示，该国好多女性被诱骗到了叙利亚，然后怀着孩子回来了。

穆罕默德·阿雷夫否认发布过相关裁决令，也没有哪个人权组织可以证明这些妇女是去参加“性圣战”。不过那位部长确实有传播这一消息的动机。就人口比例而言，突尼斯是参加“圣战”的年轻人数量最多的国家。如果这些人被贴上“妓女”的标签，可能就不会再有那么多人被骗去了。

阿扬发的大部分帖子仍然是关于伊斯兰教的箴言。她祈求真主保佑她。“如果你唯一能做的是祈祷，那就努力祈祷吧！”

对阿扬来说，她要做的不仅仅是祈祷，也不会一个人去做这件事。她得把睡在上铺的莱拉带上。“最重要的是，我发现对一个人最有利的事是找一个合适的伴侣。”她转发了网站上的一句话。

阿扬的朋友一个接一个退出了。对阿扬来说，另一件紧急的事情才刚刚开始。所有未拆开的账单和催款单都堆在衣柜顶部的盒子里。阿扬收到了几家银行及移动运营商的催款信，后来又收到执行专员的来信，信里附有法庭仲裁委员会的传票。她所做的就是把这些信扔在那里，也不出庭，但迟早会有人找上门来。

莱拉 16 岁生日后的一周，也就是姐妹俩前往土耳其的航班起飞的前一天，莱拉最后一次更改了脸谱网上的头像。头像上用红色字体写道：“‘圣战者’：今天是‘圣战者’的贤妻，明天是‘圣战者’的良母。”

阿扬在叙利亚找到了一个合适的伴侣。她后来才知道，这些年来，这个人一直住在离她不远的地方。他就是那个来自厄立特里亚、在多恩斯基上过学、因丧妻而独身的希沙姆。

自从妻子在拉比塔清真寺去世后，希沙姆的孩子一直由岳父母照顾。直到 2013 年 10 月，他妻子去世 5 个月后，警方才开始就驱魔行为与其妻子的死亡之间是否存在关联展开调查。但到现在为止，所有的摄像记录都被删除了，没有人能说出当时都发生了什么。

这个案子就这样搁置下来了。

不管怎样，希沙姆又订婚了。

伊斯兰教里没有所谓的合法约会，只有婚姻。等阿扬到了之后，他们就立即结婚。

阿扬的笔记本电脑上响起了网络电话的来电声。她点了一下屏幕上电话听筒的图标。他们聊天的时候从来不打开摄像头。

“愿安拉赐你平安。”

“愿安拉也赐你平安……”

希沙姆告诉阿扬自己有车有房，还给她介绍了自己跟其他战士在一起生活的情况。他让阿扬打开摄像头。阿扬戴上面纱，然后按下摄像头的图标。她看见了他，而他只看到了她的眼睛。

“你是怎样变得‘激进’的呢？”他用挑逗的语气问了一句，说完又轻声笑了起来。“你不是参加过伊斯兰讯息网的女孩吗？”他潜在的意思是说，她应该是一个严守戒律的人。

“不，我不是！我会让你知道的。”阿扬回答说。

“那么，揭开你的面纱。”他说。

她掀起面纱，露出了自己的脸。

“摘掉吧。”他接着说道。

她把面纱摘了下来。

第二部

玛莎：在我看来，人必须要有信仰，或者说必须要去寻求信仰，否则生活中剩下的就只有空虚，无尽的空虚……活着却不知白鹤为什么会飞，不知人为什么要生孩子，不知道天上为什么会有星星……人必须要弄清楚自己为什么而活着，不弄清楚这个，其他的一切都不值一提。

——安东·契诃夫，《三姐妹》，1901 年

第十九章　死神之舞

“我的两个女儿肯定不会自己离开。我的两个女儿做什么事都要经我同意才会去做，她们绝不会欺骗我。”这些想法在萨拉的脑海里不停地转来转去。

她们肯定被人洗脑了。

肯定有人给她俩洗脑了。

这不是两个女儿的错。

也不是父母的错。

该受谴责的是外界的某个人或某种因素。

是互联网，还是某个熟人？

两个女儿是绝不会自己离开的。

萨迪克出发去寻找女儿已经有两周了，他先是飞抵土耳其，然后又去了叙利亚。这段时间，萨拉的脑子一片混乱。通过电视节目，她看到了炸弹、战争、枪击、房屋废墟和逃难的人群。索马里内战爆发时，萨拉才十几岁。她逃了出来，带着两个女儿远离了战火，现在两个女儿竟心甘情愿地回去了？不，这不可能。

萨拉是为了她们才逃难到了挪威。为了她们！

如果是为了自己，她会选择住在哈尔格萨的家中。没错，虽然萨拉在贝鲁姆这边也有朋友，不过这和与自己的家人、亲戚在一起的感觉完全不一样。她清楚地认识到这一点。

有生以来第一次，萨拉要亲自处理家里的各种事务。这些事以前都由萨迪克来做，萨拉连账单都没有拆过。钱的事也都由丈夫负责。他们家的日子经常入不敷出，萨迪克在月底到社会福利办公室申请额外补贴的事并不罕见。

萨拉每天都要给丈夫打好几通电话。找到孩子们了没有？有消息没？她们没给你打电话吗？

夫妻二人可谓是相依为命。萨拉需要听到萨迪克的声音，萨迪克也需要听到萨拉的声音。在这件事上，他们必须齐心协力。

天变短了，天黑得早了。每天最平常的事情都让她心烦意乱，比如在洗漱间看到两个女儿的牙刷，在沙发下面找到她们的束发带，走进房间看到叠得整整齐齐的披肩，闻闻披肩上她们的气味……

自从两个女儿离家之后，萨拉一直没有她们的消息。尽管她们犯下了滔天大错，但她已经原谅她们了。两个女儿得先回家来，然后一家人在一起好好谈谈。

索马里人聚居的社区对此事的批评相当严厉。他们认为，作为父母，萨迪克和萨拉严重失职。索马里人的聊天室里，大家都说他们的女儿之所以被带到了叙利亚，是因为萨迪克管教不严，而萨拉则太懒了。她们的离开是来自真主的惩罚。

萨拉正在厨房里准备晚饭，这时候电话铃响了。

“妈妈！”

“阿扬！”

“我们在叙利亚！”

“我知道！你爸爸也在那里！”

“什么？为什么？”

“因为你们！”

“他怎么进来的？他为什么要来？”

“他去找你们！”

“哦……”

“阿扬，跟他回来吧，带上你的妹妹，回来吧。我会给你他的电话。算我求你了，照我说的做，给他打电话，跟他一起回家！”

“真主啊，他疯了！”女儿吼道。

萨拉把萨迪克的电话号码告诉了阿扬，随后又给萨迪克打电话。

“女儿给我电话了！她们马上就给你打电话！”

正在奥斯曼家后院里吸烟的萨迪克听到这些，一下子跳起来，抱着奥斯曼大声喊道：“女儿们马上要给我打电话了！”

然而她们并没有打来电话。

当天没打，第二天没打，第三天也没打。唯一给他打电话的就是萨拉，一个接一个不停地打。

由于萨迪克不在家，没法开车送两个孩子去上学，萨拉每天早上坐公交车送他们上学，下午再坐公交车把他俩接回家。她虽然疲惫不堪，但坚持了下来。家里的冰箱空了，米面也吃完了，她和一个朋友一起去了挪威失业救济和社会保障署，解释了一下自己面临的状况。除了房租、电费补贴以及11月的食物补贴外，她还获得了一笔费用以解当前的燃眉之急。

萨拉上过几次挪威语课，不过没学会几句。她的学习档案里记录着近200小时的“旷课时间”。她从未下功夫去学挪威语，也从来不看学习计划，不懂学校来信写的什么，也看不明白儿子就读的幼儿园和小学发来的信件。如果播放到她感兴趣的新闻，她会让孩子或丈夫翻译给她听。

萨迪克一直坚持学习挪威语，他说自己知道萨拉不愿费心去学习挪威语的原因。“萨拉来自一个傲慢的家庭。想要学习一门新的语言，你得愿意去犯错误，而萨拉无法容忍这一点。她的傲慢就像一层羊皮纸，把知识隔离在外面。努力学习在她看来是一种有失尊严的表现。”

三年前，挪威失业救济和社会保障署曾在一家折扣店给萨拉安排了一份工作，目的是让她获得相关的工作经验，以便日后能进入人才市场。她的职位描述上是这样写的：“客户服务、收银、整理和存放货物、保持店铺整洁。”从第一天下班回家开始，萨拉就不停地向萨迪克抱怨。

萨迪克回答说，如果她学会挪威语，就可以去收银台那里工作。

“我不喜欢收银台，”她回答道，“我不喜欢摆弄数字。”每天萨拉都精疲力竭地回到家，不停地骂这份工作。6月的一个亮如白昼的晚上，折扣店的库房被大火烧毁，导致店铺临时关门。萨迪克开玩笑说萨拉是这起事件的幕后黑手。

“那个地方发生的事是你干的。”他笑着说道。实习期过了之后，萨拉再也没有被叫回去工作。

她坐在沙发上，看着外面的露台。在灰暗的天空的映衬下，摆放在那里的各种杂物的轮廓像摇摇欲坠的废墟。装着他们日用品的箱子一个摞一个堆在那里，上面还落着秋叶和鸟粪。她身体的疼痛不再四处扩散，此时全部集中在胸口、胃部和心里。失落、痛苦、被欺骗。她渴望感受一下女儿们温暖的脸颊，感受索马里的阳光，感受一下以前的生活。

这时，门铃响了。有两位女士站在门口，萨拉请她们到屋里来坐下。

直到她们离开，萨拉也没搞清楚她们的身份，不知道她们的名字。不过她们看起来慈眉善目，萨拉猜她们可能是学校的老师。她们跟萨拉说，如果有什么需要帮助的，就跟她们讲。萨拉提到了钱。

几天后，那两位女士又来到她家，递给萨拉一个信封，里面装着9 000挪威克朗。鲁德中学的老师想办法从学校的社会预算中拨出了一笔钱。莱拉已经离开学校了，但伊斯梅尔仍在那里上学，老师不想让他陷入困境。

奥斯曼家的院子里总是挤满了人。葡萄架下的阴凉处摆着松软的椅子和低矮的桌子，靠墙的地方平整地摆着一排床垫，床垫上放着一些靠枕，人们可以倚在上面休息。蛇头和民兵组织的头目们坐在一起，一边抽烟喝茶，一边闲聊，或者商量某个计划。

房屋前面是一扇上面有尖刺的蓝色大门，大院四周高墙的顶部覆盖着水泥，水泥上插满了碎玻璃片。沙漠中犀利的大风挟裹着塑料袋、细绳子和各种质量较轻的杂物，把它们吹到墙顶，挂在碎玻璃片上。

这是暴风雨来临前的平静。附近的几个村子已经处于“圣战者”的控制之下。距离此地几个小时路程的地方，阿萨德政府武装正在轰炸阿勒颇。往西几英里就是库尔德人的聚居地，再往北就是土耳其。

不断变化的联盟关系构成了一个完美的利益链。枪支弹药、汽车、两姐妹的信息——这些东西在军营和黑帮巢穴间的每一次交换，都是以金钱为代价。

在这栋房子里，除了奥斯曼的母亲，萨迪克再没见过其他的女人。他听到过有女人的声音，萨迪克感觉其中一个可能是奥斯曼的妻子，另外几个可能是他的姐妹。不过萨迪克不知道她们叫什么。奥斯曼从未提起过她们的名字，主动去问的话又有点不太合适。

每到晚上，萨迪克躺在自己的房间里，能听到的只有奥斯曼的声音。他绝不会是个怕老婆的人，这一点萨迪克十分确定。奥斯曼脾气暴躁，总是对身边的人大喊大叫，一副很不耐烦的样子。奥斯曼和妻子生了两个女儿。像父亲一样，4 岁的兰达（Randa）皮肤白皙，一头红褐色的头发，眼神也像极了奥斯曼。她各方面跟奥斯曼都非常像，脾气暴躁，做事勇敢。这让奥斯曼很失望，他觉得这些都不是女孩该有的东西。萨迪克从没见过奥斯曼跟女儿一起玩儿。每当兰达靠近他时，奥斯曼通常都会把她撵到一边去，对她说一句“找你妈妈去”。有一次，奥斯曼正坐在树荫下说话，兰达爬到了他的肩膀上。他把兰达从身上扯下来，警告她以后不要再这么做。还有一次，兰达跟邻居家的一个小男孩在院子里跑着玩儿，不小心撞翻了一杯茶，奥斯曼照着她的脸扇了几下，然后冲着妻子喊道：“不要让她再过来这边了！”

“这个女孩，太活跃了，”事后他叹了一口气说，“我不知道该怎么对她才好。这样继续下去，只会让她惹上麻烦。”

萨迪克则一直允许女儿们爬树、游泳、踢球。每当兰达瞅准机会跑出来，萨迪克总会跟她一起嬉闹。他会把兰达的堂兄忘在后院的球在她身边踢来踢去逗她玩儿，兰达总是兴奋地尖叫起来。这时，奥斯曼会气呼呼地看着他们，不过什么话也不会说。

萨迪克想，一谈到女人，阿拉伯人总是会有很多奇怪的观点。兰达的精神世界还能维持多久？

搜寻工作进展缓慢。奥斯曼又接了一些新活，其中一些利润丰厚。他的任务是越过边境，从土耳其那边偷运一批“圣战者”过来，他花了很长时间计划此事。他要考虑贿赂官员、寻找中间人和雇用司机等问题。首先要在哈塔伊机场接到那些“圣战者”，然后开车把他们送到靠近土耳其边境的一个小村子里。等到镇守边境的土耳其士兵把脸转向另一个方向后，奥斯曼就把那些“圣战者”运过边境，然后送到“伊斯兰国”的一个基地。在奥斯曼的协助下，“圣战者”源源不断地进入叙利亚。

没有任何与那两个女孩有关的消息。没人见过她们，甚至连认为自己可能见过她们的人都没有。

一天，萨迪克和奥斯曼正在等着吃午饭，这时候萨迪克的手机响了。

“你好，爸爸。”

是莱拉。

萨迪克起身来到一个角落里。“不能把她吓跑了，不能把她吓跑了。”他心里想。说话的时候他尽可能地保持平静。

“莱拉，亲爱的，你在哪里？”

“爸爸，不要再找我们了。回挪威去吧，回家跟妈妈和其他人在一起。”

“我要见你，你在哪里？”

女儿没有回答。他把自己的所在地告诉了她。

“我在阿特麦，就在靠近土耳其边境的地方。你们可以到这里来找我，或者告诉我你们的地址，我去找你们。”

电话断线了。他站在原地不动，等着她再打过来。

烤鸡、生洋葱和面包已经摆在了餐桌上。他一声不吭地坐下来，他不得不把这件事藏在心里。其他人都在专心致志地吃饭。饭后他们开始抽烟喝茶。

这时，萨迪克转过头去对奥斯曼说道：“女儿们给我打电话了。”

父亲站在阿特麦午后的阳光下时，伊斯梅尔收到了“法蒂玛·阿卜杜拉”发来的一条短信。当时他刚放学回到家。此时距离两姐妹离家出走已经过去三周了。

1. 我们没有被绑架，也没有被强制关押。
2. 从路线到路途费用都是我们（我和莱拉）一起计划的。莱拉激励我、鼓励我跟她一起去，所以不要再去责备任何人。我们为这件事计划了将近一年的时间。
3. 我们这么做，百分之百是为了真主，不是为了男朋友或者什么别的。所以，要敬畏安拉，不要再相信那些媒体的谎言。

这种说话的语气他太熟悉了——是他的姐姐，他那无所不知的姐姐还是一点儿没有变。他挖苦道：“好极了！很高兴收到你的信息。”

“我们真的想跟你们保持联系。但是，如果我们的谈话最终会在媒体上出现的话，那我们什么都不会跟你讲。”

伊斯梅尔没有回答。

“我们爱所有的家人。”两个女孩补充道。

ꙮ

在阿特麦那扇蓝色的大门后面，一干人不停地走来走去，等待着电话再次响起。他们在院子和卧室之间走来走去，一会儿进去，一会儿出来。

后院的软椅上一直人员不断，葡萄架下没有一丝凉意。

萨迪克的手机开始震动起来。

“爸爸，我们正在去阿特麦的路上。”

奥斯曼从床垫上跳了起来。

“去环形交叉口那里！告诉她们去环形交叉口那里！”他一边大喊着，一边开始召集人马。他保证会通过谈判把两个女孩解救出来。

萨迪克也准备一起去，奥斯曼没有答应。“你去的话只会把事情搞砸，”他说道，“你是她们的父亲，掺杂的感情太多了。”谈判是奥斯曼的强项。

“我会去把事情搞清楚。”奥斯曼说道。

萨迪克坚持要跟着一起去，这时候阿布·奥马尔，也就是奥斯曼的父亲说话了：“我儿子会保证你的女儿获救。”

奥斯曼离开了。萨迪克很快就后悔没有跟他一起去。那是他的女儿们啊！他坐在那里等着，抽一根烟，给奥斯曼打一个电话，再抽一根烟，再给奥斯曼打一个电话，然后又点上一根烟。他的双手紧握在一起，手指关节被捏得嘎嘣嘎嘣直响。他一会儿站起来，一会儿又坐下。他听到远处传来枪声，赶快走到院子里仔细聆听，试图找出声音是从哪个方向传来。从枪声来看，那些人使用的武器不止一种。为了争夺走私路线的控制权，这里的民兵组织经常动武，萨迪克已经熟悉了这里的交火声。这种交火经常会演变成一场小规模的冲突，战线也会从一栋房屋转移到另一栋房屋，从一条街道转移到另一条街道。出入小镇的道路和桥梁都是重要的控制点，谁控制了环形交叉口，谁就能真正控制阿特麦。他一边在院子里转圈，一边猜测，枪声可能是从市中心那边传来的。

一辆汽车一个急刹停在了门外。他从刹车的声音听出来那是一辆皮卡。大门开了，汗流浃背、满脸通红的奥斯曼急匆匆地闯了进来。

“快来！”

萨迪克爬进了驾驶室，奥斯曼跳到驾驶座上，开始断断续续地将刚才发生的一切告诉萨迪克。

“他们有不止一辆车，有一个黑人，两个人坐在前面。两个女孩坐在后排座上！她们跟‘伊斯兰国’的人在一起！‘伊斯兰国’把她们抓去了！”

领头的那辆车没有在检查站停下，而是直接闯入“胜利阵线”的控制区，这明显违背了当地民兵组织之间达成的协议。汽车转向了环形交叉口，司机开车转了一个大圈，以证明自己有能力带着两个女孩离开此地，不过这一次他被“胜利阵线”的人给拦了下来。那个年长一些、经验丰富的指挥官朝那辆汽车走了过去。

指挥官快靠近汽车的时候，那个黑人把车往后一倒，然后猛然加速。不料汽车失去了控制，直接朝路边那些兜售散装汽油的摊贩撞了过去。

指挥官看到后排座上坐着两个戴着面纱的女孩，一下子猜到了她们的身份。

“这两个女孩的父亲在阿特麦，”他对司机说道，“他处于我们的保护之下，这意味着这两个女孩也该由我们来保护。”

那个司机再次倒车，全速离开了环形交叉口，“胜利阵线”的士兵朝他开了火。他们本来是瞄着轮胎射击，但有几发子弹穿透了引擎盖和车身侧面。那辆车最终驶入了几条街道之外的“伊斯兰国”控制区。

“我们没有跟过去，”奥斯曼对他说道，“那边是‘达伊沙’的控制区。还有件事……我听一个人说……你的小女儿中枪了！”

一听到这话，萨迪克的心好像一下子停止了跳动。莱拉中枪了！

“她就在阿特麦这边的医院里。”奥斯曼说。

“我们必须去那里。”

奥利安医院处在“伊斯兰国”的控制之下，医院外面由荷枪实弹的士兵把守，萨迪克和奥斯曼被拒在门外。萨迪克试图硬闯进去，结果被推出来摔在了地上。他绕着医院转圈，试图另找一个入口进去。

奥斯曼求他千万小心一点。

“在这个小镇上我们必须小心行事。我们一举一动都得很小心，做什么事都得试探着来。记住这一点。”

精疲力竭的萨迪克背靠着医院的外墙瘫在地上。他想抽一根烟，但在“伊斯兰国”士兵面前是不可能的。几个小时过去了，太阳开始落下去。他们就这样背靠着墙，坐在医院那个破败的花园里。战争期间，没人会去打理院子里的花卉。

“现在局势未定，”奥斯曼咕哝道，“一切都很难预料。”

跟他们来的那几个保镖饿了。萨迪克递给奥斯曼一叠现金，奥斯曼数出一些钞票递给他们。那几个孩子不一会儿便带着包着大块辣羊肉的沙瓦玛回来了。萨迪克咬了一口，新鲜的辣椒辣得他嘴里冒火。

饭后，他们迷迷糊糊地坐在那里，等着医院的守卫改变主意，等着莱拉从里面出来。午夜时分，那几个年轻人问道：“我们能躺一会儿吗？”

他们躺在地上，头枕着武器，很快就睡着了。他们的表情放松了下来，脸上紧张的神色也消失不见了。只有萨迪克一个人僵直地坐在那里，警惕地观察着四周的动静。

凌晨一点，奥斯曼的妻子打来了电话，她命令自己的丈夫赶快回家。

“把萨迪克一起带回来。”

“我想留在这里，等他们放我进去。”萨迪克说道。

“回家吧。我们不想跟‘伊斯兰国’发生正面冲突，”奥斯曼懒懒地说道，“我们白天已经试过一次了。你看看现在的结果！”

“你也是当父亲的。我的小女儿现在就在这所医院里，”萨迪克指着医院说，“我要留在这里。”

不过，他们不知道的是，莱拉早已不在里面了。她被送到这里时，一颗子弹射进了她脚踝上方的腿部。伤势很严重，神经和肌腱都被子弹给切断了。一个名叫菲拉斯（Firas）的医生把子弹给取了出来。他正在缝合伤口的时候，一帮蒙面人闯了进来。

菲拉斯用英语问莱拉：“感觉如何，有没有因为使用麻药而感到恶心，有没有……”

“不要跟我妻子讲话！”其中一人大声喝道。

此人体格强壮，体型优美，个子不是很高。从长相看他是非洲人，他的牙齿是菲拉斯见过的最大、最白的牙齿。菲拉斯挺直身体，默不作声地给莱拉包扎伤口，那个人则站在一边看着。

“我现在要带她走。”看到菲拉斯包扎完毕，那个人说道。

“她应该……”菲拉斯看了看那伙蒙面人以及那口白如粉笔的牙齿，继续说道，“她还需要复查一下。一周后带她来这里，我检查一下伤口好了没有。”

那人没有答话，抱起莱拉走出门外。他把莱拉放到一辆银色路虎车的后排座上，然后快速离开了。

萨迪克还傻乎乎地在外面等着卫兵放他进去。后来奥斯曼留下他，带着那几个人回去了。最后萨迪克也蹒跚着回去了。他认识路，他肩上扛着枪，腰上缠着子弹，一个人穿过阿特麦的大街往回走。

那天，他知道了女儿们的下落，但再次失去了她们。她们给他打了电话，然后过来找他。现在她们又走了。

这一切恍惚如梦。他没有给萨拉打电话。

在奥斯曼家后院的那间狭小的客房里，萨迪克辗转难眠。她们就在此地，就在附近的某个地方，可是，具体位置是哪里呢?

那天晚上，他不停地做梦。在梦中，他听到了枪声，子弹如雨点般落在他的身上。“伊斯兰国”的士兵瞄准他，朝他开枪，战火在他的四周肆虐。为了自卫，他开枪还击，他感到一颗子弹射入了他的左肩，也就是被可乐箱砸伤的那个地方。醒来时，萨迪克浑身大汗淋漓。他想继续睡觉，但思绪一时间停不下来。莱拉伤得严重吗?

太阳出来前一个小时，穆安津[①]召唤信徒们起床祷告。萨迪克下了床。祷告完毕，他安静地进入了梦乡。

“我们不可以用武力把她们从里面抢出来，我们不能因为你的女儿发动战争。”奥斯曼说道。太阳已经出来一会儿了，他们再次来到医院外，守卫的士兵仍然拒绝让他们进去。“我们去伊斯兰法庭吧。我们可以要求法庭裁决，裁定你对两个女儿有监护权。我们必须要赶在他们带她俩离开前采取行动。”奥斯曼建议道。

这两个孩子在未经父亲，也就是她们监护人允许的情况下就来到了叙利亚。在奥斯曼看来，依照伊斯兰教法，这个案子很好判。如果遵照《古兰经》和《圣训》，萨迪克对两个女儿有监护权。如果伊斯兰法庭做出有利于他们的判决，那么那些极端分子就不得不服从这个判决。没人能凌驾于伊斯兰教法之上。

到达当地的伊斯兰法庭后，他们被告知这事需要由阿尔丹那法庭裁定，而那个法庭距此地有一个小时的车程。

在阿尔丹那，他们遇到了一名身穿传统束腰外衣和齐踝长裤的男子。萨迪克跟他讲了他们此行的目的，那人让他们在这里等法官。时间一点点过去了。这个法庭是不是想要钱？还是想要赎金？

他们先喝了点儿茶，然后被领到阿布·格迪目·图尼西（Abu Qadim Tunisi）那里。萨迪克向这位突尼斯籍法官陈述了自己的观点，把能想到的先知关于父母与孩子关系的论述都讲了一遍。

“她们没征得我的同意就离开了，因此我有权把她们找回来。”他尽可能心平气和地说，“按照《古兰经》的规定，父亲对自己的女儿

① 穆安津，即清真寺每天按时呼唤穆斯林做礼拜的人。——编者注

有监护权。”

这个缠着头巾的突尼斯人的眼睛里露出一丝轻微的惊讶。

“这个，现在你女儿的监护权在她的丈夫手里。”

“我的两个女儿都没有结婚。”萨迪克反驳道。

“不……”

萨迪克瞪大了眼睛，目瞪口呆地盯着法官。

“你的大女儿已经结婚了，”那个突尼斯人接着说道，“她的婚礼受到伊斯兰教法的保护。”

萨迪克想，她一定是在被逼之下才这么做。

“这桩婚事必须要取消，”萨迪克辩解道，“先知说过，没有监护人在场，这样的婚姻不算数。”他争辩道。这样的婚姻等同于私奔，什么时候开始允许这样的事？

法官考虑了一会儿，点头说道：“没有什么比《古兰经》中真主的话具有更高的权威了。”

理智最终获胜了。他什么时候可以带回两个女儿？

法官继续心平气和地说道：“这是‘圣战’。每个穆斯林都有义务加入。所以，她不需要征得你的同意，真主已经许可她这么做了。”

萨迪克用力摇了摇头。这是真正的伊斯兰教吗？

这时，一个人走了进来。此人也穿着束腰外衣和齐踝长裤，在萨迪克对面坐了下来。一群头上戴着印有伊斯兰教教义的头带的人站在他们的周围。

“伊斯兰国”把穆罕默德的标志作为自己的标志。一个白色的略微不太规则的圆圈中用黑色阿拉伯文写着：除真主外，绝无应受崇拜的。穆罕默德是真主的使者。

“我们正在打仗，”那人说道，“我们需要一切可能的帮助。加入我们怎么样？你可以跟你的女儿们住在这里，其他的家人也可以来这里跟你们团聚。我们可以提供你们美好的生活，给你们一栋房子。要什么给你们什么。”

“我很高兴听到这些，”萨迪克回答道，“不过现在不行……”

“你只要向阿布·巴克尔·巴格达迪宣誓，就能成为我们当中的一员了。你只要做这么多就行了。宣誓效忠。我们迟早会根据伊斯兰教教义、根据《古兰经》和真主的要求建立一个国家，不信等着瞧。”

萨迪克开始有点儿不耐烦了。

“我没时间做这些事。我来到这里，不是以殉道者的身份，而是以父亲的身份。我的目的是把两个女儿带回到她们的母亲身边。我现在只想见到她们。”

桌子对面的男人一声不吭地看着他。

“好吧，满足你的愿望。”他的眼睛一动不动地盯着萨迪克说。

萨迪克被要求留下来在这里等着。过了一会儿，几个士兵走进来，护送萨迪克走出大楼，穿过一个院子，走进一个大帐篷，里面堆着床垫、罐头食品和一袋袋大米。

阿扬走了进来，她笔直僵硬的身体紧裹在面纱里，只露出来两只眼睛。

萨迪克朝她走过去，这时一个士兵对他说：“你有5分钟时间。”

他抱住女儿，抚摸着她那蒙着面纱的头部，触摸着面纱下面她那蜷曲的头发。阿扬小的时候，他经常把手放在她的额头上，用手指抚摸她的头发使她平静下来，阿扬就会告诉他发生了什么事。现在，她却抽身躲了过去。

还有 4 分钟。

现在不是责备她的时候，目前萨迪克需要安抚她。

“一切都会好起来的，放松一下，你现在跟我在一起。他们不能把你留在这里。不要害怕。我来这里就是要带你们回去的。”

“但是，爸爸，现在这里是我们的家。”

“阿扬，你糊涂啊……”

“你听我说，我们想住在这里。”

还有三分钟。

“阿扬，你……你们都被人愚弄了。莱拉中枪了。你……”

这时候他口袋里的手机响了。萨拉来电话了。

“接到孩子们的电话了没有？”她问道。

“阿扬就在这儿！”

他把电话递给了女儿。“跟你妈妈说说话！”

还有两分钟。

“阿扬！”他听到萨拉说道。萨拉在电话那头哭了起来。“回来吧！跟爸爸一起回来吧！”

阿扬站在那里一言不发。

她的母亲继续说道：“跟你爸爸一起回来。”

阿扬深吸了一口气，说道：“我不能，妈妈……”

“不，你可以。”

还剩一分钟。

“我不能，妈妈。这是不可能的……我已经结婚了！”

萨拉开始大口地喘气。

旁边的士兵朝他们走了过来。

阿扬把手机递给父亲。

萨迪克看着她说："你不可能结婚，因为没有……你听我说！你知道这么做会遭受什么惩罚吗？"

女儿站在原地盯着他。

"我们已经做出了自己的决定，爸爸。请尊重我们，这里的酋长支持我们。"她平静地说道。

他想把阿扬拉到身边再抱一下，然而她已经转身离开了。

时间到了。

士兵们护送着她走了出去。她像一道黑色的波浪消失不见了。

她欺骗了家人，背叛了家人，把自己托付给一个他不认识的人。她嫁给了什么人？萨迪克连问她的机会都没有。

他静下心来把事情的前因后果想了一遍。阿扬被囚禁了，莱拉受伤了。他们得回医院接莱拉，然后明天再回这里解决这边的事情。

萨迪克拿回了步枪和弹链，然后跟等在外面的奥斯曼一起离开了。看到萨迪克从里面出来，这个叙利亚人松了一口气，刚才在法庭上发生的一幕把他们都给吓坏了。

第二天清晨，奥斯曼建议带他的朋友哈姆扎（Hamza）一起去。哈姆扎是"胜利阵线"的一名指挥官，人称"雄狮"。这个年轻人留着足可与狮子匹敌的大胡子，行动起来像一只年轻的掠食动物，为人机警，身手敏捷。奥斯曼后院里经常因为有了他而气氛活跃起来。现在，哈姆扎一言不发地坐在汽车里，这个时候需要的是机敏。那天上午早些时候，他们去过医院，不过没有获准进去。

"我们得避免伤到他们的尊严，不能让他们感到没面子。"哈姆扎对萨迪克说道，并特别强调了谦逊的重要性。

只有这样萨迪克才能带回自己的女儿。必须要让“伊斯兰国”觉得自己是主导的一方，他们对任何反对意见都不屑一顾。奥斯曼是阿特麦的大蛇头，受到“胜利阵线”的尊重，但在“伊斯兰国”这里他一文不值。这些人来自世界各地，占领了奥斯曼和哈姆扎祖国的一部分领土，给人感觉他们才是这里的主人。

到了法庭之后，萨迪克的叙利亚同伴被要求留在外面等候，只有萨迪克一个人获准进去，武器则留给哈姆扎和奥斯曼保管。

“我不喜欢这样。”奥斯曼咕哝了一句。

“萨迪克，你现在是受我们保护的，不会有事的。”哈姆扎向他保证道。奥斯曼在座位上坐下来。“进去吧，把事情讲清楚，”哈姆扎说道，“只要我们在这里，你不会有事的。”

进去后，他们给了萨迪克一杯水和一把椅子。

萨迪克再次被要求加入“伊斯兰国”。“伊斯兰国”就这么缺人吗?

跟上次一样，萨迪克尽量回避这个问题。他说自己有可能加入，不排除加入的可能性，不过首先他想见见自己的女儿。

时间就这样一点点拖延下去，人们进进出出。后来，一个人招手示意他站起来。这个说着一口突尼斯话的人在一群人的簇拥下，带着萨迪克到了外面。他们在院子里停了下来。

一个蒙面人走到他们面前。“你的女婿想见见你。”

“谁？”

“你的女婿。”

“在哪里？”

那人指了指不远处的一辆汽车。那是一辆皮卡车，银灰色。那车离他有 20 码[①]，停在院墙旁边。

“你的女婿在车里。他来自挪威。他想跟你说两句话。”

萨迪克朝那辆皮卡车看了看，想了一会儿，然后说道：“如果他想见我，他应该到我这边来。”

那个士兵走到车前，隔着车窗跟里面的人说了几句。他坚持让萨迪克过去找他。

萨迪克怒火中烧，不应该是这样的。求婚者应该先征得女孩父母的同意，而不是直接带她走。他这个女婿来到这里，连自我介绍都没有。萨迪克不知道他叫什么，也不知道他的家庭情况，现在这个年轻人却想让身为父亲、监护人和一家之主的萨迪克过去见他。

萨迪克尽量让自己保持镇定。他现在身处异国他乡，应该照哈姆扎说的那样，保持谦逊，他应该走过去说，“你爱我的女儿吗？她爱你吗？让我们三人坐在一起好好谈谈。如果你真的是她想嫁的人，那么我也可以做你的岳父”。他可以这么说。

萨迪克的内心动摇了。他应该这么做吗？不行，这不可能！如果这个男人想娶阿扬，他就应该征求萨迪克的允许，或者让他的父亲替他来求婚。即便是在战区，做事也得按规矩来。阿扬来叙利亚不过几周时间，竟然突然间结婚了！

索马里人的傲气占了上风。他没有像哈姆扎建议的那样表示顺从，而是挺直了身子对那个士兵说道：“我没有女婿。”

“随你吧。”那人说完便回到那辆汽车旁，跟车里的人说了几句话。

---

① 1 码 ≈ 0.914 米。——编者注

萨迪克仍然站在院子里。两个蒙面的士兵监视着他。

天色渐渐黑了下来。这时，一个声音说道："过来，你可以去见你的两个女儿了，跟我来。"

他们走进一栋楼房，沿着走廊往前走，来到了另一个院子里。

"走，走！"士兵对他说道。其他蒙面人跟在后面。萨迪克感觉到有一支 AK–47 步枪顶在自己的后背上。

萨迪克的头上被打了一下，接着又挨了第二下、第三下。他一阵眩晕，一下子摔倒在地上。他们一边继续对萨迪克拳打脚踢，一边不停地谩骂。萨迪克听到他们对他喊："奸细！叛徒！"接着，他们把萨迪克拉起来，蒙上眼睛，绑了起来，然后把他扔进了一辆车里。萨迪克躺在车上，四周全是那些人的脚。他们脚上的靴子不时地踩在他的身上或踢他的头。车开得非常快，萨迪克感到一阵恶心，觉得自己快晕过去了。他的脖子后面一阵刺疼，他忍不住想翻个身，结果下巴又挨了一脚。"我们了解你这种人，你这样的我们杀得多了。"一个声音说道。他的头在这些脚中间撞来撞去。他无法控制自己的身体，卡在那里无法动弹。他想，我得保护好自己的头。

他们开了很长时间的车。他们殴打萨迪克的频率降了下来，只是偶尔冲他的头、脖子和酸痛的肩膀揍几下，或者踢几下他的大腿和小腿。

汽车停了下来。萨迪克想，他们可能会在这里杀了他。他们把萨迪克从车里拖了出来，萨迪克脚上的绳子被解开了，眼睛仍然被蒙着，他们命令他朝前走。萨迪克被带进了一栋房子里，然后沿着台阶往下走。他们打开一扇门，把他扔了进去，一股刺鼻的臭味扑面而来，紧接着大门"砰"的一声关上了。他扯下蒙在眼上的布条，房间里一片漆黑，戴不戴布条都差不多。他从地板上站起身来，扶着墙往前走——粗糙的墙砖、脱落的墙漆、一些管子，此外他还摸到一扇用板条封起来的窗户。四周的墙壁非常潮，地上也是湿漉漉的，臭味是从下面散发出来的。他伸直双腿，用一只脚在地上四处探了探。地上有一块地方略微突起，中间是一个洞：他在一个厕所里。

他的后背倚在墙上，全身一阵剧痛，头上也感到火辣辣的。他瘫软的身体斜向一边，污水湿透了他的后背，向下一直浸湿到大腿。

精疲力竭的萨迪克开始打盹，或者说是昏了过去。

不知过了多久，萨迪克醒来了。他坐直身体，站了起来。走过几个台阶，他摸到了一堵墙。他试图搞清楚方向，但全身都疼得厉害。

他对自己说，为了活下去，得想个办法才行：第一，用鼻子呼吸，不要用嘴巴呼吸；第二，节省体力。

萨迪克猜现在应该是早上。他听见外面有说话声和开关门的声音，但他仍然被关着。他又打了个盹儿，过了一会儿又醒了。他嘴里的一切似乎都变大了，肿胀的舌头紧贴着上颚，嘴唇也裂开了。他渴了，但不敢敲门要水。外面的声音更大了。他们打算把他留在这里吗？也许是换岗了，新来的人不知道他在这里。他感到头昏眼花，脑子如喝醉了一般。水！水！接着，萨迪克又什么都不知道了。

一阵喊叫声和砸门的声音把他吵醒了。萨迪克张开嘴，却说不出话来。他想起身蹲着，但连坐直的劲儿都没有，只能这样侧身歪着。里面的空间太小，他想把腿伸直都不可能。

门开了，走廊的灯光透进来，紧接着走进来三个人。他们把萨迪克踢了起来，用军靴踢在他的肩膀上，让他站起来靠在墙上。他们紧靠在萨迪克身边。萨迪克听到手枪的咔嗒声，一个人站在那里用手枪指着他。

那个人用蹩脚的阿拉伯语说："我们很高兴，真主希望让叛徒流血而亡，以便我们能靠真主更近一些。真主至大。"另外两个人也像合唱似的喊了起来。室内的回声令人毛骨悚然，萨迪克的脑子开始嗡嗡地响。

随后，他们离开了。萨迪克瘫倒在地。他把手放在脸上，发现手湿了，然后他舔到了自己的血。

有什么东西落到了萨迪克的身上。那东西湿漉漉的，十分重又暖烘烘的。是一个人。

有那么一会儿，萨迪克就这样躺在那里，身上摞着一个人。后来，他把那个人掀到一边，然后又睡着了。过了一会儿，进来两个人。萨迪克不知道这两个人是不是之前揍他的人。那两个人抓住萨迪克旁边的那个人，把他拖起来，然后用枪托猛击他的身体。萨迪克试图躲到一边去，但头、肩膀和脖子还是免不了挨了几下。那个人一边大喊着"妈妈"，一边举起双手左抵右挡。他摔倒在地上，爬起来，然后又摔倒，最后躺在那儿一动不动。那两个人继续用脚踢他，但他的身体已经没有任何反应了。

一个身材矮小、体格粗壮、五官宽大、胡须蓬乱的施刑者举起了那人的手臂，然后松开，那只毫无生气的手重重地砸在地板上，于是他说道："我们的猎物搞定了。"

他们一人抓住一只脚，像拖麻袋一样拖着那个人的尸体。经过门槛的时候，那个人的头重重地撞在地板上，在走廊里留下了一条长长的血迹。

“把那家伙锁好了！”那个矮壮的、留着胡子的小个子用阿拉伯语喊道。

士兵“砰”的一声关上门，咔嗒一声挂上锁。屋里又只剩下萨迪克一个人了。

萨迪克头昏脑涨地躺在那里，浑身一点儿劲都没有。他在这里滴水未进有多长时间了？一天、两天，还是三天？他渴得昏了过去，过了一会儿又醒了。他觉得自己好像在下沉，就像被困在流沙中。慢慢地，他陷得越来越深，他的嘴、鼻子和喉咙里灌满了沙子。他无法呼吸，快要窒息了，感觉自己坠入了无底的深渊。

门猛地开了，灯也亮了，萨迪克虚弱的身体马上进入高度戒备状态。他看到门口站着一个人。那人身材高大，体格健壮。萨迪克蜷缩在角落里，准备继续挨打。他们是来抓他的，轮到他了。他的时间到了。

那个人递给萨迪克一杯扁豆汤。萨迪克喝得很慢。他感觉这是他这辈子尝过的最好的东西。喝完后，他用舌头把杯子里能够到的地方都舔干净，然后把手指伸进去，把杯底残留的几滴挖出来，放进嘴里舔起来，直到一滴不剩。

卫兵回来了，带来了水和一块硬面包。为什么突然给他食物，这是什么意思？这是个好兆头还是坏兆头？难道这是他的最后一顿饭？

等那个卫兵回来收拾杯子的时候，萨迪克问他被拖出去的那个人怎么样了。

“你还是不知道的好。”那人用当地方言回了一句，然后“砰”的一声把门给关上了。

那天傍晚，也有可能是晚上，萨迪克也不知道那是什么时间，那三个人又回来了。卫兵在天花板上拧上一个灯泡，萨迪克看得清楚多了。他认出了其中的一个人，就是之前当着萨迪克的面把人殴打致死的那个人，他身材短小、结实，浓密的黑胡子一直长到脸颊，几乎快到眼睛了。他的面部很宽，头发蓬乱。另一个人个子很高，估计有6英尺①，皮肤苍白，头发乌黑。从口音来看，他像是利比亚人。最后一个人身材瘦高，黑色的皮肤略带一丝古铜色，他可能来自非洲之角，也许是厄立特里亚人。

那个脸宽体壮的人在萨迪克面前蹲了下来，一句话也不说，就这样直愣愣地盯着萨迪克的眼睛。另外两人站在他的身后，手握手枪，一言不发。

他们三人就这样一声不吭地看着他。

萨迪克想，他们是想镇住我。那个家伙仍然蹲在他面前，萨迪克决定直面他的目光，予以反击：我不是那么容易被压垮的，不信试试看。

萨迪克换了一个姿势，但他的对手仍然一动不动。那个人比他之前想的要年轻一些，二十来岁。萨迪克继续盯着他的眼睛：我可比你大，公平决斗的话，我一定会打败你。

---

① 1英尺≈0.305米。——编者注

萨迪克的心脏跳得厉害，他试图稳住呼吸。他想用打仗时学来的那些技巧使心跳慢下来，但毫无作用。

那个大胡子猛地站起身来，一句话没说，踢了萨迪克一脚，然后转身走了出去。另外两个人也跟着出去了。

“你为什么到这里来了？”第二天早上，那个卫兵问道。

“我不知道。”萨迪克回答说。

“你应该知道。”卫兵继续说道，“因为这里是死牢。”

萨迪克觉得浑身一颤。

“你做了什么？”

“我是无辜的，”萨迪克说，“给我个解释的机会，我要去见法官。”

“不可能，”那个守卫说道，“法官已经判过了。”

“我来这里找我的女儿，我要带她们回家。”

“你是个叛徒。”

“我是个父亲。”

那个卫兵朝他脸上唾了一口，说道：“骗子。”说完又唾了一口。“你是在为西方情报机构刺探情报。”

萨迪克抹掉脸上的唾液，盯着那个卫兵说道：“我的两个女儿离家出走了，我是来找她们的。”

“你在撒谎。骗子，骗子！”说完那个卫兵就离开了。

他感到越来越无望了。

过了一会儿，那个卫兵又回来了，手里拿着一本《古兰经》。

“你能对着《古兰经》发誓吗？”他盯着萨迪克的眼睛问道。

“不行，”萨迪克回答道，“我不能。我现在满身屎尿，我不能就这样去碰真主的书。”

那个卫兵拿着书离开了。回来后，他领着萨迪克来到后院，打开水龙头冲洗他的身体。一股生命的洪流涌遍他的全身，他贪婪地喝了一大口水。清水把他身上的血、粪便和汗液冲下来，冰冷的水似乎给了他生命。他的脑海里不断浮现着一个字：喝！喝！

回到牢房后，那个卫兵又拿来了《古兰经》。萨迪克把手放在上面，重复着卫兵所说的话。

“我对着《古兰经》发誓……”

“我不是间谍，我不是叛徒，我不是异教徒。”

随后萨迪克说道：“我来叙利亚只有一个任务——找到我的两个女儿。”

这个卫兵打量了他一会儿，说道：“我相信你，以后叫我阿布·艾哈迈德就行了。”

“我叫阿布·伊斯梅尔。”萨迪克回答说。

阿布·艾哈迈德出去拿了一条干毯子回来。“我帮不到你太多，不过我会尽力的。我不想在去见真主之前犯下大错。如果他们来抓你，我也无能为力。”

如果他们来会发生什么事呢？他们是谁？

那天晚上，又有一个人被扔了进来，萨迪克被吵醒了。这个身体沉重、高大结实的人压在了萨迪克的身上。他全身湿漉漉的，不是水，也不是汗——浑身是血。

那个人试图站起身来。他踩到了萨迪克，萨迪克把他往一边推了推。这个地方容不下两个人。

那人叫骂道："我到底在什么鬼地方？"

"冷静！"

"你是谁？"那人问道。

萨迪克干笑一声："问我是谁没什么意义。"

他俩就这样后背贴着墙，面对面站着。

"这是什么鬼地方？"

"报应牢房。"萨迪克用阿拉伯语说道。

那人抓住萨迪克，把他按在潮湿冰冷的墙上。

"你说什么？"

在伊斯兰教法中，"报应"这个词意味着以眼还眼，换句话说，是死刑。"报应牢房"指的就是"死牢"。

那人紧紧地按住他。萨迪克用手扼住那人的喉咙，使劲掐住。他感觉到了那人身体的力量和皮肤上黏糊糊的血。

"看着我的眼睛。"萨迪克说道。

那人苦笑一声道："什么眼睛？"

"发声地方的上面。"萨迪克说道。

那人松开了手。

"他们不会杀我，我是本地人，我是叙利亚人。而你是凭空出现的，他们会杀了你，而不是我！"

"你冷静下，听我说。你是叙利亚人，我是凭空出现的，这两者没有什么区别。我俩都在死牢里，事实就是这样。”

“不！不能这样。”

他用脚后跟把门踢得咣咣响，用拳头不停地砸。门开了。

“你疯了吗？”阿布·艾哈迈德说道，“住手！闭嘴！安静下来，离门远点！”

那个年轻人又踢了一脚，这一次是对着湿漉漉的墙。

“你是哪里人？”萨迪克问道。

“就是本地的，山坡那边的一个村子，在这个地方的西面。”

“我叫阿布·伊斯梅尔，我来自索马里。”

“我叫苏莱曼（Suleiman）。”

“你是做什么的？”

那个年轻人深吸了一口气。

“我的父母有一片橄榄树林……”

他沉默了一会儿，然后开始讲那片其家族经营了好几代的橄榄树林的故事。那是一片古老的橄榄树林，橄榄树可以活1 000多年。他们家的树林已有数百年之久了。如果树干和树枝干枯了，树根下就会发出新芽，然后长成新的树干，树干上再发出新的树枝。第一批橄榄树就是在叙利亚北部的埃布拉城，也就是现在的阿勒颇城外的地方扎下了根。每块地之间用有上千年历史的泥板砌成了边界，泥板上面还记载着多少罐橄榄油要给国王，多少罐油可以分给百姓。

不久前，他家的橄榄树林被一条公路给分成了两半。那年夏天的战斗结束后，公路一边的橄榄树林变成了“伊斯兰国”的控制区，另一边的树林则落入了库尔德人的手中。“伊斯兰国”曾经警告他，不要到库尔德人那边的树林去，不然他们会开枪打死他。那边已经变成了敌占区。

夏天过去了。苏莱曼只照看位于“伊斯兰国”控制区的那片树林。库尔德人占领的那片土地上，虽然只有阳光和少量的雨水，但橄榄照样成熟得很好。

11月是收获的季节。上周，他到位于“伊斯兰国”占领区的橄榄树林里收橄榄。收完后，他抬头朝路对面看了看，只见那边的橄榄树上挂满了沉甸甸的橄榄果。

那天早上太阳出来后，他穿过了公路。这些橄榄树是他的，而且今年的果子结得很好。他在地上铺上一张网，摇晃橄榄树枝。摇完后，他在腰上绑了一个篮子，爬上梯子去摘没有掉下来的橄榄。在回家的路上，他被一支“伊斯兰国”的巡逻队发现了。这支巡逻队的士兵不是当地认识他的人，而是由一帮外国人组成的。他们扣留了苏莱曼，指控他是库尔德人的奸细。苏莱曼气得够呛，他指着收获的橄榄表示抗议，结果被那些人打昏了，醒来后就在这里了。

说到这里，这个年轻人哭了起来。

“他们抓走了我的妹妹……她干活比谁都快，今天她跟我一起收橄榄，这样的话可以收得快一些。我的妹妹……我不知道她现在在哪儿，不知道他们把她带到哪里去了，不知道他们都对她做了什么！”

“这些王八蛋！”苏莱曼大喊道。

他站直身体，开始踢门。萨迪克试图安抚他，但苏莱曼就像一头发怒的公牛。

一帮士兵过来了。

灯光照到苏莱曼身上，萨迪克看到一张像奥斯曼一样典型的叙利亚北方人的相貌，苍白的皮肤，棕色的头发，不过苏莱曼看起来挺黑，像萨迪克一样黑。苏莱曼的头发和胡子都是黑色的，油光锃亮。他站在那里，浑身是血，却有一股不服输的劲儿，准备迎战他们。

“站一边儿去。”那些士兵对萨迪克说了一句，然后抓起这个年轻人，把他给拽起来，沿着走廊拖了出去。

萨迪克十分自责。他不应该说什么死牢的事，或者就不应该让这个年轻人谈起发生的事。他为什么要这么做呢?

听苏莱曼讲那些事时的感觉真好。萨迪克曾背诵过《古兰经》中的一段与橄榄有关的章节：“用吉祥的橄榄油燃着真主的那盏明灯……它的油，即使没有点火也几乎发光——光上加光……”

过了一会儿，门又开了。他们把苏莱曼丢了进来。萨迪克快速用手去找他的脉搏。他还活着吗?是的。萨迪克继续查看他的脉搏频率是不是正常。他还活着。萨迪克尽量避免用沾着污水的手指碰到他身上的伤口。他不能再给他造成伤害。

天亮之后，门被打开了，可怕的三人组合又出现在门前。

他们又把苏莱曼拖了出去。

“用吉祥的橄榄油燃着真主的那盏明灯……”

又是一个清晨。

阿布·艾哈迈德拿着一杯茶走了进来。

萨迪克看着他：“苏莱曼哪儿去了？”

“他发生什么事了？”萨迪克继续问道。

“你不会想知道的。”

过了好几个小时萨迪克才缓过神来。他躺在脏兮兮的地上，不停地抽泣。他从来没有像哭苏莱曼这样哭过任何人。这个人跟他只是萍水相逢，本应活着，而不是死掉。萨迪克很少见到像苏莱曼这样精力充沛、力量强大的人，苏莱曼本应该结婚生子，生一大堆孩子。一个声音在萨迪克的脑海中响起，就是苏莱曼被投入这间臭烘烘的牢房时所说的那句话：这是什么鬼地方？

几个小时后，萨迪克蒙着眼睛跪在后院当中，双手被绑在后背上，两个人使劲按着他。

他感到一把尖刀的刀刃顶在他的喉咙上，刀刃紧贴着他的皮肤，几乎就要将其穿透。他感到一阵刺痛，感到血在慢慢地渗出来。萨迪克已经做好了心理准备。他想象着被刀刃划破皮肤，割开肌肉和筋腱，并最终切断动脉时的感觉。

可怜的萨拉，还有可怜的母亲。他最牵挂的就是她们。孩子们的事都还好办。

“我们知道你是个间谍，”一个声音问道，“你在这边跟什么人接头？谁给你提供情报？”

“我不是间谍，我只是一个父亲，”萨迪克重申道，“如果你真要杀我，就以我拒绝放弃自己女儿的罪名杀我，但不要给我扣上间谍的帽子。”

萨迪克知道，只要自己承认是间谍，将必死无疑。他对自己说，无论他们怎么殴打，绝不可以改口。

顶在脖子上的刀被拿走了。他们开始揍他。此时的萨迪克还被蒙着眼睛，而最糟糕的事就是挨打的时候看不清周围的情况，因为在拳头落下之前，你没有机会提前绷紧肌肉，挨打的时候一点儿防备都没有。自从这次被打之后，只要不蒙眼睛，怎么打，萨迪克都能受得了。

他们又把萨迪克扔回了牢房。不一会儿，阿布·艾哈迈德进来了，他带来了一些水。萨迪克大口喝了下去，过了一会儿他便开始拉肚子。他拖着身子在门前的台阶和地上的那个洞之间来来回回，心里想：我可不能病倒，现在的处境糟透了，很快我就要被砍头了。

第二天，他的腹泻好了，他又恢复了以前的状态。

到了下午，牢房里又来了一个新的犯人。从咳嗽声和说话声判断，萨迪克觉得他像一个老人。萨迪克没有问他，也不想知道这人的情况。苏莱曼的事给他造成的创伤太大了。

即便如此，过了一会儿，那人在黑暗中自顾自地说了起来。原来他是一名卡车司机，在叙利亚全国到处跑。他每周都要往返前线好几次。最后这一次，他运送的是新摘下来的，用来腌制、储存或者榨油的橄榄。他从“胜利阵线”的控制区开车来到了“伊斯兰国”的控制区，在一处路障被拦了下来。士兵们上前检查，在车里发现了几箱香烟。“我不知道车上有香烟，一点儿也不知道。”司机坚持说。

虽然《古兰经》里没有明文规定禁止吸烟，但在“伊斯兰国”看来，这种仅仅是为了追寻快感的娱乐方式是一种“慢性自杀”，有违伊斯兰教法。“伊斯兰国”对那些偷偷吸烟的人的处罚相当严厉，即便是在他们自己家里抽烟也不行。抽烟的人经常会遭到鞭打，而兜售或者走私香烟的人受到的处罚更严厉。

第二天早上，那个老人不见了。萨迪克没有问阿布·艾哈迈德发生了什么事。

那三个人又来了。

“我们知道你是‘沙比哈’。”长着大胡子的那个人说道。

“孩子，我还是第一次听到这个词，什么意思？”萨迪克回答说。

实际上，萨迪克从奥斯曼的口中听过这个词。在叙利亚方言里，“沙比哈”的意思是“魔鬼”，通常用来指阿萨德政府情报机构的工作人员。这些人神出鬼没，四处抓人，折磨并处死被抓的人之后，又会消失得无影无踪。如果你被这些“沙比哈”抓到了，基本上不可能活到第二天。

那个大胡子站起身来问道：“谁在给你提供情报？你跟他们说了什么？”

“我只是一个父亲，”萨迪克说道，“我向你发誓，如果我是个间谍，我会实话实说的。我只是一个来找女儿回家的父亲……”

“我们都很喜欢你的两个女儿，她们是真正的穆斯林。”年轻一点儿的那个人说道。听到这话，萨迪克浑身一激灵，难道他认识自己的两个女儿？

“因为我们喜欢她们，所以在最后一个晚上会让你尝点儿甜头。因为明天我们就要杀掉你了。”

说完，他们扔了一袋糖果给他。

萨迪克一动不动地盯着他们。

“这糖果是你的女婿给的，”大胡子补充道，“他让我把糖果给那个老人。我答应过他一定把他的问候带到。”

说完他又一脚踢过来一瓶水。萨迪克耸了耸肩，然后他们离开了。

萨迪克没有喝水，也没有动那袋糖。他没兴趣品尝对自己的死刑判决。

那天晚上，一个小孩被扔进了这间牢房。就在牢门刚开、光线射进来的那一刹那，萨迪克看到了一个还没有长大成人的小孩的身影，长着一张娃娃脸。萨迪克一句话都没有说。他不知道该说什么。他就这样等着，观察着四周的动静，继续等待。当萨迪克得知今晚他们当中会有一个人被处死时，便再也无法入睡。快天亮的时候，士兵们又来了。他们在门口停了一会儿，把那个孩子拖了出去，然后消失不见了。

萨迪克的头枕在脏兮兮的地板上。他已经习惯了这里的恶臭，习惯了屎尿的味道和黑暗的环境。他一直在琢磨身边的这些士兵、卫兵、审讯人员和行刑者，他们都是些什么人？他们的脑子是怎么想的？萨迪克坚信自己是一个尊重别人的人，对任何人都一视同仁，但他不理解这个组织的行为。他们的所作所为与伊斯兰教毫无关系，与“圣战”也扯不上边，更不用说与真主有什么关联。因为真主是仁慈而宽容的，这些人却忘记了这一点。

第二天晚上，萨迪克被带了出去。他戴着手铐，蒙着双眼，蒙蒙细雨落在他汗涔涔的额头上。他挨了一拳，摔倒在地上，脸上、嘴巴上和全身都沾满了稀泥。随后，他们停止了殴打，萨迪克不知道接下来会发生什么事。那几个人给他摘下眼罩，把他翻过来。

“我爸爸就没来这里找我。”其中的一个胖子说道。随后他指着另外两个人继续说：“这个来自厄立特里亚的兄弟和利比亚的兄弟，他们的父亲也都没来找过他们。没有人会来这里找孩子。你在撒谎！”

他命令萨迪克跪在地上。毛毛细雨不停地下。那把顶在萨迪克喉咙上的刀也变得湿漉漉的。

他们想让萨迪克说实话。

萨迪克依然机械地说道：“我只是一个父亲。”

架在他脖子上的刀被拿开了。萨迪克就这样双腿跪在稀泥里，双手背在身后，听那三个人争论是在这里杀了他，还是放他一马。

雨继续下着。

他们三个让萨迪克站起来，把他押回了牢房。

萨迪克迷迷糊糊地躺在地上，心想，他的身体里只剩下一点点火星，其他的都已经死了。到目前为止，有 4 个人跟他一起在这间牢房里待过，他们都已经不在了。

萨迪克尽力清空自己的思绪，不去想那几个人。他站起来，然后像婴儿一般躺下睡觉，醒来后再站起来。他用手撑在墙上做俯卧撑，练习深蹲以保持血液正常循环。

他曾试图记下日期，结果后来都给搞混了。慢慢地，他适应了这片区域。

偶尔发生的一些事也会稍微改善一下萨迪克的处境。有一天，阿布·艾哈迈德拿来了一个空瓶子，他把空瓶子倒过来塞进地面上的那个洞里，牢房里的臭味一下子小了很多。

一天早上，阿布·艾哈迈德把他从牢房带到了后院。

“星期五他们通常都不来这里。”艾哈迈德说道。

星期五，休息日，不用挨揍了。

这是萨迪克第一次在白天看到院子里的景象。淡粉色的小花从坚实的沙土里长出来，爬上周围的院墙。院子里有几把椅子和一张歪到一边的桌子，此外还有几辆汽车。墙外三三两两长着几棵橄榄树，看到这些树，萨迪克心里一阵难过。他想起了那个精力充沛的年轻人，叙利亚最优秀的人正在被慢慢地榨干。

一面印有《圣训》的旗帜在他们头顶飘扬。通过一个人们懒得摘下来的牌子，萨迪克弄清了自己所在的位置。那个牌子上写着：阿尔丹那供水与污水处理厂。

萨迪克伸开双臂，左右摆动，享受着宽阔的空间、新鲜的空气、温暖的阳光和和煦的微风。“我跟一个人讲过了……”阿布·艾哈迈德说道，“我把你的事跟他说了。如果幸运的话，他今天会来这里。”

一群人正站在院子里聊天。他们长着红色的胡子、浅色的皮肤。阿布·艾哈迈德告诉萨迪克，他们是车臣人，那个地方以盛产优秀士兵而闻名。他们手段残忍，纪律严明，在与俄罗斯人进行的长达一个多世纪的战斗中培养出了精湛的游击战术。

“他们想打仗，”阿布·艾哈迈德说道，“跟其他来这个地方的人一样。当被安排来看押囚犯时，很多人都很失望。他们参军可不是为了干这个，不是为了天天在这个茅坑旁边瞎晃悠。”

萨迪克想问问阿布·艾哈迈德他是如何来到这里的，具体为“伊斯兰国”做什么，不过最后他还是没有问。他仍然陷入沉思之中，没有精力去想别人的事。他看了看四周，都是囚犯、卫兵、行刑者和战争受害者。他深吸了一口秋日的空气。啊，现在可以抽根烟了！

这时，一个人走到阿布·艾哈迈德身边。这个人走路有点儿瘸，全身的重量都压在一条腿上。阿布·艾哈迈德挺直身体，用手指了指萨迪克。那人朝萨迪克挥了挥手，然后领着萨迪克和阿布·艾哈迈德走进了一栋楼房。那人领着他们走进污水处理厂的一间办公室，他说他叫阿布·萨亚夫（Abu Sayaf）。

“是什么原因让你来到叙利亚？”萨亚夫问萨迪克。

听完萨迪克的故事后，他站起身来，在办公室里来回踱步，嘴里喃喃地念着《古兰经》的经文。

然后他转过身来，盯着萨迪克说：“如果你一直待在那间牢房里，迟早会被处死。”

说完，他离开了房间，阿布·艾哈迈德和萨迪克坐在那里等着。过了一会儿，阿布·萨亚夫带着两个车臣人回来了。他让萨迪克跟着他们，几个人领着萨迪克穿过一个院子，进了另一栋楼里。他们穿过一道门，沿着一条走廊往前走。萨迪克被带到了一个铺着很多垫子的大房间里。“自己找个空地方。”一个士兵对他说。

垫子！实在是太幸福了。他在其中的一张垫子上躺了下来，正当他使劲伸着懒腰的时候，听到穆安津高声唱道：“阿拉胡阿克巴，阿拉胡阿克巴！”

从尖塔和清真寺里传来的声音穿越全城，逐渐消散。真是太美了，这声音如此神圣。即便是身处险地，召唤祈祷的声音仍然如此动听。

下午的祈祷时间很短。关押在死牢里的时候，萨迪克听不到召唤祈祷的声音。现在，这声音听起来就像是自由的呼唤，他开始准备祈祷。

祈祷结束后，萨迪克在垫子上舒舒服服地躺了下来。躺在他旁边的那个人不停地呻吟。萨迪克往四周看了看，房间里的人年龄不一，有小孩，也有成人。其中几个人正在扭动着身体，不停地发出呻吟声。

“你是怎么了？”萨迪克问身边那个强忍着不出声的人。

“你还是不要知道的好。”

萨迪克却一直不停地问。

“他们用火烤我的下面，”那个人说道，“都给烤焦了。”

那人对萨迪克说，那些人用火机把他的下体都给烧黑了，那种疼痛无法形容。有几个人疼得昏了过去，最后又给疼醒了。“实在是疼啊！”

“他们指控你犯了什么罪？”萨迪克又问道。

“我领一个人过边境，那人是一个‘伊斯兰国’的‘圣战者’，结果他被打死了。这些人便指控我出卖了那个‘圣战者’……我向真主发誓，我是无辜的！”

萨迪克环顾四周。受迫害最深的还是叙利亚人，跟他一起坐过死牢的，也都是叙利亚人。现在那几个人都死了。

那天晚上显得如此漫长。躺在垫子上也没有太大的用处。整个屋子里的人似乎都在他的脑海里哭泣、尖叫。

第二天早上，萨迪克被带到一间办公室。当他看到挂着带有穆罕默德印章的旗帜和标语时，他失去了希望。

离开这里是不可能的了。他们早已经决定了让谁活着，让谁死去。

萨迪克被要求坐下来等待法官。一个长着灰色长胡子、态度傲慢的人走了进来。阿布·哈夫斯·安奈迪奇（Abu Hafs an-Najdi）是沙特阿拉伯人，负责阿尔丹那的伊斯兰教法庭。他宣布听证会正式开始。

萨迪克尽力选用恰当的词句进行陈述，就像他在沙特阿拉伯学到的那样。在陈述过程中，他小心翼翼地提供了确切的细节：两个女儿是如何在未经他允许的情况下来到叙利亚，作为父亲的他又是如何追随她们来到这里。

听完萨迪克的陈述，法官把头转向另外一些人，要求他们提供与本案有关的证据。萨迪克听到了“间谍”“情报”“挪威”“土耳其”等词。其中一人举起萨迪克的手机给法官看。

他们说：“这里有他老板发来的短信。”

“被告是在西方情报部门的指使下在这里执行任务的，找女儿只是他的一个幌子。”

阿布·哈夫斯要求看看手机里的短信内容。他翻动着手机屏幕。

“这些短信是用什么语写的？”他问。

“挪威语。”

“这里有谁懂挪威语？”

大家都摇了摇头。有人提到一名在车库工作的摩洛哥人。

“把他找来。”

这时，有人为法官和他的下属端上咖啡。

过了一会儿，他们把那个摩洛哥人找来了。

“阿拉伯语和挪威语你都懂？”重新开庭后，法官问道。

那人点了点头。于是，法官便要求他翻译一下萨迪克手机上的信息。

萨迪克知道他的命运取决于那个人所说的话。他必须在不出声的情况下让这个摩洛哥人相信他说的是真话。“我只是一个父亲，我不是叛徒，我只是一个父亲”，萨迪克在心里不停地重复着这几句话，希望这个信息能传递给那个人。就在这时，那个摩洛哥人突然转头看着他。

“伊斯梅尔是谁？”

萨迪克一下子从自己的心灵感应术中缓过神来。他感到自己像一个置身事外的人，只不过是这个临时法庭上的旁观者。

“伊斯梅尔是谁？”看到萨迪克没有回答，那人又问了一遍。

萨迪克的脑子飞快地旋转起来。伊斯梅尔跟这件事有什么关系？

“我说‘伊斯梅尔’！你听不见吗？”

“他是我的儿子。”萨迪克老老实实地回答说。

那个摩洛哥人把伊斯梅尔发来的短信翻译给法官听。“今天警察来盘问我了，他们问你在哪里，我说我不知道。你在哪儿？”

家里没有人知道萨迪克被监禁的事。他们只知道他在最后一次与阿扬谈话之后就消失了。在被“伊斯兰国”关押期间，手机不断收到短信。

那个摩洛哥人继续翻译。

“爸爸，你在哪儿？”

“爸爸，给我们打电话！”

“爸爸……”

听证会结束几个小时后，阿布·沙耶夫，也就是前一天把他从监狱院子里领到这里的那个人，站在他的床垫上。那天，当摩洛哥人翻译了伊斯梅尔发来的短信内容后，阿布·哈夫斯问那些告发萨迪克的人，是否有其他证据能证明萨迪克是一名间谍。他们没有其他证据了。于是，萨迪克被送回了这间与其他囚犯共用的牢房。

“你获释了，”阿布·沙耶夫告诉他，“你随时可以离开，但你需要一张通过各个检查站和路障的通行证。明天你就可以拿到，然后你就可以走了。”

萨迪克有一种这一切都不太真实的感觉。他活下来了！在遭遇了殴打和模拟斩首之后，他自由了！

但一切还没结束。他是活下来了，但还没有完成他来这里的目的：找回两个女儿。

萨迪克头昏脑涨，思绪杂乱不清。他看着周围那些痛苦呻吟的人。

阿布·沙耶夫接着告诉他，监狱长一直反对释放他。他为什么要这么做？萨迪克筋疲力尽，不知所措。这里跟索马里不一样，这是个陌生的地方。

尽管如此，从来到这个污水处理厂之后，萨迪克第一次怀着期许的心情睡着了。后来，他被推门的声音吵醒。

萨迪克用肩膀撑起身体看了看：进来的是经常打他的那三个人。他先是心里一惊，接着便放松了下来。这一次你们输了。

一种胜利的感觉传遍萨迪克全身。第二天，他就是一个自由人了。这时，那三个人来到他身边，他听到领头的那个人对他说：“咱们之间的事儿没完。”

第二十章　蓝图

到底谁控制着这个地方?

法官已经判萨迪克无罪释放，监狱长却提出抗议。到底谁能决定他的命运?

这些年轻的士兵不过是些小喽啰。卫兵负责看门，审讯人员拷打落入他们手中的犯人，刽子手根据命令行刑。

如果没有这些年轻人，这个系统就会分崩离析，所以需要这些残酷无情的人。不过，野蛮只是表象，在这个表象后面隐藏着一个严格的等级制度，而等级制度后面还有一个精心设计的计划：一套实行恐怖统治的制度、一个用鲜血润滑的暴力机器。

扣押萨迪克的这帮人背后的智囊人物就居住在此地向东不远处一个靠近北部边境的地方。萨米尔·阿卜杜勒·穆罕默德·艾哈利法威（Samir Abd Muhammad al-Khlifawi）身材消瘦，留着花白的胡须。他总是彬彬有礼、矜持内敛，甚至有点儿心不在焉的样子，不过了解他底细的人都知道他的记忆力超群，运筹帷幄水平也是一流。

在阿勒颇省塔勒里法特村，人们在紧挨着一幢房子后面的地方搭建了一间小屋子。在屋子里的几个箱子和地毯下面，存放着一摞手写的稿纸，其中包括一张组织机构图、几页图表、一份花名册以及各种说明、指导方案和一个时间表。这是“伊斯兰国”的蓝图。

制订这些计划的那个人曾在伊拉克情报部门担任要职。2003年3月17日，乔治·W.布什总统曾给萨达姆·侯赛因48小时的时间，让他放弃对其“岌岌可危的政权”的统治。布什还向伊拉克军队发表讲话，试图让他们放下武器：“等被打败了再说‘我只是奉命行事’是没有用的。”

超过25万美国士兵在科威特待命，准备入侵伊拉克。3月20日，美军越过了边界，他们在沙漠中的军事行动进行得非常快。很多伊拉克军队在美国军队到达之前就弃城而去。经过三周的战斗，美军兵临巴格达城下。他们只花了几个小时就控制了这座城市。美军用一排坦克封锁了石油部，并拆毁了位于外国记者下榻的旅馆外的萨达姆雕像。不到一个月，伊拉克复兴党的统治便被瓦解。2003年5月1日，乔治·W.布什宣布“任务完成”。

2003年年底，在位于萨达姆老家提克里特附近的一个农场地下6英尺的掩体内，人们抓到了这名倒台的独裁者。他随身携带着两支步枪、一支手枪和75万美元的现金。

看着萨达姆那张满脸胡须、浑身血迹的照片传遍了全世界，乔治·W.布什说道：“今后再也不用害怕萨达姆·侯赛因的统治了。”

萨达姆完蛋了，但他的手下还在。

他们大多数是世俗的逊尼派穆斯林。重新结盟和谈判是伊拉克部族统治不可缺少的一部分。许多人设想在新政权中谋得一个职位。

然而，美国人有自己的想法。巴格达最高文职行政长官保罗·布雷默大笔一挥，解散了伊拉克军队，并禁止所有在萨达姆统治期间担任过领导职务的人在新政府任职。于是，艾哈利法威之类的人便失去了工作，无法继续从事以前的职业。10多万训练有素的伊拉克军官和行政官员被剥夺了职位和生计。美国人有了许多危险的敌人——军队和那些满肚子委屈的人。

陆军上校艾哈利法威潜入伊拉克西部由逊尼派控制的安巴尔省，在那里进行地下工作。他改头换面，化名哈吉·巴克重新登场。那些被新政权拒之门外的军官寻求建立战略联盟，他们与在伊拉克的“基地”组织成员建立了联系。“基地”组织在伊拉克的领导人是约旦人阿布·穆萨布·扎卡维（Abu Musab al-Zarqawi）。以前他就四处制造麻烦，后来变得更加激进。20世纪80年代末，扎卡维应征入伍，准备到阿富汗参加与苏联军队的战斗。不过后来，他失望地发现自己错过了战争：到了阿富汗后，他发现苏联已经开始撤军了。在阿富汗，正在着手建立“基地”组织的奥萨马·本·拉登收留了他。不过本·拉登逐渐发现扎卡维太过极端，对扎卡维主张大规模屠杀什叶派穆斯林的想法不以为然。

“9·11”事件发生后，美国出兵阿富汗，扎卡维忠诚地站在塔利班一边。在战斗中受伤后，他去了伊朗，从伊朗又到了伊拉克库尔德斯坦，在那里他加入了“圣战”组织“伊斯兰辅助者”。美国入侵伊拉克之前，“伊斯兰辅助者”组织的反对目标是萨达姆政权，他们认为萨达姆政权是邪恶的。美国国务卿科林·鲍威尔曾声称，萨达姆·侯赛因已与“基地”组织结盟，就如何使用大规模杀伤性武器对该组织成员进行培训，并可能与该组织合作，一起袭击西方国家。这是一个错误的指控。然而，具有讽刺意味的是，随着美军的入侵，这个指控变成了事实。

丢失了在阿富汗的大本营后，“基地”组织招兵买马的资源已经枯竭，而伊拉克战争给他们提供了一个开辟新战场的机会。这个国家没有像乔治 · W. 布什设想的那样变成一个友好的社会，而是成了新一波恐怖浪潮的先头阵地。扎卡维也策划了几起恐怖袭击，包括位于巴格达的联合国总部爆炸事件以及之后发生的一系列针对美国军队和什叶派穆斯林领袖和圣地的袭击事件。

复兴党人和伊斯兰极端分子有一个共同的坚定信念：控制大众应该是一小部分不需要对任何人负责的精英的任务。

2004 年，“伊拉克基地组织”（AQI）成立，扎卡维担任该组织领导人。该组织从整个阿拉伯世界招募人手，大多数成员都是通过叙利亚而来的。阿萨德允许他们安全通行，因为他希望美国在伊拉克的行动最终失败，他担心美国在伊拉克的成功可能会诱使这个超级大国进一步试图推翻自己的独裁统治。躲在巴基斯坦的本 · 拉登对袭击美军的行为感到高兴，但恳请战场上的士兵们尽量不要杀害其他穆斯林，而人们对他的呼吁置若罔闻。

安巴尔省是伊拉克最大的省份，人烟稀少，恐怖主义头目扎卡维、军师和萨达姆效忠者哈吉 · 巴克就盘踞在此地。到处是大片的沙漠和一眼望不到头的道路，美军在这里饱受偷袭之苦。在伊拉克阵亡的美军士兵中有 1/3 丧生于此地。安巴尔省的反叛活动愈演愈烈。伊拉克逊尼派感到自己受到美国支持的伊拉克什叶派主政的政府的压迫越来越深。除此之外，这里的伊斯兰教教徒承诺，他们给出的工资将高于当局每月提供的 300 美元。

美国人竭尽全力围剿扎卡维。2006 年 6 月，一架侦察机尾随扎卡维的精神导师来到了两人碰头的地方。两架 F–16 轰炸机把机上的炸弹丢到了他进入的那栋房子上。

随后，乔治 · W. 布什向全世界保证“扎卡维再也不会杀人了”。

从 2006 年起，一个新的抵抗运动组织“伊拉克伊斯兰国”（ISI）的名字开始流传开来，哈吉 · 巴克是其军师之一。美国试图遏制该组织的进一步发展，他们在一次大规模的逮捕行动中抓获了这个曾经的上校军官。

监狱按教派划分：逊尼派和逊尼派一起服刑，什叶派和什叶派一起服刑。经验丰富的“圣战分子”与从未参加过叛乱活动的年轻人共处一室。那些伊斯兰极端分子被处以严重的刑罚。囚犯在秘密的伊斯兰法庭受审，或被判处殴打、剜眼，或被处以极刑。与他们关押在一起的囚犯对伊斯兰教了解越少，就越容易相信“圣战”是一种宗教义务。

囚犯集中营成了抵抗运动的“圣殿”。要在以前，因为这些囚犯都是流亡者，他们在一起肯定会充满了危险，而现在他们却可以自由地坐在像布卡监狱这一类地方的狱墙下的阴凉处招兵买马，制订计划。只要犯人遵守规定，不闹事，卫兵就不会去理会他们的那些阴谋诡计。不但不管，他们还会挑选有一定威信的囚犯来管控其他犯人。其中一名被选中者的名字叫阿布 · 巴克尔 · 巴格达迪。这个被美国人指派担任布卡监狱的囚犯管理人员的人就是“伊拉克伊斯兰国”未来的头领。

意识到监狱里发生的一切之后，美国人引入了世俗教育来抵消这里的激进行为。他们教囚犯读书、写字，还请温和的“伊玛目”来监狱给他们宣讲伊斯兰教的和平思想。与此同时，为了减少犯人的数量，一些危险性较低的犯人被释放出狱。而哈吉·巴克就在被释放的人员之列。在被监禁两年后，他于2008年被从布卡监狱释放，出狱后的他立即开始秘密活动。一年后，被登记为“低级囚犯”的阿布·巴克尔·巴格达迪也出狱了。

“伊拉克伊斯兰国”的暴行使他们与几个强大的逊尼派部落发生争执。部落希望自治，而不是屈从于教条的民兵组织。在美国和地方安全部队的帮助下，各部落成立了委员会和名为“萨赫瓦”（意为“觉醒”）的民兵组织。这些“萨赫瓦”民兵组织深深扎根于当地，有效打击了“伊拉克伊斯兰国”的攻势，并得到美国先进武器的有力支援。

2010年4月，在美军发起的一次空袭中，“伊拉克伊斯兰国”整个领导层几乎被消灭殆尽，许多人预测叛乱即将结束。“伊拉克伊斯兰国”的42名指挥官中有34人在这次空袭中丧生，没有合格的继任者。这个组织迫切需要一个强大的领导人来收拾残局，并迅速赋予组织新的合法性。

5月，相对默默无闻的阿布·巴克尔·巴格达迪被任命为该组织的领导人。之所以选他，部分原因是他接受过伊斯兰教法的培训，因为“伊斯兰国”必须建立在坚实的宗教基础上。但更重要的是，他是古莱什族人。根据伊斯兰教的传统，下一个哈里发将从古莱什族人中产生。

阿布·巴克尔·巴格达迪 1971 年出生于萨马拉一个教师和传教士家庭。十几岁的时候，他酷爱踢足球——这是他后来严厉禁止的一项运动。他过着平静的生活，没接触过任何形式的暴力行为。在美国入侵伊拉克之前的 10 年里，他住在位于巴格达郊外一个贫困地区的一座小清真寺旁边，大部分时间他都在读书，偶尔主持祈祷活动，但基本上没有引起别人太大的注意。

这个被称为“隐形酋长”的人很快就在组织中留下了自己的印记。那些可能对其提出批评的人都被淘汰出局，取而代之的是他信任的人，尤其是那些曾在布卡监狱跟他一起服过刑的人。在他的领导下，“伊拉克伊斯兰国”在巴格达和摩苏尔实施了一系列自杀性爆炸事件。尽管如此，这些极端分子正在打一场注定要失败的战争，因为人们想要和平，各个部落想要自治。尽管“伊拉克伊斯兰国”鼓吹要建立一个伊斯兰国家，但它更像是一个恐怖组织，而非新国家的创建者。

随后发生了一起即将改变整个阿拉伯世界的事件。2010 年 12 月，一名街头小贩在突尼斯一个乡村小镇的镇长办公室外自焚。他的车被一个女警察没收了，按照惯例，这个小贩想贿赂她，以便把车要回来。报道称，警察当时朝他吐了一口唾沫。小贩的自焚在突尼斯全境引起了骚乱。几周后，掌权 20 多年的独裁者扎因·阿比丁·本·阿里逃往沙特阿拉伯。“阿拉伯之春”运动开始了。

抗议活动向东蔓延到了埃及和利比亚。在叙利亚，迅速发展的内战造成了一个权力真空，这是一个千载难逢的机会。

2012 年年底，哈吉·巴克和一小群人越过边境，从伊拉克进入叙利亚。在叙利亚北部的几个省，大部分政府军都已经被赶了出去，只留下大量的地方军团、军事委员会和民兵组织，甚至同时存在 2 000 多个不同的组织在争权夺利。这种局势造成了一种脆弱的平衡：没人有足够的力量夺得政权，但任何一个组织都有足够的力量阻止别人掌权。

完美的无政府状态，哈吉·巴克知道如何深耕这一点。

叙利亚是实现目标的一种手段，他们的最终目的是建立一个由逊尼派主导的伊拉克政权。首先，叙利亚将被一点点征服，适当的领土将被用作通往伊拉克的桥头堡。在塔勒里法特村，哈吉·巴克完成了他的计划。成功的关键在于如何让那些狂热的信徒相信他的这些战略谋划。这位陆军上校不只是真正的伊斯兰教教徒，他还是一个民族主义者，一个投机分子。

所有被“叙利亚自由军”或其他反叛分子占领的城镇，都将开设招募处。他们会在那些前来听讲座和参加课程的人当中选一些人，指派他们去从事间谍活动。

“我们将训练他们一段时间，然后再给他们安排任务。”哈吉·巴克写道。

间谍的行动如下：

1. 列出有权势的家族和家族中最重要的男人的名单；

2. 弄清他们的收入来源；

3. 记录伊斯兰教法禁止的活动；

4. 收集关于非法关系和同性恋活动的资料；

5. 提供反叛团体的详细情况；

6. 了解各军团领导者的身份和家庭背景；

7. 注意政治和宗教倾向。

这样他们就可以抓住别人的把柄，从而威胁和讹诈别人。

通过这些间谍，他们可以了解当地居民的详细情况：谁支持民主思想，谁忠于国家，哪个家庭信教，他们属于哪个伊斯兰教派，“伊玛目”在布道时都说了什么，他对“圣战”的看法是什么，他得到了多少报酬，谁给他钱了，人们还有什么其他的收入来源，某个领导人有几个老婆，他有多少个孩子，每个孩子分别有多大了。

所有这些情报将社会中存在的裂痕一览无余地收入眼底，然后他们会把楔块一个个楔入这些裂缝，使之不断扩大，逐渐破坏社会结构，直至最后分裂解体。尽管哈吉·巴克详细的书面计划中很少提到“真主”这个词，但这位陆军上校坚信其他人的信仰可以且应该为其所用。

为了散布恐惧，哈吉·巴克按照自己的方法建立了细致、周密的组织架构。每个省委员会由一名“埃米尔”领导，负责间谍、勒索、绑架和谋杀。此外，这名“埃米尔”还负责所有通信及情报加密工作。与此同时，另一名“埃米尔”将监督他和其他几名“埃米尔”，“以防他们工作不当”。每名“埃米尔”都弄不清谁在监视谁。

这些省级系统由情报部门负责监督，情报部门再把了解的情况向每个省专门负责安全的“埃米尔”报告。各个省负责安全问题的“埃米尔”下面还设有几名“副埃米尔”，分别负责省下面的各个区。秘密间谍小组的负责人向所在区的“副埃米尔”报告。在地方一级，间谍小组会向本地“副埃米尔”的助手报告工作。哈吉·巴克现在被戏称为“影子之王”，他编织了一张黏性极强的网，目的是让每个人彼此监视。

自2013年年初，“达瓦慈善会”在整个叙利亚北部叛军控制的城镇中增设了大量办公点。这些办公点很容易被误认为是慈善组织，每个人都被称呼为兄弟，也没人提“伊斯兰国”这几个字。哈吉·巴克的手下悄悄地租了房。他禁止任何伊拉克士兵加入他们的行列，也不想招募太多的叙利亚人，因为这些人可能具有强烈的地方情感，极易引起冲突。这位谋略家想从外部招募人员，“伊拉克伊斯兰国”加快了招募外国战士的速度。这些新来者除了自己营地里的人之外，外面的人一个也不认识，没有理由对本地人表示怜悯，并且可以根据需要迅速重新部署。他们接受了几个月的培训和宗教教育，然后才会被派到这里参战，或者执行其他任务。他们还指示间谍通过联姻的方式“渗透”到那些最强大的家族中去。

当地民兵组织很少愿意与“伊拉克伊斯兰国”产生正面冲突，虽然他们的总人数比“伊拉克伊斯兰国”多得多，但他们不想冒险开辟新的战线。政府仍然是他们主要的敌人。通过间谍网络，“伊拉克伊斯兰国”的地区领导人不断更新其对各方弱点、分裂和冲突的了解情况。这使“伊拉克伊斯兰国”能够与不同的民兵组织结成纵横交错的联盟，而他的每个“盟友”都不知道他们与别人达成的交易。

截至2013年冬，叙利亚北部大部分地区的政府军都被叙利亚反对派击败，但反对派还没有占领一个大城市。各路叛军计划对省会拉卡发动突袭。

内战导致道路封闭，基本生活用品缺乏。对住在拉卡城里的人来说，情况越来越危急。这座城市位于沙漠地区，拥有幼发拉底河以南唯一一片肥沃的土地。目前这里粮食短缺，持续停电，这是阿萨德对反对派控制的城市的一种惩罚。

3月3日清晨，“叙利亚自由军”、“胜利阵线”和“沙姆自由人组织”进入拉卡。他们首先从北部攻入，然后从东部，最后从西部和南部依次发动进攻。快到天黑时，他们已经控制了拉卡市中心的大部分地区。哈菲兹·阿萨德的雕像被推倒时，人们高声欢呼。

一座城市怎么可能在几个小时之内就陷落了呢?

黎明之前，部署在城东的阿萨德政府军就离开了自己的阵地。部署在市中心的军队则撤退到城外的机场。政府军之间的协调能力如此之差，以致许多普通士兵直接弃城而逃。只有少数军官设置了路障，一直战斗到弹药耗尽。投降后，他们被关押起来，最后遭到处决，尸体被摆在中央广场上示众。

各路叛军瓜分了拉卡城。人们鱼贯而出，他们涌上街头，高喊着自由、民主和正义。

青年团体、妇女团体和剧团纷纷成立，未经审查的报纸也开始出版发行。省会还没有解放之前，拉卡省已经萌发了“革命”的种子，人们一直在为这一天搭桥铺路。律师协会、医生组织和各种党派纷纷成立，人们享受着自由精神。人们成立了一个革命市议会来管理预期中的无政府状态。阿萨德统治下不允许的一切，现在都在被逐一尝试。

不久后，阿萨德开始实施复仇行动。政府军发射的飞毛腿导弹摧毁了居民区，但人们只是清除废墟，埋葬死者，依然不屈不挠。人们自觉组织起来，打扫街道并重新给大家提供政府很久以前就停止的各种公共服务，发电机开始轮流运转，商店货架上也开始有货物。他们开放了通往土耳其的边境，叙利亚境内价格最低、质量最好的商品现在都出现在拉卡。市议会宣布拉卡市成为免税区，以前从未见过的商品开始出现在人们的视野里。此外，市议会还开设了一个专门售卖美国汽车的市场。这里变成了一个欢乐的城市。

后来，人们开始失踪。

首先是一些年轻的活动家，包括一名报纸专栏作家、一些把革命旗帜画在城墙上的年轻人、一名剧团演员、一名布道士、一名律师、一名医生、一名记者和一名作家。到了5月中旬，拉卡市议会议长被几个蒙面人逼入一辆汽车，此后再也没有露面。一名民兵组织首领因遭遇伏击而丧生，接着又死了第二个、第三个。是谁在幕后策划这一切？人们越来越感到不安，紧张局势开始加剧，大家开始互相指责，“胜利阵线”“叙利亚自由军”“沙姆自由人组织”等组织之间爆发了冲突。他们控制着拉卡市的不同地区。

没有人站出来为失踪和谋杀事件负责。人们都有自己的怀疑，但很少有人敢发表意见。黑旗开始在城市的一些地方飘扬。

除了阿萨德的人之外，人们想不到还有谁会镇压和威胁他们。

政府军刚被击溃，那些极端主义分子便开始通过新开设的“达瓦慈善会”办公点渗透到拉卡市。哈吉·巴克及时更换了他的手下。他刺探情报的人有一些之前曾是阿萨德政府的情报人员，一些是在当地民兵组织领导人那里失宠并渴望实施报复的人，还有一些仅仅是为了谋生的人。有记录可查的大多数人都只有二十岁出头，有几个只有十几岁。和以前一样，年龄大点儿的人都很谨慎。

名单列好之后，清除行动就开始了。首先除掉的是那些大声疾呼支持自由和民主的人，然后是所有可能会支持自由和民主的人。

恐怖又回来了。

当这些极端分子有了足够多的间谍，以及足够多的保护间谍活动的士兵时，阿布·巴克尔·巴格达迪宣布将“伊拉克伊斯兰国”改名为“伊拉克和黎凡特伊斯兰国”，即后来的“伊斯兰国”。

整个2013年夏天非常血腥。7月，失踪人口急剧增加，从最初的几十个发展到后来的几百个。从发现的尸体来看，有的人在生前遭到了残酷折磨，有的人头上有贯穿的弹孔，还有一些人则活不见人死不见尸。8月，自杀式人肉炸弹袭击了“叙利亚自由军”位于拉卡的总部。

当这些反政府武装轮番受到袭击时，它们之间并没有相互帮助。只要袭击事件不影响到自己，它们就装作视而不见。每个组织都认为“伊斯兰国”不会袭击自己。

2013年10月17日，即阿扬和莱拉乘坐航班前往伊斯坦布尔的那一天，“伊斯兰国”组织拉卡市的平民领袖、神职人员、教师和律师召开了一次被认为是谋求和解的会议，讨论了如何治理拉卡的问题。在出席会议的300人中，只有两名男子敢于批评极端分子的秘密接管，指责他们是绑架和谋杀事件的幕后黑手。

几天后，人们发现这两名男子中的其中一人被一枪爆头。他的亲朋好友都收到了一封附有被虐待的尸体照片的电子邮件，上面只有一句话："你为你的朋友感到难过吗？"

随后另一个人也失踪了。"伊斯兰国"知道谁跟谁是朋友，谁与谁有联系，谁的记录从伊斯兰教的角度来看是不清白的，谁加入了组织，谁有可能抵抗。一些持反对意见的人逃到了土耳其。拉卡的革命已经进入了尾声。

现在，控制叙利亚北部地区的是"伊斯兰国"和众多的民兵组织。在阿特麦，"伊斯兰国"已基本上完成了接管。

11月下旬，萨迪克站在镇上一扇蓝色的门前，敲了敲门。几天前，他从污水处理厂被放了出来。奥斯曼紧紧地抱着他，用有力的双臂使劲搂着他。

"感谢真主，你终于回来了！"

奥斯曼的母亲也跑过来拥抱着萨迪克。她的丈夫领着兰达，一瘸一拐地跟在后面，而其他女人则留在门后。

萨迪克最终被带上了一辆汽车，然后由法官的人开车带他离开了阿尔丹那。奥斯曼拿出茶、无花果和饼干招待他们。他们离开后，"胜利阵线"的人才露面。被称为"雄狮"的旅长哈姆扎眼里含着泪水说："那天，是我把你留在'伊斯兰国'那里的……"

奥斯曼的人想了解萨迪克被捕期间的全部细节。萨迪克把一切都告诉了他们：自己如何被关押在厕所里，如何被人用刀抵住喉咙，如何被判无罪释放以及随后几天夜里发生的事。

"当时，天快亮了，不过四周仍是一片漆黑，牢房里静悄悄的，我被屋里急促的脚步声吵醒了。我听到很低的说话声。现在怎么办？那三个爱折磨人的家伙又来了。他们还要继续折磨人？刚开始我以为他们要继续折磨那些受伤的可怜家伙，后来发现他们朝我走了过来。他们把我拉起来，按在墙上，给我戴上手铐，然后把我从房间里拖了出来。我试图反抗，试图大声喊叫，但嘴被他们给堵上了。就在那时，我注意到那个利比亚人不仅像往常一样拿着手枪，手里还拿着一把 AK–47 步枪。我被他们押着沿着走廊往前走，步枪的枪口压在我的肩胛骨之间。这时候那个厄立特里亚人说了一句令我害怕的话。'不，这是错误的！我不会参与的！'说完，他便停住了脚步。直到那时，我才意识到自己的处境是多么的危险。他们押着我沿着走廊往前走，我能感觉到枪顶在我的后背上，我希望其他卫兵能听到我的喊声。我被扔进了一辆车，不过车没开多远，只开到了另一栋楼前。我担心这是他们行刑的地方，在这里尸体很容易被转移，并且院子里也不会留下血迹。'你的生命结束了，'那个利比亚人在我耳边小声说道，'在行刑之前，我们通常会让死刑犯进行祈祷，不过你就不用了，因为你不是穆斯林……你是异教徒。'领头的那个胖子说：'往四周看看吧。这是你生前能见到的最后一个地方。'他接着说道：'我想以纯洁之身去面见真主，所以我会答应你死前的最后一个请求。叛徒，你有什么请求？'我对他们说：'我不怕死，不过请你们能尊重我一点儿。

我不想死的时候双手被绑在背后。’我继续说：‘手铐弄得我很痛。我已经不像你们两个那样年轻。’那个矮壮的人从口袋里拿出一把小钥匙，递给那个利比亚人，说：‘满足他最后的请求。’那个利比亚人摸索着用钥匙打开手铐，由于天太黑了，他看得不是很清楚。我右手腕上的手铐开了，但左手腕上的手铐还留着。当时，我的脑海里闪过几个字：自己救自己吧！”

萨迪克停顿了一下，接着说道：“我抬起手臂，快速用手铐击中了那个利比亚人的脸。他摇摇晃晃地失去平衡，但手仍然抓着我不放，我们一起倒在了地上。他用手掐住我的喉咙，我奋力掰他的手指。但他比我年轻，身体也比我强壮，我被压在那里动弹不得，我想，这下我真的完了。他压在我的身上，站在一旁的胖子开火了。几发子弹打在我们旁边的碎石上，那个利比亚人惨叫了一声。他的大腿被击中了。他松开了我，双手捂在伤口上，不停地哀号。子弹打碎了他的股骨，鲜血喷涌而出，他试图把血止住。我趁机抓起地上的步枪，撒腿就跑。一到外面，我沿着‘之’字形路线奔跑。我就这样不停地跑，不停地跑。”

奥斯曼和他的手下坐在床垫上，眼睛直愣愣地盯着萨迪克。

“然后呢？”

萨迪克停顿了一下，要了一支烟。一阵舒缓的感觉掠过他的全身。

“我朝橄榄树林跑去，不过树林里的树稀稀拉拉的，我很容易被他们发现，所以我继续往前跑，当时我最担心的是迎面遇到‘伊斯兰国’的部队。我不知道天亮之后会发生什么。东方的天空已经露出了一片鱼肚白，就在这时，我听到了前面有动静，我看到不远处有两个人影：一个老人和一个年轻人。他俩一副农民打扮，其中一人手里还拿着一支旧步枪。我别无选择，只好相信他们，朝他们的方向走去。”

“他们看见我时，立刻转过身来。当时，我手里还拿着那个利比亚人的 AK–47 步枪，他们一定把我当成了‘伊斯兰国’士兵。随后他们发现我的手腕上还挂着一副手铐，才明白我是逃出来的。他们迟疑了一下，然后示意我跟他们一起走。我跟着他们穿过一片农田，经过一个农场，来到山脚下的一片碎石处。那些石头之间有一道缝隙，乍一看有点儿像狐狸洞，但进去不远就发现里面还挺宽敞。‘躲在这里’，他俩对我说。他们曾对我说：‘你可以相信我们。’这两个叙利亚人，在这个地狱里受苦最深的就是他们。尽管如此，当你向他们寻求帮助的时候，他们依然选择帮助你。”

听到萨迪克说这话时，旁边的人点点头。

“那天晚些时候，他们又回来了。我请求他们带我去找阿布·哈夫斯，判我无罪的法官是我唯一的希望。一个索马里逃犯永远无法逃出‘伊斯兰国’的领地。我必须去向阿布·哈夫斯解释清楚发生的一切。那个年轻人脱下身上的衣服，那是典型的叙利亚农民的装束。然后，他把衣服一层层裹在我身上的，用红白相间的披肩遮住我的脸。我乔装成一个当地农民，离开了稀稀拉拉的树林，沿着公路走了几英里，来到了阿尔丹那。阿布·哈夫斯的工作地点在市中心，位于市政厅和一个市场之间。这有点儿像孤身入虎穴的感觉，但直接面见当权者总比在半路上被人抓住要好得多。从卫兵的口音可以听出，他们和法官一样，都是沙特阿拉伯人。他们领我进了一个等候室，房间的墙上挂着一面黑旗。过了一会儿，一个卫兵过来叫我跟他进去。看到我，阿布·哈夫斯似乎并不太感到惊讶。‘他们在找你呢，’他说，‘那个利比亚人已经死了。’那个胖子用枪打中了利比亚人的大动脉，但他们没能止住血。那个胖子诬告说我袭击了他们，然后逃走了。听到这里，我心里想，这下我可真的惹上大麻烦了。然而，阿布·哈夫斯只是耸了耸肩，对我说：‘任何一个人都是可以替换的。你可以顶替利比亚人的位置。你当过兵，知道如何保护自己。你应该加入我们。’我没有吱声。‘你有什么疑问吗？’他问道。这时，我突然感觉到阿布·哈夫斯把手放在了我肩上。他抓住我的腰，手顺着我的腿往下走，然后又量了量我的肩宽。‘量量尺寸，给你做制服。’他解释说。他还提出给我钱，给我一栋大房子。但我恳求他开车送我到这儿来。后来，他叫来了几个司机。我们开车径直通过了所有的路障，然后我就到这里了。”

萨迪克又要了一支烟，一个年轻人把一整包烟放在了他面前。“你知道我为什么会被抓进那个地狱里吗？我的女婿要我死。他想要我的命，这样我就再也救不了我的女儿了，”萨迪克说，“现在我们要想办法把我女儿给救出来。”

房间里一片寂静，大家都在等着别人先开口。

“我们需要好好制订一个计划，”奥斯曼说，“在此期间，你必须离开。现在不是继续寻找的好时候。这段时间很麻烦，对你来说也不安全。阿特麦几乎已经全部被‘伊斯兰国’占领了……”

当天晚上，一辆皮卡车停在了屋外，准备带着萨迪克经过那片橄榄树林前往边境。他刚登上车，奥斯曼在后面喊住了他。

“带着那玩意儿你是进不了土耳其的。”奥斯曼笑着指了指萨迪克肩上扛着的那支枪。

萨迪克从肩头解下枪，把它递给奥斯曼：“这是给你和你家人的礼物，好好保管。”

说完这话，萨迪克把头转向了大街那边。只见两辆车正全速向他们开了过来，车顶上飘着两面黑旗。汽车呼啸着向他们驶来。“完了，”萨迪克想，“我完了，一切都结束了。”他浑身一点儿力气也没有了。

汽车从他们身边疾驰而过，在更远地方的一个门口停了下来。一队蒙面人跳下车，夺门而入。

调查、监视、绑架、清除，计划仍在有条不紊地进行着。

第二十一章 回家

“你指使人去杀爸爸了吗？”

伊斯梅尔敲下这个问题发给了阿扬。父亲告诉伊斯梅尔自己被囚禁期间的遭遇后，伊斯梅尔十分震惊。根据父亲的意思，阿扬的丈夫对父亲被囚禁、折磨和谋杀负有直接责任。

阿扬没有回答这个问题。

越过边境进入土耳其后，萨迪克在哈塔伊待了几天，那几天他一直在考虑是回叙利亚继续营救女儿，还是先回家，等恢复好了再来。最终，他选择了回家休整。

飞机在奥斯陆机场降落后，他觉得自己像是被人用担架抬下了飞机。当从机场出发的火车快到桑维卡车站时，他百感交集。他上了一辆出租车，把地址告诉了司机，心想：“挪威人觉得我们这些移民对这个国家毫无感情，我却深爱着挪威。”

刚到家，萨拉、伊斯梅尔、贾布里勒和伊萨克紧紧地拥抱着萨迪克伤痕累累的身体。当天晚上，萨迪克躺在床上依偎在萨拉身边，觉得自己就像一个终于找到了母亲的孩子。

萨拉经历了一生中最糟糕的一段时期，比她经历的索马里内战更糟糕，比萨迪克决定前往挪威时更折磨人，比她刚到这个冰冷的国家时更难熬。最后一次与阿扬通话时，她恳求女儿跟父亲一起回家，结果发现阿扬已经结婚了，从那时起，萨拉的精神就变得恍恍惚惚。自那之后，她再也没有收到女儿和萨迪克的消息。她担心他们三个已经死了。也许他们三个都被人给枪杀了？也许他们的尸体被丢在了沙漠里，在烈日下逐渐腐烂了？难道她的儿子就这样失去父亲了吗？

她每天都担心儿童福利会的人会出现，把贾布里勒和伊萨克从她的身边带走。她必须让自己看起来像个能处理好一切事物的母亲。

最终，萨迪克打来了电话，她感到如释重负。萨迪克还活着！

但她很快又陷入了绝望之中：他只是一个人回来了，两个女儿仍待在那个危险的组织里。

“快打开电视！”埃拉发了一条信息。

那是 12 月初的一天晚上，晚间新闻刚刚开始。

“天啊，”伊万娜回了一条短信，“我刚刚知道这件事。”

“我也是，真是难以置信。我们明天是不是应该去看看她的家人？没别的目的，只是为了表示一下我们的关心。”埃拉问道。

“我不知道。我跟她的家人没说过几次话。我不知道是不是应该去。也许他们还想保持低调，不想张扬此事呢。”

“我明白你的意思了，”埃拉回答，“反正我也不知道该说什么好。”

之前她们三人一直是形影不离。而现在，埃拉成了一个乐队歌手，伊万娜马上就要去澳大利亚留学，阿扬则去参加“圣战”了。

在贝鲁姆，几个十几岁的孩子正躺在卧室里看新闻报道。在莱拉班级的脸谱网页面上，出现了新内容：

“莱拉受伤了。”

“身体？”

“是的，她中枪了。”

“哦，我的天啊！”

“新闻上说了吗？”

“是的。”

“一周前阿马尔告诉我莱拉中枪了，但我不相信。”

“《世界之路报》报道说，她们的父亲找到了她们。”

“感谢真主！”

“她们的父亲找到了她们，其中一人受了枪伤，是莱拉。”

“不！你说的是真的吗？”

“什么？”

“不是炮弹炸的。”

“玩文字游戏吗？”

“不……哦，该死。”

萨迪克回国后不久，挪威警察安全局便找他问话，想了解叙利亚境内不同民兵组织的大致情况，了解他们如何以及在哪里开展活动。与奥斯曼在一起的那段时间里，萨迪克已经了解了一些情况，并对“伊斯兰国”的监狱有切身体会。警察安全局特别关注在叙利亚的挪威“圣战者”的情况。萨迪克遇到过他们吗？

两个女儿离家出走之后，萨迪克曾去征求过盖尔·里普斯塔德（Geir Lippestad）的意见。里普斯塔德曾以右翼恐怖分子安德斯·贝林·布雷维克辩护律师的身份出现在公众视野里，同时也是萨迪克唯一听说过的律师，所以萨迪克便联系了他。里普斯塔德现在代表萨迪克全家与媒体打交道。他告诉挪威国家广播公司，等妹妹的伤好了之后，姐妹俩就会一起离开叙利亚。

希沙姆的好朋友、一个年轻的索马里小伙子听到这个消息后，感到非常惊讶：难道阿扬刚刚结婚一个月就要离开丈夫吗？

这个年轻人跟阿扬和希沙姆都非常熟悉，也是《古兰经》经师穆斯塔法的朋友。阿扬离开前，曾跟穆斯塔法通过信，他猜那些信件的内容与这次叙利亚之行有关。现在，阿扬和莱拉准备回来了吗？

他打电话给身在叙利亚的希沙姆确认这个消息是否属实。

“冷静点儿，兄弟，”希沙姆回答说，“不要相信你听到的那些话！”

“到底怎么回事？”这个年轻的小伙子问道。他曾经有两次机会前往叙利亚。第一次是希沙姆离开的时候，第二次是阿扬离开的时候，不过最后他还是选择留在了挪威。他是少数几个知道阿扬的计划的人之一，当时他还曾劝她要三思而行。他这么做倒不是因为不支持“圣战”——实际上他非常支持，只是他觉得在战斗结束之前，妇女不应该到那里去，他认为战区不是女人能待的地方，但阿扬不同意他的观点。

他告诉阿扬：“我再怎么想去，也不能丢下我妈妈不管。”

阿扬当时只是微笑了一下，回答说，她这样做既是为了她自己，也是为了她父母。

这个小伙子明白，如果自己就这样离开的话，他母亲会崩溃的。像萨拉一样，他的母亲也是个传统的索马里妇女，是虔诚的穆斯林，不过并不极端。去不去叙利亚是阿扬自己的事，她已经成年了，但当他发现阿扬还准备带妹妹一起去时，他确实有点儿猝不及防。

“希沙姆，好兄弟，到底发生了什么事？告诉我！”

“她父亲来叙利亚了，还威胁她，”希沙姆告诉他，“跟她说，如果她们不跟他一起回去，就会怎么样怎么样。阿扬不得不一而再，再而三地告诉他，她们想留在叙利亚，她们不想回挪威。”

“哦，好吧。”

“所以说，他现在说的一切都是谎话。”

“好的，好的。”

“阿扬拒绝和他一起回去后，他失控了。他威胁要杀了她，他说要亲手掐死她。卫兵只好把他从阿扬身边拉走。然后他大声喊道：不服从父母的下场就是死路一条。”

“哇！”他的朋友说道，“那么她们是不会回来了？”

希沙姆回答说：“没这个打算，她们不回去。”

“好吧，祝你们开心！”

在阿特麦，奥斯曼手下的那些年轻人对萨迪克感到失望，因为他没有救出女儿就回家了。他怎么能把她们留在“伊斯兰国”那里呢？他应该多待几天，再努一把力，而不是像这样前功尽弃。在他们看来，萨迪克的任务已经失败了。

11月中旬，就在萨迪克被监禁之后，这个边境城镇爆发了一场争斗。起因是“叙利亚自由军”总参谋部运送的7卡车武器。这些卡车准备从阿特麦出发，在全区范围内分发这些武器，但从“叙利亚自由军”分离出来的温和派伊斯兰组织“沙姆自由人组织”也要求分一杯羹。

争斗持续了几个小时，直到他们之间达成了和解。枪声平息后，趁着各派都在舔舐伤口之际，一队“伊斯兰国”士兵开车悄悄地进了城。他们把车停在“沙姆自由人组织”总部外面，然后猛冲进去。短暂交火之后，他们抓捕了“沙姆自由人组织”的领导人和他的几十名手下，然后开车把他们送到阿尔丹那，也就是萨迪克被监禁的那个地方。与此同时，装备精良的“伊斯兰国”战士开始在阿特麦设立检查站。

对此，“胜利阵线”选择袖手旁观，因为“伊斯兰国”只侵犯了“沙姆自由人组织”的领地。随后“胜利阵线”也遭到袭击，“伊斯兰国”很快便控制了进出阿特麦的各条道路，包括那个岔路口，“胜利阵线”只剩下了该镇几个不重要的地区。对于“伊斯兰国”的竞争对手们来说，失去因靠近土耳其边境而逃过阿萨德导弹袭击的阿特麦，是一个重大的战略损失。

取得控制权之后，“伊斯兰国”极端分子开始了清洗活动。男人被一个个抓了起来，女人则被警告在没有男性家庭成员陪同的情况下不得外出。他们还挨个商店搜查香烟和酒等违禁物品。大家都知道新当权的这帮人的所作所为，只得低声下气，唯命是从。

控制这个地区几个小时后，“伊斯兰国”又开始对大自然采取行动。一棵树身需 4 个人才能合抱的大橡树让那些“圣战者”感到很烦，他们认为这棵树看起来专横跋扈、目空一切，而且居民都来膜拜这棵树，这让那些“圣战者”感到非常不爽。就在占领这个城镇的当天下午，他们把那棵树给砍了，而那棵树的年轮有 150 圈。

“感谢真主，全能的主。人们总是膜拜它，而不膜拜真主。现在这棵树终于被除掉了。”一名“圣战者”在名为“我们的口号就是‘圣战’”的推特上如此说道。推特上还附带了一张照片：一个蒙面黑衣人手拿一把链锯，自豪地做出一个摆拍的动作，脚下躺着那棵被锯倒的树，巨大的树桩上还插着一面黑旗。

萨迪克回到贝鲁姆后不久，一个名为 justpaste.it 的网站上出现了一个帖子，发帖的是一个在叙利亚期间陪萨迪克一起寻找女儿的年轻人。这篇文章的标题是“两个加入‘伊斯兰国’的索马里裔挪威女孩那不为人知的故事”，作者署名是穆贾希德·杰兹拉维（Mujahid Jazrawi）。

> 你可能在媒体上看到过，两个来自挪威的索马里女孩（她们是姐妹）几个月前离开家人加入“伊斯兰国”以及她们的父亲前去寻找她们的故事。我们一度认为，她们是被某个帮派扣押了（从某种意义上说，她们是被一个披着伊斯兰教外衣的帮派给扣押了）。这其中有许多未解之谜，具体细节仍不为人知。今天，我们要给你们讲述一下其中那些不为人知的真实故事。我们希望这个警示能唤醒所有的姐妹。

这名年轻人说，萨迪克的女儿在挪威的家中留了一张纸条，上面写着：“你教给了我们‘圣战’的道理，现在我们要把它用到实践中去。”

“我们开始四处打听她们的下落，各个组织的‘埃米尔’也都下令让手下留意她们。她们的父亲告诉我们，这两个女孩被扣为人质，但不久之后，他接到了女儿打来的电话。”

杰兹拉维写道，兄弟们（他的战友）来到了一个预先约好的地点，以为是来谈释放那两个女孩所需要的赎金的事儿。当一个黑种人——一个尼日利亚人开车（车后座上还坐着两个女孩）出现在他们面前时，他们措手不及。“兄弟们上前拦住他，接下来是一番措辞激烈的谈话。那个尼日利亚人调转车头准备离开，兄弟们开火了。那辆车停在了“伊斯兰国”设在阿特麦的检查站，开车的那个人跟他们是一伙的，他向检查站的士兵求助。检查站的“伊斯兰国”士兵立即把兄弟们包围起来，枪战开始了。”

一个女孩被子弹打中了腿，大家一起去了阿特麦的伊斯兰法庭，结果被告知此案要在阿尔丹那的法庭审理。“到了法庭，女孩的父亲被告知说，他的大女儿已经在这个法庭上通过符合教法的合约嫁给了一名‘伊斯兰国’战士！随后女孩的父亲被监禁 12 天，其中 9 天被单独监禁，其间还被指控为土耳其间谍！女孩的父亲受尽了羞辱和残酷折磨，‘伊斯兰国’监狱长还威胁要杀了他。”

这个“胜利阵线”的战士声称，最终能决定这位父亲命运的是“一个好像是叫安奈迪奇的法官”。

“那位法官要求原告拿出指控这位父亲的证据，而告他的那些人却无法证明他叛教，也无法证明他是间谍。于是，法官裁定他无罪并认为应该放他出狱。这个裁决激怒了监狱长，他对这个裁决提出异议！”

回到阿特麦后，兄弟们在奥斯曼家里见到了这位父亲。

“我问他：‘你的女儿怎么样了？’他回答说：‘我什么都做不了，她们连跟我坐在一起都不愿意！’”

“我劝他别这么想，并答应他我们会保护他，会尽全力把他女儿救出来，但他拒绝了，并坚持要离开叙利亚。就这样，为了避免被杀掉，他回去了。”

这名年轻的士兵后来遇到了那个尼日利亚人。

“我们谈到了他跟那位父亲的女儿的婚事，我对他说：‘没有经过女孩父亲的许可，你怎么能与一个女孩结婚？’他回答说：‘她的父亲没有监护权，巴格达迪才是她的监护人！我们是通过合法的伊斯兰契约结婚的！’我费了好大一番口舌给他解释什么是父亲的监护权。后来，我就离开了，感觉这个人阿拉伯语说得不怎么好，还非常无知。”

这只是众多事件中的一起。“‘伊斯兰国’的头领们不断怂恿妇女往这里跑。他们告诉那些妇女，来这里是她们的责任，逼迫她们离开异教徒的土地，来到所谓的‘伊斯兰之家’和他们在拉卡的总部。”

圣诞节快到了。

萨迪克和萨拉每天都处在恍恍惚惚的状态之中。萨迪克天天睡觉。萨拉整夜整夜地哭泣。他们无所事事，把自己封闭起来，各自生活在孤独和悲伤之中。时间仿佛凝固了。有时候他们到了超市，却不知道自己为什么会来这儿。

他们的生活已经分崩离析，就连最简单的事情也变得不可控制。偶尔从混乱的状态中清醒过来时，他们会变得非常暴躁。以前，他们两人有劲都往一处使，现在则什么事都对着干。

萨拉打听到有一些去叙利亚的年轻人已经回家了，也听说有的孩子被从那里找了回来。有朋友告诉她，瑞典政府给瑞典的父母提供金钱、机票和护照等方面的援助，帮父母们把孩子带回来。另一个朋友说，瑞典父母在土耳其寻找孩子期间的所有费用，瑞典政府全都包了。

萨拉说："我想交出我的挪威护照，搬到瑞典去。"她指责挪威这个国家做得不够，边境检查人员没有及时阻止两个孩子，警察做事也太被动。

这一切都不怪她的女儿。如果不是这些人不作为，她的女儿是绝不可能离开的。

萨迪克的身体在挪威，心却在叙利亚。他还在休病假，仍然无法正常工作，现在不仅仅是因为肩膀上的伤了。

他整夜睡不着觉，不停地抽烟。有时他躺在那里稍微打个盹，就会突然从噩梦中惊醒，汗流浃背。他梦见自己又回到牢房里，感觉刀子抵在喉咙上，要不就是女儿在前面跑，他在后面追。贝鲁姆的融合教育主任伊赫拉克·尚曾看到萨迪克站在桑维卡购物中心的一个角落里自言自语，于是便过去看看萨迪克怎么回事。在一次由伊赫拉克·尚组织召开的移民家长会议上，他认识了萨迪克。萨迪克直愣愣地凝视着两人中间的某个地方，继续自言自语，对伊赫拉克·尚视而不见，仿佛他是个玻璃人。萨迪克说的是索马里语，中间夹杂着几句带索马里口音的挪威语，然后突然转身离开了大厅。不一会儿，伊赫拉克·尚又在停车场碰到了萨迪克。此时萨迪克已经恢复正常状态，友好地跟尚打招呼。伊赫拉克·尚停下脚步，问萨迪克近况如何。萨迪克跟他讲了自己去叙利亚的那段戏剧性的经历。

道别时，伊赫拉克·尚告诉萨迪克，有事就给他打电话，千万别不好意思。

一个来自桑维卡清真寺的熟人在萨迪克面前夸奖他的女儿。

“她们真是给了你们一份大礼啊，”那人说道，“她们的牺牲为你们全家进入天堂铺平了道路。”

萨迪克火冒三丈：“那送你的儿子们去吧！把他们送去！”

另一个朋友试图改变话题，但萨迪克仍然不依不饶。“除非你把自己的孩子送到叙利亚，不然就把嘴闭上！”

挪威开始下雪了，科尔斯山的山脊上很快就盖上了一条白色的“毛毯”。一年行将结束，萨迪克也要开始过冬了。

第二十二章　好男人

“伊斯梅尔，不，我们没有。这件事从头到尾就是一个误会。你和家里人都好吗？我们没有太多时间聊天，请快点回复！”

距离伊斯梅尔问阿扬是不是她和莱拉指使人去杀父亲，已经过去两周了，阿扬这才回复他。

阿扬终于上线了！伊斯梅尔又发了一个问题给她。“你要结婚了吗？在叙利亚结婚？”

阿扬马上回答道：“我已经结婚了。用 Skype 聊吧！你在哪儿？”

“我在学校。不知道是该高兴还是不高兴。”

“问题是大家都知道我们的情况了。”

“你这话是什么意思？”

“我们没有派人去杀爸爸。他说他正在与安全局和警方就我们离家出走的事进行合作。现在全世界都知道了。诽谤穆斯林是一件非常严重的事，所以法庭把他传去召开听证会。他们问了他许多问题，并试图弄清他是不是间谍。这与我们一点儿关系都没有，我们没有指使任何人。后来他被判无罪，然后就被放了。没有人要杀他。这就像挪威警察让你去警察局里协助调查案件一样，并不意味着他们要把你关起来，或者说想杀了你。因为他和警察有通信联系，他们以为他是个间谍。”

“他说他被人打了，不过不管怎样，我不在意这件事。我更担心你。”

“他告诉过你莱拉是因为他才被打伤的吗？”

“说过。打到脚了？”

“就因为他说我们被人绑架了，这不是真的。伤到腿了。他在哪里挨的打？”

“在牢房里。”

“伤到哪儿了？用什么打的？”

“打他的肚子了，用枪托。你为什么不去索马里？”

“我们可以去，但我们不想到一个伊斯兰教没有得到正确实践、教法也不普及的国家去。顺便说一句，我结婚了你该高兴才对，他是个好人。”

“我就知道会出这种事。”

“什么？”

“我知道你们俩都会在那边结婚。”

“哈哈，听着，我们跟爸爸的事无关。因为他，我丈夫的车被砸烂了，我们的衣服也被撕破了，莱拉还受了伤，‘伊斯兰国’自然要调查此事。”

“说实话，如果能让你们回家的话，我会很乐意到叙利亚去，即便为那些我不信仰的东西而死也在所不辞。”

“很遗憾让你这么难过。你的学习情况怎么样？”

“不好。”

“为什么不好？”

“总是分心，睡不好觉，总想着你们回家的事。”

“注意力集中点儿，伊斯梅尔，我们在这里很好！我们住在一幢漂亮的大房子里，还有一个漂亮的大花园。我还学会了开车。你千万不要相信我或我丈夫想要杀了爸爸。”

“你丈夫是谁？你在哪儿遇到他的？”

“通过朋友认识的。”

“你怎么能就这样结婚了呢？”

“他是个好人，这就是我嫁给他的理由。”

“爸爸妈妈觉得这么做没什么问题吧？”

“很不幸，他们不赞同。”

“脸谱网上有他的信息吗？他是叙利亚人吗？”

“不是，他也是从贝鲁姆过来的。”

“他以前结过婚吗？”

“没有。他就在我旁边，你想和他聊几句吗？”

“他叫什么名字？”

“要不要跟他谈谈？”

“他去过拉比塔清真寺吗？他是哪个民族？”

“你想和他谈谈吗？”

“就想问问他的情况，我在上课，没法说话。”

“希沙姆是厄立特里亚人，他没去过拉比塔。”

“希沙姆？”

“没错。”

“他姓什么？”

“希沙姆·阿布杜卡迪尔拉。妈妈不舒服吗？她怎么样了？”

“她的两只手腕都受伤了，其他的没什么。”

“你还有什么关于我丈夫的问题要问吗？”

“为什么……你去了叙利亚而不是厄立特里亚呢？”

“因为厄立特里亚的‘圣战’已经结束了，哈哈哈。”

“为什么不去索马里呢？”

“我来这里不是为了结婚的。”

“你就是去结婚的。”

“我没有。”

“我想你自己也知道真相是什么……这很明显。”

“随你怎么想吧。事实上我是来这里参加‘圣战’的。”

“那么你丈夫也打算去发动‘圣战’吗？嗯？”

“他比我来得早。”

“真的假的？”

“我们都参加了‘圣战’，他有时出去打仗。我们住的地方很安静，但我们能听到远处的战斗声。”

“你怀孕了……他偶尔要去参加战斗。听起来不错。”

“我没有怀孕。”

“想象一下，如果他发生了什么不测，然后呢？”

“那我就继续等，直到再找一个人结婚。”

“你还会嫁给另一个‘圣战者’？听起来很恶心。”

“挪威那边的人难道不也是结婚、离婚，然后再结婚吗？不要觉得这事儿恶心，伊斯梅尔，我们正努力在这里过正常人的生活。”

“他们会死的。等第一任丈夫死了，你会再去满足下一任丈夫？”

“我来这里是为了奉献自己的生命。不是为了当妓女。不要用这种话来羞辱我！”

“如果你不亲自去参与战斗，如果你住在一个和平的地方，那你就是为了去满足他们的。顺便问一下，莱拉怎么样了？”

“没事，她的伤快好了，不是很严重。”

最后，阿扬总结了她想说的几个重点：“第一，我们没有派人去杀爸爸；第二，除真主外，我们来这里不是为了满足任何人；第三，我们过得都很幸福。”

“就是不喜欢你要一次又一次结婚的想法。我并不反对你和某个人结婚，但当你知道他会在战争中被杀时，你却打算很快再找另一个人结婚。”伊斯梅尔写道。

“我现在嫁给了一个善良、优秀的男人，我非常爱他。在真主的保佑下，他将是我唯一的丈夫，我们会在一起，直到终老。没人知道自己什么时候会死。我也想象不出没有他生活会是什么样子的。我不会提再婚的事了。”

“我只知道一点，如果他经常去打仗，那他就活不长。”

“不是你说的这样，哈哈。他们不经常去打仗，呵呵。”

第二十三章　战利品

莱拉给伊斯梅尔发了一张照片。

那是一张打着石膏的脚的照片，下面写着一行字："哈，我是第一个被击中的。"

伊斯梅尔浑身哆嗦了一下。妹妹真是个白痴！她怎么能拿这样的事开玩笑？

后来莱拉在电话里告诉他，幸亏有真主的恩典，她脚上的伤已经痊愈了。

"回家吧！"伊斯梅尔对她说。

"不，你来这里吧。"他妹妹回答说，"我们有一幢可爱的大房子，有自己的院子，还有个花园……我们有一只花兔子、一只灰兔子和一只白兔子。它们把厨房搞得乱七八糟，还吃我们的面包。"

"爸爸冒着生命危险去找你们两个……你们却指控他是个间谍，并试图杀了他。"

"如果他真的是间谍，就应该受到惩罚。"莱拉简短地回答道。

"我们非常希望能够去帮助穆斯林，我们唯一能做到的就是去跟他们在一起，与他们同甘共苦。"离家出走之前，她们曾在信中这样写道，"正因如此，我们最终决定前往叙利亚，尽我们所能去帮助那里的人。”

但她们现在什么人也没有帮。有一段时间，希沙姆曾同意姐妹俩到医院去做义工。他开车送她们过去，然后再开车把她们接回来。

伊斯兰医院的管理规定导致大量雇员辞职离开。许多人逃到土耳其。那些医生以前从不会在工作期间放下手头的事去祈祷，现在却不得不每天做5次祈祷。护士在工作期间必须从头到脚都给蒙起来，并且男医生不能看女病人的脸。

阿扬和莱拉就在这样的环境里四处张罗，做点儿力所能及的事。

后来，希沙姆改变了主意。医院对她俩来说不是什么好地方，还是待在家里更好一些。

因为“女人出门的时候，魔鬼总是伴随在她的左右”。

莱拉班级的脸谱网聊天页面上又出现了一些新的内容：

“《世界之路报》说，莱拉有一个男朋友，她很可能是为了他才去了那里。你们知道她有男朋友吗？”

卡米拉：她总是说，由于宗教信仰的原因，她没有也不会找男朋友，但谁知道呢？

亚历山大：她太不爱交际了。除了她姐姐，她大概再没告诉过别人。

卡米拉：我们真不知道她是不是不爱交际，因为我们不知道她空闲时都在干什么。

弗里吉夫：哈哈哈哈哈哈哈哈哈，大实话。

亚历山大：她在课堂上不爱交际，从不参加学校组织的外出活动，在毕业典礼和乌尔里克家的聚会上也没有露面。

若阿基姆：我觉得这跟她爱不爱交际关系不大，更多的是宗教方面的原因。毕竟她在教堂里不这样。

弗里吉夫：不过，嘿，还是挺佩服她敢于这么做。

卡米拉：我完全同意你的观点，弗里吉夫，她真的很勇敢。

亚历山大：你在逗我吗？

弗里吉夫：逗你什么？听着……这件事可能很愚蠢，但她毕竟有勇气去做。

亚历山大：是的，但她不应该得到尊重。她做什么好事了吗？

弗里吉夫：她的确值得尊重，尽管这么做很愚蠢。她确实放弃了拥有的一切，跑去帮助那些素不相识的人。

亚历山大：我明白你的意思了，但从我个人角度来讲，我不佩服她。

莱拉以前的同学经常谈起她。

"实际上学校对她真的很好。"埃米莉在空闲时间对苏菲说。她们现在就读的鲁德中学是贝鲁姆最负盛名的高中。"莱拉可能觉得被冷落了，但话说回来，她说话也不是很随和。"

"对她好也没起多大作用，"苏菲说道，"不过她也不是什么坏人。"

埃米莉和苏菲一致认为，如果能去一所穆斯林学生多一些的学校上学，莱拉也许就不会这么难受了。

这两个女孩回忆起莱拉关于审判日的那些话。“这就像是一个十字路口，”莱拉对她们说，“一条路通向天堂，另一条通向地狱。”

“那么我最终会到哪里？”埃米莉曾问道。

莱拉回答说：“看你的穿着打扮，你没有把头发之类的东西蒙起来，并且还不是穆斯林，你会下地狱的。”

看到埃米莉惊恐的表情，莱拉稍微犹豫了一下，说道：“也许你会没事的。我们会为了你们牺牲自己。”

苏菲仔细回味了一下这些话。“她现在所做的一切，就是在为了我们而牺牲自己吗？”

埃米莉看着她说：“不知道，她到底在那边干什么？”她用手指捻着一绺头发，看着苏菲。“你觉得她是去那里做性奴吗？”

到了叙利亚的前几个月，阿扬和莱拉姐妹俩跟着希沙姆东奔西跑。他们先是住在伊德利卜省的阿尔丹那和塔巴卡，然后又搬到了阿勒颇省。2014年年初，希沙姆和阿扬一起搬到拉卡，“伊斯兰国”在那里取得了控制权。因为莱拉还没有找到合适的丈夫，再加上腿上的枪伤还没有完全痊愈，所以她也跟着阿扬和希沙姆一起来到拉卡市。

当地的民兵组织一个又一个被“伊斯兰国”击溃。整个城市到处飘扬着黑色的旗帜。

“伊斯兰国”想抓谁就抓谁。

任何时间。

任何地点。

理由五花八门。

牛仔裤被纳入禁品之列；妇女不准佩戴饰物；吸烟意味着有失去夹烟的那几根手指的危险；男子不准留长头发，但必须留胡须。大多数怀有自由愿景的人要么被杀害，要么就已经逃跑了。

这三个来自贝鲁姆的年轻人就住在一户人家的住宅里。自从这里的主人离开后，这栋房子一直空着没人住，不过里面生活必需品非常齐全：床上用品、毛巾、锅碗瓢盆、电器和电子产品，应有尽有。

除了一个名为“拉卡正在悄无声息地遭受屠杀”的小组织之外，其他不支持“伊斯兰国”的人都选择保持沉默，低调行事。这个小组在网上贴出照片，把“伊斯兰国”不想让世人知晓的那些事情捅出来。拉卡当地最有声望的几个部落领导人看清了风向，宣誓效忠阿布·巴克尔·巴格达迪。占领该市的“伊斯兰国”部队取代了阿萨德政府，开始了新一轮的恐怖统治。

一切都在按照哈吉·巴克的计划有条不紊地进行。

希沙姆是他的爪牙之一。希沙姆已经从一名普通士兵一步步爬上来，现在手下也指挥着一队士兵。早在2012年秋，他就来到了叙利亚，在这些人眼里也算是元老级的人物了。最初他加入了“胜利阵线”，后来找了个机会投身到了“伊斯兰国”。如果要成为真正的穆斯林，在这片神圣的土地上为“伊斯兰国”效劳，你就得调整一下自己的思想。如果你来自一个异教徒的国度，不管你多么博学多才，都会被视为异教徒。所有人都要从头开始学习，就像是初次接触伊斯兰教一样。对一些人来说，这些内容他们都很熟悉，而对另一些人来说，很多东西都是新的。希沙姆对讲授的内容理解得不是太深，因为他们都是用阿拉伯语和英语进行授课。在进行宗教教育之前，他们还要对这些胸怀壮志的“圣战者”的耐心进行一番考验，比如，让他们与其他新来的人坐在厨房里炖汤，或者什么也不说就让他们一个人单独待上数天。有些人确实被吓坏了。除了保持冷静、善打伏击、能屈能伸、服从命令之外，耐心也是从军生涯中至关重要的一个基本素质。一个优秀的“圣战者”血管里流淌的是冰水。

短短几个星期的耐心训练和宗教课程结束后，“伊斯兰国”的新人们便开始学习使用各种武器。

占据“伊斯兰国”最高层的那些人都要经过精心挑选。像阿布·巴克尔·巴格达迪一样，大多数高级军事领导人都是伊拉克人，因为“伊斯兰国”首先是一个伊拉克组织。沙特阿拉伯人在法庭上担任最高职位，突尼斯人次之，来自海湾国家的阿拉伯人通常在情报部门工作。许多拥有宝贵游击战经验的车臣人在军队中担任中级领导职务。

尽管存在这种特意设定的等级制度，人们仍有很多晋升的机会。一些没有管理经验、在西方国家生活时也没有太多工作经历的年轻人被安排到了领导岗位。希沙姆就是其中之一。

年轻的穆斯林男子之前就曾到各地去参加“圣战”，比如在阿富汗、伊拉克、波斯尼亚和索马里。从这个角度来看，希沙姆是其中的老手了。现在出现的新情况，一是参战者流入的速度越来越快，二是参战的女性越来越多，许多女孩只有十几岁。截至2013年秋，叙利亚境内约有3 000名来自西方国家的参战者，其中有数百人是女性。

是什么让这些年轻女性离开亲朋好友，甚至放弃学业前往战区？

总部位于伦敦的战略对话研究所的一组研究人员试图在推特和博客上找出这个问题的答案。很多女性在这上面解释自己出走的原因。根据洞察，研究人员总结了以下三个主要原因。

第一个原因是，伊斯兰团体受到攻击。西方国家想清除国内的伊斯兰教，把穆斯林驱逐出境。

这场冲突被认为是一场更大规模的反伊斯兰战争的一部分。这些女孩子上传了巴勒斯坦、叙利亚和阿富汗的死伤儿童的照片。这些照片大部分都是黑白的。2014 年在推特上最活跃的乌姆·哈塔卜（Umm Khattab）表示："要么站在信仰者的阵营，要么站在不信仰者的阵营，你不可能处在两者之间。"和其他人一样，她也使用笔名进行写作。许多女性把阿拉伯语的前缀乌姆（umm，意为"母亲"）放在笔名的开头。乌姆·哈塔卜的观点是穆斯林无法在西方国家立足。

第二个原因是，她们渴望建立"哈里发国"。很少有女性抱着参战的目的到那里去。那些为参战而去的女性普遍感到失望，因为"伊斯兰国"不允许女性上前线，打仗是男人的特权。只有那些加入女警行列，负责监控道德规范的女性才会接受武器训练。她们肩扛卡拉什尼科夫自动步枪在拉卡的大街小巷四处巡逻。

到那里的女性大都怀着建立一个基于伊斯兰教法的新社会的想法。那是一个理想中的纯洁国家，是极端主义者的天堂。有些人是响应号召，前来帮助那里的人；有些人是想到那里结婚生子。许多去那里结婚的人之前从未交过男朋友。

第三个原因是，个人责任和身份认同。在地球上履行你的宗教责任，可以使你在天堂获得一席之地，甚至可能会使你得到一个不错的位置。有人写道，她们根本不想活在这个世界上，她们渴望后世。和阿扬一样，乌姆·哈塔卜引用了“圣战分子”的一句口头禅：我们热爱死亡胜过热爱生命。

很多人在推特上表示，她们其实更多的是在寻找一种归属感。许多人讲到了她们在叙利亚感受到了真正的姐妹情谊，而不是在西方国家中感受到的虚情假意。

乌姆·伊哈布（Umm Irhab，意为“恐怖之母”）写道，她的本意并非是为了寻求更美好的生活。她此行的目的主要是进行耐心和苦难方面的锻炼。她认为这些考验能让她弄清天堂的真义，并进一步发现天堂是否值得一去。不过，她们并非只有在天堂里才会因遵循真主的道路而得到奖赏。她们也可以在此生得到自己想要的东西，比如一个勇敢、高贵的丈夫。如果真主愿意，她们甚至可以得到另一种赏赐：做殉道者的妻子。

这些未婚女性被称为“移民”，到那之后，先是被安置在一个名为“马卡”的旅店里。未经允许她们不得外出，在万不得已的情况下，也必须有人陪着才能出去。如果有什么需要，她们就去找管理员。那些已经到达的人向那些准备来的人告知这里的情况。在社交媒体上最活跃的人之一——“狮子之母”乌姆·莱斯（Umm Layth）写道：怀着正确的目的来这里非常重要。“实际情况是，没有男人陪伴，要想在这里待下去是非常困难的。”她进一步解释说：“之前我在推特上已经强调过这一点，我真的希望姐妹们放弃来叙利亚却不在这里结婚的念头。‘移民’想在这里生活下去很不容易，我们在很大程度上要依赖兄弟们的支持。在这里，你不可能像在西方国家那样，可以悠闲自在地去沃尔玛逛逛，然后再开车回家……”

一般来说，她们结婚的速度很快，通常是在到达后不久就结婚。婚后她们就会根据丈夫的地位分到相应级别的住所。

一名自称“天堂之鸟”的马来西亚妇女嫁给了一个素未谋面的摩洛哥人。她从生活成本的角度来描述那里的生活：“1. 在这里我们不用付房租，房子是免费分配的。2. 不用付水电费。3. 我们每月都能分到各类生活用品：意大利面、面粉、罐装食品、大米、鸡蛋等。4. 每月津贴不仅发给丈夫，妻子和孩子也都有。5. 体检和药物治疗都是免费的，费用都由‘伊斯兰国’承担。”

“狮子之母”觉得自己理所应当得到这些福利待遇：“因为我们牺牲自己的利益来到这里，我们得到了回报，获得了战利品。说实话，当你得知从异教徒那里夺来的一些物品，经由真主之手，以礼物的形式分发给你之后，心里还是非常高兴的。这些东西包括厨房用具，如冰箱、炊具、烤箱、微波炉、奶昔机，还有吸尘器等清洁用品和风扇。最为重要的是，‘伊斯兰国’给你提供免交水电费的住房，并且还不收租金。”

乌姆·奥比达（Umm Ubaydah）分享了她的观点：“一切赞颂，全归真主。赞美真主，他们提供食物和衣服，今天我们领到了新鲜的面包。”

供电可能是免费的，但电力供应是时断时续的。正如一个妇女说的那样，你不能指望可以随时给你的手机充电，必须提前准备好蜡烛和手电筒，你还必须得学会用手洗衣服，“因为在这里，你不要指望能用上洗衣机”。

阿扬和莱拉也忙着宣扬“伊斯兰国”。离家出走之后，阿扬曾给伊斯梅尔发信息说：“我们在这里不用工作就能拿到钱。嘻嘻。住房子不用花钱，用电不用花钱，用水也不用花钱。”

那么，人们对女性的期望又是什么呢？

乌姆·奥比达说得很清楚：“对一个女人来说，最重要的是做个忠贞的妻子，抚养正直的孩子。”

对另一些人来说，整个经历却令人失望。这里已经成了世界上最臭名昭著的城市之一，当众斩首已经成了一种娱乐活动。然而，即便在这样的一个城市里，家庭生活也可能变得枯燥无味。不过，很少有女性承认，她们对哈里发的期望并不只是干家务活，那些表示不满的人很快就会被其他穆斯林姐妹取代。

乌姆·莱斯写道：“尽管有些日常工作很平凡，但为了真主，你仍会珍惜在这里的每一分钟。我向真主发誓，我遇到过很多这样的漂亮女性，她们在这里度过的每一个日日夜夜都很幸福，因为她们在为‘圣战者’做饭。”

相当一部分博主的文章更像是在展示厨艺，而不是在报道战争。一名女性在博客上发布了她烤的蛋糕的照片，蛋糕旁边还放着一枚手榴弹，配文写着：“我和奥利奥奶酪蛋糕。”从她们展示的资料来看，许多女孩不过十几岁，不久前还过着普通的少年生活。有一段时间，巧克力酱风靡一时，她们的男人们把巧克力酱瓶子、卡拉什尼科夫自动步枪和手榴弹一起拍的照片发到了网上。许多年轻战士爱吃甜食并在网上贴出拉卡各家面包店摆满食物的货架照片。

一些网站专门为“圣战者”提供各类食物和零食的做法。这些食物的做法通常很简单，并附有插图。一个名为“黎明”的妇女团体网站上用一系列照片展示了一种食物的做法：鸡蛋打到碗里，糖放进碗里，鸡蛋和糖混合在一起，加一勺盐、一杯牛奶、一杯面粉，把所有东西放在一个大碗里搅拌，最后一张照片上显示的是一个煎锅。“姐妹们，你们可以做这种薄煎饼，在战士们赶赴战场的时候给他们带上，留着路上充饥。我们向真主发誓，这食物对英雄的身体有好处！”

这种煎饼可以和蜂蜜、糖浆、糖、黄油、果酱或巧克力酱一起食用。

尽管有相当多的女性说她们思念家人，也明白自己给家人造成了各种担忧，但她们很少在网上对自己的选择表示遗憾。每当想到自己离家出走的行为时，她们最害怕的就是伤害到父母，特别是母亲。有一个女孩想到自己把母亲一个人丢在家里，感觉很痛苦，因为她的兄弟姐妹都已经各自成家了。“我问自己这样做是否正确，不过我告诉自己，我迟早都会结婚并离开她。”

乌姆·莱斯总结道：“离开之前的家庭，换来了一个新的家庭，这就像扔掉了贝壳，得到了珍珠一样。”

在与母亲简短的通话中，阿扬和莱拉几乎没有流露出任何感情。她们还因未能正确处理此事而怪罪自己的父母。

“你们选择报警是个天大的错误。”在一次通话时，阿扬告诉母亲：“现在大家都知道我们的事儿了。如果我们回到挪威，会被警察抓起来的。”

萨拉看到了一丝希望。这话是不是意味着女儿们终于想要回家了？

“我们可以帮你——”

阿扬打断了她。她说那话当然不是这个意思。

“妈妈，你们可以来这里！你，弟弟们，还有爸爸都可以来。我们张开双臂欢迎你们。‘伊斯兰国’很快将接管整个世界，所以早来比晚来要好。要赶在其他人的前面。”

有一天，萨迪克接到一个陌生电话。同往常一样，他的心猛地揪了起来。女儿们已经很久没有跟他联系了。然而，听到电话里传来一个男人的声音，他的心一下子沉了下去。

电话那端的人很有礼貌地用略显正式而又断断续续的索马里语向萨迪克表达问候。

他自我介绍说他叫伊姆兰（Imran）。此人听起来很年轻，好像只有十几岁。

他说他现在在拉卡，想请萨迪克同意莱拉嫁给他。

萨迪克站了起来，不知道该怎么说才好。他的大脑飞快地运转起来。一个素不相识的年轻人在请求萨迪克把女儿嫁给他。

“叫莱拉给我打电话。”萨迪克说。

莱拉的电话马上打了过来。

“你喜欢他吗？”萨迪克问。

“喜欢。”

"他对你好吗？你爱他吗？"萨迪克继续问道。

"是的。"莱拉回答。

"如果是这样的话，让他父亲给我打电话。"

后来，给萨迪克打电话的是伊姆兰的母亲，因为他父亲已经去世了。

"你和我妻子说吧。"萨迪克告诉她。

男人和男人谈，女人和女人谈。即使其他规则都被破坏了，有一些规矩还是要讲的。

在伊姆兰的母亲打来电话之前，莱拉也和母亲谈过话。母亲只问了她一个问题。

"你现在和他一张床睡觉吗？"萨拉问。

"没有，你疯了啊！"莱拉回答道。

"好吧，很好。你可以嫁给他。"

伊姆兰是英国人，有索马里血统。伊姆兰的母亲告诉萨拉，他在学校成绩很好，什么技术活都干得很好，还是个电脑奇才。他是家里最小的儿子，父亲去世后，一直和母亲相依为命。有一天，18 岁的伊姆兰把母亲的冰箱装满了食物，然后在公寓的楼梯上来来回回跑了好几趟，把一袋 40 磅重的大米、几袋意大利面和一桶食用油整整齐齐地放在储藏室里。

然后，他就去了叙利亚。

萨拉和萨迪克决心好好对待伊姆兰。当然，这不仅仅是由于他正式向莱拉求婚。他们安排伊姆兰的哥哥代表弟弟来到挪威，萨迪克作为莱拉的监护人。婚礼在奥斯陆举行，他们将代表这对儿新人，在一位"伊玛目"的主持下举办婚礼。

现在，萨拉和萨迪克在“伊斯兰国”里有两个女婿了。

2014 年年初，阿特麦和伊德利卜省其他地方的民兵组织计划发动大规模攻势，夺回前一年秋天被“伊斯兰国”夺取的领地。它们已经受够了。不同的组织不断与“伊斯兰国”达成合作协议，但“伊斯兰国”从未打算遵守与它们达成的任何协议，它想单独统治这个地方。2013 年 12 月，“伊斯兰国”诱使一位著名的反对派领导人前去谈判，最后却把他抓起来折磨致死，“伊斯兰国”做得太过分了。这事促使“叙利亚自由军”和“胜利阵线”最终联合起来，它们向“伊斯兰国”控制的几个阵地同时发起进攻，从而使“伊斯兰国”小规模部队快速作战的优势无法发挥。

经过几个星期的战斗，“伊斯兰国”被赶出了阿特麦、伊德利卜省的大部分地区、哈马和阿勒颇以东地区。1 月底，反对派武装袭击阿勒颇城外的塔勒里法特时，哈吉·巴克决定隐姓埋名继续留在该镇。如果他亮出自己的身份，本可以进入戒备森严的“伊斯兰国”军营，而他却选择悄悄地待在家里。几个小时之内，这个城镇被两拨人马占据，这名“影子之王”发现自己待错了地方。

哈吉·巴克最终被人告发。

“隔壁住着一个‘达伊沙’酋长。”一个男人冲一支叛军巡逻队高声喊道。

当地军事指挥官敲门时，哈吉·巴克穿着睡衣打开了门。他说他想把衣服穿上，但指挥官命令他从房子里出来。哈吉·巴克向后一跳，一脚把门踢上，大声喊道：“我身上有自杀式炸弹！”随后，他拿出一把卡拉什尼科夫自动步枪冲了出来，结果被当场击毙。巡逻队搜查了整栋房子，电脑、手机、书籍和笔记等物品统统被没收。他们在几块满是尘土的地毯下发现了“伊斯兰国”的蓝图。

这名“影子之王”被掩埋在镇外某块焦土之下，四周是低矮的混凝土板和野生的红罂粟，远离了他心爱的伊拉克。

“伊斯兰国”感到了压力。在伊德利卜省击败极端分子的反政府武装打算夺取拉卡，于是“伊斯兰国”部署了大量兵力保卫该市。拉卡遭到火箭弹的密集攻击。交战双方均损失惨重，战斗还致使大量平民死亡。

萨迪克一家几个月都没有收到两个女儿的消息。

到了春天，莱拉终于打破了沉寂。

“哥哥，哥哥，你们的情况怎么样？”3月中旬，她用“法蒂玛·阿卜杜拉”的账号给伊斯梅尔发信息。“嗯，告诉你们我们的最新情况。我们一切都好。这段时间我们搬了很多地方，不过现在已经安顿下来。我们没有汽车了，所以很难找到上网的地方。这边没有信号了，所以也没法给你打电话。这段时间这边很乱，不过我们还活着。告诉爸爸，我很抱歉上次和他通话时挂断了电话。我们压力很大，当时离开得非常匆忙。我们并非故意不跟他说话，只是因为当时的情况不允许我继续说下去。你要知道，我们这边并不是随时都能上网，也不是每时每刻都有手机信号。有时即使能上网，我们也没法聊天。顺便说一句，我腿上的伤疤太难看了。石膏已经取下来了，我开始慢慢试着走路，不过这真的很难。我都不记得以前是怎么走路的了，哈哈。”

伊斯梅尔很难理解，在连续几个月的沉默之后，莱拉竟然用如此轻松的语气与他联系。就像她们只是周末去旅行了，只不过失联的时间比想象中的要长一点而已。

“你跟爸爸妈妈说吧，别跟我讲。”伊斯梅尔回复道。

“这话是什么意思？”两天后阿扬回复道。

她接着妹妹的话继续聊了下去。聊天的时候网络经常被切断，然后几天或几个星期后才能重新联系上对方，中间的这段时间好像处于真空状态。

“我不想再操这份心了。如果你俩不打算再见到我们，那干脆从现在起就不要再联系了。就这样。”伊斯梅尔回答。

“我们当然想见你们。这边很多人的父母从世界各地赶来看望他们。”

“我们不会去叙利亚的，我希望你能认识到这一点。”

“如果你真的想来，我们会热烈欢迎。”

“去叙利亚？”

“为什么不呢？”

“我现在还不打算死。你不想离开叙利亚，我们也不想去那里。”

“随便吧，迟早还是得来。你的情况怎么样？”

“阿扬，我很爱你们。但你们两个就像压在我胸口上的大石头，让我喘不上气来。”

“为什么？”

“我建议你和妈妈联系，因为我现在已经不关心你们的事儿了。

再见，永别了。”

“你是我的弟弟，所以不要跟我断绝联系。你必须关心我！”

“在我拉黑你并把你从我的生活中抹去之前，你还有什么要说的吗？”

“伊斯梅尔！够了！我们是一家人，你想把我们甩掉吗？我们很想去土耳其和你见面，但我们不能冒被遣送回家的风险！考虑一下来这里看我们吧，瑞典那边也有人来过，并且安全地回去了。你太懦弱了！以前的你可不是这样的，伊斯梅尔！”

“现在对我来说，你跟路人没有什么两样。你什么都不是。”

“我们真的需要你的支持。”

“以前我有两个非常好的姐妹，但现在我有什么呢？法蒂玛？”

“你有两个比以前更好的姐妹，她们比以前更坚强，也更聪明。”

“我会确保贾布里勒和伊萨克不会步你们的后尘。以前我尊重宗教，但现在我受不了它了。”

“你冷静一下。奉真主之名，你和他们都要跟上我们的步伐！你应当敬畏真主，不要试图误导小孩子。”

“一派胡言，再见！”

过去从未尝试过的事情正在发生：在现代社会中建立一个“哈里发国”，人们以古代的一切作为行事指南。先知穆罕默德是他们的偶像，妇女们则从先知的妻子们那里寻求灵感。先知有 12 个妻子。《古兰经》第三十三章中写道：“先知对信士们的权利，重于他们自身的权利，他的众妻，是他们的母亲……”如果这个计划要继续下去，妇女将在其中发挥重要作用。没有妇女就没有后代，没有后代国家就不会长久。

失去叙利亚西北部的领土后，“伊斯兰国”开始越过农村地区向东发展。阿萨德的雕像曾经矗立的地方，被烧毁的清真寺的废墟上，被炸毁的什叶派穆斯林的圣殿中，到处都插上了黑旗。

根据丈夫职务的需要，阿扬和莱拉姐妹俩在“伊斯兰国”的领土上东奔西跑。尽管如此，她们在现实生活中的角色依然没有变：家庭主妇。

这种生活对姐妹俩倒是没有太大的影响，而伊斯梅尔却越来越觉得这样活着实在没意思。整个冬天，他一直处于惊恐、愤怒、失望和沮丧之中。有时，他好不容易振作起来，不再想自己的姐姐和妹妹，这时总会有一封新的电子邮件、一条短信、一个电话或者视频申请来打扰他。

“你准备好考试了吗？你申请继续深造了吗？你还在健身吗？”5月初的时候，阿扬问道。

和往常一样，从她的话里根本看不出她生活在战区。伊斯梅尔回复说，第一场考试是在星期五，他已经申请了挪威北部的一所技术学院，因为没钱买公交车票，他去健身房的计划泡了汤。

“当心野生的驯鹿。”阿扬提醒他，并补充说，北部可能很少有黑种人，不过那里有很多萨米人。

伊斯梅尔没有理会姐姐的话，而是像往常一样，直接说出了自己的想法。

“我想断绝联系的原因是，我发现很难与这辈子可能再也见不到面的姐妹相处。”

阿扬总是对这个问题避而不谈。

“我喜欢现实点儿，”伊斯梅尔继续说，“如果你们不打算离开叙利亚，我也不打算去那里，那我们就再也不会见面了，事实就是如此。如果一年之内我们不能见面的话，我就不会再跟你这么舒服地聊天了。”

4天之后阿扬才回复了他，这一次又是在深夜。

“你从哪里感觉到咱俩的聊天很舒服？我们是兄妹关系，仅此而已。妈妈不也是每隔4年才跟她的兄弟姐妹见一次面吗？”

直到凌晨4点，伊斯梅尔才结束了毕业派对，摇摇晃晃地走回了家。他回答道：“至少他们还见面！”

谈话就这样断断续续地进行着。姐妹俩告诉他，除了酷热之外，这里的生活可以说是棒极了。她们已经习惯了挪威的夏天，对沙漠的炎热毫无准备。她们关心最小的弟弟伊萨克是否适应学校的生活，总是问“他有朋友吗？”或者问问他的脚的情况。因为伊萨克的一只脚比另一只略短一些。她们还问贾布里勒是否对她们留给他的iPad感到满意，是否还在学空手道。“不，他不学了，家里付不起学费了。家里所有的钱都花在营救你们上了。”叙利亚之行让萨迪克负债累累。他们不能再开车，因为欧盟地区车辆检测的费用非常昂贵。而姐妹俩回答说，她们确信真主会把这件事和其他事情一并处理好。

阿扬上网的时间总是不定，但一般都是在晚上10点到11点之间。5月中旬的一个晚上，她又上线了。

“你在家吗？”

“是的。不过我要上床睡觉了。”

“不要，视频聊天，赶快上网，然后把家里人都叫醒！”

“不行，明天还有考试，晚安！”伊斯梅尔给她发了个竖起大拇指的符号。

三天后，阿扬再次请求视频聊天。

“你为什么老是这么晚才上线？”伊斯梅尔问。

“再早我没空。”

“我明天有数学考试，所以我得睡觉去了。”

“很快我就会告诉你一些激动人心的消息。”

“……好吧，晚安。”

“你真是个白痴。好好睡吧！”

一周后，她又像往常一样，在晚上10点到11点之间上线了。

“嗨，希望你考得不错！”

“嗨，感觉还行。”

“很好，你还抽到哪些考试科目？你想学什么？”

“我抽到了数学。我想抽到计算机，但我总是抽到不喜欢的科目。”

“我也讨厌这种情况，抽到那些我不擅长的科目。”

“考挪威语口语和写作的话应该没问题。”

“安拉，放轻松。有哪一科需要参加口语考试的话，提前告诉我，也许我能帮你。”

“我会的。”

“我问你，爸爸出什么事了吗？”

这次轮到伊斯梅尔不说话了。没错，萨迪克确实是出了点儿情况。他变得非常孤僻，每天沉浸在自己的世界里，对周围的一切都不感兴趣。在萨迪克眼里，伊斯梅尔的所作所为似乎跟他一点儿关系都没有。他从来不过问儿子的任何事情，学校里的情况、朋友、考试、暑假计划、明年的安排，什么都不问。伊斯梅尔不仅失去了两个姐妹，还失去了父亲。萨迪克几乎把所有的时间都花在电脑上，每天登录各个阿拉伯网站，浏览与拉卡、“伊斯兰国”和联军轰炸有关的新闻。

伊斯梅尔在他眼里就像是空气一样，不在家的那两个人才是他最关心的。

萨迪克幻想着用不同的方法把两个女儿救出来，但有一个问题：她们根本就不想让他营救。

再到拉卡去，强迫她俩跟他回家。不，这样做行不通。

首先，她们得认识到自己的过错才行。

“你俩能不能严肃地考虑一下离开那个魔窟？”女儿打电话的时候，萨迪克问她们。

他大声训斥她们，直到她们挂断电话，然后她们就悄无声息好长一段时间。她们从来没有把电话号码告诉家人，因此家人无法跟她们取得联系。通不通话，全看她们两个人。

他已经指示里普斯塔德告诉媒体，小女儿的腿痊愈之后，她们就马上动身回家。萨迪克指出，她们并非自愿，而是被强行扣押在那里的。

他告诉人们，在他去桑维卡图书馆的路上，莱拉突然打来电话，说她已经从丈夫身边逃了出来。萨迪克冲进图书馆，用谷歌地图查找拉卡的位置，按照她说的标志找到了她所在的位置。他在图书馆里指示她到一座清真寺旁等着。她在那里找了一条长凳坐了下来。与此同时，他打电话给一个叙利亚朋友，请他派人去接莱拉。萨迪克对人们说，奥斯曼照他的话去做了，现在莱拉正藏在一个有两个小孩的年轻寡妇家里。不久后，阿扬也赶到了莱拉的藏身之处。她俩现在正在躲避丈夫的追捕，等待救援。萨迪克向那些听故事的人保证，他所说的一切都是真的。但到了春天，她们藏身的那栋房子被炸了……

如果有人接着往下问，萨迪克会详述其中的细节。

当时，两个小孩正在院子外面玩儿，这时一架满载桶装炸弹的直升机出现在房屋上方。母亲冲了出去，一手抓起一个孩子，转身往屋子里面跑。当时，那架直升机就在她们正上方，直接将炸弹投了下来。随着一声巨响，母亲和她的两个孩子都不见了。

姐妹俩当时正在房间里坐着，因此没有受伤。

房门被气流冲开了。

她们不能再在这里逗留。

两个女儿冲出了房间。

现如今，他也不知道她们的下落。

但实际情况是，她们选择了没有父亲的生活。

此时此刻，她们正在拉卡摊煎饼。

煎饼做好了，她们在上面撒上一层糖。

第二十四章 《赛克斯－皮科协定》的终结

2014年6月初，发生了一系列震惊世界的大事。已故的哈吉·巴克的主要目标是东征伊拉克，现在到实现这一目标的时候了。

2014年6月5日上午，一支大型军车车队从叙利亚出发，越过边境，朝伊拉克古城萨马拉挺进。萨马拉坐落在底格里斯河东岸，距离巴格达仅60多英里。这里一度是哈里发帝国阿巴斯王朝的首都，什叶派伊斯兰教最神圣的圣地之一，阿斯卡里清真寺就位于此地。萨马拉的街道布局和城市建筑可以追溯到9世纪，战争正在将这些世界遗产置于危险之中。

自杀式炸弹袭击者为坦克和步兵扫清了道路。一辆装满炸药的卡车炸毁了一处警察局，随后极端分子向市中心冲去。当天下午，萨马拉市里的各处伊斯兰建筑上便飘起了黑旗，但这种情况没有持续太长时间。几个星期前，为了保卫巴格达及其周边城市免遭逊尼派“圣战分子”的袭击，4个装备齐全的伊拉克陆军旅已经在此严阵以待。经过一下午的激战，在伊拉克直升机的攻击下，那些极端分子被迫撤离了萨马拉。

第二天，5名自杀式炸弹袭击者袭击了伊拉克第三大城市摩苏尔的一个大型军火库，“圣战分子”控制了里面的所有物资。这次攻击行动协调得非常好。几个月前，“伊斯兰国”就已经派人渗透到这个城市了。这一次，提前潜伏进来的杀手也接到命令，参与了进攻行动。自杀式爆炸、城市外的进攻行动和城市内的各种骚扰行为同时进行，塑造出了“圣战分子”人数众多的假象。事实上，他们只有 1 000 多个人，而摩苏尔有 15 倍于他们的军队，至少从报道来看是这样的。伊拉克政府将保卫巴格达附近的城市作为首要任务，总理努里·马利基对库尔德领导人关于摩苏尔即将遭受袭击的警告充耳不闻。

看到美国人培训的伊拉克士兵脱下军服狼狈逃窜，国际社会大跌眼镜。最先弃职而去的是伊拉克军队将领，他们没有给下属军官下达命令就自己先跑掉了。这些身处高层的人知道军队的处境是多么糟糕，因为他们克扣了本应用于购买弹药的资金，随便给几个钱把士兵们打发回家，然后把军饷据为己有。在马利基领导下，伊拉克腐败成风。马利基推行的政策把伊拉克的所有实权都交到了什叶派穆斯林手中，结果就是把逊尼派各部推到了伊斯兰极端主义者的怀抱。

截至 6 月 9 日，极端分子已经控制了摩苏尔的警察局总部、机场和大量公共建筑。他们缴获了各类坦克、装甲车、皮卡车和数百个武器装备，很多武器上面都贴着“美国制造”的标签。几个小时内，这些军事战利品就越过边界，被安全地运到了叙利亚。摩苏尔最大的监狱里的囚犯全部被清空了。600 名什叶派穆斯林在附近的一处峡谷内被处决。逊尼派穆斯林得到了与“伊斯兰国”并肩作战的机会。第二天，“伊斯兰国”控制了整个摩苏尔。

不过数天，逊尼派“圣战者”便进攻到了提克里特附近。中世纪之前，提克里特一直是叙利亚东正教的重要活动中心。这里还是库尔德军事统帅萨拉丁[①]的出生地，他曾从十字军手中夺取了耶路撒冷。萨达姆·侯赛因也出生于此。萨达姆在军队和党内的许多亲信的名字中都含有“提克里提”，意思是自己部落的成员。2003 年美国入侵伊拉克后，提克里特形成了所谓“逊尼派三角”的北角，那里的叛乱活动最为激烈。

这里最先逃离战场的也是军队的将领们。由于缺乏指挥者，当地空军基地的士兵陷入恐慌之中。近 3 000 名年轻士兵脱下军装，步行逃走了。没走多远，极端分子就追了上来，他们冲这些士兵高声喊道：“你们这是要去首都巴格达吗？我们可以开车送你们去，快上车吧！”不愿同行的人也被逼上了车。这些卡车在沙漠中央的一个地方停了下来。

在接下来的几天里，800 名士兵在这里被处决。“伊斯兰国”公布了一排排什叶派年轻人脸朝下趴在沙地上的画面，然后挨个冲他们的头部开枪。一些人被带到底格里斯河的一座桥上，被枪毙后尸体直接掉进河里。还有一些人被迫躺进新挖的墓坑里，然后被开枪射杀。之后再让另一些士兵躺在战友的尸体上，再被射杀。尸体一层又一层地摞起，就像萨达姆·侯赛因多年前发动的“安法尔行动”那样。

“伊斯兰国”的宣传部门很快将大规模屠杀行动的录像公布于众。

---

① 萨拉丁·阿尤布·本，中世纪伊斯兰世界著名军事家、政治家，萨拉丁因在阿拉伯人抗击十字军东征中表现出的军事才能而闻名，在埃及历史上被称为民族英雄。——译者注

就在提克里特大屠杀的同一天，身在拉卡的阿扬试图上网登录自己的银行账户。她试了好几次都没有登录上去，于是便给弟弟发了一条短信。

“急事。你在哪儿？”

“在家，怎么了？”

“我需要你帮忙登录我的银行账户。”

“什么意思？”

“我活期账户和储蓄账户都登不上去。”

她告诉伊斯梅尔自己的账号和密码，伊斯梅尔把账号和密码输入了他的电脑。当他看到账单时，惊讶万分。

“你有很多巨额信用贷款，”他写道，“祝你好运！”

每一笔信用贷款的后面都显示“到期未付”。

“没什么大不了的，政府会处理的。”他的姐姐回答道。

阿扬所在的“国家”目前确实很有钱。在过去的几天里，“伊斯兰国”攻占了大片土地，数百万名民众归附于他们的统治之下。摩苏尔中央银行金库里的数亿美元现金，各类石油设施、油井和军事物资现在都落入了极端分子手中。

随后，伊斯梅尔问姐姐能不能帮他一个忙。

“看是什么事了。”她回答说。

“你能不能和莱拉拍一段视频，解释一下你俩离家出走的原因？”

“为了家里人？”阿扬问道。

“给媒体！尽快。我需要钱！这真的会帮我的忙。”

阿扬告诉他，她必须先和莱拉商量一下。

伊斯梅尔仍在坚持："这对你俩有好处，你们可以向人们证明自己不是被人操纵的白痴，证明你们这样做有自己的道理。"

"这话不假。我不喜欢人们认为我们被人给骗了，认为我们是拿生命来这里冒险的笨蛋。"

"现在我们在一条战线上了，姑娘。"伊斯梅尔回复道。

"别想着用我们来换钱，好吗？"

6月下旬，"伊斯兰国"继续推进其军事行动，并控制了一家化工厂、伊拉克最大的炼油厂以及叙利亚和伊拉克之间的两个边境站。1916年，英法两国签署的《赛克斯－皮科协定》划定了英国、法国和俄国三者各自的"势力范围"，现如今全成了纸面上的摆设——极端分子占据了横跨叙利亚和伊拉克两国的一片完整的领土。对伊拉克政府来说，把如此宽广的一片领土以及一段国际边界丢给了一个非国家行为体无疑是一个巨大的失败。到了6月底，巴格达当局又丢掉了叙利亚和约旦之间的多处领土。

对"伊斯兰国"来说，2014年6月29日是值得大书特书的一天。就在这一天，哈亚特媒体中心发布了三段重要视频。

第一段视频长达15分钟，标题是"《赛克斯－皮科协定》的终结"。视频里，一个留着黑胡子的男子在一处被占领的伊拉克边境站周围大摇大摆地走来走去。

他就是那个来自挪威的智利人，"先知的乌玛"组织中那个不负责任的人，且曾被指控上传视频威胁挪威政府。他就是巴斯蒂安·瓦斯奎兹。

他漫不经心地在废弃的建筑物周围走来走去，走过倒塌的标志，还不时停下来展示军装上掉下来的徽章，或者指着停在一边的一排排SUV越野车。

“请继续往这里派车，”他在镜头中对美国总统奥巴马说，“反正它们早晚得落到我们手里！”

说完他笑了，牙齿露了出来，牙缝很大。

“别忘了给你的士兵们换尿布。”一个坐在白色皮卡车驾驶座上的男人大笑着说道。那辆车的车身侧面还写着“伊拉克边境管制”的字样。

巴斯蒂安不紧不慢地用英语说着，语气中充满了自信。他的话中常会夹杂一些阿拉伯语，每句话的结尾都会加一句“听天由命”或“真主在上”，他还用阿拉伯语与占领边境站的“伊斯兰国”士兵进行了简短的交谈。士兵们都穿着沙漠迷彩，而巴斯蒂安则上身穿着束腰长外衣，下身穿着短裤四处闲逛。他头上戴着一顶褪色的棒球帽，看起来跟年轻时的古巴领导人菲德尔·卡斯特罗非常像。录像快结束时，他走进一个房间，里面关押着十几个人。

“这些是雅兹迪族人。”他朝坐在地上的那些人啐了一口唾沫，然后说道，“他们崇拜撒旦。”离开房间的时候他冲镜头扫了一眼。

观众可以想到，这些人不久后就会被杀掉，因为“伊斯兰国”从不保留战俘。在录像的最后，边境哨所附近的一个警察局被人丢进炸药，炸毁了。爆炸发生后，巴斯蒂安停止了解说，取而代之的是一首清唱的以战斗和殉难为主题的宗教歌曲。

当天发布的另一段名为“攻破边境”的视频显示，“伊斯兰国”士兵驾驶着缴获的美式战车越过另一道边界线，划定叙利亚和伊拉克边界的那片沙堆也被用推土机铲平了。

最重要的一段视频是“伊斯兰国”发言人阿布·穆罕默德·阿德纳尼的讲话，他是该组织最高领导层中唯一的叙利亚人。

“对那些淹没在耻辱海洋中用屈辱的牛奶养大的、被最邪恶的人统治的人们来说，现在是他们揭竿而起的时候了，”阿德纳尼说道，“‘圣战’的太阳已经升起。福音已经发出了光彩……支持你的国家吧，它正在日益壮大！”

“听‘哈里发’的话，服从他的命令！”这个叙利亚人督促大家说。阿布·巴克尔·巴格达迪现在已经自封为全世界穆斯林的领袖。

“哈里发国”正式宣布成立了。

第二天，阿扬给在索马里的母亲打电话。她没有提到新成立的“哈里发国”的事，她只想祝全家人斋月愉快。

斋月刚开始，萨拉和儿子们就来到哈尔格萨。为了让自己变成真正虔诚的穆斯林，身体健康的成年人每年都要进行斋戒，这已经成了伊斯兰教的支柱之一。除了伊斯梅尔，斋月里全家人都会禁食。伊斯梅尔还拒绝去清真寺礼拜，在家里也不祈祷。

萨拉哭了不知多少次。她甚至说：“你是在给我带来耻辱！”

她威胁伊斯梅尔，说他这样做会引起真主的愤怒，并会受到地狱的折磨。

“我已经失去了两个女儿，难道我还要失去你吗？”

伊斯兰教的五大支柱包括证词、礼拜、施天课、斋戒和麦加朝圣，违背这些便是背教。萨拉威胁说要和他断绝关系，但最后她还是让步了，允许伊斯梅尔和两个弟弟一起吃饭，弟弟们年龄还小，不需要禁食。

他们来到索马里之前，流言就已经传开了。这里的亲朋好友、街坊四邻都在相传：萨拉和萨迪克的女儿加入了“伊斯兰国”。在索马里，“伊斯兰国”被视为像本地“青年党”一样的恐怖组织，到处带来死亡和破坏，而阿扬和莱拉加入了这样一个恐怖分子的组织。这是她们俩第一次没有陪母亲一起回来过暑假，整个家族都为这两个女孩感到惋惜。

再次失去孩子的担心一直折磨着萨拉。这种恐惧啮咬着她的思想，在她的脑海里越来越膨胀。第一次生孩子时的场景又浮现在眼前。当时她才十几岁，用了一天一夜才把孩子生下来，是个男孩。后来，那个男婴断了气，出生的当天就被埋葬了。那是在 1993 年 2 月。同年 12 月，她又生下了阿扬。

自从女儿出走后，她一直担心会失去两个最小的儿子。她觉得他们在贝鲁姆不安全，任何时候都可能有人把他们引入歧途，从而最终离她而去。在她的印象里，在挪威长大的孩子，要么会成为极端主义者，要么会变成无神论者。她必须拯救伊萨克和贾布里勒，让他们在坚实的穆斯林文化中找到归属感，让他们接受健康的穆斯林教育。

萨拉和朋友们最担心的是儿童福利会的人。在挪威的索马里人经常会涉及监护权和抚养权的案件。你必须随时防范政府派公务人员来把你的孩子带走。儿童福利会可以在任何时候带走任何人。他们随时都可能出现在你的家门口，要求将你的孩子带走。有人告诉萨拉，从两个女儿离开的那一刻起，儿童福利会可能就一直在密切关注着这个家庭。

这样的故事比比皆是。谁家的孩子被带走了大家都很清楚。有一个孩子因为妈妈不给他糖吃，就打电话给儿童福利会的人，说父母打他，第二天政府便派人把他接走了。还有一家人准备带女儿一起回自己的祖国度假，结果被控要带女儿回去施行割礼，女儿也被政府给带走了。一个 4 岁的孩子因为父母不给他买电脑游戏机，也给政府打电话。“给他买游戏机！”儿童福利会的人命令他们。但这对父母买不起游戏机，于是儿童福利会便把孩子接走了，因为儿童有玩游戏的权利。儿童福利会的人潜伏在网上与儿童交流，询问他们有没有遇到什么麻烦。如果某个孩子开玩笑说自己被打了，儿童福利会和警察马上就会介入。很多个漫长的下午，在孩子们去了学校，男人们也去上班之后，萨拉和朋友们便会聚在一起聊这些事。她们基本上哪儿也不去。

一想到贾布里勒和伊萨克可能被儿童福利会列入名单，萨拉就感到一阵眩晕。

萨拉 7 岁时，她的母亲突然去世。她父亲又找了一个老婆，萨拉和兄弟姐妹们则被托付给了各位亲戚。她被送给了哈尔格萨的一位叔叔。叔叔家有房子，家里需要人帮忙打理。她是这个家里唯一的孩子，从小被严格按照索马里的风俗习惯培养。她每星期都要到清真寺待上几个小时，在那里她死记硬背地学习《古兰经》，接受敬畏真主和先知的思想教育，但她从未学会识字和写作。

尽管她也在大街上、在沙地里跟朋友一起玩游戏，但她从小到大一直渴望一种归属感。失去母亲的悲痛及对兄弟姐妹的思念在她的内心里留下了深深的创伤。

几年后，她问叔叔："我的兄弟姐妹们能来这里住吗？"

叔叔答应了。他们一个接一个来到了哈尔格萨，这是她第一次和家人团聚。她和兄弟姐妹沐浴在亲情当中，如果说萨拉在哪一方面最不缺失的话，那就是爱。

萨拉 14 岁那年，萨迪克第一次见到她。那时他和表妹已经订婚了，然而他在十字路口遇到萨拉。

当时萨拉正朝他走来，瘦高的身材，气质优雅，那是他见过的最美的女孩。当时他 15 岁，他被她征服了。

第二天，萨迪克敲开了跟萨拉一起走的那个女孩家的门，问她那位不知姓名的美人许配人家没有。那个女孩说她去问问，过了一会儿，她回来对他讲，萨拉还是自由之身。

萨迪克便跟妈妈讲了此事。

"妈妈，我喜欢表妹，但她在我眼里就跟亲妹妹一样。我遇到自己的意中人了。"

"谁？"

"她叫萨拉。"

他母亲仔细考虑了一下。问了儿子几个问题后，她决定拜访萨拉的叔叔。回来后她这样答复了小儿子："好吧，我的儿子，那就这样吧。"

这就叫作缘分。当时是 1990 年。后来萨迪克参加了反对独裁者的战争。萨拉则在家等着。

过了两年，他才回来。俩人可以结婚了。那年，萨拉 16 岁，萨迪克 17 岁。他从来没有后悔过，在他眼里，萨拉就是他的全部。

现在，25 年过去了，他们努力让自己振作起来，以治疗内心的创伤。

ꙮ

萨拉在哈尔格萨为他们找到了一个新家，一共 16 个人，她要求萨迪克给她寄房租钱。

那栋房子通风顺畅，即便在阳光最强烈的时候里面也凉飕飕的。露台建在房屋的北面，一把柔软的旧扶手椅放在显眼的位置上，地面上铺着漂亮的金色瓷砖。花藤绕在一起爬上了房子的外墙。透过房子的窗户，可以俯瞰院子绿色的门廊和护栏，角落里还放着一个大水箱。

萨拉把两个姐妹及她们的家人，哥哥、嫂子以及几个未婚的侄子和侄女都叫到一起来住。侄子侄女们住在院子角落靠室外厕所的一个小房间里，其他每家人各占一个房间。不过萨拉除外，她占了两个房间，最大的房间她自己住，另一个房间给两个儿子住。毕竟付房租的是她。

这栋房子的每个房间都很大，窗户上封着纱窗，门前都装着纱门。日常用品都放在眼皮底下，或者一层层堆在地板上。墙上没有挂东西的钩子，也没有储存东西的壁橱。各家的手提箱一个挨一个地摞在一起，就像临时衣柜一样。

萨迪克和萨拉都是游牧民族的后代，他们的祖先曾以游牧为生。把东西往箱子里一放，就可以随时搬家了。把衣物放进衣柜里意味着你决定在这里定居下来。

女儿们回家后他们该怎么做，夫妻俩在这件事上没有达成一致意见。萨迪克认为她们得先去看一下心理医生，萨拉则说她们唯一需要的就是这个家，然后再找个“伊玛目”来开导一下就可以了。萨迪克认为女儿们被洗脑了，萨拉则说她们只是受人误导，只需把她俩引回真正的伊斯兰道路上即可。

她开始一点一点地把自己的计划告诉丈夫。

“她们想住在一个伊斯兰国家。”萨拉从索马里打电话来说，“那么，等她们离开叙利亚后，搬到索马里不是比住在挪威更好吗？那时，我们不就可以在这里重新开始新的生活了吗？”

“那么，我们靠什么在索马里生活？”萨迪克问道。

“你可以找份工作。”

想在索马里找一份工作来养活一家七口，还要过得跟在挪威一样好，这几乎是不可能的事。最后他们达成了一致意见：“先等她们出来，其他的事以后再说。”

萨拉开始描绘全家搬到哈尔格萨生活后的场景。而对萨迪克来说，他的家在贝鲁姆，在科尔索斯山脚下的那个公寓里，那是他梦想中的家人团聚的地方。

他没有陪萨拉他们前往索马里。他对萨拉说，自己想留在挪威找工作，事实上，他是想再试一次，看能否把女儿给救出来。他不能把这件事告诉妻子，因为他俩在通过什么方式把女儿弄回家这件事上没有达成一致意见。

如果那个危险组织（萨拉对“伊斯兰国”的称呼）听到风声，只会把她们管得更严，盯得更紧。最好给她们点儿时间，给她们个机会，让她们自己认识到沙漠里的那种生活不适合自己。

萨拉经历过战争，她坚信两个女儿在叙利亚坚持不了多久。

“她们已经习惯欧洲的生活环境了，”萨拉说，“她们很快就会厌倦那边的生活。如果我们不唠叨，她们回家的可能性会更大一些。”

每当女儿们打来电话，母亲总是对她们讲，通往天堂的路有很多条，《古兰经》里也说了，“圣战”不是唯一的道路。她们可以帮助别人、帮助母亲，或者做个乖女儿，这些都是通往天堂的路径。

萨拉承认，是孩子们自己不愿回家，也就是说，她接受了这个现实。萨迪克则不愿接受这个结果。

“哈里发国”宣布成立的当天，萨迪克坐飞机从挪威出发了。他在哈塔伊机场与穆罕迈德碰头，然后成功越过了边界，回到了奥斯曼家里。局势越来越紧张，保镖费用的上涨就反映了这一点，武器和汽油的价格也涨了，所有东西的费用都涨了。战争是昂贵的。

萨迪克大部分时间都在后院睡觉，因为奥斯曼对他讲，有传言说“伊斯兰国”的杀手专门到阿特麦来杀某个人，萨迪克或许就是他们要找的对象。

萨迪克跟奥斯曼一起斋戒，也和他一起破戒。有时他们像顽皮的孩子一样，躲起来偷偷吃点儿东西。萨迪克得了一场病，胃不舒服，整天在床垫上躺着，肚子一阵一阵地疼，后来头也开始疼，再后来他的钱都花光了。事情一点儿进展都没有，他欠的债更多了。

他用挪威语写了两张完全相同的纸条，那些可能救出女儿的人会把纸条交给女儿，这样孩子们就会知道这纸条是爸爸写的：“我是萨迪克，相信给你纸条的人。我爱你们。”

他把纸条交给了奥斯曼。

回到挪威后，生活一如既往。萨迪克满脑子都是两个女儿。他的心从没有安静下来过。每次从睡梦中醒来，首先浮现在他脑海中的就是自己再也不能忍受了，紧接着他就会感觉自己糟透了。

贝鲁姆的新学年即将开始。萨拉让两个儿子进了哈尔格萨的一所学校上学。

看到父亲允许母亲决定弟弟的未来，伊斯梅尔非常生气。

“他们在哈尔格萨接受的教育毫无意义。世界上没有一个国家承认索马里的学历！”

这一点萨迪克非常清楚，因为来到挪威后，他曾被要求重新学习小学和中学的科目。

“可是我能做什么呢？”萨迪克问。

“你可以把他们接回来。”

“现在什么事都是你妈妈说了算。你要知道，她现在已经伤透心了。”萨迪克告诉他。

萨拉已经一点一点地把女儿们和她自己的东西都清理干净了。每次看到女儿们留下的衣服，她只会更加伤心。

女儿们走之前早已自己把衣柜清理干净了，很久以前她们就把那些紧身的、短的或领口低的衣服扔掉了，什么透视或透明的衣服也早就不见了踪影。即便如此，留下的东西依然不少。

在去索马里之前，萨拉买了一卷垃圾袋和各种生活用品。到家后，她来到女儿们的房间，把她们的衣服和鞋子统统塞进袋子里，然后把袋口系紧，放在了门外。萨迪克回家后，萨拉让他把那些袋子都送到“救世军”在桑维卡设的那些收容箱里。

除了几条漂亮的头巾和一件白色夹克她想送给索马里的一个侄女外，女儿们所有的东西都被她扔掉了。牙刷、发胶和内衣都被扔进了垃圾箱。

“可是你的女儿们迟早会回来的啊！”一个朋友抗议道。

“目前还有其他人比她俩更需要这些衣服。”萨拉回答。

衣柜空了。只剩下架子顶上的一个大塑料盒。她曾看过里面的东西，都是些没有拆封的信，她没有兴趣知道信的内容。

墙上还贴着阿拉伯语课的笔记：快乐、伤心、年轻、年老、真主至大。便笺已经泛黄，上面的字迹也已经褪色。

第二十五章　争论

暑假后，伊斯梅尔回到了贝鲁姆，给阿扬发了一条信息。他说："我希望能有一个值得敬佩的姐姐，做我行动的楷模，做我引以为豪的榜样。"

阿扬没有回复。

伊斯梅尔给她发了一个链接，内容是天体物理学家劳伦斯·克劳斯（Lawrence Krauss）的一篇题为"从无到有的宇宙"的宇宙学演讲，该学科研究的是宇宙的起源、宇宙如何膨胀、不断变化并最终消失。"整个宇宙是动态运动的。"克劳斯展示了星空、星系和超新星（即宇宙中的烟火）的照片。克劳斯解释说："科学家喜欢研究神秘事物，喜欢弄清真相之后的那种获得感。这一点与宗教截然不同，宗教的获得感在于全知全能，尽管事实上他们对这个世界一无所知。"伊斯梅尔赞同他的观点。

克劳斯解释说，人体中的所有原子都来自爆炸的恒星。"我们都是由宇宙尘埃组成的，你左手的原子与右手的原子有可能来自不同的恒星。"

伊斯梅尔被他的演讲深深吸引。这正是伊斯梅尔想走的道路：技术、物理、化学，已知的事物和未知的事物。伊斯梅尔把这个讲座的链接发给了阿扬，希望她能理解其中的道理。没错，也许阿扬慢慢会认识到自己和妹妹犯了什么样的错误，然后就会回家。因为克劳斯在演讲中解释说，从纯技术的角度来看，如果我们知道了宇宙的真实面目，那么我们也能知道它将如何结束。

8 月 19 日，阿扬回复了。就在当天早上，“伊斯兰国”发布了第一个美国人质——记者詹姆斯 · 福利（James Foley）被斩首的视频。视频是早上发布的。开头是巴拉克 · 奥巴马宣布空袭伊拉克的片段。然后画面转向了福利穿着橙色连体裤跪在沙漠中的情景。一个身穿黑衣的蒙面人手拿尖刀站在他身后，大声威胁着美国。

分析人士发现该视频是在拉卡南部的沙丘附近拍摄的。阿扬没有跟伊斯梅尔提这次斩首的事儿，她倔强地忙着回应弟弟的问题。

“伊斯梅尔，其实你心里清楚，我正是那种值得你尊敬和自豪的姐姐。告诉我，如果我选择上大学，我难道不会成为我想要的样子吗？难道我在学校的成绩不好吗？因为你胆小，半夜起来陪你上厕所、哄你入睡的人不是我吗？这么多年来每天拖着你去上学的人不是我吗？不管什么事都支持你、鼓励你的人不是我吗？现在你为什么要用这种方式伤害我？是因为我做了一个你无法理解的选择吗？在飞往斯塔万格的飞机上，那个因为害怕而念诵《古兰经》的人不是你吗？说梦话的时候念诵《古兰经》的人不是你吗？你不是也敬畏神灵吗？你信仰真主，在内心深处是穆斯林。不要受那些垃圾视频的愚弄，拿起《圣训》，从头到尾好好读一遍，然后你就会明白，为什么每当自己感到害怕的时候，只要读一遍《圣训》就会马上有安全感。顺便问一下，爸爸在哪儿？”

伊斯梅尔没有告诉她爸爸的情况。这事太令人痛苦了。萨迪克仿佛已经进入了一个平行宇宙中，在那里，理想、梦幻和他周围发生的事情交织在一起，使他在脑海中虚构出了一个故事。

阿扬问道："爸爸在哪里？回答我的问题。"

一说到父亲，伊斯梅尔又沉默了。他既不想说父母的事，也不想帮姐姐给父母传话。

"你觉得自己发现了真理，实际上是自以为是。"他转而说道。

"伊斯兰教是真理。"阿扬回应道。

"你接受了这么多我从没想过你会接受的东西。就因为别人看待事物的方式跟你不一样，就要强迫他们改变自己的信仰，或者让他们缴税，你怎么能认为这是件道德的事情呢？"

伊斯梅尔说的"缴税"指的是"吉兹亚"，是历史上很多伊斯兰国家对其国内的非穆斯林人民征收的一种人头税。

"挪威人也要交税。不信仰伊斯兰教的人必须像穆斯林一样交税，我们要施天课，他们要交人头税，这很公平。我的意思是，如果穆斯林必须交税，那他们不也应该交税吗？你在挪威要缴多少税？大约36% 的工资，几乎是你一半的收入。你像一个奴隶一样，自己却没有意识到这一点。"

"你知道你交的税都干什么了吗？"

"这个我知道。但是，想想你付了多少钱，相比之下我们在这里才付多少钱。你知道我能从这里的政府那里得到钱吗？"

"不劳而获并不是一件值得夸耀的事情。"

"我连手指头都不用动一下，就可以得到需要的一切，钱、医生、药品、房子、水、电，还有很多很多东西！我们有权得到应得的东西，我们的要求并不过分。这个国家得到的钱，我们都分到了一份。"

“你有权免费得到东西吗？”

“没错，我有权分享‘伊斯兰国’的财富。这是一种福利。”

“如果你想知道我的看法，我得告诉你，你有点儿被惯坏了。（顺便说一下，很高兴与你聊天）”

“你是真心这么说，还是在挖苦我？”

“我是认真的。你还跟你丈夫在一起吗？”

“是啊，我俩还在一起。呵呵。”

“同一个人？”

“是的，他还活着，省得你总是问。”

“你们这些超级信奉宗教的人觉得生活就像一部动作大片，自己则是主角，目的就是完成真主想让你们做的事。”

“生活不像在脸谱网上点赞，也不是拍电影，而是选择你认为最重要的事。你可以有两种选择：要么活到 80 岁，然后死掉，一切归于虚无；要么在你死去之后，开始新的生命。”

“想得太美了。”伊斯梅尔回答说。

“万物是怎么创造出来的？世间的一切是如何开始的？”阿扬问道。

“这就是它迷人的地方。我不相信这个世界是为我们创造的，而是我们要适应它。先不说这个了。你觉得砍掉偷窃的人的双手是合乎道德的吗？”

阿扬突然不说话了，伊斯梅尔失望地问，“不想深入探讨一下了吗？”

半小时后她又上线了。“不得不再买点儿流量。”

伊斯梅尔又重复了一下他刚才的问题，然后说：“接着说说吧？”

“我觉得这么做是道德的。因为在人们看到因为偷窃所受的惩罚后，他们就不会再偷了。我们曾问过叙利亚人，现在的生活与以前相比怎么样。他们回答说，现在比以前安全多了，犯罪率急剧下降。以前所有的城市都毒品泛滥，现在都变得井然有序。我可以向你保证，现在遭到惩罚的人已经很少了，”她补充道，“这叫休克疗法。”

“那么你不相信人会变吗？”

“他们当然会变，现在这里受惩罚的人数少得让你不敢相信。在挪威人们犯法的话会怎么样？”

“他们会受到法律的惩罚。”

“是的，这里的人做错了事也要接受惩罚，做错事就要承担后果。无论如何，这些问题与真主的存在无关。”

“他们与伊斯兰教法、与《古兰经》有关，所以我觉得还是有关系的。你敢单独在镇上走吗？”

“当然。实际上我经常去买东西。”

“在特定的时间，你是不是必须得待在家里？”

“那要看我丈夫的要求了，这与国家无关。在这里，所有的女人都可以独身一人在大街上走。”

“那么，只要你丈夫不同意的事你都不能做了？”

“我当然可以做。”

“你受过惩罚吗？他会打你吗？”

“没有，没有！你知道我丈夫是从挪威来的，不是吗？”

“当然知道，但如果伊斯兰教法里有这一条的话，你可能就会接受它，因为无论如何你最终是要去天堂的，不是吗？女人拥有与男人同样多的权利吗？”

“是的。”

“男人为什么不把身体蒙起来？”

“他们也蒙啊。他们也必须把身体的某些部位给遮起来。”

“我是说他们的脸。我觉得这一点很奇怪。就因为男人的自制力太差，女人就要把自己的身体遮挡起来，这都是什么逻辑啊。”

“这么做是为了我们的荣誉，任何人都不该看到我的身体。人们半裸着身体到处溜达，又能给这个世界带来什么好处？”

“乐趣！但从严肃的角度来说，如果因为一个女孩衣着暴露就假定我会去强奸她，这种想法也太不尊重人了。”

“没人这么看你。”

“宗教是有地域性的。人们生来就会遇到‘适合’他们的宗教，因此没有必要非要别人按照自己的要求去做。”

像哥哥姐姐们在贝鲁姆时那样，伊萨克和贾布里勒现在上了哈尔格萨的一所《古兰经》学校。他们学习经文，学习如何敬爱真主，如何敬畏真主。整个夏天，萨拉都在竭力让伊斯梅尔回到宗教的道路上来。他的叛逆使她痛苦万分。她带他去哈尔格萨一位著名的酋长那里寻求指导。他们两人每个星期在清真寺会面一次，坐在寺内凉爽的地板上讨论。伊斯梅尔认为酋长是个好人。他会先听伊斯梅尔讲，接着陈述自己的论点，然后又请伊斯梅尔阐述他的观点，最后再逐一点评。伊斯梅尔喜欢这个酋长，他经常对伊斯梅尔的观点提出反对意见，但从不强迫伊斯梅尔接受自己的观点。伊斯梅尔回家后，他们继续保持联系。

伊斯梅尔把曾经问酋长的一些问题拿过来问姐姐，不过两人并没有达成一致的意见。阿扬说凡事最终都是由真主决定，而伊斯梅尔则说自己是随遇而安，自己的生活是建立在事实的基础上。最后阿扬说："我得走了，不过别忘了给我发信息，只要一有时间，我立马就会回复！顺便问一下，爸爸在哪儿？"

"他去参加反'伊斯兰国'的示威游行去了。"

"他还打算再来这里吗？"

"不，他说他不想再和你们有任何瓜葛。他已经把你俩从他的生活中抹去了。"

"哦，天啊。"

"你凭什么认为爸爸会回叙利亚？毕竟，他差点儿被人杀了。"

"他曾说过他要来这里杀了我和我丈夫，还说了一大堆别的话。我得走了。"

"爸爸已经不是以前的他了。"

"我注意到了，对不起。"阿扬发了一个伤心的表情符号。

"实际上，你已经把我的生活给毁了。再见，我所有的兄弟姐妹都离开了我。爸爸疯了，妈妈讨厌我。简言之，这就是我的生活。我要尽快搬出去，过我自己的生活。我要改掉名字，断绝与家人的联系，然后搬到牙买加，到那里去抽大麻。"

2014 年 9 月初，即在詹姆斯·福利遇害视频发布两星期之后，"伊斯兰国”又公布了“致美国的第二条信息”——一段美国记者史蒂文·萨特洛夫（Steven Sotloff）被斩首的视频。凶手还是之前的那个人，他戴着黑色的巴拉克拉法帽，只有眼睛和鼻梁露在外面。人们送给他一个外号：“圣战者约翰”。

“我又来了，奥巴马。我回来是因为你对‘伊斯兰国’采取的傲慢的外交政策，因为你坚持继续轰炸……只要你们的导弹继续攻击我们的人民，我们的刀就会继续架在你们的人民的脖子上。”

妇女不能到现场观看在拉卡广场上公开进行的斩首行动。妇女和普通民众禁止观看。不过“圣战者”的妻子们有时会坐在一起，观看在沙漠中的某个秘密地点进行的斩首行动视频。她们表现得和丈夫一样嗜血成性，并高兴地在推特上描述斩首行动。“一下子砍了这么多人头，真主至大。这段视频拍得真美，这个拍摄团队搞得真不错。”一个妇女甚至说真希望能亲手砍掉史蒂文·萨特洛夫的脑袋。

乌姆·伊哈布描述了那些恐怖的细节给她带来的快乐。“看到那个异教徒的头被砍下来，我非常高兴。我不停地回放砍头的那一段。真主至大！我真想知道被砍掉头之前他在想什么。”看到街对面正在驱赶一个叙利亚家庭，另一个妇女感到非常高兴。她幸灾乐祸地说：“我敢肯定他们家的男人们都会被砍头，女人们都会被赶走。”乌姆·伊哈布要求砍掉更多人的头，并迅速拉黑那些批评使用暴力的人。另一名妇女总结了一下她们的态度：“斩首是合法的。如果你说它不合法，那你就自杀去吧。”

一些妇女承认她们并不满足于待在家里坐等“圣战”胜利的那一天，并说她们渴望到真正的战场上作战。乌姆·奥比达写道：“我最好的朋友是我的那颗手榴弹，它还是美国制造的呢，哈哈。愿真主允许我用美国人自己制造的武器杀死他们的那些愚蠢的士兵。”可是，那些想打仗的人却遭到自己姐妹的劝阻。“狮子之母”乌姆·莱斯写道：“如果你选择做个贤妻良母，在无数个不眠的夜晚静心抚养自己的孩子，而不是以真主的名义去参与殉教行动，你可能会得到更多的回报。”她解释说，妇女旅只是一个神话，就连男人们也不是每个人都去过前线，不管他们多么渴望参加战斗。是的，有些男人确实因此变得非常沮丧，他们因被剥夺了在战斗中殉道的机会而伤心欲绝。“对姐妹们来说，目前要去参战是绝对不可能的。真主保佑，希望以后能有机会。”

在拉卡，枪声和爆炸声常常打破夜晚的寂静。听到枪炮声比往常要密集，乌姆·哈塔卜担心“伊斯兰国”正在遭受打击：“我和姐妹们觉得城里可能出了叛徒，哈哈，我把腰带和所有财物都带身上了。”

她说的“腰带”指的是自杀式爆炸带，一旦遭到袭击，任何人都可以使用这种装置。这样做可以确保自己不会被俘虏，从而避免沦为女囚的悲惨命运。

统治者的思想成为这里的统治思想。至少在网上，这些外国战士的妻子们接受了统治者灌输给她们的“真理”。质疑既定事实是不合教法的行为。

在挪威，与阿扬聊天的人越来越少了。很多人与她断绝了联系。一是因为他们害怕受到挪威警察安全局的监视，二来也是由于阿扬变得越来越武断。一名来自多恩斯基中学的伊拉克同学经常在网上和她聊天。有一次这名同学说，看到雅兹迪和库尔德妇女遭到“伊斯兰国”士兵的强奸，她感到非常震惊，这是违反伊斯兰教法的。

阿扬打断了她的话：“她们不是女人，她们是战利品。”

“什么？”

“《古兰经》上就是这么说的。这是被允许的。”

“她们遭到绑架并沦为性奴！”

“战利品。”阿扬把这个词重复了一遍。

“你赞成这个？”

“战士们需要性释放。他们毕竟是男人。”

这名同学受够了。那是她俩最后一次聊天。

2014年9月10日，美国总统巴拉克·奥巴马发表演讲，宣称将加强对“伊斯兰国”的打击力度。在演讲中，他用ISIL指代“伊斯兰国”，他说：“ISIL跟伊斯兰教没有关系。没有哪个宗教会容忍滥杀无辜的行为，ISIL的受害者绝大多数是穆斯林……我们将通过全面而持续的反恐战略削弱并最终摧毁ISIL。”

美国的行动包括4个部分：系统性的空袭、增加对地面战斗部队的支援、反恐行动以及向流离失所的平民提供人道主义援助。第二天，美国国务卿约翰·克里（John Kerry）在沙特阿拉伯的吉达会见了各阿拉伯国家领导人。数小时之后，10个国家组成联盟，宣布将与美国军队并肩作战。

9月中旬，在伊斯梅尔指控阿扬毁了他的生活的三个星期之后，阿扬做出了回应。

“不要怪我，我找到了真理，然后马上开始行动，创造属于自己的生活，就像莱拉和妈妈那样。我能想到的妈妈恨你的唯一原因是你放弃了我们的信仰。去你想去的地方，做你想做的事，但不要迷失自己。我不想离开你们，但我不得不这么做。”

“你不一定非要离开这儿。”

10天后，阿扬在凌晨两点半回复了他。“我必须要这么做，我不得不离开，因为我们在与非穆斯林打仗，继续生活在一个非伊斯兰国家意味着你会下地狱。顺便说一句，这里到处都在爆炸，我们现在的处境比以前更危险了，所以一定要代我和莱拉跟每个人问好。”

随之而来的“砰”的一声爆炸声把伊斯梅尔给震醒了。

“哇。我还以为你死了呢。你真的相信‘伊斯兰国’即将统治全世界吗？”

“当然，我相信。看看我们在如此短的时间内占领了多少领土。”

“现实点儿吧，阿扬。我知道你很聪明，你早晚会被炸死。但你觉得这是一种好的死亡方式，因为到那时你会觉得自己参加了‘圣战’。”

“你自己那个小世界里的事情怎么样了？”

“看到我的姐妹主动去送死，我很难过。除此之外，一切都很好。”

“哈哈哈哈哈哈，我宁愿死也不愿像失败者那样活着。”

“你可以选择不让自己像失败者那样生活。”

“看到你没事，我很高兴。有些人在后世很成功，有些人在今世很成功，但对于那些在今世和后世都无法成功的人，我感到遗憾。”

“我为那些有这种思想的人感到难过。”

“挪威那边怎么样？你上大学了吗？”

“我要休学一年，先找份工作。希望在你临死之前能见你一面。”

伊斯梅尔发了一个悲伤的表情符号。

“做个房屋清洁工就不错，不过最后你还是要继续读书。坚持！爸爸怎么样了？你和他住在一起吗？”

“是的。我们现在都快穷死了。”

“我们可不穷。”

“那给我点儿钱吧，哈哈哈。”

“到这边工作吧。不过你必须遵守这个国家的规章制度。”

“我可不敢。”

“可你不是说过要去牙买加吗？”

“哈哈，那样妈妈真的会自杀的，她的女儿去参加‘圣战’并跟人结了婚，她的儿子又离开她去牙买加抽大麻。”

2014年秋，叙利亚政府军加强了对拉卡地区的空袭。9月的第一个星期，“伊斯兰国”控制了塔巴卡空军基地，随后他们施行了惨无人道的报复行动。试图逃跑的飞行员和地勤人员遭到枪击。投降的士兵被迫脱得只剩下内衣，在干旱的沙漠里奔跑，然后按照命令停下来，在近距离一个个被枪杀，沙地上很快被鲜血浸透了。

“伊斯兰国”急于扩大领土。9月中旬，他们对叙利亚北部库尔德人控制的城市科巴尼发起了进攻。

9月22日，美国及其盟军在叙利亚投下了第一批炸弹。拉卡、伊德利卜省的数个目标和沙漠中的多个军事基地被战斧式巡航导弹击中。

这次导弹袭击之后，“伊斯兰国”改变了战略，他们放弃了那些位于沙漠中的军事基地，转移到了人口密集的地区。面对导弹袭击，那些基地发挥不了任何作用，但妇女和儿童能给他们提供保护。

此时的“伊斯兰国”高估了自己的实力，战争的局势已经发生了转变。科巴尼一战几乎耗尽了他们所有的人员物资。尽管面临大规模空袭，“伊斯兰国”仍继续对该市发起猛烈进攻。一波又一波的“圣战分子”被派上战场，数千人在战斗中丢掉性命。

新的“圣战分子”在源源不断地赶来。许多人直接从欧洲城市的大街小巷赶到这里，接受了几个星期的教育和军事训练后，就被派到了科巴尼战场，或奉命去执行自杀任务。有些人会反思一下，他们的本意是来参加反对阿萨德政府的战斗，结果却受命残杀别的穆斯林。然而，此时幡然醒悟为时已晚，对大多数人来说，他们手里拿着的是一张单程车票，因为逃兵面临的惩罚是死刑。

“圣战分子”最大的来源国是沙特阿拉伯，其次是突尼斯。不过，西方国家也有新战士不断涌来，一同赶来的还有他们未来的妻子。

那年夏天，艾莎在脸谱网资料上的“婚姻关系”一栏发生了变化。7 月底，她在“已婚”的旁边点上了一颗红心，这让许多朋友惊讶不已。

“什么情况？”乌姆·阿米拉写道。

“不管怎样，恭喜你！愿真主在今世和后世将最美好的东西赐予你们。”索尔瓦写道。

“真的吗？恭喜你！”卡尼回应道。

乌姆·比拉说道：“我认为她要么承认这是假的，要么就证明给我们看，呵呵呵。”

“你不是还有个孩子吗？”哈米达问。

是的，艾莎确实有个孩子。

萨拉赫丁只有一岁，艾莎又开始谈论去叙利亚的事了。迪尔拉绝望了。

“如果你再提一次这件事，我就打电话给儿童福利会。不，我会打电话报警。”

迪尔拉看着躺在沙发上闷闷不乐的朋友。

“你为什么还想着要去那里？”

艾莎说：“我想到一个伊斯兰国家生活，在那里他们信奉真正的伊斯兰教。我不想让自己的孩子在不信教的人群中长大。”

“在那里，女人连出门都不准！她们随随便便就嫁人了！”

“我不能生活在一个非伊斯兰国家，”艾莎重申自己的观点，“这里不干净。”

“但在挪威，你也可以过自己想过的生活。你得控制一下自己，振作起来，听你妈妈的话，好好照顾你儿子！”

艾莎在脸谱网上贴出了几张头戴面纱、肩扛着卡拉什尼科夫冲锋枪的女性照片。在平日的生活中，她推着婴儿车在贝鲁姆的大街上走来走去，感觉生活毫无意义。

她说她想为叙利亚的妇女儿童募捐，让迪尔拉替她到银行开个账户。

艾莎解释说：“现在我靠政府福利生活，所以没法开银行账户，因为如果他们看到我的账户里有钱，就会停发我的福利费。”

迪尔拉按照朋友的要求做了，她觉得自己做了件好事。

艾莎和迪尔拉见面的次数越来越少。艾莎离开公寓后，通常会去清真寺，或者去参加“先知的乌玛”组织的妇女会议，迪尔拉则忙于接受护士培训。每次去看望艾莎的时候，迪尔拉都非常失望。大部分时间都是艾莎的母亲在照顾萨拉赫丁，喂他吃东西、给他换衣服、陪他玩儿、哄他睡觉。艾莎沉迷于网络之中，特别喜欢看推特上从叙利亚发来的各种帖子。

这些女孩的推特账户不停地被注册，然后被注销。她们的博客也是如此。如果她们的账户被封了，她们很快就会换个名字重新注册。她们称自己为“移民”，在网上讨论选择哪些路线，如何掩盖自己的出行计划，如何避免引起父母的怀疑。她们相互提醒对方，在抵达机场安检口之前，一定要仔细清除掉手机和 iPad 上所有与伊斯兰教有关的内容。

她们最常讨论的问题是，哪些物品在那边能够买到，哪些物品需要从这边带过去。护发产品或面霜之类的东西，如果你喜欢某个特定品牌或者对什么东西过敏，你就得自己带过去。如果不存在这些问题，那么那边基本上什么都能买到，再带着化妆品就意味着增加不必要的负担。带一大堆书过去也毫无意义，因为包括《古兰经》在内的所有书都可以从网上下载。一位女士罗列了一些在那边可以买到的物品种类：“好吧，听着。如果你想买一件武器、一辆汽车或其他东西，只需多带点现金来就行了。你可以买到家具、黄金，什么都能买到，包括奴隶。所以，只要有钱的话，就没什么问题。”

有时候，论坛上的讨论就像女学生们去露营前的聊天。一个知道的比较多的女孩纠正她们：“喂，你们会住在房子里，不是住在帐篷里。”被浏览最多的是那些实用的建议，其点击量超过了宗教诗、保罗·科埃略的箴言和西方国家打击穆斯林的新闻。来自马来西亚的“天堂鸟”慷慨地分享了她的生活细节。她讲述了自己和分配给她的摩洛哥丈夫通过下载字典应用程序进行交流的情况，因为他们语言不通。她是一个取得行医资质的医生，在“哈里发国”已经待了有一年了，也算是元老级人物了。现在她每天都待在家里照看几个月大的儿子。为了避免重复回答问题，她按照季节顺序编写了一份随身携带物品清单：

你们要带着夹克（黑色或深蓝色）、防水保暖靴（适用于泥泞、下雨天）、羊毛睡衣（因为夜晚会很冷）、运动裤（两条）、长袖毛衣、厚袜子（三到四双）、羊毛内衣、优质紧身裤或打底裤（三到四条）、帽子和厚围巾（室内用的）。相信我，去年冬天我经常戴围巾。这里有暖气，不过不是每个房间都有。你们还要带几件优质衬衣、胸罩和内衣。如果你结婚了或打算结婚，你可能需要带一些私下穿戴的物品。可以带几件能在丈夫身边穿，但在姐妹面前不太合适的衣服，比如短裙之类的。随你喜欢。

艾莎最初试图联系远在巴基斯坦的阿尔范·巴蒂。她想去巴基斯坦跟他一起生活。她把儿子的照片寄给他。阿尔范·巴蒂拒绝了她，他不想让艾莎去，艾莎说她想到叙利亚去。“你爱去哪儿就去哪儿，”她的前夫对她说，“只要不带萨拉赫丁一起去就行了。”

已经嫁给巴斯蒂安、现在与阿扬和莱拉同在拉卡的埃米拉给艾莎提了一个建议：她可以和艾莎分享自己的丈夫。巴斯蒂安可以娶艾莎做小老婆。

“没有丈夫你在这里无法生活，”埃米拉告诉她，“和挪威人结婚会更好一点儿，不是吗？”

嫁给阿尔范的老朋友？

巴斯蒂安在“伊斯兰国”中的职位已经升了。他学过阿拉伯语，正在为宣传部门制作视频和网站。多年前，他就想为“先知的乌玛”设计一个标志，现在他在这里，为一个将要接管全世界的人工作。

艾莎和巴斯蒂安通过网络电话举行了婚礼。她再一次在没有告知父母的情况下结婚了。挪威籍智利人巴斯蒂安在女儿几个月大的时候就离开了挪威，现在他又有了一个继子——萨拉赫丁。

艾莎在此行中还肩负运输任务。她奉命在eBay（网上商城）上订购了一些用来改装武器的小零件。部分零件只有火柴杆那么大，几乎没有什么重量，所以很容易隐藏。她曾在网上订购过此类物品，但后来是让别人送去的。现在，她可以亲自带着这些东西前往自己的目的地。

当时已经开始流言四起，她害怕被家人阻拦，所以在举行婚礼一个月后，她在脸谱网上发布了一条消息：“我知道有人一直在打听我的情况，并散布我要去叙利亚的各种流言。警告那些质疑的人们：请敬畏真主！愿真主让你们的舌头安静下来并赦宥你们！即使你们这么做可能是出于对我的关心，但在说这样的话之前还是要三思。你们把我和我的家人置于什么样的困难境地，传播这些虚假谣言对我们的安全和日常生活产生了多么大的伤害，你们心知肚明……我不在叙利亚，特此澄清！愿万能的、正义的真主让你们这些喜欢嚼舌头根儿的人变成哑巴。”

她动身去了土耳其，然后从那里越过了边界。

秋季的一天，迪尔拉在瓦次普上收到了一条消息。

“嗨，迪尔拉，最近怎么样？”

“艾莎！好久不见！”

“我走上了真主的道路。”

“你在哪儿？”

“你知道我在哪里，我必须这样做。紧急情况，一切都发生得那么突然。”

“艾莎，萨拉赫丁在哪儿？”

“他和我在一起，他在这边很安全。他喜欢这里。我会发照片给你看。迪尔拉，我嫁给了巴斯蒂安。埃米拉和我都嫁给他了。”

“艾莎，你把萨拉赫丁也带去了？去了战区？你骗了我！”

“我不得不那么做！”

“你又一次不是出于爱情而结婚。你到底是怎么想的？”

“你能把援助账户里的钱寄给我吗？”艾莎问道。

“艾莎，那些钱是用来援助别人的。”

“我要用那些钱来帮助这里的人！”

“巴斯蒂安和埃米拉把捐款私自卷走的时候，你亲口说过，乌拜杜拉也说过，不能再相信他们了。现在，你们三个人却走到了一起！”

“迪尔拉，把钱给我就行了，非常欢迎你来拜访我们！我可以给你找个丈夫！”

账户里有 3 万挪威克朗，但迪尔拉拒绝把钱汇出去。

“那我可以借吗？”艾莎问。

儿子生下来后，艾莎把脸谱网上的名字改成了乌姆·萨拉赫丁。在拉卡，她更改了个人资料里的照片。新的头像照片上是她那刚学会走路的孩子，身上穿着迷彩服，膝盖上放着一支卡拉什尼科夫冲锋枪。

艾莎夸赞说，他将成为“哈里发国”的幼童军。

艾莎和孩子抵达叙利亚的时候，正值大批外国战士涌入叙利亚。根据美国情报，每月大约有 1 000 名外国战士抵达该地区，不少人是带着孩子一起来的。

那些从小就与众不同的男孩被招募到“哈里发国”的幼童军。他们 10 岁就从父母身边被带走，住进军营。他们要接受系统的培训，遭受严酷的身心折磨。宣传视频显示，一些男孩在那里站定，然后被人用棍棒猛打，其他孩子则站在后面，看着他们的同伴被打，等着同样的待遇轮到自己。他们还接受近身作战及枪支、匕首使用方面的训练。最终的考验是让他们亲手处决囚犯。

孩子们不仅仅是工具，他们还是这个组织的基石。“伊斯兰国”的目标不仅是打败敌人、征服这个国家，还要确保其作为一个群体能存在下去。

就在儿子两岁生日前夕，艾莎发来了一张萨拉赫丁的照片。看到照片的迪尔拉不寒而栗：萨拉赫丁眼皮发紫，满眼血丝，脸颊上还有瘀伤。

迪尔拉试图给艾莎打电话，但艾莎没有接。

第四部

培尔·金特：我自己，那个真正的我，完整的我，真实的我到哪儿去啦？我额上带着真主打的烙印，到哪儿去了呢？

索尔薇格：你一直在我的信念里，在我的希望里，在我的爱情里。

——亨里克·易卜生，《培尔·金特》，1867 年

第二十六章　我一定要找到她们

萨迪克在谷歌上搜索曼比季的具体位置。阿扬和希沙姆又搬家了。“伊斯兰国”命令他们去哪里，男人们就会赶到哪里，女人们也要一起跟着去。

2014 年 10 月，两个女儿在叙利亚待了已经有一年了。萨迪克突发奇想，他觉得在阿勒颇省的曼比季带女儿们离开也许会容易一些，但他的希望很快就变成了绝望。这个城市现在隶属于“哈里发国”，管制和拉卡那边一样严。极端分子接管了警察局、各个政府部门和法院。由于从土耳其边界向南直到阿萨德湖这一段幼发拉底河上的大桥，要么被库尔德部队炸毁了，要么处于库尔德人的控制之下，所以曼比季和拉卡之间的公路就成了“伊斯兰国”的生命线。虽然曼比季的人口大部分是阿拉伯人，但库尔德人认为曼比季自中世纪以来就是他们的土地。

萨迪克从网上看到，曼比季曾发掘出希拉波利斯古城的渡槽和城墙遗址。在另一篇文章中，他了解到该镇目前的难民人数与居民人数一样多。那是不是可以让女儿们藏在难民中间逃离此地呢？

在无数个日日夜夜里，萨迪克就这样守在电脑前，阅读网上的各类文章，思考女儿身边发生的各种事情。

11月中旬，又有一些叙利亚人和一名美国人被杀害。“伊斯兰国”公布一段题为“异教徒不喜欢又怎么样”（*Although the Disbelievers Dislike*）的视频，视频展示了22名叙利亚士兵被斩首的场景，旁边还放着彼得·卡西格（Peter Kassig）的人头。这位年轻的救援人员是第4名被“伊斯兰国”杀害的来自西方国家的人质。就在几个月前，他还给远在印第安纳州的父母写了一封信，信中他扬扬得意地说：“别担心，爸爸。如果我真去了，我只会相信自己认为真实的事，相信你和妈妈爱我胜过爱月亮和星星。”

“哈里发国”中参加“圣战”的女孩们充当行刑者的粉丝。其中一人形容卡西格被斩首“令人反胃却也令人振奋，伊斯兰教法等于正义”。

敌对双方都有年轻人在前线倒下。卡西格被斩首两天后，挪威第二电视台报道了两名挪威籍“伊斯兰国”极端分子被杀的消息。

报道的开头展示了一张照片，一名身穿羽绒服的男孩面带微笑站在那里，四周的雪地映衬着他那张黑色的脸庞。

“这是希沙姆·侯赛因·艾哈迈德。”记者说道。第二张照片里，这个男孩手里拿着一根长矛。“2003年，13岁的他在无人陪伴的情况下，只身一人来到挪威。2012年12月，他去了叙利亚。”那位记者继续解说道，“据说，这名有着厄立特里亚血统的挪威人还是‘伊斯兰国’中的一个头目。”

希沙姆？

萨迪克感到如释重负。

希沙姆死了！

阿扬自由了！

一种复仇的快感涌遍萨迪克的全身，希沙姆曾深深地羞辱了他。希萨姆先是把阿扬从她的家人身边偷走，然后未经萨迪克允许就和她结了婚。现在萨迪克终于可以把希沙姆从他的脑海中抹去了。

他打电话给奥斯曼，把这个好消息告诉了他。

“太好了！”奥斯曼说，“她现在肯定想要回家了。”

希沙姆这个障碍已经消除了，阿扬成了寡妇。萨迪克和奥斯曼现在要做的就是等她的电话。

奥斯曼靠把外国战士带进叙利亚赚了一大笔钱，现在他又可以靠把他们带出去赚钱了。

等到守丧结束，阿扬可能很快就会伸手求援。

“我有个办法。”有一天，奥斯曼打电话来问阿扬是否跟萨迪克联系过。“我有个亲戚，他是个‘双面人’，我想你能明白我的意思。他为‘伊斯兰国’工作，不过实际上他是我们的人。”奥斯曼简单说了一下行动计划，“通往阿勒颇的公路上有一条隧道。一头是‘伊斯兰国’控制的，另一头是‘胜利阵线’控制的。当那个‘双面人’从阿特麦过来的时候，以‘胜利阵线’成员的身份进入隧道，再以“伊斯兰国”成员的身份从另一头出去。下一次去‘哈里发国’时，回来的路上他可以在拉卡和曼比季停一下，把姐妹俩藏在车里，然后开车穿过隧道，这样就可以从那边把她们带出来了。很简单，但也很危险。”

如果需要这位“双面人”执行任务，奥斯曼会事先给他打电话。与此同时，萨迪克只需要等待。

“你很快就会把她们弄回来！但这要花很多钱。”

那个月晚些时候，奥斯曼又打来了电话。“‘双面人’那边已经准备好了。你只需要让他和女孩们联系上就可以了。”

萨迪克打电话联系了那个“双面人”。那人说着一口阿拉伯语，他表达的信息非常明确：这次行动中他和姐妹俩都要冒很大的风险，不过成功的概率也很大。

“你得让她俩给我打电话，”“双面人”对萨迪克说，“我必须直接跟她俩联系。”

这次行动计划必须非常精准。姐妹俩必须要在确切的时间和地点等待救援者，并且动作一定要快。

“然后我可以开车把她俩带到任何地方，土耳其也行，想去哪儿就去哪儿。”

“好的，我会让她们给你打电话。”萨迪克说。

有一个挪威摄制组想将萨迪克营救女儿的情况拍成纪录片，萨迪克一直跟他们保持着联系。自夏天以来，他们就一直跟着萨迪克。纪录片名为《只是一个父亲》（*Only a Father*）。萨迪克在叙利亚向人们解释自己的身份时是这么说的，“伊斯兰国”指控他是间谍的时候他也是这么说的：“我只是一个父亲。”

摄制组曾采访过奥斯曼、司机穆罕迈德和给莱拉包扎的那位名叫菲拉斯的医生。菲拉斯后来到瑞典寻求庇护。摄制组还在污水处理厂找到了萨迪克的一个狱友，这个叙利亚人在萨迪克最后一次被关押的时候跟他一起待过。现在他们还没有采访过的只有萨迪克的两个女儿了。

在电视上看到萨迪克的新闻后，挪威国家广播公司（NRK）的记者维斯勒米·赫维德斯汀（Veslemøy Hvidsteen）与他取得了联系。萨迪克当时背对着镜头，但维斯勒米还是认出了他。萨迪克曾在2006年播出的《移民生活》（*Migrapolis*）的一集节目中出现过，那是维斯勒米制作的关于挪威移民日常生活的系列节目。当时萨迪克和他的心理医生一起接受了采访，那位心理医生曾帮助萨迪克治疗索马里内战留下的心理创伤。在2006年的那期节目中，萨迪克的两个女儿也出场了，她们和父亲一起踢足球：身材瘦长的阿扬穿着像个假小子，而莱拉当时还是个小孩子。

执导这部纪录片的是维斯勒米的丈夫施蒂瑞克·詹森（Styrk Jansen）。萨迪克把“两面人”的事告诉了他，并说两人已经约好要在边境附近的一个村子里见面。首先，萨迪克要交付说好的订金，然后“两面人”会把两个女儿运出去。萨迪克告诉纪录片摄制组的那几个人说，女孩们从丈夫身边逃出来了，现在已经躲了起来，现在她们走投无路，恳求他前去救她们。萨迪克还说，前一年他在阿尔丹那遇见阿扬时，她曾像小猫伸出爪子一样抓住他，小声告诉他：“救救我们，爸爸，如果你能的话！”

11月初，纪录片的制片人订购了飞往土耳其南部雷伊汉勒镇的机票。该镇离萨迪克与“两面人”约好见面的那个村庄很近。施蒂瑞克准备好了摄影机、各种镜头、电池组和美元现金。萨迪克允许他拍摄自己与“两面人”见面的场景。如果可能的话，施蒂瑞克还可以跟萨迪克一起到边境，在那里等女儿们过来。父女团圆的拥抱场景将被用摄像机记录下来。

就在他们出发的前一天，施蒂瑞克接到了萨迪克的电话。萨迪克的呼吸非常沉重，声音几乎听不见。

“我有个可怕的消息要告诉你……”

“出什么事了？”施蒂瑞克问。

“我收到了一张照片……他们发给我一张照片……”

萨迪克顿了顿，然后语气沉重地说道：“那个‘双面人’被杀了。”

施蒂瑞克·詹森不得不坐下来听他讲。

“我就知道这么多。”萨迪克抽泣着。他说，照片是奥斯曼发给他的，“他的头被砍了下来，尸体被挂起来了”。

萨迪克把照片转发给施蒂瑞克。照片上，一个男人被绑在栅栏上，身体斜靠在铁丝网上，双臂向两边张开。他那被砍掉的脑袋夹在两腿之间。他身上还挂着一个牌子，上面写着“我是叛徒”几个字。

萨迪克解释说：“两天前的晚上，他准备从雷伊汉勒的住处动身。刚出门，他就被几个蒙面人给包围了，然后被塞进了一辆车里。他们开车押着他越过边境进入叙利亚。‘伊斯兰国’已经发现了他‘两面人’的身份。为了结成联盟，当地‘胜利阵线’的领导人一直在与‘伊斯兰国’的领导人进行秘密会谈。会谈最后，‘胜利阵线’指挥官宣誓效忠阿布·巴克尔·巴格达迪。极端分子准备把武器和人员集中起来，结果花名册让他穿了帮：两个组织的花名册上都有同一个人。现在，这两个组织已经合二为一，因此这事影响并不大。但如果你叛变过一次，你就很容易再叛变一次。间谍就是间谍，对间谍的处罚就是死刑。”

听到这里，施蒂瑞克打了个哆嗦。

“难道他是因为我们被抓的吗？会不会是他要去救那姐妹俩的缘故？我们该为他的死负责吗？”

“我不知道，”萨迪克说，“我们必须等奥斯曼把事情的前因后果都告诉我们。他现在正在守丧，他们是关系很近的亲戚。”

施蒂瑞克取消了机票，把摄像机又放回了架子上。

秋天带来了黑暗，然而，奥斯曼的世界变得越来越暗。奥斯曼给萨迪克发来了短信。

“阿布·西迪克（Abu Siddiq）没有死。”

“谁？”

这个叙利亚蛇头已经调查过了。

“希沙姆！你女婿。以前他自称阿布·西迪克，现在他又改名字了。”

“我肯定他已经死了。”萨迪克回答。

“他还活着。一个认识他的人见过他两次，最近一次是在两天前。”

“哦，不……”

“他受伤住院了。听着，他住院的地方是在地下，几码深的地下，在拉卡的一个停车场。你知道还有谁在那里吗？他们的领导者！他也在同一次袭击中受了伤。这都是他们自己说的，我就知道这么多了。”

“你怎么知道他还活着？”

“我认识的那个家伙可以作证。”

“所以说，那个该死的混蛋两天前还活着……”

“他想卖掉一辆四驱丰田车，就是在阿特麦开的那辆！我见到了那辆车的照片。顺便说一下，他的阿拉伯语真的很烂。他说起阿拉伯语来就像个白痴。”

谣言传来传去，随时可能会夺走人的性命，也可能让人起死回生。奥斯曼各路人都认识。听到某件事后，他会把听到的各种版本的信息综合起来，然后一点点分析，再加进自己的观点，搜集情报是他作为蛇头的主要能力。

萨迪克的女儿们并不知道父亲的营救行动。12月初，在几个月未与伊斯梅尔联系后，阿扬又接着上次的话茬聊了起来。

“嗨！你是在苦苦寻找答案，还是啥事都没干？”

“你怎么样？”伊斯梅尔回答说。

“真主保佑，一切都好。”

“你现在在哪儿？”

“在网吧。”

“发生什么事了？”

随后谈话就终止了。伊斯梅尔太讨厌这种情况了！阿扬会突然之间出现，也会在突然之间消失得无影无踪。当他试图再次联系她时，对方却一言不发，然后不知何时手机上又会一下子弹出来一个信息框，上面显示出一个“嗨”和一个笑脸符号，让他失望的心重新燃起希望。然后就又没有下文了，直到他姐姐在认为适合的时候才再次出现。

伊斯梅尔在当地一家超市找了份兼职工作，所有加班的活儿都被他承担了。不上班时，他会和朋友一起，或四处闲逛，或去健身房，或一起去玩游戏。

他仔细研究各所学院和大学的招生简章。那些最好的、分数要求最高的专业都被他排除掉了，因为他的毕业成绩并不是特别好。前一年他还想过报挪威北部的一所学校的石油工程专业，但后来他发现该行业的失业率在不断上升。

按照伊斯梅尔的想法，他想学习关于宇宙、原子、物理和化学的学科。他想知道这个世界的运行规律。

与此同时，伊斯梅尔不想让自己再想这些事。最后一个学年，他发现自己在学习时很难集中注意力，这也是他的成绩如此糟糕的原因。他知道自己必须振作起来，距离下学年的大学申请时间还有很长一段时期。明年，他会努力做点儿成绩，把自己从低谷中拉上来，从忧郁的早晨和凄凉的夜晚里拽出来，把姐姐和妹妹的事抛在身后。

圣灵降临节[①]到了，此时也是一年中最黑暗的时候，仍然没有雪花来照亮挪威的冬天。12月的一个晚上，伊斯梅尔又给阿扬发了信息。

“阿扬，本来我还以为你是我见过的最聪明的人之一，我崇拜你。可现在你的理智哪里去了？你真的相信一个小小的‘伊斯兰国’会接管这个世界吗？与其他像他们这样的小团体一样，‘伊斯兰国’拿着AK–47冲锋枪和美国人留下来的装备，只是在做美国人做过的那

① 圣灵降临节，是复活节后的第50天，也称五旬节。——编者注

些事。”

圣诞节快到了，超市的工作班次增加了。伊斯梅尔在冷藏柜里放入了肋骨、鲱鱼和熟食，在饼干区塞满了生姜饼干、糕饼和甜甜圈，在水果区装满了橘子、大枣和无花果，此外还有圣诞啤酒、加香料的热葡萄酒，祈祷希望、和平和欢乐用的带蜡烛的圣诞节花环以及一排排传统的用杏仁蛋白软糖做成的小猪。

在萨迪克家的房子里，父子俩都没有点圣灵降临节的蜡烛，他们从来不点。家里也没有挂新日历或其他装饰品，他们从来不挂。萨拉总是强调，圣诞节的时候不要专门添置新东西，要把基督教的节日和伊斯兰教的节日区分开来，这一点非常重要。无论如何，今年萨拉回到了不用过圣诞节的索马里，那对儿幸福的姐妹则跑到了一个把基督教清洗得一干二净的地方。

远在叙利亚的阿扬突然回答说：“如果真主保佑，我 110% 相信‘伊斯兰国’能够粉碎和羞辱那些联合起来反对它的人。”

“你说的是不现实的，”伊斯梅尔回答，“我也可以坐在这里让自己相信，只要我足够努力，我就能飞起来，但它不会发生。”

阿扬回复说：“你这是玩世不恭。与其在这里废话连篇、傲慢无礼，不如去寻找真相，不然就把嘴闭上。你要尊重别人的选择。”

“你……你在吗？”伊斯梅尔写道。

“如果你继续满嘴胡言，我就不再跟你说话。你可以跟我理论，但你要尊重我。”

“事实并不总是像你想象的那么美好。”

“你完全可以怀着敬意表达自己的观点，而不是嘲笑别人的选择。这与怀疑真主是否存在完全是两码事。”

“让我感到奇怪的是，你现在竟然还没有意识到，从长远来看，‘伊斯兰国’必败无疑。你们进行的不是‘圣战’，而是自杀行为。这就像你躺在火车轨道上说，‘如果真主保佑，我就会活下来’，然后你就死了。好了，我不多说了。”

阿扬没有回答。

伊斯梅尔也下线了。

平安夜，伊斯梅尔给姐姐发了个竖大拇指的表情符号。

圣诞节当天，阿扬回答说：“跟妈妈说，一定要请她原谅我。”

从那之后，她再也没有给弟弟发过任何信息。

第二十七章　新的一年，新的机会

奥斯曼抱怨说，叙利亚已经成了一个垃圾场。"'胜利阵线'正在排挤我。"1月的时候，他发信息给萨迪克说。

奥斯曼被他自己拉的绳子给缠住了，仿佛有人站在他的身旁使劲把绳子拉紧，想把他勒死，以便接管他的各种生意和业务。单打独斗已经没有市场了，即便是蛇头也不得不服从四周的环境。战争让人们变得残酷无情，争夺资源的斗争越来越激烈。

阿萨德统治时期，伊德利卜省处于政治野心家和当地各部族酋长的联合统治之下，现在这种传统的权力结构已经不复存在。阿特麦已经陷入有组织犯罪的、受伊斯兰教严格管制的、无政府状态的泥潭。暴力没有垄断权，适者才能生存。许多人先是受到威胁，然后被杀害。绑架案比比皆是，受害者往往是普通人，只要能拿出钱，谁都有可能被绑架。为了诈取现金，他们甚至连自家的侄子、表弟或父亲都绑。无论是在前线打仗时，还是在因小事引起的争执中，人命基本上不值什么钱。

伊德利卜省实力最强的是"基地"组织在叙利亚的武装力量，其他组织都听命于它。"胜利阵线"正在试图建立一个原酋长国——将自己的占领区置于严格的伊斯兰教统治之下，越来越多地采取"伊斯兰国”的统治模式。它在领土内进行大规模征税，对任何违反新规则的行为处以罚款。蛇头们也没能幸免，“胜利阵线”密切关注他们的活动，希望从中分一杯羹。

“事情很棘手。我精疲力竭，感觉快要被累死了。”奥斯曼在信息中说道。

“不，兄弟，别这么说。‘胜利阵线’出什么事了？”

奥斯曼回答说：“‘胜利阵线’已经变得跟“伊斯兰国”差不多了。我在‘胜利阵线’里的所有朋友现在都成了殉道者。”

“希望真主能够接受他们。‘胜利阵线’是怎么变成这样的？”

“胜利阵线”制定了各种法律及规章制度，通告了其控制下的城镇和乡村：对婚姻不忠者和同性恋都将被处以石刑，拥护阿萨德政府的人可能会被枪毙。其中有一条法令规定，“所有台球、桌上足球和电子游戏场馆”都被勒令关闭，店主负责寻找其他的娱乐方式，而且这种娱乐方式必须符合伊斯兰教法。祷告的时候，商店必须停止营业，因为全能的真主曾说过：“和鞠躬的人一起鞠躬。”每条敕令的后面都跟着这样一句话：“这是真主的意志。”

“胜利阵线”是叙利亚最富有的反叛组织之一。最初它有一半经费直接来自“基地”组织，其余资金则来自外国捐款。捐款主要来自海湾国家，其中卡塔尔捐的数量最多。随着时间的推移，“胜利阵线”从阿萨德的政府军手中夺取了大量军用物资，并利用他们夺取的油田收入资助其活动。他们还通过绑架勒索赚了数百万美元。如果你是一个不幸在叙利亚被绑架的外国人，落在“胜利阵线”手里算你运气好，因为他们更感兴趣的是你的钱，而不是你的人头。

“兄弟，你和你的女儿们谈过了吗？有什么消息吗？”

那是2月的一天晚上，奥斯曼在Viber上跟萨迪克聊天。

“我的小女儿已经怀孕4个月了。”萨迪克也是刚刚从萨拉那里听到这个消息。

“小女儿！”奥斯曼惊呼一声，发来一个哭泣的表情符号。

萨迪克则回复了一连串“KKKKKKK”，这是索马里人表示大笑的方式。

“哎，你就要当外公了，老家伙！”奥斯曼写道，“你需要现在就把她弄出来，真主保佑。时间越长，难度就越大。”

确实如此。萨迪克和女儿们讲话越来越难听，现在她们都不再和他说话了。如果想联系家人，她们会给在索马里的萨拉打电话。新年之前，萨迪克跟那位“两面人”打电话时，那人就专门强调说，这事非常危险，必须要他女儿配合才行。

萨迪克没有告诉奥斯曼，现在他根本联系不上两个女儿。

她们肯定想离开那里。

初次交谈后，萨迪克又给那个“两面人”回了电话，并接通了他的语音信箱。

“你能绑架她们吗？”萨迪克问。

不久之后，在萨迪克的语音邮件收到了“两面人”发来的语音邮件：“对不起，如果她们不想离开，那我就无能为力了。那不是我愿意承担的工作，是不可能的。”

萨迪克一直等着，希望有奇迹出现，希望女儿们会打电话给他说："救救我们。"他会准备好一切：救援人员、车辆和摄制组。这也是他让施蒂瑞克订好飞机票、准备好装备的原因。

但她们没有打电话。

在与施蒂瑞克经由伊斯坦布尔前往雷伊汉勒的前一天，他不得不想办法结束这个骗局。两个女儿都不想离开"哈里发国"，"两面人"也拒绝接受绑架工作，现在把这些真相告诉施蒂瑞克已经太晚了。

而编一个"两面人"被斩首的故事就容易多了。

"当他们有了孩子，她们就会清醒过来，会意识到自己生活在一个什么样的体制下——外国女人经常有这种情况，然后她们就会后悔。"一天深夜，奥斯曼给萨迪克发短信说，"孩子生下来后，她们所有的精力都会集中在孩子身上，然后她们就会想逃离叙利亚。"

奥斯曼是唯一知道萨迪克的两个女儿不想回家的人。他们两个可以坐下来在网上聊好几个小时。

"你打算怎么绑架她们？"萨迪克问。

"我还没找到合适的人。"

"尽最大努力。"

"只要我的血管里还流淌着鲜血，只要我的身体还有一口气，我就不会忘了我的姐妹，也就是你的女儿。阿布·伊斯梅尔，别担心，我是你在叙利亚的代理人。"

"你得想个出其不意的办法，把它看作你做过的最出色的一次行动。事成之后，你和家人用不了几天就可以搬到挪威了。"

萨迪克曾许诺说，他可以把奥斯曼弄到挪威。“别担心，我的兄弟，”奥斯曼接着说道，“向你亲爱的妻子问好，你还没有告诉我她的名字。”

“姑娘们会说阿拉伯语吗？”几天后，奥斯曼问道。

在叙利亚待了一年半之后，她们能让别人明白自己的意思了吗？萨迪克不知道女儿们平时是与当地的叙利亚人接触，还是只与欧洲人混在一起。通常的社交模式是，法国人与其他法语国家的人友好相处，德国人与说德语的人友好相处，斯堪的纳维亚人与说斯堪的纳维亚语的人友好相处。阿扬用挪威语和希沙姆交谈，莱拉则用英语与伊姆兰交流。

萨迪克有点儿紧张不安。

过了几天，奥斯曼打来电话。“听着，有两种人可以穿过前线。他们从政府控制区进入‘伊斯兰国’控制区，到达民兵组织和叛军控制地带，然后再返回来。因为每个人都需要他们。一种是移动电话公司的那些小伙子，他们负责修理通信线路和互联网；另一种是那些运输油料的人，也就是油罐车司机。没有他们，战争就停摆了。”说到最后，奥斯曼几乎是大声喊了起来：“我们可以把她们跟石油一起运出来！”

萨迪克在这次行动中的任务就是掏钱。但他没有钱，朋友们都没钱借给他了，他也不能再跑到挪威失业救济和社会保障署去要钱了。萨迪克想了一个可能会挣钱的办法，媒体几乎没有挪威籍外国战斗人员的相关报道，出于荣誉准则，人们不能把这样的事透露给异教徒的媒体。萨迪克觉得他可以把奥斯曼挖来的情报卖掉赚钱，他们可以联合起来搞情报服务：奥斯曼负责搜集情报，萨迪克负责把情报卖掉。

萨迪克给他以前接触过的几个记者打了电话。他给奥斯曼发信息说："我有个好消息告诉你，我和一个挪威记者达成了协议。只要我们能弄到任何与挪威籍战士有关的消息，要有照片或视频，他们就会给我们钱。不管这些战士在'伊斯兰国'还是在'胜利阵线'里，都行。"

"好极了。"奥斯曼在 Viber 上回答道，然后他又跟萨迪克讲了绑架计划的一些细节："我认识一个在拉卡有老婆的人，每三天他会给'伊斯兰国'送一次汽油。他可以绑架姐妹俩，然后用油罐车把她们运回来。"

"太好了。"

"首先，需要由焊工检查一下车辆，对车辆进行改装，这样姑娘们就不会受伤。我们将在油罐车里隔一个 6 英尺见方的区域，然后钻一个气孔。那种油罐车很大，能装 120 吨油。他也可以把你女婿一起带出来。整个计划你都明白了吗？你觉得怎么样，阿布·伊斯梅尔？"

"开始干吧。"

"会掉脑袋的……"奥斯曼继续说道，"这正是我担心的。我向真主发誓，如果他们发现我们的所作所为，他们会把我们扔进油箱，把汽油浇到我们身上，把我们烧得比那个约旦飞行员还惨。"

2014 年圣诞节前夕，一架约旦 F–16 战机在拉卡城外坠毁。26 岁的莫亚兹·卡萨斯贝（Muaz al-Kasasbeh）从机舱弹射出来，不幸落到了"伊斯兰国"的控制区。兴高采烈的"伊斯兰国"士兵粗暴对待被俘飞行员的画面已经传遍全世界。"伊斯兰国"开始与约旦政府谈判，准备用这个飞行员交换被俘的女恐怖分子赛义达·里沙维（Sajida al-Rishawi）。2005 年，在安曼的一次袭击中，里沙维的自杀式爆炸带没有成功引爆。

约旦释放了头号“圣战”理论家阿布·穆罕默德·迈格迪西（Abu Muhammad al-Maqdisi），让其充当调解人。在20世纪80年代时，奥萨马·本·拉登就认为迈格迪西太过极端。迈格迪西很快就与“伊斯兰国”取得了联系。在释放赛义达之前，约旦当局要求提供相关录像资料，以证明那位飞行员还活着。“伊斯兰国”给迈格迪西发了一份加密电子文档。经过几天紧锣密鼓的谈判之后，迈格迪西收到了文档密码。看到密码，这名资深的极端分子知道自己被愚弄了。这个文件的密码是这样的：“迈格迪西是皮条客、暴君的鞋底、英国妓女的儿子。”

他输入密码，打开文件，屏幕上出现了一段视频。他看到一名“伊斯兰国”的士兵押着那名约旦飞行员进入一个笼子，在他身上浇上汽油，然后把火点着。这名奥萨马·本·拉登的老师生气了。不能随便对别人施以火刑，只有真主可以对那些在地狱中永世不得翻身的人施以火刑。

三个小时后，“伊斯兰国”把这段视频上传到了网上，引来伊斯兰学者铺天盖地的批评。“伊斯兰国”声称，那位飞行员轰炸了一家砖厂，受害者被活活烧死，因此根据伊斯兰教法的报应原则，他得到了应有的惩罚。

“我不怕自己组织里的人，他们不可能背叛我，”奥斯曼写道，“但我担心‘伊斯兰国’，他们让我感到害怕。如果我们搞砸了……就会人头落地。”

“我知道，我亲爱的朋友。”

“你需要弄到钱，”这个叙利亚人继续说道，“找个赞助人，让他来支付所有的费用。最好快点儿。记住，不要将具体的细节告诉任何人，绝对不要告诉任何人。”

“我宁愿拿我女儿的生命冒险，也不愿你或其他叙利亚人出什么问题。如果你要我把你全家都弄到挪威来，我也会去做的。我已经做好了充分的准备。我可以向你保证。你和叙利亚已经成为我生命中的一部分，也是我生命意义的一部分。”

几天后，萨迪克给奥斯曼发了一封提醒信，内容不是关于救援行动，而是关于资金来源——挪威“圣战分子”的信息。

“给我找些资料，尽你所能了解挪威‘移民’的情况，大事小事都行。请一定要集中力量做这件事，这样有钱赚。”

“他们需要什么样的信息？”奥斯曼问。

“比如，弄清楚他们是领导还是普通士兵，以及他们的姓名或下落。任何能有照片证明的信息。我们可以把照片卖掉，然后用钱买我们需要的东西。”

“只要我拍照吗？不用跟他们交谈？”

“没必要跟他们说话。只要有信息就行了，什么样的信息都行，不管是确定的还是不确定的，不过一定要附上照片！”

“用我的手机拍照吗？照片的质量可能不会太好。”

有照片就足够了，萨迪克向他保证道。

第二天，奥斯曼出去寻找从挪威来的“圣战分子”，然后把了解到的情况发给了萨迪克。

“英国籍穆斯林游击队队员，来自伦敦。还有法国人、4个索马里人，有妇女。孩子们跟这些妇女在一起。我可以拍孩子们的照片。要我拍吗？这里有一个游乐区，妇女们经常带孩子在那里玩儿。”

“我只要挪威人的消息！”

奥斯曼没有搞到相关情况。这也真不是他该干的事。

“说实话，此刻我的脑子里全是营救你女儿的事。昨天我们一直商量到凌晨两点，现在我们一切都准备好了，但你得先把钱寄给我们。”

“搜罗一些关于挪威籍外国战士的情况，无论多么微不足道，集中精力，一点一点地找。这东西有钱赚。”萨迪克回复道。

谈到他女婿的情况，其他的消息人员抢在他前面报道了此事。

2015 年 2 月 16 日，《挪威日报》网络版报道称：“一名来自贝鲁姆的‘伊斯兰国’首领在去年秋天遇害了，但他并没有死。事实上他只是受了重伤。《挪威日报》可以确定的是，他在处于西方国家雷达监控的情况下成功进入医院接受治疗，并已经出院，继续回去为‘伊斯兰国’效力。”

据该报报道，萨迪克的女婿已经晋升到了“中层指挥职位，军衔相当于挪威军队里的中士”。根据该报道，这名来自贝鲁姆的 24 岁男子在叙利亚的化名为阿布 · 西迪克，“伊斯兰国”通过非正式渠道越过边境，把石油输送到土耳其，西迪克则被委派去征收石油税。

萨迪克不得不振作起来，这件事他很久之前就知道了，信息是他新的收入来源。

第二十八章 拉卡的家庭主妇

2015年春，网上出现了一份宣言。这是“圣战分子”钟爱的发布信息的方式。发布该宣言的是一个妇女旅，宣言的标题为“伊斯兰国的女性：宣言和个案研究”。

一般情况下，此类宣言很快就会被翻译成英语、法语和俄语，但这份女性宣言仅以阿拉伯语的形式发表。因此，它没有引起关注“伊斯兰国”生活情况的那些西方女性的注意。该宣言针对的对象，是阿拉伯世界特别是海湾地区的女性。她们的生活与“哈里发国”期望的没有太大差别，除了没有被爆炸声环绕。该宣言敦促沙特阿拉伯的所有女性放弃虚伪的堡垒，转而支持“哈里发国”，遵循真主关于女性应为贤妻良母的安排，为自己的家庭而活是女人“神圣的权利”。

该宣言与前文“合法约会”一章中表达的情感遥相呼应：要永远警惕魔鬼。他从不放弃，他会刺穿一个女人的心，诱使她在别人面前脱衣服，鼓励她蔑视真主的创造，对她的鼻子、耳朵和脸颊做整形手术，或者“往耳朵上挂东西……或者把头剃得有的地方有头发，有的地方没头发”。魔鬼的作品正在服装店和美容院里蓬勃发展。

“你们应当安居于你们的家中，不要炫露你们的美丽……”《古兰经》第三十三章第33条曾如此规定。这是真主对先知妻子们的命令。

在“伊斯兰国”成员看来，所有妇女都要遵守这条法令，只有个别合法的情况除外。女性医生和教师可以去上班，但每星期最多不超过三天。女人可以离家去学习教法，也可以被选中去参加“圣战”，只要她对魔鬼保持警惕，并且把身体恰到好处地遮挡起来，也是可以的。

这意味着她们要穿全套完整的面纱，理想的面纱有三层，此外还要把眼睛挡起来。女性最好蒙起面纱，避开男人。这种做法并不会削弱她的重要性。一个女人的角色正如一部电影的导演，“是一部作品中最重要的、在幕后负责组织策划的人”。

创作该宣言的人采用了阿扬在离开挪威前听到的那名激进的经师使用的那种修辞手法：先是讽刺挖苦，然后威胁恫吓。西方文明沉迷于科学研究，他们对研究“乌鸦的脑细胞、沙粒和鱼的动脉”感兴趣，这种研究偏离了人类崇拜真主的根本目的。任何反对赞美真主、崇拜真主的行为都会直接让你下地狱。正如先知所说：“我的祈祷，我的献祭仪式，我的生与死，都是为了真主，全世界的主。”宣言中把女性被迫离开自然状态的责任归咎于女权主义，因为女权主义忽略了男女性别的独特特点，使两者都感到困惑。只有在“哈里发国”中才能找到真正的男人和女人，因为真主创造了“阿丹的女人，并把她送给阿丹”。女性已经忘记了她们的基本角色，这种情况的破坏性后果“一眼就能看出来”。现代社会是魔鬼的杰作，用“发展”、“进步”和“文化”等字眼作为掩饰。不过，宣言创作者确实在使用现代技术方面给予了女性一定的自由：她们允许使用那些“有助于促进穆斯林生活及其事务”的科学技术。

这种语气是宣传文案的宗教变体。每个人都热情洋溢、衣食富足、信仰坚定。“该妇女旅的媒体四处走访，检查穆斯林妇女在恢复到伊斯兰教诞生之初的状态时的幸福情况。我们看到了伪信者被黑袍激怒，看到了‘伊斯兰国’给我们带来的进步。通过不断扩张伊斯兰国家的领土，我们正在一步步登上荣誉的巅峰。”

最后，该宣言呼吁大家，为了“圣战”而团结起来：“尽管发生了激烈的战争，尽管他们不断联合起来打击‘伊斯兰国’，尽管有轰炸机在空中飞来飞去，尽管造成了这么大程度的破坏，我们仍然取得了持续、稳健的进步，赞美真主。”

向前！

在“哈里发国”里，如果妻子不顺服，男人有权教育她，妻子是否顺服要由男人说了算。曾经有一段时间，艾莎是奥斯陆头号极端分子阿尔范·巴蒂的妻子。阿尔范·巴蒂是一个魅力十足的花花公子，他所拥有的管理能力是一直以来巴斯蒂安认为自己缺乏的东西。现在，艾莎又归巴斯蒂安所有，成了他的第二个老婆。婚后的生活与艾莎设想的完全不一样。

巴斯蒂安有时候把她锁在家里，有时候把她锁在屋外，还打她。最糟糕的是，他还打萨拉赫丁。他现在有了阿尔范·巴蒂儿子的监控权，他想着能给阿尔范·巴蒂留下印象，并一直模仿他的行为。

当艾莎试图保护儿子，冲新丈夫尖声叫喊时，他只是随手把艾莎推到一边。

巴斯蒂安夸口说他要教巴蒂的儿子如何变得坚强，让他加入“哈里发国”的幼童军，因此萨拉赫丁需要从小就接受管教。这个小男孩还不到两岁。

艾莎被禁止外出。巴斯蒂安对她说，如果她离开房子，就会杀了她。有一天，她要给萨拉赫丁买点儿东西，便偷偷溜出了门。

后来艾莎告诉一个朋友说，巴斯蒂安发现后，跑到大街上冲她的身后开枪，强迫她转身回去。

自从收到那张萨拉赫丁被打得伤痕累累的照片后，迪尔拉一次又一次联系艾莎，但一直无法与她取得联系。她没有艾莎的电话号码，只好在瓦次普上留言。

“萨拉赫丁怎么样了？”她问道，“他怎么了？回答我！艾莎，求你了！”

艾莎那边没有任何回复。

一天晚上，迪尔拉收到了艾莎的信息，艾莎说她需要援助账户里的钱。

“萨拉赫丁发生什么事了？”迪尔拉问。

艾莎回答说，现在他什么事都没有了，随后还说了几句赞美“伊斯兰国”的话：这里的制度很好，一切运转正常，他们生活得很幸福，非常开心。

迪尔拉告诉艾莎，自己已经把钱交给了“拯救儿童组织”，又问几个星期前她发来的萨拉赫丁满脸淤青的那张照片是怎么回事。艾莎没有回答她的问题。几个小时后，刚过半夜 12 点，迪尔拉正要入睡，这时候她的瓦次普收到了一条新消息。

“我必须告诉你一件事。”消息的开头如是写道。

艾莎正在输入文字。

她写道，几个星期前，她和巴斯蒂安吵了起来。巴斯蒂安打了她一巴掌，然后把她扔进后院，锁上门，接着又开始打萨拉赫丁。她身体贴着门，恳求巴斯蒂安不要打孩子。

孩子不停地尖叫。刚开始声音很大，后来变得歇斯底里，再后来声音慢慢小了，只听得见他精疲力竭的哭声。随后她听到什么东西“砰”的一声撞到了墙上。哭声停止了，四周一片安静。

然后，她听到埃米拉急促的呼吸声和扭动钥匙的声音，大门被打开了。萨拉赫丁一动不动地躺在埃米拉的怀里。

他的脸肿了，上面沾满了血迹和呕吐物；他的软骨被打碎了，眼球通红，血管破裂。艾莎抱着他四处走动，不停地摇晃。他的身体还是热的，但已经绵软无力。他没有了脉搏，没有了心跳，呼吸也停止了。

迪尔拉坐在床上，浑身止不住地颤抖。

根据她的推测，肯定是拳头打在了萨拉赫丁的头上，把他打得吐了出来。失去知觉后，他被自己的呕吐物窒息致死，或者他的呼吸道被血给堵上了。

迪尔拉坐在那里看着一句句话出现在屏幕上。

“我把他抱在怀里，来到后院，”艾莎写道，“我就这样抱着死去的儿子在花园里转了一夜。”

迪尔拉愣在了那里。

迪尔拉对谋杀孩子的凶手以及自己的朋友艾莎感到恼火。萨拉赫丁的死艾莎也有责任，为了自己那该死的想法，她把儿子带到了一个到处都是精神病人的战区。她的精神也出问题了！

“埃米拉呢？”迪尔拉问道，“她就不能拦住他吗？”

艾莎说，埃米拉刚刚生了孩子，巴斯蒂安发火时，为了保护自己和孩子，她躲还来不及呢。不过，巴斯蒂安从来没有下手打过她。

迪尔拉又收到了一张照片。

照片上是一座埋在沙地里的坟墓，坟头上露着几根蓟草。石头墓碑上写着一些阿拉伯文，迪尔拉看不懂。那或许是一些赞美真主的话，或许是萨拉赫丁的名字。照片的颜色有些发黄，肯定是当时刮着风，空中正飘着沙粒。

在这些石头、蓟草和沙子下面，萨拉赫丁静静地躺在那里。

马上就该过两岁的生日了。

“他现在去了一个更好的地方，”艾莎写道，“他是殉道者，他和真主在一起。”

她强调说，小孩都是直接去真主那里。美丽的鸟儿带着他们的灵魂飞到天上。在天堂里，孩子们是自由的，他们可以飞到任何想去的地方。如果累了，他们可以到挂在真主宝座上的灯笼里休息，就像其他殉道者一样。

“我能请你帮个忙吗？”艾莎接着说道。现在已经是深夜了。

“当然可以。”迪尔拉答道。

“你能把萨拉赫丁的死讯告诉我妈妈吗？”

迪尔拉简直不敢相信：“你还没有跟你妈妈说过吗？”

“我做不到……”

那天晚上，这个实习护士为这个小男孩流下了眼泪。萨拉赫丁刚出生时，她曾亲吻过他但对他不善了解。那时，迪尔拉还和乌拜杜拉在一起。乌拜杜拉曾抱着这个男孩说，他笑起来跟阿尔范一模一样。后来，迪尔拉抱起他，把他放进婴儿车里。如果迪尔拉在艾莎开始谈论去叙利亚时就报警，结果会怎么样呢？她曾威胁说要联系儿童福利会，但最终没有联系。她一直在为自己的生活奔波。这位实习护士不知所措。也许当初她应该报警？她本来能救萨拉赫丁的命吗？那样的话他现在就能活下来了？……

后来她发现艾莎已经找了几个朋友，请她们把萨拉赫丁不在世的事告诉艾莎的母亲。其中有三个人在一起碰了个头，考虑下一步该怎么办。

“每次我看到巴基斯坦小婴儿，我的眼睛都涌出了泪水！”其中一个说。

“巴斯蒂安简直就是故意要弄死他。”另一个说道。

艾莎觉得叙利亚是一个“浪漫”的国家，认为对西方发动战争是一种“很酷”的行为，几个朋友为此感到恼怒不已。

艾莎的母亲就住在她们家附近。让谁去告诉她比较好？她们应该一起去吗？真是难以忍受。最后她们一致决定去征求一位“伊玛目”的意见。

那位“伊玛目”告诉她们，把这样一个可怕的消息告诉一位母亲并非她们的责任。“那是你们的朋友必须亲自做的事。”他说。

媒体对艾莎发起了猛烈抨击。2 月底，挪威第二电视台报道了这起死亡事件。

“一名年仅两岁的挪威籍儿童被杀害了。去年，他被母亲带到了叙利亚，而这位母亲计划在那里加入恐怖组织‘伊斯兰国’。”报道的开头如此写道。

报道中唯一被提到名字的人是巴斯蒂安·瓦斯奎兹。不过记者说他曾与孩子的父亲谈过话，后者声称巴斯蒂安应对孩子的死亡负责。社会媒体很快确认孩子的生父是阿尔范·巴蒂。

在这条新闻发布之前，没有人把萨拉赫丁的死讯告诉艾莎的母亲。她给通信录上的每一个人都发了短信或打了电话。最终，她收到一个人的回复，证实了这件事是真的。

自从去年夏天以来，艾莎的母亲再也没有见过自己的女儿和外孙。艾莎在通过 Skype 与巴斯蒂安结婚后，没有道别就离开挪威去了叙利亚。艾莎的母亲最后听到的是一则语音信息，艾莎说他们很好，她希望家里的每个人也都很好。

她第一个反应就是去叙利亚陪女儿，但她不知道到哪里能找到女儿。

孩子的父亲阿尔范·巴蒂召集“先知的乌玛”组织内部圈子里的人开会，讨论如何为这次谋杀报仇。应该派人前往叙利亚，还是安排那边的挪威“圣战分子”结束他们那位兄弟的性命？

巴斯蒂安的死现在对他们来说是合法的，杀了他是被允许的。一命抵一命。

萨迪克给奥斯曼发信息说：“用刀顶在我喉咙上的人就是他。”巴斯蒂安就是那个想在阿尔丹那监狱杀死他的人。

“真的吗？”奥斯曼回信道。

萨迪克证实，这个智利人就是当初折磨他的人。萨迪克从照片上认出了他。蓬乱的头发和疯狂的表情，跟在监狱里把萨迪克打得最厉害的那个人一模一样，那个连阿拉伯语都说不利索的胖子。

“哇，我也认识他。我见过他。”奥斯曼写道，但萨迪克已经转移了话题，不再谈论巴斯蒂安。

“把挪威战士的照片寄给我！”萨迪克催促道。

“冷静点儿。我昨晚出了点儿事。当时雨下得很大，我的手机掉到了地上，现在不能用了。”奥斯曼接着发来几个哭泣的表情，“里面所有的照片都被删除了。手机的存储卡坏了。”

“怎么可能发生这种事？”

“我们准备星期三去塔巴卡。就在拉卡附近。到时候我们再拍一些挪威人的新照片。”

“真主保佑。”

“可是，我的朋友，钱怎么办？时间不多了。小伙子们在等你，在等我。我们都该行动了。我向他们保证过。现在我该怎么办，亲爱的朋友？我说的是真的，阿布·伊斯梅尔。”

“告诉我，你需要什么？”

“我们必须买一台照相机，好把照片拍得更清晰些，我还需要一台电脑。我还得为拉卡之行掏钱。你最好能来，不要迟到。”

午夜时分，奥斯曼再次发短信来提醒他。

“你在睡觉吗，亲爱的朋友？时间不多了。如果我们把你的女儿们带回来时你想在场，就快点儿过来。”

“我什么时候去？”

“今天！”

就在同一个星期，奥斯陆地区法院开庭审判。三名男子被指控参与、计划参与或支持叙利亚境内的敌对行动。这是挪威法院第一次审判涉嫌违反《民法通则》第 147d 条的人。该条法则规定："凡组织、参与、招募成员或向恐怖组织提供经济支持或其他物质支助者，如果该组织已采取步骤以非法手段实现其目的，应判处最高 6 年监禁。"

《民法通则》第 147 条被称为反恐条款，也是安德斯·贝林·布雷维克被定罪的依据。考虑到有人可能会与国际恐怖组织有联系，2013 年 6 月又将该条款修订为 147d。检方声称，科索沃阿尔巴尼亚族兄弟瓦隆·阿夫德里、维萨·阿夫德里和索马里人贾布里勒·巴希尔与"伊斯兰国"有非法联系。三人都对此予以否认。

这起诉讼案件揭露了这三人在叙利亚的活动，同时揭示了他们朋友的一些情况，其中就包括希沙姆和巴斯蒂安。阿夫德里的三弟埃格松，即曾在艾莎被阿尔范赶出家门后把她送回家的那个人，在去年的一次战斗中被打死了。法庭出示的证据包括被告站在一起手持武器的合影，还当庭宣读了附有详细的武器购买清单的电子邮件。警察安全局在他们的公寓和汽车里装了窃听器，还在他们经常出没的地方安装了监听设备。警察无意中听到他们中的两个人正在谈论炸毁一所幼儿园，于是警察再也不敢让他们自由行动了。

"你看，反正我们不能回家。如果回去，我们就会被关进监狱！"莱拉对母亲说。莱拉认识阿夫德里兄弟中老大的妻子。丈夫回奥斯陆小住几天，她则留在了拉卡。

女孩子出逃国外也犯法吗？如果她们回家的话，会不会面临指控？毕竟，她们计划参与，而且已经参与或支持一个恐怖组织了。萨迪克认为，说她们被人洗脑了也许会有所帮助。如果确认某人是被洗脑了，会不会放弃对他的起诉？

审讯进行几天后，莱拉和哥哥取得了联系。伊斯梅尔已经好几个月没有收到她的信息了。

“嗨。”她写道。

“天啊！”伊斯梅尔回答，发过去一个笑脸和四颗红心。

“好久不见。”他妹妹回答道。

“的确如此。”

“你怎么样？”莱拉问。

“你先说。你怎么样？”

“我怀孕了！”

“哈哈哈。”

“7个月了！我有一个大肚子！”

伊斯梅尔发了一个震惊的表情，然后问道：“其他一切都好吧？”

“我很好，感谢真主。除了冷点儿，其他一切都很好。这栋房子里的那个男人几个月前受伤了，不过也许你听说过这事。你最近怎么样？”

“非常好。我已经学会接受现实了。”

“妈妈怎么样？别这么悲观！只有当你选择悲观地审视这个世界时，这个世界才会显得糟糕，这只是角度的问题。”

“妈妈去了索马里，把弟弟们带走了。爸爸在挪威这边。”

“这些我都知道。”

“我已经学会接受姐妹不疼、妈妈不爱的日子。”

“你说她不爱你是什么意思？”

“因为我没有信仰。我好像跟她断绝了关系。”

“那我们在同一条船上，爸爸也这样对我。”

"我们并不在同一条船上，我们是同海不同船。"

"好吧，反正我不上你的笨船，我的船酷多了！'伊斯兰国'！"

"我能问你一个问题吗？"

"问吧。"

"你当真相信'伊斯兰国'能一统天下？"

"是的。"

"那我知道你的头在沙子里埋得有多深了。我不是冒犯你啊。"

"我已经在这里住了一年多了，我能看清事情发展的方向。"

"'伊斯兰国'不是那种有地面部队和飞机的正规军。"

"从军事角度来看，他们拥有一支真正优秀的军队，拥有组织严密的地面部队，并且正在组建空军。"

"他们连飞机都不会开。难道我掌握的信息是假的？我看过他们地面部队的视频。"

"伊斯梅尔，媒体把'伊斯兰国'说成是一群生活在幻想中的毫无准备的菜鸟，他们只想与这个世界打一架，但事实远非如此。他们正在逐步接管民用机场和军事机场，他们当中有许多人都会开飞机。"

"但空中没有一架他们的飞机。"

"他们有一支国民军，正准备迎接美国人的进攻，他们甚至向美国人下战书。"

"就像我给约翰·塞纳①（John Cena）写信说'来打我吧，你这个胆小鬼，我等你'，感觉跟这个差不多。"

莱拉回答说："美国人在宣布'完成使命'并撤出伊拉克后，一

① 约翰·塞纳，美国演员、嘻哈歌手及职业摔跤选手。——译者注

个更大、更强的‘伊斯兰国’将重返伊拉克。”

“美国人能废了伊拉克军队，把萨达姆灭了，那是因为他们有这个能力。”伊斯梅尔回复说。

“你知道他们的空袭对这里基本没产生什么影响吗？”

“地面部队会完成更多任务，只是奥巴马还不能允许他们进来。”

“他早晚会下命令的，相信我。”

“我向你保证，‘伊斯兰国’迟早会从中东消失。”

“我保证‘伊斯兰国’会常驻在这里。伊斯梅尔，我这话可能有点儿跑题了，你个人资料里的照片是不是把头发拉直了？”

“哈哈哈，是啊，有点儿。抹了很多发胶。”

“不错，挺好。”

伊斯梅尔是个英俊的小伙子。金色的皮肤，一张非常阳光的娃娃脸，身穿一件白色的新毛衣，露出迷人的微笑。他把另一张自己的照片发了过去。

“天哪！你长大了！”莱拉写道。

伊斯梅尔又给她发了一张。照片上，他穿着黑白背心，戴着镜面太阳镜和耳机。另一张侧影照片中，他穿着一件海军蓝外套和一个毛皮衣领。

“给我也发几张照片。我想你那张丑陋的脸了。”他写道，后面加了一颗红色的爱心。

“哈哈，改天吧。聊天的时候时间过得真快。真主保佑，时间不早了，我的孩子需要睡觉啦。哈哈。”

“记得给我发啊。你可能明天就会死了。”

“好的，真主保佑。”

“晚安，甜心！”

莱拉还是发来了一张照片。一张无头自拍，照片上显示出一个穿着黑色裤子的修长身材，她穿着一件黑色毛衣，肩膀上披着一条披肩，腹部隆起。

“我要看你的脸！”

“晚安。哈哈哈。再见……”

“该死的黑妞！”

“嘿！注意你的用词。”

“对不起，这词的意思是‘甜心’。”

“哈哈哈，当然。”

“我只是开个玩笑，再见。”

第二十九章　挪威来的人

3 月 1 日，星期日，萨迪克和施蒂瑞克·詹森一起前往哈塔伊。女孩们终于快要获救了。施蒂瑞克带来了 3 000 美元、一台笔记本电脑以及奥斯曼要的长焦镜头。施蒂瑞克希望有一个圆满的结局，这样他们就可以结束这部纪录片了。

摄制组已经成为萨迪克最亲密的盟友，在资金、申请和打印方面给予他帮助，并在需要的时候借给了他一辆汽车。他们不畏艰险，在营救计划的每一步都跟他站在一起。就像 11 月他们准备去雷伊汉勒与“两面人”见面时一样，他们还给萨迪克支付了机票钱。他们对“两面人”被杀的事仍然心有余悸，希望这次救援计划不要再碰到类似的事情。他们相信萨迪克所说的话，相信姐妹俩都渴望离开叙利亚，认为问题出在希沙姆身上。

施蒂瑞克在糖宫旅店旁的安塔基亚胡鲁克宾馆预订了房间，在一个暴风雨之夜抵达了这里。第二天早上，奥斯曼来宾馆取钱、笔记本电脑和相机等设备。奥斯曼告诉施蒂瑞克，他需要相机才能拍出效果更好的照片，手机拍出来的相片效果不好。

奥斯曼简单讲述了一下行动计划。在“伊斯兰国”的地盘上，姐妹俩要一直待在油罐车里。进入安全地带后，她们再从油罐车里出来，换辆车，然后越过边境进入土耳其。萨迪克将开着租来的车在预定地点接应。

奥斯曼在“伊斯兰国”内部有很深的关系，在北部三省拉卡、阿勒颇和伊德利卜，他通过家庭关系控制着一个由通信员和油罐车司机组成的网络。奥斯曼的两个侄子最近结婚了，他计划让两个侄媳妇与萨迪克的女儿们取得联系，然后偷偷把萨迪克写的纸条递给她们：“相信给你纸条的人，我爱你们。”

奥斯曼拿出电话。他的语言简洁明了，发出号令，做出安排，已经清楚的事情也要反复核查。打完最后一个电话后，他看着萨迪克他们说：“行动开始了。”

奥斯曼越过边境回到了叙利亚。雨下得很大。哈塔伊的街道湿漉漉的，汽车闪烁着微光，天空灰蒙蒙的一片。萨迪克和摄制组待在宾馆的房间里。

整个地区弥漫着浓雾，春雨笼罩了整个叙利亚北部，平息了战火，中止了战斗。他们在安塔基亚胡鲁克宾馆里等待最新消息。

第二天晚上，奥斯曼给萨迪克发短信：“当局已经封锁了道路。”

9点，蒙在鼓里的莱拉给伊斯梅尔发了一条信息。

“你还活着？”

“是啊。”

对话还是老一套，好像他们也没有别的可说的了。

“你好吗？”

伊斯梅尔害怕泄露了消息，没有回话。如果姐妹俩发现了绑架计划，他们就要失手了。

星期三晚上，萨迪克又收到奥斯曼的短信：“这条路今天下午重新开放了。男孩儿们已经动身去了拉卡。”

萨迪克放松不下来。星期四早上，他回信给奥斯曼：“给我发点儿鼓舞人心的消息，发生了什么事？”

奥斯曼下午给他打电话：“我们遇到了麻烦。”汽车陷在泥里，持续的降雨导致车子在短时间内弄不出来。“耐心点儿，我的朋友。据线报，‘胜利阵线’的领导人约拉尼在一次空袭中丧生了。”他补充道。

萨迪克才不关心这个“胜利阵线”领导人的死活。他一动不动地坐在房间里，用手机上网浏览新闻。当天下午晚些时候，奥斯曼报告说：“我联系不上那些男孩。他们所在的位置通信全部中断，‘伊斯兰国’也只能通过对讲机进行联系，我们必须等待雨停，等网络恢复正常。”

这个土耳其边境小镇依然下着大雨。施蒂瑞克·詹森无聊之至，他想起了萨迪克前一天晚上告诉他的一件事：自从阿扬从他的身边逃脱之后，希沙姆又娶了两个老婆，都是车臣人。萨迪克说，希沙姆早已经把阿扬给忘了。

星期五早上，奥斯曼打来了电话，说接到女孩后从拉卡撤退的路线还没有选好。“我建议走萨菲拉，这条路虽然长一点儿，但更安全。我们也可以从库尔德人控制的领地上通过，不过库尔德人很麻烦，我不信任他们，并且在路上还有可能碰到‘沙姆自由人组织’的人，你觉得如何？”

“什么？”萨迪克回应道。

“……库尔德人在艾因伊萨。卡车准备好了，女孩们……‘胜利阵线’没问题……避开‘伊斯兰国’……天黑之前……埋伏，有危险……关着灯开车……你觉得怎么样呢，兄弟？”

萨迪克完全不知道他在说什么。

最短路线要经过库尔德人的控制区，途经“伊斯兰国”在 1 月底丢掉的科巴尼。如果一路畅通的话，几个小时内就可以进入土耳其。另一条路，也就是路程远的那条，意味着要开 8 小时的车，而且是在路上不会遇到任何障碍的情况下。

库尔德军队离阿特麦只有几英里远。他们正在争夺当时由“伊斯兰国”、“胜利阵线”和他们三家瓜分的一块重要边界地区的控制权。奥斯曼曾说库尔德人欠他一个人情。不久前，他在“胜利阵线”占领区发现了一名死去的库尔德士兵。通常的做法是把他丢在那里不管，或者把他扔进一个没有标记的坟墓，或者把遗骸卖给他的家人。奥斯曼打电话给最近的库尔德军队的指挥官：“我发现了你们的人的尸体。我可以开车给你们送过去。”

现在是要求报答的时候了。奥斯曼与那位库尔德指挥官取得了联系，说自己就是曾经给他们送士兵尸体的那个人，现在请求自由通过他的控制区。

奥斯曼的请求被批准了。这样一来，计划的最后一部分就落实了——他们将走科巴尼这条路。

一辆侦察车开在油罐车前，保持几分钟车程的距离，检查道路是否安全，有没有新设立的检查站，或者有没有发生战斗。

收到奥斯曼等人马上就要动身去拉卡的消息时，萨迪克和摄制组已经在哈塔伊等了 5 天。奥斯曼告诉他们：“今天的星期五聚礼结束后，他们在阿特麦处决了一名男子，因为他们认为他是个间谍。”

萨迪克等着，施蒂瑞克等着。维斯勒米也从伊拉克的库尔德斯坦赶到了这里，正在为拍摄姐妹俩做准备。他们在萨迪克的房间里开了个拍摄会。萨迪克时不时地用手指敲桌子。他在房间里进进出出，不停地在走廊里踱来踱去。他一会儿走到接待处，一会儿跑到外面抽烟。不过他每次都不走远。他的手机放在胸前紧挨着心脏的口袋里。

奥斯曼直到星期日凌晨才打电话来。

车子快要靠近拉卡的时候，突然发生了空袭，弹片落在他们周围的地面上，四周的建筑物和汽车都被击中。司机调转车头，朝来时的方向疾驶回去。

他们等了一个小时，然后又朝城区这边开来。这时候轰炸又开始了。他们只好再次掉头回去。他们又试了第三次，然后又无功而返。

“睡一会儿吧。”奥斯曼对萨迪克说。“我们正在进入一个没有信号的区域。节省点儿精力，等着见你的女儿们吧。明天我再给你回信。”

“姑娘们在车里吗？”萨迪克给奥斯曼发短信的时候，施蒂瑞克在一边问道，“她们在车上吗？”

“我不知道，我不知道！”萨迪克几乎喊了出来。

“那就问问他吧！”施蒂瑞克催促道。

但此时奥斯曼的电话已经没有信号了。

施蒂瑞克夫妇向萨迪克道了晚安后离开了房间。奥斯曼早上会打电话来，现在最好大家都休息一下。他们都没怎么睡着，几天的等待让他们兴奋不已。

回到房间后，他们把摄像机等物品都装好，备用电池组也充上了电。明天一大早，如果奥斯曼通知他们，说正带着姑娘们靠近边境，穆罕迈德就会开车带着他们一起到边境那边去。如果奥斯曼没有来信，穆罕迈德就会来接他们去拍摄周边地区的情况。

快到午夜的时候，夫妻俩已经上床睡觉了，这时候突然响起了敲门声。施蒂瑞克起床查看。

“是谁？”他问道。

一个男人的声音回答道：“挪威警察安全局。我们能进去吗？”

什么情况？施蒂瑞克把门锁链从轨道上滑下来。

外面站着两个男人。他们个子高大，肩膀宽阔。其中一个剃了光头，另一个人一头黑发，皮肤苍白。

“希望我们没有打扰你们。”其中一人说道。

“不，你们没有打扰我们。”施蒂瑞克吃惊地看着这两个挪威人。

“救援计划已进入最后阶段，我们负责来这里完成这个任务。”另一个人说道。

“什么？”

“我们正在与土耳其当局合作，并接管这里的工作。”

“嗯？”

“那就意味着你们两个可以回家了。”

专程从库尔德斯坦赶来拍摄两个女孩的过境镜头的维斯勒米感到非常愤怒。

“你没有权力安排我们离开！”

两位警察指出，土耳其当局有这个权力。

“如果不离开，你们可能会陷入非常不愉快的境地。”

“姑娘们明天可能就来到这里了！我们正在拍摄。我们已经和萨迪克商量好了。”施蒂瑞克大声说道。他站在那里，双手叉腰，怒视着两个警察。

“萨迪克跟我们一起，”一名警察说，“我们已经安排好了。”

他们告诉两位纪录片制作人，不管怎样，无论在什么情况下，在边境拍摄都是不可能的。

“如果带着摄像机出现在边境，你会惹上大麻烦。”一名警察说。

“我们已经计划好几个月了！现在你们的出现，把一切都毁了。如此一来，把两个女孩从‘伊斯兰国’拯救出来的功劳就成你们的了！”

仍穿着睡衣的维斯勒米眼看着他们拍摄的纪录片的最后这一段就这么没了。

“这里是土耳其，”一名警察说，“要按土耳其的规则办事。”

他们目瞪口呆，开始感到害怕。土耳其当局对待无证拍摄的记者向来非常不客气。

“那么就让你们来办吧，”施蒂瑞克说道，“你来替我们拍吧。”说着他拿出了一个备用摄像机。

“到时候看看再说吧，”警察接过摄像机，然后说，“一路平安！”

他们一离开，施蒂瑞克马上给萨迪克打电话。

没有人接。他发了一条短信，然后又打了一个电话，还是没有人接。

施蒂瑞克和维斯勒米站在房间里谈论着这件事。警察曾说萨迪克被拘留了，是真的吗？还是，他们只是在监视他，他们说的“安排好了”是这个意思吗？两人不太确定。萨迪克难道是被土耳其当局给拘留了？他被抓起来了吗？

夫妻俩讨论了下一步的最佳行动计划。他们是否应该留下来查一下萨迪克发生了什么事，这么做对不对？还是他们应该按照警察安全局的建议去做，直接离开这里？

凌晨一点，施蒂瑞克给奥斯陆的一位同事发了短信。

“刚才我们在酒店的房间里被两个挪威警察安全局的人叫醒了，要求我们离开。他们正在接管此次行动。”

当晚早些时候，施蒂瑞克和维斯勒米道了晚安并回到自己的房间后，萨迪克快速收拾好仅有的几件行李，离开了旅馆。

就在前一天，萨迪克与两名警察取得了联系，萨迪克分别称他们为尼尔斯和比约恩。

很久以前，萨迪克就曾向他们寻求过帮助。当时，他先问警察安全局能否帮忙把两个女儿弄出叙利亚，他们不愿意承担这个责任。但经高层讨论之后，由于莱拉是未成年人，他们决定在土耳其领土上提供援助，他们对其他“圣战分子”从没做过这事。在警察安全局看来，叙利亚那边是萨迪克自己的事，他们称之为“私人救援行动”。挪威警方向土耳其当局通报此事，以便使两个女孩不会因非法越境而坐牢。这两个警察都来自贝鲁姆本地的警察安全局办事处，在过去的一年里，萨迪克和他俩一起开了几次会。2月的时候，萨迪克通知他们说，计划即将实施，他要求警察为女孩即将获释做好准备。

挪威驻安卡拉大使馆也参与了一段时间。他们与土耳其情报部门的合作并非一帆风顺，在土耳其，就得照土耳其人说的去做。一切都在最严格的保密条件下进行。经过大使馆法律专员的努力，土耳其当局保证两个女孩在到达边境时不会被逮捕。此外还有很多其他的文件需要处理。

尼尔斯和比约恩抵达哈塔伊后，土耳其当局对他们说，除非摄制组离开此地，否则他们不会提供任何便利。警察安全局的人根本就不知道摄制组的事。土耳其当局说，如果摄制组靠近边境，他们会马上停止合作。

“萨迪克，有个摄制组跟着你吗？”星期六下午见面的时候，警察问道。

萨迪克承认是有这么一个摄制组。

“他们得回去。”警察安全局的人说。

萨迪克咽了一下口水让自己平静下来。那是一部要在电视上放映的纪录片。他该怎么对施蒂瑞克和维斯勒米说？他必须小心翼翼，以免事情穿帮。

现在已经是深夜，过不了多久太阳就要升起来了。施蒂瑞克和维斯勒米正在查询飞往奥斯陆的航班。此刻，萨迪克正坐在警察安全局给他提供的新旅馆的房间里，看着正在充电的手机。施蒂瑞克每发来一条短信，手机就会发出嘟嘟声。

萨迪克没有拿起手机。

真是一团糟。根据安排，穆罕迈德将在早上到达安塔基亚胡鲁克。应不应该打电话告诉他自己已经换了一家旅馆，告诉他警察安全局和土耳其安全部门已经接管了土耳其境内的一切行动？不，最好不要把事情复杂化。如果他告诉穆罕迈德，穆罕迈德就会把这事告诉奥斯曼，奥斯曼可能会取消整个行动计划。他现在最好不露面、不接电话，潜伏起来。

萨迪克在不知不觉中使自己陷入了一种非常复杂的局势，他从没想过事情会失去控制。他曾觉得自己能处理好一切，虽然外交部、大使馆、警察安全局和土耳其当局都参与进来，但发号施令的仍是他。萨迪克原以为可以自己来当导演，让施蒂瑞克或维斯勒米来当摄影师（他们还负责萨迪克所有的费用）。可是在突然之间，拍摄计划变成了一次警方行动。

他躺在床上，想着边境对面的奥斯曼，想着开车去拉卡接女儿、把她们带到车上、然后运出来的那个司机。秘密行动必须要保密。司机到达边境时可能会被逮捕。奥斯曼靠走私武器、弹药、人员谋生，他最不希望的事就是引起土耳其警方的注意。他应该通知奥斯曼，还是眼睁睁地看着那个司机被土耳其人带走？

他得看看结果如何。

萨迪克躺在那里，想着他一直不愿意去想的一件事：汽车到了拉卡后，他们怎样把女孩们弄上车？

司机问过奥斯曼同样的问题。如果她们自己不愿回家，把父亲写的便条给她们也没有太大的用处，该怎么办？

奥斯曼只回了一句："想办法。"

他打开电视，转到半岛电视台的新闻频道：在阿勒颇，包括儿童在内的平民遭受导弹袭击后丧生……记者还介绍了拉卡被击中的一些情况，电视里没有显示现场的画面。也许女儿们等不到离开就会被炸死？

他看到了边境正在发生的战争镜头。叙利亚人正在一个个死去。

我们要帮助穆斯林，女儿们曾如此写道，但她们身后留下的只有死亡。

萨迪克曾告诉警察安全局的人说，只需要几天的时间这件事就搞定了。警察已将这个信息上报给挪威驻安卡拉大使馆。第二天，警察安全局的两名工作人员会见了萨迪克，了解叙利亚救援行动的最新进展情况。女孩们在路上吗?

奥斯曼今天是不可能来了，他们一整天都在等着。

警察安全局的人定期向挪威国内的上级汇报这边的情况，他们的上级又与土耳其人联系。挪威驻安卡拉大使馆已派遣两名雇员前往哈塔伊协助工作。考虑到女孩们对与男性接触所持的态度，他们还专门安排了一名女雇员。那么，女孩们是因为想家了才准备离开，还是因为别的原因？在这方面大使馆已经采取了安全防范措施，但最重要的是设法满足女孩们的需要，为了以防万一，外交官已经安排了一辆救护车到现场待命。毕竟，没人知道女孩们的状态是怎么样的。

萨迪克非常清楚地表达了女孩们想逃离“伊斯兰国”的愿望。她们的处境十分危急。现在，外交官和警察都在等待，相关文件也已准备妥当。萨迪克还签署了一份接受女孩们非法越境罚款的文件。这只是走个形式，因为大使馆会从预算中支出这笔钱。因为莱拉还未满 18 岁，所以萨迪克还在莱拉的材料里签上了自己的名字。领事处已将这些文件，即所谓的通行证整理好，以便使两个女孩能顺利从哈塔伊飞往奥斯陆，而不至于被土耳其人逮捕。

像那几位外交官和警察一样，萨迪克也无所事事地坐在那里。他站起身来，坐在另一张椅子上。他走到外面去抽了根烟。他把手机放在桌子上。他们现在所有的注意力都放在那部手机上。

来来回回修改了几次之后，施蒂瑞克和维斯勒米订了星期日早上最早的航班。他们离开奥斯陆整整一个星期了。凌晨时分，当他们到前台退房时，服务员告诉他们萨迪克早已离开了酒店。他们猜萨迪克可能被人抓了，他们把萨迪克的账单也一起结算了。

星期一早上，回到奥斯陆后，施蒂瑞克去了警察安全局总部。萨迪克没有回复他的短信。他被拘留了吗？警察把他的电话拿走了吗？他被捕了吗？施蒂瑞克为错过了拍摄两个女孩穿越边境的机会而大发雷霆，因为在边境等着接她们的是警察安全局的人，而不是他和维斯勒米。

在警察安全局总部，没有人对他的问题给予回应。

没有人告诉他，警察安全局是应萨迪克的要求前往哈塔伊的，他们在这个问题上已经合作了很长时间，萨迪克一直把摄制组蒙在鼓里。

“他快打电话过来了吧？”尼尔斯问。

“他该联系我们了吧？”比约恩问。

“我不知道奥斯曼什么时候会打电话来。”萨迪克回答道。

“他打过电话吗？”过了一会儿，他们问道。有时他们中的一个会出去溜达一圈，然后再回来看看有没有新情况。“有消息吗？他不是说今天早上要打电话吗？”

萨迪克回答说：“这里不像在挪威那样，没法定好具体时间。”什么事情都只能定个大概时间，这里任何事情都可能发生，任何事情都可能改变。欢迎来到这个现实的世界。

终于，在星期一下午，手机屏幕亮了一下，是奥斯曼发来的短信。萨迪克大声读出信息的内容。

“空袭。今天。‘伊斯兰国’占领了‘胜利阵线’的总部。你在哪里？我的好几个朋友都死了。”

“哦……真主啊！”萨迪克写道，“姑娘们怎么样，还有那些去找她们的人呢？他们出发了吗？告诉我行动的情况！”

“我现在很难静下心来，我虽然在和你说话，但头脑很不清醒。这次袭击的规模很大。‘胜利阵线’的所有建筑物都被夷为平地。到目前为止已经死了 30 人了。”

“愿真主收留他们……那些准备开车去接姑娘们的人是什么情况？”

“阿布·伊斯梅尔，我们正在埋葬死难者。我现在在墓地。”

萨迪克没有停下来。“我需要了解行动的最新情况。现在是按计划进行，还是有什么改动？他们离开拉卡了没有？如果他们已经离开拉卡，现在到哪里了？”

“我们派往拉卡的一名司机的父亲和兄弟已经遇难。我现在还没能联系上其他司机。”

所以，今天女孩们不会来了。

“莱拉？”伊斯梅尔写道。

“什么事？”她回答。

伊斯梅尔想知道救援人员将如何把姐妹俩带过来。他知道莱拉和阿扬跟丈夫一起住在各自的公寓里。他们会把她俩的丈夫抓起来，还是会把他们一起带回来？他想打探一下情况。

“阿扬的情况怎么样？”他问。

“赞美真主。”

她用“赞美真主”这种简短的形式表明阿扬一切都好。

在圣诞节前后的最后一次谈话中，阿扬曾说，伊斯梅尔要是继续说不敬的话，她就不再跟他聊天。

但伊斯梅尔没想到阿扬真的不跟自己说话了。他不得不从莱拉这里钓取更多的信息。

“你知道阿扬的情况吗？你上次和她说话是什么时候？”

“上个星期。”

“她怀孕了吗？”

“你去问她。”

“你在撒谎。你上个星期见过她？”

“别叫我骗子，我上星期在网上跟她聊过。”

伊斯梅尔受够了这种做作的装腔作势和傲慢。管他救援不救援呢，他给莱拉发了几条他称之为“通往天堂的指导方法”的内容：

女人：

1. 嫁给一个最有可能死于战争的人；

2. 怀孕；

3. 丈夫死了；

4. 挣钱；

5. 不停挣钱，直到你为获取最大利润而死。

男人：

1. 去发生“圣战”的地方；

2. 让那些热爱“圣战”的女人怀孕；

3. 战死沙场；

4. 挣钱；

5. 这时候你已经死了，所以没有第五步了。

“你是在亵渎神灵，”莱拉回答道，“和我说话时请注意你的用词。你真的认为我们这样做毫无意义？或者你只是在搞笑？”

“这是个玩笑，完全与亵渎沾不上边儿。”

“好吧，别再这样了。”

伊斯梅尔发了一张三只猴子“非礼勿视、非礼勿听、非礼勿言”的照片给莱拉，后面加了一句话：“我很快就要成为伊斯梅尔舅舅了。”

第二天早上，奥斯曼给萨迪克发来信息。

“我还没收到小伙子们的消息。我很担心他们。我非常焦虑，不知道该怎么跟失去父亲和兄弟的胡萨姆说。我要先找到女孩们，然后让我的手下和车辆安全返回。这是整个行动的顺序。”

此时此刻，挪威外交官们和警察安全局的工作人员正在哈塔伊等着。萨迪克向他们保证说，女孩们已经上路了，很快就会到达边境。

随着时间一天天过去，奥斯曼的信息越来越悲观。

“小伙子们在去找姑娘们的路上出事了。”他写道。

“胡萨姆负责开车，他的妻子陪着他，他们假装是在家庭旅行。但他们都受伤了，现在住在加济安泰普的医院里。”

“我会为他们祈祷的，你打算怎么做？”萨迪克问。

一名库尔德士兵遇到了胡萨姆和他的妻子，对他们采取了急救措施，把血止住了，从而救了他们的命。那个士兵把他们身上值钱的东西交给了当地民兵组织——库尔德人民保护联盟。胡萨姆夫妻俩的手机里有拉卡那两个女孩的照片，是萨迪克发给他们的，此外还有“胜利阵线”高层人物的电话号码。奥斯曼去了库尔德人那里一趟，要求他们归还这些物品。库尔德人提出，作为回报，他们也需要奥斯曼的帮助。

“他们想要胡萨姆，他们认为他是‘胜利阵线’的核心人物，”奥斯曼写道，“但我拒绝了，他们要求付钱才会把东西交给我。我又拒绝了。然后他们又跟我要可能会让我惹上大麻烦的东西：弹药。如果我们给他们搞这些东西，一旦曝光，我就成叛徒了。那样我就完蛋了。这些该死的家伙，他们快把我逼疯了！”

“还有其他消息吗？”萨迪克问。

“胡萨姆的一个弟弟在‘胜利阵线’总部遭到空袭时被炸死了，另一个弟弟一直昏迷不醒。我的脑袋要爆炸了。我今天吃了 5 片止痛药。”

“再吃一片！”

“现在我觉得只有吃伟哥才能让我站起来，我的朋友！”

在哈塔伊，萨迪克和警察们坐在那里无所事事。大使馆的人会在这里待多久？警察能等多久？

“胡萨姆的处境真的很糟糕，他的父亲和弟弟都被炸死了。我在尽力再找一个司机，但汽车的修理费用很高。我不知道为什么所有的不幸和灾难都降临到我们身上了！我真的很想帮助你，”奥斯曼向他保证，“可是我非常担心‘伊斯兰国’。这里到处都是他们的间谍。相信我。每次我刚解决一个问题，马上就会冒出另一个。”

奥斯曼告诉他，油罐车离开拉卡时没有把姑娘们给带出来，他们会再试一次。“然而事情总是不断出现新的变化，先是道路通畅了，然后给封了，然后又开放了。我们今天在曼比季，他们在没有任何警告的情况下就封路了，我们想往东走，却不得不向西行进。一切都变得异常复杂。我们必须不断地调整计划，审查每一个细节，从不同的角度来看其是否可行。相信我，如果允许的话，我会把你的女儿们扛在肩上，一路带到挪威。姑娘们那边有什么消息没？”

他与她们已经失去了联系。

救援队在医院里。

奥斯曼在参加葬礼。

油罐车被派去执行其他任务。

然而他的两个女儿，那两个该死的女儿却待在拉卡，对发生的一切浑然不觉。

又过了一个星期，警察安全局下令：收拾行李返回挪威！

萨迪克没有钱继续在这里待着。来时的路费和住宿费都是施蒂瑞克给他提供的。本来计划几天就能搞定的事，两个星期了还没有头绪。在哈塔伊期间，他不断地欺骗自己，也愚弄了摄制组、警察安全局的警察和挪威驻安卡拉的外交官。他们相信自己在执行救援行动，而萨迪克则希望会有奇迹出现。

在奥斯陆机场，两个警察跟他握手道别。

他们走了。他们大步往前，各自回了自己的家。

对他们来说，行动已经结束了。

萨迪克仍然站在机场的人群当中。他环顾四周，有的在等他们的行李，有的在等人，有的在买啤酒和烈酒。他来到自助服务机前，准备买一张回家的火车票。他输入目的地桑维卡和密码，一阵蜂鸣声后，他的卡被退了出来：卡里没钱了。

第三十章　如果你愿意，可以冲她们开枪

白天很长，夜晚也好像永远无法结束。

“让我们一劳永逸地结束这场悲剧吧！”回到挪威后，萨迪克给奥斯曼发了这样一条信息。

此时，奥斯曼还有其他事情要考虑。伊德利卜省的民兵正准备对阿萨德政府军发起大规模袭击。自 2012 年以来，虽然叛军一直占据着伊德利卜省的大部分地区，但距离阿勒颇和大马士革之间的主要公路不远的省会伊德利卜市仍处于阿萨德军队的控制之下。截至 3 月下旬，针对这座城市已经进行了 5 次争夺战。以“胜利阵线”和“沙姆自由人组织”为首的 7 个派别联合组成了一个被称为“法塔赫”的联盟。当联盟军队从三个方向进攻伊德利卜市时，未能逃离的居民都待在家里不敢出门。

叙利亚国家电视台报道说，政府军正在粉碎“法塔赫”进入伊德利卜市的企图。事实上，阿萨德军队已经被从该市南部赶了出去。当政府军试图重新集结时，却发现已经溃不成军了。数以千计的敌军把这座城市给包围了。

5 天后，奥斯曼给萨迪克发信息说：“伊德利卜市解放了！”

“兄弟，我们的生活一定会有一个圆满的结局！”萨迪克回应道。

“胜利阵线”在推特上庆祝这次胜利：“感谢真主，伊德利卜市解放了！”

留着胡须的男人们相拥而泣，他们在公园举行集体祈祷，撕毁了阿萨德政权的旗帜，然后把目光转向了哈菲兹·阿萨德那巨大的金色雕像。

效忠阿萨德政府的人全部被处死了。为了不被卷入复仇的阴影之中，人们开枪打死自己的亲戚，以便证明自己的清白。没过多久，“法塔赫”军队在该市不同地区设立了伊斯兰法院。拉卡是阿萨德政府军丢掉的第一个省会城市，现在伊德利卜成了第二个。

奥斯曼发信息给萨迪克：“我给你拍了很多照片，你可以卖给挪威的记者。”

阿萨德政府人民委员会的一名领导人被斩首，另一名领导人被拴在汽车后面拖着走，还有一名领导人被子弹从眼睛射穿过去。然而，挪威媒体已经从其他新闻机构那里获得了这些消息。他们想要的是挪威人的照片。

奥斯曼发来了几张被斩首的照片。其中一张照片上是一个身穿灰色束腰外衣的瘦老头。他的头被压在砧板上，一个身材魁梧、穿着棕色的齐踝裤的刽子手站在他身旁。那名刽子手蒙着脸，头上戴着一顶黑帽子。拍照时斧头正放在老头的脖子上。

现在的萨迪克急需钱，于是他根据照片的内容编了一个故事，然后带着这则“独家新闻”去了《挪威日报》。他告诉记者，那名刽子手是个挪威人，名叫阿布·沙赫拉扎德·纳韦吉，受害者是一名伊斯兰教的法官。

4月7日，奥斯曼发信息说：“我现在就去修车。把钱寄来。”

第二天他又发信息说：“三天来，我一直在想办法为女儿弄到牛奶。”

“你可以吸我的乳房！”第二天早上，萨迪克回复说。

4月9日：“我们将在两天后前往拉卡。”

4月10日：“在前往拉卡的途中，油罐车将停在代尔祖尔。这次我会亲自去。如果收不到我的短信了，请为我的灵魂祈福！”

4月11日：“油罐车今天早上离开了代尔祖尔。”

4月12日：“一切按计划进行。”

4月13日：“我们已经准备好行动了。”

4月14日：“我们准备好了。他们在轰炸公路。”

4月15日：“油罐车到达拉卡，但姑娘们不在这里。我们在等她们露面。”

4月20日：“我们准备好开始出击，出击，出击！”

4月21日：“计划将在一小时内行动。”

4月22日：“我们在拉卡，没什么可报告的。我们等着出击。”

4月23日：“我的神经快要崩溃了。”

萨迪克卖给《挪威日报》的照片占据了整个头版。文章的标题是：“‘伊斯兰国’知情人士告诉《挪威日报》——挪威籍刽子手砍掉了受害者的头颅”。“《挪威日报》今天首发了一张据称是挪威人在叙利亚参与处决的照片。行刑的刽子手据称是挪威国民，他已经在叙利亚待了有一段时间，一直在为恐怖组织‘伊斯兰国’效力。”文章接着说，这名男子在挪威出生和长大，记者获悉该男子名叫阿布·沙赫拉扎德·纳韦吉，他仍“以基督教教名登记注册”。那些追踪报道伊斯兰教教徒的人据此推测，此人肯定是后来改变了自己的宗教信仰。那人随后列了一张大致的名单，因为在叙利亚的挪威籍人改变宗教的人并不多。除了曾经入狱的巴斯蒂安·瓦斯奎兹外，没有一个人像照片上的那个人，不过记者们并不知情。《挪威日报》还介绍了受害者的情况：“他已将妻子和子女安全地送到了卡塔尔。他们计划全家在位于波斯湾的这个富裕的酋长国开始新的生活，但这名被控为逃兵的人还没来得及逃出叙利亚就暴露了。被捕后不久，他就在一大群人面前被处决。这名伊斯兰教法官被判处死刑，是因为他以前在‘伊斯兰国’的朋友认为他是个叛徒。”两位署名记者补充说，这些信息来自“多个来源”，指的就是萨迪克和奥斯曼。

如果记者们当时能在网上快速搜索一下，他们就会发现这张照片是“伊斯兰国”发布的，那个名叫“拉卡正在悄无声息地遭受屠杀”的组织讲过这个故事。那个人并非是什么伊斯兰教法官，而是一个涉嫌使用黑魔法的普通村民。两个月前，从英国报纸到美国电视台，多家媒体都曾报道过这个村民的故事。

被指控的村民摇身一变，成了伊斯兰教法官，刽子手变成了挪威人，这都是诗人萨迪克一手炮制出来的。

“我们是在谈论什么时候发生的事情？”在头版消息传开后，萨迪克给奥斯曼发了条短信。

“几天前的事，”奥斯曼回答道，“问题是你的姑娘们都戒备森严。她们的丈夫一定很疼爱她们。我的小伙子们曾 4 次准备出手，但门外总是有武装人员守着。”

奥斯曼的一个手下派自己的妻子去查看情况。他们事先约定，如果半小时内她不回来，他们就采取行动。时间一分一秒地过去，男人们准备好了。就在差几分钟到半小时的时候，她出现了。

“姑娘们都在那里，不过房子里除了‘伊斯兰国’的士兵，还有另外 9 个女人。进攻是不可能的！”奥斯曼写道。

阿扬和莱拉与一群女孩住在一栋旧房子里。希沙姆或伊姆兰被派往前线后，姐妹俩就一起搬到了这里。在“哈里发国”内，没有哪个女人可以独自一人生活。

奥斯曼写道：“姑娘们躲在坚固的要塞后面，‘伊斯兰国’的士兵就是她们坚固的堡垒。”

“这也是我最担心的事。”萨迪克回答。

“你的女儿从来不单独出去，她们总是待在一起，”奥斯曼抱怨道，“一个小伙子试图混进去，但不行，他们人太多了，进不去。顺便说一句，看起来阿萨德政府似乎已经不行了。”

“‘伊斯兰国’怎么样？”

“如果阿萨德政府倒台，‘伊斯兰国’也会倒，这是肯定的。时间会证明我是对的。”

他们一直聊到凌晨。

“你们的枪有消音器吗？”

“买那个要花 2 000 美元。耐心点儿。”

“我想让守卫看着女儿们离开那里。”

“这次行动我带了五男两女共 7 个人。他们有 5 支步枪和两支手枪。我买了弹药和一把手枪，小伙子们有自己的武器。”

“对这样的行动来说，这些还远远不够。”

“亲爱的朋友，我们不能在‘伊斯兰国’的领地中央开火……我们只能偷偷出击。”

“根据你的情况办吧，如果你愿意，可以冲她们开枪，好尽快结束这一切！”

“你的女儿也是我的姐妹！”奥斯曼回复道。

大约凌晨一点，萨迪克发来信息：“请结束我的痛苦，结束我的苦难。全力以赴，一击命中！”

“冷静点儿！”奥斯曼回复说。

现在的挪威依然非常冷，这就是他们所说的春天？

萨迪克穿着一件冬衣，一双厚厚的靴子，头上戴着一顶灰点带黑棱纹的帽子。他一直觉得浑身发冷，不过由于是一个人在家，他不想总开空调。伊斯梅尔现在经常外出。春天的时候，他认识了一个女朋友，在家的时间就更少了。萨迪克见过那个女孩一次。她的肤色白得几乎透明，一头长长的黄发也几近白色。

如果提前做好准备，过冬应该是没什么问题的。问题是现在是5月，这时候草地本应该是绿色的，桦树也该发出闪亮的嫩芽，而现在的天气却让他冻得发抖。他睡觉的时候都戴着帽子，不过这并没有什么用。没有萨拉在身边，床是冷的。

他经常晚上起床到附近闲逛。白天他也走不少路，他喜欢去爬科尔索斯山，喜欢沿着陡峭的小路奋力前行。他喜欢站在山顶鸟瞰四周的景色，不管多么伤心、沮丧。大部分时间他都待在家里，用手指咚咚地敲着桌子，有时敲的是埃塞俄比亚节奏，有时敲的是厄立特里亚节奏，有时是索马里节奏。不知不觉间，他发现自己写了几行曲子。他打电话给朋友，之后又给另一个朋友打电话。他不停地发短信：给奥斯曼的短信是“有什么进展吗？”给萨拉的短信是“我想你”；给伊斯梅尔的短信是“你回家吃晚饭吗？”不过他不再给两个女儿发短信了。从去年11月以来，他一直没有收到阿扬的信息，也有好几个月没有收到莱拉的信息了。奥斯曼给他回复的是“别唠叨了”；萨拉给他的回复是“孩子们也想你”；伊斯梅尔则回复“晚饭我自己解决”。萨迪克真的被折腾坏了。

命运好像总是比他先行一步。每次他们快要把女孩们弄出来时，总会突然冒出一件事来打乱他们的计划。他实在是搞不清楚这到底是怎么回事。

“我在阿勒颇附近的达尔艾萨医院。”有一天，奥斯曼发来短信说，“这里发生了空袭。我差点儿被炸死。我的背上全是弹片。”

他描述了当时的情况：两架米格战斗机在他头顶呼啸而过，巨大的轰鸣声就像天堂的高速公路轰然倒塌一般。这些战斗机是阿萨德政府从俄罗斯买来的，对叙利亚造成破坏最大的就是它们。

萨迪克对此无动于衷。“你打算什么时候去绑架那两个该死的孩子？”他问道。

奥斯曼给他回复了一张从医院窗口拍摄的照片，照片里，幼发拉底河的河水正在缓缓流淌。“我仍然躺在病床上，全靠止痛药顶着。我邻床的那个病人昨天自杀了，投井自杀了。”

“我的小女儿怀孕快 9 个月了。大女儿也快 7 个月了。”

萨拉之前告诉过他阿扬也怀孕了。

“我的手下们也提过这事，说莱拉快生了。至于大女儿那边，她丈夫一直陪着她。不过我听说她们两人的丈夫都要被派到前线去，会离开几个星期。”奥斯曼在病床上写道，“有传言说美国人计划轰炸阿特麦，所有总部的人都已经疏散了。我的脸谱网账户也被封了，所有联系人都丢了。根据脸谱网管理员发来的消息，账号被封的原因是‘支持恐怖组织、煽动暴力以及张贴包含暴力图像的图片’。”

5 月 8 日，萨迪克发来信息：“我今天 40 岁了。我爱我的妈妈，她是我今天最想念的人。”

“‘伊斯兰国’的人还没有离开房子，”三天后，奥斯曼发信息说，“我手下的小伙子们已经厌倦了在那里到处闲逛。姑娘们很幸运，她们的丈夫一直陪着她们。这些家伙哪儿也不去，他们到底在干什么？拉卡的最新消息是，‘伊斯兰国’内部发生了内讧。很多人都偷跑了。我想那里很快就会血流成河，各方都已经拿起武器严阵以待。”

“时间不多了，这是我们最后的机会！”萨迪克继续死缠烂打。

两天后，萨迪克冒着料峭的春寒回到家里，把手机放在客厅的桌子上，然后坐在沙发上，两眼呆呆地看着它。快到午夜时，他拿起手机，查看有没有信息或电子邮件。什么都没有。他把手机放下，又拿起来，轻轻点开莱拉之前发来的信息。尽管莱拉不再给他发信息，也不再给他回信，他还是想跟她说说话。

“我是爸爸，我很担心你们。”

同往常一样，这条信息没有人看。

房子里发出各种响声。冰箱嗡嗡作响，炉子不时发出咔哒咔哒的声音，洗衣机会突然发出咯咯的声音，洗碗机也会吱吱作响。以前，他从未在意过这些声音，但现在，当自己一个人孤零零地待在房间里的时候，这间空旷的公寓似乎要跟他说些什么。

萨迪克又发了一条短信。

“安赛俩目阿来库姆，我来阿来库姆，赛俩目。[①]孩子生了吗？”

此时，中学生们正在大街上庆祝他们学期的结束。天气预报说，当晚晚些时候会下雨，而此时大雨已经打在窗玻璃上。10月莱拉就满18岁了。本来她会像那些学生一样，明年就可以开始享受生活了。他叹了口气。刚准备站起身来想找点儿喝的，这时候手机屏幕亮了。

“安赛俩目阿来库姆，我来阿来库姆，赛俩目。”

接着又发来一条：“还没生。”

然后又发来一条：“她还要一个月才会出生。”

然后，对方又下线了。

萨迪克怔怔地坐在沙发上。从莱拉说话的语气来看，他们好像昨天才见过面。她还没有出生。难道莱拉已经知道她怀的是个女孩，还是自己胡乱猜的？

我女儿到底是什么样的人？

---

① 安赛俩目阿来库姆，我来阿来库姆，赛俩目，是阿拉伯语祝福词，是穆斯林之间最美好的问候语。——译者注

他发现自己越来越多地问自己这个问题。她是谁？他真的认识她吗？还有阿扬，人们都说她和萨迪克很像，萨迪克也自认为很了解阿扬。他真的了解她吗？

他给奥斯曼发了一条消息："我的小女儿，高个子的那个，今晚打电话给我，说再过一个月，她的女儿就要出生了。这是我们最后的机会。我们只有一个月的时间。"

凌晨时分，疲惫不堪的萨迪克躺在沙发上睡着了。这是一个不安分的夜晚，他不停地在房间里走来走去、上网、抽烟。他一直到第二天下午才醒了过来。醒来后，他想起了头天晚上在网上读到的那对儿索马里双胞胎的故事。那两个女孩打电话给在布里斯托的父母，说她们逃离了"伊斯兰国"并躲藏起来。他们的父母把此事告诉了警方，英国首相戴维·卡梅伦在电视上说，如果她们能够悔过，将免于惩罚。然而，这两个17岁的孩子却被"伊斯兰国"的人找到了。他们把她俩关押起来，最终斩首示众。之所以杀了她们，是因为她们把事情告诉了父母，惩罚她们是因为他们的父母把此事告诉了媒体，把她们斩首示众，是因为戴维·卡梅伦公开表示支持她们。她们在拉卡市中心被斩首。从照片上看，那两个女孩很像他的女儿。他能清楚地想象出当时的场景：她们请求宽恕，尖刀刺进了她们的喉咙，她们高声尖叫，然后一切归于平静。一想到刀刃抵在喉咙上的那种感觉，他就想吐。

但是，星期六上午，当他想再读一下这个故事时，它已经从网上消失了。不过，头一天晚上他一直在看这个故事，甚至浏览了斩首现场的照片。他记得故事可能发布在阿拉伯卫星电视台的网站上，或者是路透社的网站上，但现在这个故事已经从网上消失，好像从来没有出现过一样。为此他感到很困惑：难道整个故事是他想象出来的吗？

萨迪克凝视着外面灰蒙蒙的街道。早晨的天气寒冷刺骨。明天是挪威宪法日。每到这个时候，贝鲁姆的市民们会熨烫好带有民族特色的衬衫，擦亮皮鞋，拿出旗帜，往花瓶里插上桦树枝，为 5 月 17 日的早餐采购，或者为家里人购买鲜花和香槟。马上就要毕业的学生则忙着在考试前为他们最后一次大型聚会做准备。

没人邀请萨迪克。

孩子们都不在身边，他没法陪他们去参加儿童游行活动，也不能在他们参加套袋赛跑、踩高跷或者用球击打锡罐的时候给他们加油鼓劲。同往常一样，这些活动照常进行，只不过伊萨克和贾布里勒不再参加了。

周围的生活似乎跟萨迪克没有任何关系。过去大部分时间里，他都过得很快乐。有时候他会想，以前的生活多么惬意啊。即便在索马里内战期间，甚至在他失去父亲和兄弟的时候，也比现在过得好。而现在，他对一切都漠不关心，什么事都对他产生不了任何影响。

与此同时，萨迪克开始变得健忘，不记事，经常忘记要说什么话。有时，比如像现在这样，他会怀疑自己是否在脑子里虚构了什么故事。他觉得自己在网上看到的那些故事是他自己在脑子里想象出来的，那些看似真实发生的事其实只存在于他的脑子里，是他因为焦虑而想象出来的。

他决定去洗个澡，这能让他有一点儿活力。就在这时，放在客厅桌子上的手机收到了一条信息。

“阿布·伊斯梅尔，你的小女儿，高个子的那个，在阿特麦。”

热水浇在他身上。他思索着，究竟是真的看到了那两个女孩的故事，还是自己想象的？他曾清晰地看到这一切：那对儿来自布里斯托的索马里孪生姐妹，卡梅伦发表了声明。现在这些都不见了，没有什么两姐妹，没有斩首事件，也没有什么卡梅伦。

远在阿特麦的奥斯曼变得越来越不耐烦了。“阿布·伊斯梅尔，你睡着了吗？醒醒！”

空荡荡的房间里回荡着手机提示声。萨迪克擦干身体，穿好衣服，冲了杯咖啡，然后查看一下他的手机，这一行为他每天要重复数百次。

最后一条留言这样写着：“我要开车去阿尔丹那，那边没有信号，两小时后我再回来。给我回信。”萨迪克向上滚动屏幕，身体变得僵硬。随后像雪崩一样，一切都释然了。莱拉有救了！一种如释重负的感觉席卷他的全身。眼泪顺着他的脸颊流了下来。紧接着他突然想道：只有莱拉？为什么只有她一个人？阿扬在哪儿？

他开始疯狂地给奥斯曼发短信，并试图打电话给他，但那边没有信号。应不应该给萨拉打个电话？不，先等等再说。

于是，萨迪克继续等待。

两个小时后，莱拉被救出来了！三个小时后，萨迪克肩膀上的重担已经卸下一个了，但阿扬依然重重地压在他的肩上，给这个好消息投下了一丝阴影。

终于又联系上了奥斯曼。“阿布·伊斯梅尔，好消息。你女儿带着孩子在阿特麦。那个高个子女儿。”

带着孩子？她已经生了吗？

获悉莱拉被救，奥斯曼欣喜若狂。她头戴面纱，怀里抱着孩子从他们住的房子里走出来，来到外面的大街上。奥斯曼手下的那几个男孩子开车慢慢经过她的身边，停下车，然后把纸条递给她，并告诉她他们可以把她带出拉卡。于是，她跳上车，跟他们一起穿过了所有的路障和检查站，不停地往前开，不停地开，一路上没有做任何停留。

“天赐良机，”奥斯曼写道，“真主今天真的是怜悯我们。”

萨迪克想跟女儿通话。

“等一会儿吧。她累了，想睡觉。”

“我明天第一时间就赶过去。在我到达哈塔伊之前，不要把她送到土耳其。”

看到没有回复，他准备给奥斯曼打电话，可奥斯曼的手机只传来“嘟嘟”的声音。

“这是个好消息，别担心。”奥斯曼回复道。

“我怎么可能不担心。”萨迪克回答说。

“她说她累了，不想和你说话。你的外孙已经满月了。”

孩子已经满月了？莱拉刚刚在短信里说还有几个星期才能生。他误解她的意思了吗？难道莱拉说的是孩子已经出生4个星期了？

“我想听听她的声音。”

会不会是救错人了？也许是巴斯蒂安的妻子埃米拉。她生过一个孩子，而且个子也很高。她父亲曾说她想回家，但没能成功。不过，埃米拉是巴基斯坦人，不是索马里人。奥斯曼不可能错得如此离谱。但是，奥斯曼没有看过她的脸，只是说她个子很高，说自己的母亲和妻子正在照顾这个逃出来的女人和她的孩子。

几个小时过去了。奥斯曼终于又来了一条信息：“亲爱的兄弟，我最好的朋友，那个女孩在我家。别担心。拜托，冷静点儿。”

晚上 11 点 20 分：“嗯……什么？她是谁，他们又是谁？让我跟她谈谈。”

11 点 21 分：“等等吧，我不想给她压力。”

11 点 22 分：“你让她在瓦次普上发段录音给我。”

11 点 22 分：“这女孩说她认识你的两个女儿。”

现在可千万不要断线了。他感觉自己飘浮在另一个维度里。一切全完了。

“看模样就是你女儿莱拉，我敢肯定是她，她只是吓坏了。她说的很多事都是前后矛盾。刚开始她说她来自英国，后来又跟我说她来自南非。”

11 点 24 分：“骗子。”

11 点 25 分：“她说她不是你女儿，她还说你的女儿是双胞胎。”

11 点 25 分：“让真主送她下地狱！她在撒谎。我不关心她是谁。我不想浪费时间或者精力。你绑错人了。”

得知莱拉被救出来了的喜悦转眼间便消失了。萨迪克转身到阳台上去抽烟。感觉到希望然后又失望，是要付出代价的。他写了一首诗：

树叶纹丝不动，
我的心却不是这样，
我的头脑也不是这样，
它们在叫嚣。

5月17日，伊斯梅尔参加完聚会回到家时，他对过去几个小时内发生的戏剧性的变故一无所知。他给莱拉发了一张照片，是他们的母亲去年夏天在索马里拍的。照片中的萨拉盘腿坐在地板上，眼睛看着镜头。“难道你不想念这张脸吗？”伊斯梅尔问道。

伊斯梅尔曾试着理清思路，找出原因。他被整件事弄得疲惫不堪，只希望让姐姐的妹妹看到母亲的照片后，能意识到她们给母亲带来了多么大的痛苦。莱拉没有回复。伊斯梅尔躺在床上睡不着觉。凌晨4点，他又发了一张自己的照片，然后问道：“为什么你们‘伊斯兰国’都喜欢自杀式爆炸？”

莱拉没有回复他。

只有奥斯曼在不停地发信息。救援队看见一名戴着面纱的妇女带着一个小孩离开那栋大房子，他们以为那是莱拉，他们以为莱拉生过孩子了。他们告诉她可以帮她逃出拉卡。女孩跳上车，一路上默默坐着，一言不发。

“他们是不是盯错人了？他们是不是根本就没见过我女儿？记住，我女儿的皮肤像橄榄油，如果这个女孩来自南非，那么她的皮肤会很黑。我女儿没有她那么黑。”萨迪克补充道，“如果我妻子知道你认为我的两个女儿这么黑，她会很难过的。”

“你要知道，我们只能看到她们的眼睛。”奥斯曼回答。

这个女孩成了奥斯曼的麻烦。这个女孩让他感到恐惧的原因是多方面的。一是担心她会把奥斯曼的这个走私网络说出去；二是担心她会把奥斯曼泄露给土耳其警方，这样的话下次他越过边境时就会惹上麻烦；三是担心她可能仍然与“伊斯兰国”保持联系。她知道奥斯曼的住址，还见过其他走私犯。他再三向她强调不要暴露他的情况。几天后，这个女孩和她的孩子越过边境，被送到了土耳其。这家人不费吹灰之力就让女儿回到他们身边——离开战区，免费送回家。萨迪克感到很痛苦。这个女孩在这帮人的帮助下获救了。世界真是没有公平可言。他心痛难忍，不过他相信，假以时日，莱拉终究也会自由的……

意识到女孩不是莱拉时，尽管可能从她那里得到关于两个女儿的宝贵信息，萨迪克还是不想再跟她说话。他无法面对这一切，就好像他不想知道事情的真相，这也算是一种自我保护。

拉卡的天气变得越来越热，怀孕的人开始不好受了。姐妹俩外出时，除了要穿好几层衣服外，还要把鼻子和嘴巴蒙起来。冬天的时候，由于经常断电，室内冰冷刺骨。现如今，依旧是因为断电，所有的风扇都不转了。就在短短几个星期前，沙地上还呈现一层绿色，而现在已经开始变成棕色了。沙漠里的春天很快就被酷热取代。

但姐妹俩从来没有打电话向家里人抱怨。在“哈里发国”，大家貌似都很快乐，都对未来充满信心。

一个星期后，莱拉回复了伊斯梅尔 5 月 17 日的问题。

“我从来没有说过任何关于自杀性爆炸的事。”她简短地回答。

收到回复后，伊斯梅尔第一时间接着问道：“‘伊斯兰国’对自杀性人肉炸弹有什么看法？”

“你既然不信教，为什么要问我关于费格赫的事呢？”

费格赫指的是伊斯兰教法理学，是对《古兰经》和伊斯兰传统中所述教法的阐释。除了涉及祈祷、斋戒、施天课和朝圣等仪式活动外，它还涉及民法、刑法以及与伊斯梅尔提问的那个问题相关的领域——战争法。在“伊斯兰国”眼里，真主是立法者，伊斯兰教法是真主启示的一部分，是不能随意修订或篡改的。

“我只是想知道实情。”

“我觉得这么做没有意义。”

“这个问题太难了？”

“不，我只是不明白，你能在网上找到答案，为什么还来问我。”午夜过后，她回复道。

“我不想看那些宣传材料。既然你在那边，我只想听听你的观点。”伊斯梅尔回复道，并发出了一个耳朵的图标。

“你既没有信仰，也不想寻求值得自己信仰的东西，那你了解这些有什么益处呢？如果你是为了更好地了解宗教知识，我还可以理解，但你问这个问题似乎只是为了跟我辩论。”

“我只是想看看你是否认同我的价值观。”

“现在我真的没有时间跟你辩论，也没有辩论的欲望。从现在开始信仰真主吧，因为如果你不信仰真主，不管给你什么答案都没有任何用处。”

“别拐弯抹角了。‘伊斯兰国’是支持还是反对人肉炸弹？我不是在跟你辩论。这只是一个简单的问题。我没问原因，只想知道答案是支持还是反对。”

几分钟后，页面上的光标开始移动。拉卡那边的人正在输入文字。

“嘿，我是莱拉的丈夫……老兄，我们终于有机会聊聊了。”

“嘿，兄弟，我刚刚问了妹妹一个问题。你不介意回答一下吧？”

“是啊，我知道，她只是觉得有点儿累了，由于怀孕的原因。”

“因为你向她求婚的事，我爸爸非常赞赏你。我也一样。”

“谢谢你告诉我。”

“好好照顾她，老弟。”

“相信我，我会的，伊斯梅尔。很久之前我就想和你聊聊了。兄弟般的友爱，多好啊。”

“能回答我的问题了吧？”

“我知道你喜欢费格赫。顺便问一下，你属于哪个学派的……不要像其他索马里人那样告诉我你是沙斐仪学派的哦。还有，这边随时会停电。”

学派指的是费格赫体系内的思想派别。逊尼派伊斯兰教有4个教法学派，其中包括在北非和东非比较普遍的沙斐仪学派以及最为严格、在沙特阿拉伯占主导地位的罕百里学派。

“哈哈……我不是要找其理论根源，给我一个简单的答案就行了，支持还是不支持？”伊斯梅尔坚持道。

“老兄，一步一步来，哈哈。”

“那么，意思就是支持了。好，我不确定是西方国家在故意抹黑你们，还是你们真的制造了自杀性爆炸，所以我更希望从你们那里得到一个简洁、明了的答案，如果这不算太过分的话。”

“我们才刚刚认识，老兄，这个话题需要泡一杯热茶慢慢聊。你来我这边，我准备上好的索马里茶，咱俩像老一辈人那样好好聊聊怎么样？”

“哈哈，我还能活着回来吗？”

伊姆兰换了话题，想和他聊点儿别的。

但伊斯梅尔不肯罢休：“先回答我的问题，你看我的态度这么诚恳。”

“好吧，这个问题争议很大。‘伊斯兰国’中有些学者赞同，有些则不赞同，他们说这是自杀行为。但由于它可以给敌人造成巨大的伤害，大多数人同意这么做。凡是做这事的人都是自愿的，没人强迫他们这么做。有趣的是，有一大堆人在那里排队等着当人肉炸弹，这也让很多人感到吃惊。现在我的问题是，了解这个对你有什么好处？”

伊斯梅尔回答说：“我只是好奇‘真正的’宗教是怎么被曲解的。”

此时，一名挪威“圣战分子”正坐在那里考虑是否要去执行自杀式袭击任务。

巴斯蒂安在叙利亚的几个同胞最终决定采取行动，他们向拉卡的伊斯兰教法院投诉巴斯蒂安的犯罪行为。经过简单的审判，阿布·萨菲亚以谋杀继子萨拉赫丁的罪名被判处死刑。

巴斯蒂安在这个世界上等待着自己的生命走向终点。时间一天天过去，他仍然被关在牢房里。有一天，他再次被带到法官面前，他面前有两个选择：或被斩首示众，或为“伊斯兰国”进行一次自杀式袭击。

要么接受因违背教法而受到的惩罚，要么像殉道者一样死去。

“哦，真主毁灭他们，让他们痛苦吧！”巴斯蒂安曾经在视频上不停地呼喊道。“哦，安拉，报复那些犯罪的人吧。”他曾如此威胁挪威王储和首相。“哦，至大的真主，让他们看看你的愤怒！哦，强大的真主，让他们下地狱吧！”

当刚刚被占领的边境站化为一片火海时，他曾放声大笑。

现在，他的生命也将在一片火海中结束。这是为了真主的事业。他可以钻进卡车，给汽车装上装甲板，以防轮胎被子弹打爆。他可以坐在焊着金属板的挡风玻璃后面，金属板上只留一个小孔，这样子弹就伤不到他。接到信号后，他便可发动汽车，冲向目标——异教徒和叛教者，或者从另一个角度来说，冲向天堂。

在触发爆炸装置、引爆汽车之前，他可以高喊“阿拉胡阿克巴”。

但巴斯蒂安不愿意这么做。

他想活下去。

巴斯蒂安曾高高在上。他的视频曾传遍全世界，“伊斯兰国”需要他来进行宣传。他以为自己会获得缓刑。然而他没有。

伊斯兰教执法甚严。杀人者必偿命，一命换一命。那些一心想去天堂的人反而会下地狱。那里是杀害儿童的人应去的地方。

萨拉告诉萨迪克，莱拉的预产期是6月10日。

“我有个主意，”奥斯曼写道，“能不能利用她去医院检查的机会？让我好好想想。”

“还剩 15 天，我得提醒你。没剩多少时间了。”萨迪克回复道。

“有三个小伙子被捕了！”

“什么？”

“他们在‘胜利阵线’检查站被拦住了。‘胜利阵线’的人搜查汽车，发现了武器。这三个小伙子被指控为库尔德人传递情报。”

“还剩 14 天。”

“他们被关押在‘胜利阵线’总部，离阿尔丹那有 4 英里远。我很不安，所以派了一个酋长过去……”

“还剩 13 天。”

“我们已经设法潜入了医院，已经和妇产科医生商量好了。当你女儿来生孩子时，他会参加接生。孩子生下来后，他会告诉莱拉孩子身体有病，需要后期治疗。莱拉就会每天带孩子来医院让那个医生进行检查。她来的次数越多，我们抓到她的机会就越大。医生会让她相信，孩子需要去土耳其的一家特殊医院进行治疗，而去土耳其需要经过阿特麦。这是一个千载难逢的机会。小伙子们将誓死为你效力。”

“那我大女儿该怎么办？”

“我们需要更多的钱。我们的现金快用完了。我们需要钱把那三个男孩赎回来。这次行动中他们三个一分钱都没有赚到，此外我们还欠那位油罐车车主的钱，他也需要钱来养家。不过，男孩们都没有任何抱怨，他们都很理解你。告诉你女儿，到医院分娩是最安全的，不过不要让她起了疑心。想办法给我们多寄点儿钱！”

萨迪克回复道：“我早上起得太早了，现在需要再睡一会儿。”一提到钱的事，他就会顾左右而言他。

到了晚上，萨迪克发信息说：“烦，真烦啊。恶魔在玩弄我。”

奥斯曼回复说："我知道你正在经历地狱般的历练。我也一样。"

这个叙利亚蛇头的活动空间越来越小。库尔德民兵正在接近阿特麦，已经控制了附近的几条公路。"伊斯兰国"正伺机发动进攻。"胜利阵线"正严阵以待。阿萨德政府军也在不停地轰炸。

"伊斯兰国"的控制区比以往任何时候都大。2015年5月中旬，"伊斯兰国"军队夺取了古城巴尔米拉的控制权。他们把未能及时逃离的政府军全部处决，释放了可怕的塔德穆尔监狱里的囚犯，然后招募他们入伍，并在该市的古代纪念碑周围安放炸药。此外，"伊斯兰国"还赢得了一次战略上的胜利：他们攻陷了伊拉克安巴尔省首府拉马迪。

盟军单靠空袭无法击败"伊斯兰国"，并且他们缺少地面配合部队。盟军曾试图结盟几个较为温和的团体，结果这些团体要么遭到"伊斯兰国"的排挤，要么加入了极端分子的行列。此外，盟军还缺少可靠的情报，需要有人渗透进去搜集情报，并弄清目标的具体位置。

一年前，巴拉克·奥巴马曾公布过一项旨在训练和武装一支5 000人部队的计划，以对抗"伊斯兰国"。这项预算5亿美元的计划很快在国会通过，但从一开始就被搁浅了。按照计划，他们将从伊拉克和叙利亚的战区抽调人员，在约旦接受为期6个星期的训练，配上先进的武器，然后重新投入战斗。最后，美国人只训练了60个人，有1/4的武器都交到了其他民兵组织手中，以换取在他们地盘上的通行权。此外，美国与其他几个联盟国之间存在分歧：土耳其和阿拉伯国家的主要目的是让巴沙尔·阿萨德下台，而美国的重点是摧毁"伊斯兰国"。

美国、英国、俄罗斯以及阿拉伯国家都试图笼络叙利亚境内的各路人马。英国情报部门在人员渗透和人员训练方面投入了大量财力物力。英国军情五处试图渗透到清真寺、萨拉菲派的各个组织和极端主义团体当中，以寻找可以潜入“伊斯兰国”担任情报员的人。为了找到合适的人选，他们还请来了心理学家，对应征者进行全面的人格测试，以确定他们是否属于那种极易叛变得人，一旦叛变，他们将会成为最危险的人，即对“伊斯兰国”比对英国更忠诚的双重间谍。

奥斯曼救援队的人觉得自己被跟踪了。他们认为有人一直在监视他们。这两个挪威女孩成了很多人肩上沉重的负担。

最近，许多积极分子被捕遇难。视频中，他们以叛徒的身份被押着在大街上游行示众，然后对着镜头被枪杀。如果“伊斯兰国”的人找不到积极分子本人，就会把他们的亲戚抓来垫背。“拉卡正在悄无声息地遭受屠杀”组织中最有名的一个公民记者成功逃到了土耳其，但他不得不看着自己的父亲被绑在一棵树上遭受折磨，然后被枪杀，整个场景由专业人员进行灯光布局，并由专门的摄像组进行现场拍摄。

6 月 1 日，奥斯曼发来一张蛇的照片，上面写道：“‘伊斯兰国’正在逼近阿特麦。你知道你女儿是什么血型吗？ A 型还是 B 型？请给媒体施加一些压力，我们需要钱。医院里的人需要用钱来摆平。”

6 月 2 日，奥斯曼发来一张斩首的照片：“一位来自杰贝勒扎维耶的工程师。”

6 月 5 日，他发短信来催促：“我需要付钱给医生。”

6 月 7 日，他又发了一封提醒短信：“你在哪儿？发生了什么事？救救我们！”

萨迪克说他正在努力。“我对报社的人大发雷霆。他们一分钱都没有寄给我。他们正在等更多有关挪威战士的消息，他们对挪威狙击手特别感兴趣。”

在女儿预产期的前两天的凌晨4点，萨迪克发信息道："自从女儿们离开后，我的生活发生了翻天覆地的变化。生活变得越来越糟。她们还没有幡然醒悟，她们还想待在那里。她们在那个地方过着幸福的生活。我没有工作，也找不到任何工作，我妻子去了索马里，家里只剩下我和伊斯梅尔。那些帮助过我的人不可能一直帮我。没有人能一直帮助我。挪威政府曾帮助过我。现在的我身心俱疲，不知道该怎么办才好。大家都在逃离拉卡，而我的女儿们却要留下！如果她们认识不到自己犯下的巨大错误，我们怎么能帮上忙？这才是问题所在。我的女儿们还是没有醒悟。"

第二天晚上，奥斯曼回复说："'伊斯兰国'已经封锁了所有道路，所有人都必须留在拉卡。"

6月10日，萨迪克回复说："我决定多关心一下我的儿子伊斯梅尔。"

6月12日："道路仍然被封锁，离开拉卡的路全被封闭，到处都是狙击手。'叙利亚自由军'已经正式向'伊斯兰国'宣战。他们停止了对阿萨德政府的攻击，开辟了一条打击'伊斯兰国'的前线。石油运不出来，汽油涨到了每夸脱一美元，物价飞涨，工资水平锐减，各援助组织都停止了食物供应，农民们无法运输农产品，买不到蔬菜。拉卡被包围了。现在需要有耐心。祈祷她的分娩时间能推迟。"

6月15日："我的小女儿给我打电话了，她还没有生。"

奥斯曼回复说："对我手下的小伙子们来说，拉卡的情况越来越糟，把你的女儿带出去的机会也一天比一天渺茫。但我们不会放弃，我们会在孩子出生前找到她们。"

然而，孩子先生下来了。

6 月 18 日，17 岁的莱拉当了母亲。眼看宫缩越来越厉害，伊姆兰把她送到了医院。孩子出生的 12 小时后，她打电话给在哈尔格萨的母亲，告诉她一切顺利。正如她预料的那样，是个女孩。

孩子出生前，萨拉一直紧张不安。莱拉和她一样，胯骨较窄。在萨拉与萨迪克的第一个孩子时，萨拉差点儿送了命。

现在，他们当外公外婆了。

在一切都结束后，他们会一起庆祝此事。

6 月 20 日，萨迪克给奥斯曼发信息说："我女儿生了一个女儿。"

6 月 21 日："我当外公了。"

6 月 22 日，奥斯曼发来一段斩首的视频，他觉得萨迪克可以把它卖掉。

第三十一章　斋月

“爸爸来了！阿布！爸爸！”

两个儿子冲上前来迎接他。他多么想念被儿子小小的身躯撞在身上的那种感觉啊！他们轮流扑进他的怀里，萨迪克把他们高高举起。从最后一次见到他俩到现在，已经过去一年了。萨拉站在那里，微笑着看着他，美丽、温暖而又幸福。

在索马里的她完全不同于在挪威时候的样子。在挪威，痛失女儿的她变成了一个 38 岁的老太婆。

现在，她不再哭了。在哈尔格萨，她和两个妹妹、弟弟和弟媳妇住在一起，到处都是小孩子。侄子侄女经常来大房间里跟她一起住。亲情比什么都重要。萨拉从挪威带来了伊萨克和贾布里勒不能穿的衣服，她有个已故妹妹的女儿和阿扬同岁，萨拉送给她一件阿扬没来得及丢到垃圾箱里的衣服——一件白色夹克。

屋里回荡着他们的笑声，客厅里弥漫着一股香水味。那是萨拉的房间。她是这里的一家之主，她从萨迪克那里需要的只是每月 300 美元的房租和一家 16 口的生活费。

厨房里有一个砖砌的灶台，上面有两个洞，家里的女人们每天早晨在里面放上木炭，生上火，把罐子和平底锅直接放在炭火上面。清晨的空气中弥漫着豆蔻籽甜茶的香气，紧接着会散发出炖豆汤、麦片粥或薄煎饼的味道。在白天，她们会准备做萨莫萨三角饺用的面团，不停地揉擀面团。她们用水冲掉调味料里的石子、稻草和泥土，把所需的分量分别放进两个托盘，然后安排一个小女孩把里面用不到的东西挑出来。她们切馅、炒馅，然后把馅放入擀好的面皮里包好，最后再放入油锅里炸熟。

一天的大部分时间都在为一大家子人准备吃的，所以厨房里总是有人。萨拉从不孤独，这正是她想要的。她曾两度与家人分开，又两度与他们团聚。现在，她第三次失去了家人。她只想把家人都聚集在一个屋檐下。最好是在这里，在太阳底下。

命令萨迪克去哈尔格萨是他的母亲。“我的儿子，你必须和你的家人在一起。”她在电话里告诉他。看到萨拉从挪威搬回来，她的心情非常复杂。已婚夫妻不应分居两地。这位年迈的女家长下令说，这样不行，要么萨迪克搬到哈尔格萨，要么让萨拉回挪威。

萨迪克感觉脑袋里的神经怦怦直跳，思绪杂乱无章，口干舌燥、浑身无力。斋月的节奏一步步加快。人们用一个月的时间感受贫困的痛苦，用一个月的时间体验纯粹的苦难，用一个月的时间接近真主。

即使是在树荫下，温度也在 37 摄氏度以上。空气静止不动。从日出到日落，从早晨 4 点左右到晚上 7 点左右，他们都滴水不沾、粒米不进。中午时分，大家都昏昏欲睡，连孩子们都安静了下来。

通过改变作息习惯，萨迪克稍微消除了斋戒的难受劲儿。他晚上熬夜，白天睡觉，通常从快中午的时候一直睡到傍晚时分，晚饭前一个小时左右起床。

在哈尔格萨，他得去尽一些义务，在贝鲁姆就没有这些事了。那些被称为亲戚的人他都得去拜访一遍，每个需要帮助的人他都必须得去帮一下，谁想跟他聊天他都得听着。萨迪克换了另一种方式：他脱下裤子，在腰间系上一个围裙，穿上了凉鞋。有时，他甚至关上手机，打不通电话，也就没人找他了。

生活按部就班地进行。屋里有苍蝇、蟑螂和蝎子，屋外有驴、骆驼和山羊，就是没有女儿的消息。

全家人沉浸在平和的气氛之中。萨迪克的母亲卧病在床，他花了很多时间陪母亲。两个孙女的离家出走对她的影响很大，成了她放不下的心事，其他亲戚则早已习以为常。时间已经过去将近两年了，那两个姑娘似乎已经从人间消失。虽然亲戚朋友们都避免勾起悲伤的回忆，但这个伤口在去年还是被打开了，大家都想弄清楚这次事件的前因后果，他们不断讨论、质疑，同时也希望两个孩子能早点回来。现在，一个沉重的石头高高地悬在两个姑娘的头顶，没人敢面对石头落下来的后果。

"她一直没出过门！"

奥斯曼非常沮丧。

"你外孙女已经 15 天了。"

假装告诉莱拉婴儿生病的方法没有派上用场。在奥斯曼买通的那个医生知道他们已经到达医院之前，莱拉和伊姆兰就已经离开了。

艾西亚（Asiyah）——开头的“艾”字发长音，末尾的音节发送气音，是以法老妻子的名字命名的。法老的妻子曾在芦苇丛中的篮子里发现了刚出生不久的摩西。与丈夫相反，她坚信真主的存在，于是法老结束了她的生命，将她折磨至死。她是穆斯林、基督徒和犹太人都尊崇的一位真正的女英雄。

萨拉收到了三张小外孙女的照片。她看起来很像莱拉小时候的样子，满头黑发，嘴唇饱满，脸颊是粉红的，脸呈淡褐色，不过用不了多久肤色就会变得更深一些。三张照片中，小家伙的眼睛都是闭着的。有一张是她侧卧的照片，照片中的小家伙像在妈妈肚子里一样，身体蜷缩着。她躺在一条绿色毯子上，毯子上印着阿拉伯文，不过看不清是什么字。萨拉认出了莱拉的眼镜，那副黑色窄框眼镜就放在毯子上。那是她们一起去桑维卡的眼镜店里买的。当时莱拉要求镜框越低调越好。

在这三张照片中，艾西亚穿着不同的服装，一张穿着白色和婴儿粉混合色的衣服，一张穿着纯白色的衣服，一张穿着粉色的衣服，衣服上还饰有泰迪熊、小兔子和蝴蝶结。照片的背景是一个托盘，里面放着矿泉水和芒果汁。这些婴儿用品莱拉是从哪儿弄到的？所有的衣服都是崭新的，在战区能弄到这些？

“真主至大，安拉！”

镇上几座清真寺的尖塔上传来呼唤穆斯林祈祷的念词。近处传来的声音嘹亮宏大，稍远的几处传来的念词声则显得更为深沉、悠长。

日落之后，一天的禁食结束，晚餐正式开始。萨迪克通常会去当地的一家咖啡馆。家里的女人们则坐在院子里的大地毯上。晚风唤醒了她们的身体，她们坐在那里一边喝茶、吃糖果，一边看着天上的星星。偶尔会有一两个客人来访，通常是她们的亲戚或者邻居。他们有的是来寻求帮助，有的只是过来闲坐一下，聊聊天。

萨迪克走出大门。萨拉找的这座房子位于这条街的街尾，四周围着一道墙。隔壁的房子则是用铁丝、油布、旧地毯、棍棒、树枝和塑料袋建造而成。室外都是沙土路，坑坑洼洼，汽车在这里根本无法通行，孩子们倒是可以在街上安全地玩耍。

大街上到处都是帐篷和棚屋，还有山羊，到处都是山羊。山羊撑着瘦弱的身体喝雨水、嚼谷壳。只要看到地面有植物，它们马上就会用舌头和牙齿把它咬到嘴里，大口咀嚼。市中心种的那几棵树用细铁丝网给围了起来，以免山羊靠近。

萨迪克从那些用防水油布搭建的棚屋旁经过，前往主街。

此时酷热已经消退。他期待着在那里喝上一杯浓咖啡，抽一支烟，也许还会找个人一起聊聊天。不知道是由于年龄的原因，还是因为在挪威待惯了，他现在一点儿也不像以前那样耐热了。

结束了一天漫长的禁食后，他品着浓咖啡，心情逐渐平静下来。就在此时，他的手机想起了“嘟嘟”的声音：奥斯曼发短信来了。他的手机屏幕亮了，夜色漆黑，满天都是星光。在索马里，没人在不必要的情况下开太多的灯。

短信的内容是这样的：“我有可怕的消息要告诉你，亲爱的兄弟。我们已经逃离了拉卡。感谢真主，小伙子们和我都平安无事。我们必须离开……那个厄立特里亚人发现了我们。他控制着你的女儿。我很抱歉。现在，我帮不了你女儿了。为我们向真主祈祷。”

萨迪克的头一阵眩晕。他的手在发抖，好像女儿们正在他的体内死去。他就这样坐在那里，坐在那个与女儿们隔着一片大陆的地方，无能为力地凝视着头顶的天空。

他走了很长时间才回到家中。

斋月接近尾声。大家都在期待着开斋节，期待庆祝斋月结束的那场盛宴。羊肉、家禽和鱼类或与药草一起烘烤，或与蔬菜一起烹炸，或煮熟后拌着米饭和意大利面一起吃。

屋子里要打扫得窗明几净，人们也要打扮得焕然一新。小男孩们在后院一个装满水的大浴缸里互相搓澡。屋子里最大的一面镜子被搬到室外。这面镜子本来是镶在衣柜门的内侧，不过柜门的木边被拆掉了。男孩们依次坐在镜子前的一把椅子上，由家中使用剪刀和剃刀最熟练的人挨个给他们理发。理完发后，一大群男孩蜂拥到楼梯扶手下的镜子前。他们时而转过身体，时而扭过头来，从不同的角度欣赏自己，仔细端详着自己的侧影。他们背对镜子，然后转过头来，看看新买的牛仔裤从身后看是否合身。

只有萨拉一个人躺在床上。她迷迷糊糊地躺在那里，又热又饿。下午是一天中最热的时候。她的嘴巴干得要命，太阳落山前她一滴水也不能喝。自从上次奥斯曼发来消息说他和手下已经离开了拉卡后，已经过去一个星期了，但她还是无法融入外面热闹的场景。

床边的电话响了。还没等她回过神来，电话那头便传来一个响亮的声音。

“开斋节快乐！祝福开斋节！

“莱拉！”

“开斋节快乐！”

“我的小丫头！我们一直很担心你！”

莱拉似乎没有注意到母亲的担心，继续说道：“我们要跟一些朋友一起庆祝开斋节。伊姆兰正在休假，艾西亚一切都很好。”

“阿扬怎么样？”

“她不在这里，她住的地方没有互联网。艾西亚明天就满月了，我们给她庆祝一下，我会给你发照片的！我得走了。再见妈妈！”

听到女儿的声音，萨拉就像受到电击一样。因为希沙姆发现了萨迪克的营救计划，她和萨迪克一直担心莱拉和阿扬会因此被斩首。然而，从“我们要跟一些朋友一起庆祝开斋节”这句话的语气来看，莱拉好像是从一个普通国家中的一个普通城镇里的一个普通人家打来的一样。

7 月底，萨迪克收到莱拉发来的一条短信。

“阿里·伊本·阿比·塔利布曾说过：如果你想知道真正的信徒在哪儿，看看异教徒的箭指向哪里就明白了。大家都在为庆祝艾西亚满月的事忙得热火朝天。你们应当明白，我们是幸福的，我们是安全的。真主给了我们体贴的丈夫，还赐给了我们孩子。你在新闻上看到的和听到的一切都不要信，因为除了歪曲事实、误导大众，媒体什么也不会做。”

萨迪克把这条短信大声念给萨拉听。读完后，两人默默地注视着对方。

“这是希沙姆写的。”萨迪克说。

萨拉摇摇头：“她现在说话就这个样子。”

萨迪克又大声读了一遍短信，看看字里行间是否隐含着别的意思。外孙女的满月宴准备得热火朝天，看起来她们所在的地方整天也是宴会不断的样子。

短信的第二部分这样写着：“真主把我们从异教徒手中夺走，引导我们来到了一个伊斯兰国家。在这片土地上，为了真主，人们互相关爱。请记住，真主已经规定，我们的奖赏就在这里。我们不是那种没有头脑、漫无目的到处瞎跑的女孩子。真主知道我们读了多少书，听了多少课，也知道在离开之前，我们咨询了多少有学问的人。”

最后一部分的语气与前两部分相似，不过是用索马里文写成。也就是说，这条短信不可能是希沙姆写的。尽管如此，萨迪克坚持说，这也有可能是希沙姆口述的。

他把自己的女婿视为一个怪物。这个怪物俘虏了自己的女儿，给她们洗了脑，并堵住了她们的嘴。这样一想，女儿们的行为就可以被原谅了，作为父母的他们也就情有可原。

他不愿意承认的一点是，他想要的和女儿们想要的并不一样。

萨拉打开艾西亚穿着刚熨好的婴儿衣服拍的那些照片。这些可能才是莱拉发来的礼物，她前面的话太多了。

这名 17 岁的女孩心满意足地对他们说：“请记住，真主已经规定，我们的奖赏就在这里。”

用“伊斯兰国”的话来说：因为这是我们应得的。

第五部

他人即地狱。

——让－保罗·萨特，《禁闭》，1944 年

第三十二章　不同的生活

萨迪克走进自己的公寓，一股积尘和空房间的气味扑面而来。一切都保持着他离开时的样子，盘子是脏的，屋子里也乱糟糟的。他站在门口。除了那个贴着“安拉看重的是你的心灵和行为”便笺纸的冰箱发出的嗡嗡声，这里一切都很安静。

如果安拉能够看透萨迪克的心，他会看到一个硬块。

萨迪克在空荡荡的公寓里徘徊，从哈尔格萨飞回这里，时差还没有倒过来，挪威夏末的气温让他瑟瑟发抖。斋月之后，他不得不调整自己的生物钟，恢复正常的作息。他必须这么做，他也真的做到了，他需要理顺自己的生活。

他做了一个计划：1. 把女儿们忘掉；2. 找一份工作；3. 还清债务；4. 把事情一件一件理顺。萨拉会和孩子们一起回家，生活将一如既往，只是少了两个女儿。她俩已经做出自己的选择，她们已经走了，不会再回来了。

他不得不适应没有女儿们在身边的日子。

与以往完全不同的生活。

一夏天的信件都堆积在那里。有的是写给他的，有的是给萨拉的，还有一些是给阿扬和莱拉的最后通牒。这些账目最终会被债权人列为坏账。他打开一封写给萨拉的信，里面是挪威失业救济和社会保障署寄来的一份讨账单，要求萨拉退款。萨拉没有把她带孩子回索马里的情况及时通知挪威失业救济和社会保障署，并一直在领取儿童福利金。学校把孩子们没有按时上课的情况上报之后，政府调查了此事，发现萨拉违反了规定。带孩子离开挪威，意味着失去领取儿童福利金的权利。贝鲁姆郡政府要求她退回错发的福利金。

萨迪克也接到通知，他的求职津贴将被取消。这种津贴是为了让他利用挪威失业救济和社会保障署提供的后续援助，“随时准备好获得或适当的就业机会”。该机构解释说：“受助人必须积极主动，在接到预约电话时必须到挪威失业救济和社会保障署报到，并就活动计划及相关后续事务进行合作。”警告的原因是，“挪威失业救济和社会保障署注意到你在领取求职津贴期间多次出国，且没有申请或得到批准”。而发放补贴的前提条件是“在挪威境内居住”。

他还接到贝鲁姆郡政府的通知，说他必须搬家。很多人都在排队等着搬到大一些的救助公寓里。

第二个星期，萨迪克被找去谈话。

见面时，办事员对他说，他现在用不着那套拥有 4 个房间的公寓了。伊斯梅尔上大学后，就剩下他一个人住在那里了。

萨迪克点了点头。他们能给他提供什么样的住所呢？

一所单卧室公寓。

萨迪克接到了搬家通知。他必须把女儿们搬空的壁橱和抽屉清理干净，收好她们的证件资料，把萨拉的、他自己的，还有儿子们的衣服都打包好，还有床单、被褥、毛巾、锅碗瓢盆和其他厨房用具等物品。他还得取下装在相框里的麦加照片、写着阿拉伯文的便笺纸以及其他的家庭用品。

孩子们写的作文、学校发来的成绩报告、各类科学书，还有寄给阿扬的一整盒尚未拆封的信，所有这些他一件都没有扔掉。这些物品到底是重要还是不重要，都需要估算一下。他把所有东西都装进两个箱子里，离开了那里。他经常出入酒吧和咖啡馆，打打手鼓，见见朋友。萨拉的朋友偶尔会打电话来问问他的情况，时不时还会上门来看他。当人们问他情况如何时，萨迪克对他们说，他正在制订新的救援计划，很快就会成功了。

回国后为新生活制订的各种计划也被他丢到了一边。希望的破灭、背叛、失落以及不断增加的债务重重地压在他的身上。萨迪克心中的火花有熄灭的危险。

他破产了，他已经向朋友借了两年的钱。在哈尔格萨时，他曾给几个朋友发过短信，说他需要住院治病。一个朋友给他寄了一点儿钱。他给儿子们买了新衣服，准备开斋节的食物，还有上学的钱、汽车油费和保养费，那笔钱也没剩下多少了。他还欠奥斯曼最后那次未成功的救援行动的费用。尽管没有什么结果，费用还是在不断增加。

“来哈塔伊吧，”奥斯曼对他说，“这里什么都有市场！”奥斯曼提出了一系列赚钱的方法，并列举了萨迪克在这方面的优势：他持有欧洲护照，在索马里有关系，还跟身在叙利亚的自己关系不错。

到哈塔伊，他能离女儿们更近一些。如果她们想离开，他就可以在附近等着她们。他可以在边境小镇阿特麦迎接她们，也可以去拉卡接她们。要么把她们带回家，要么就死在寻找她们的路上。

一天，奥斯曼打电话给他，提出了一项交易。他在叙利亚有关系，可以弄到一种极其稀有的贵重物质——红水银，这东西可以卖上天价，利润丰厚。据说这种材料具有神奇的特性，可以用来制造脏弹和便携式核装置。不过他警告说，这种交易也充满危险，在各地都被禁止。要做的话只能通过走私的方式，通过经销商和分销商在暗处经营。

萨迪克权衡了一下。他是应该抓住这个机会在哈塔伊做生意，还是在挪威努力恢复他昔日的生活呢?

他对那个城镇只有糟糕的记忆，并且奥斯曼的建议要冒很大的风险。除此之外，他已经朝获得稳定收入迈出了第一步：他报名参加了出租车司机培训课。

“这真是太棒了！”贝鲁姆郡政府的工作人员说道，“你能主动找工作，真了不起。”

课程从下下个星期一开始，为期三星期。这一次他要参加出租车司机执照考试，他想要一份工作。是的，他想要两份甚至三份工作。他要申请参加火车售票员培训课，或者电车司机课程，他要挣钱还清所有的欠款。他不能让身边的一切继续崩溃下去。不，他得跟奥斯曼讲他不会去哈塔伊。现在不去，以后也不会去了。

不管怎样，贝鲁姆的挪威失业救济和社会保障署还是延长了给他发放求职津贴的期限，并且他还可以在子女不跟他住在一起的情况下，继续领取住房补贴。社会服务部门知道他的处境很困难。他并不认为搬家有什么不合理之处，因为他不再需要住在一个可供7个人居住的地方。伊斯梅尔去外地学习纳米技术后，家里就没有其他孩子了。现在家里只剩下他一个人。该死，他坐在家里干什么呢？那天是星期五晚上，家里没有需要照顾的人，他便给一个朋友打了个电话。

萨拉躺在一张双人床上，身上只盖了一条薄单子。8月的空气又湿又热，她感觉很闷，四周一丝风都没有。

屋子里终于安静了下来。孩子们、姐妹们、妹夫们，一个个都睡着了。现在，萨拉也准备睡了。

就在这时，电话铃响了。一定是萨迪克，也只有他才会在这个时候打电话。他知道此时其他人都睡了，他可以单独跟萨拉聊聊。她按下了通话键。

“妈妈……”

“阿扬？”

萨拉把电话贴在耳朵上。自从冬天以来，她再也没有听到过大女儿的声音。

“妈妈……”阿扬又叫了一声，声音显得非常虚弱。

“阿扬，我的闺女！”

“我生了个女儿……”

“赞美真主！”

“她真漂亮。她是在家里生的。生了很长时间，疼死我了，我流了很多血。”

“阿扬，亲爱的……”

“我很累……不跟你说了，只是想让你知道，她很好，很健康。”

萨拉打电话给萨迪克，电话直接转到语音信箱。听到提示音，她一时间想不出该说些什么。她又打了一次，正准备给萨迪克留言，电话断了：手机欠费了。

此时的萨迪克正坐在前往奥斯陆的地铁上。这座城市正沐浴在夏末突如其来的温暖之中。他下火车时，天依然很亮，空气异常闷热。

他的手机没电了，所以他在市中心的酒吧时，没有收到新生命降生的消息。

直到第二天，他回到家，把手机充上电后，才收到萨拉发来的消息。又生了一个外孙女。

她的名字叫萨拉。

暴风雨即将来临。树枝被突如其来的狂风折断，掉落到地面上，最后一片花瓣也被大风从树枝上吹散——夏天结束了。水顺着山坡流下来，雨点打在客厅外面的雨搭上。萨迪克独自一人在客厅里，从早上坐到中午，从中午坐到下午，然后一直坐到晚上。他就这样坐在那里，抽着烟，手里拿着一个玻璃杯。他想到了萨拉，想到了小萨拉，想到了那两个背叛了他的女儿。

“我再也不能忍受这种事了，”他想，“不能只是坐在家里等短信，不能总是忍受救援失败的失望。我想找回以前的正常生活，那种正常的、单调的生活。我要妻子在沙发上坐着，伊斯梅尔出去参加派对，女儿们定期去清真寺。我要带孩子们去游泳馆，除了游泳之外，我什么都不想。然后我们可以聚在公寓里，一起吃晚饭、聊天，就像以前一样。”

每次他刚要从一个坑里爬出来的时候，总会又掉进另一个坑里。这些坑道如迷宫般错综复杂，每次拐弯之后，他总会又走进另一条死胡同。

他看了看手机。

奥斯曼上线了。

“有什么新消息吗？”萨迪克问。

“是的，是的，是的，是的。”

“发生什么事了？”

“阿特麦正在遭受攻击！”

“怎么回事？”

“5 枚火箭弹落了下来。就落在这里，落在市中心！这边起火了！”

相对其他袭击而言，这次攻击的规模不大。叙利亚战争由数百起小冲突组成，其中许多冲突已经持续了几个世纪。他们关心的都是同样是东西：领土、耕地和资源。其中有一场冲突就发生在奥斯曼家那蓝色的大门外面。

这 5 枚火箭弹是库尔德民兵组织“新世纪十字军”（YPG）为报复袭击而发射的。其中两枚落在医院附近，两枚落在居民区，一枚落在了环岛中央。“胜利阵线”的人在推特上誓言要进行报复。

自从内战开始以来，库尔德人和伊斯兰极端分子就一直在争夺边境地区的控制权。库尔德人希望有一片统一的领土，而不是分散居住在逊尼派阿拉伯人的土地上。8 月初，局势变得严峻起来。“新世纪十字军”在阿特麦附近建造了一座瞭望塔，伊斯兰极端分子认为这违反了当地禁止修建堡垒的协议。他们指责库尔德人从塔中开枪，借机发动了袭击。

根据协议，库尔德人占据幼发拉底河以东地区，而叛军将留在河西岸。但是，库尔德人的一个行政区位于河的西岸，与阿特麦在同一片土地上，导致双方冲突不断。双方都指责对方背弃了协议。

阿特麦变得更加危险。联军部队正在轰炸这里，“伊斯兰国”也在伺机攻下全城，库尔德人则在距此仅一英里的地方施压。许多人都在边境地区及周围的补给路线和走私路线上丧生。

奥斯曼认为，还是阿萨德政府统治下的情况要好一些。阿萨德政府掌管这里的时候，你可以继续你的生活，一切都是可以预料的。只要你不卷入冲突，事情也不会有多坏。那时候，军队不会随随便便抓人，大家都知道规则，没有人被无故带走。奥斯曼回想起在他离开阿勒颇之前商人们的反战情况。长期以来，这个贸易城镇一直拒绝参加反对阿萨德政权的起义运动，人们担心战争带来的后果。毕竟，他们已经看到了伊拉克发生的事情：战争开始后，逊尼派和什叶派展开了旷日持久、你死我活的斗争。如果真打起来，叙利亚的情况只会更糟。阿勒颇人犹豫不决，试图置身事外，直到这种情况不可能再维持下去。这个城市现在已经变成了地狱。

“火箭弹会像雨点般落到库尔德人的头上，”奥斯曼说，“你来了吗？”

奥斯曼认识两个迪拜的军火商。他们可以在哈塔伊与他见面。他们想要一份红水银样品来检查它的质量。奥斯曼回复说，他的供应商愿意送一滴给他们看看，前提是预付 1 万美元。毕竟，每磅红水银的价格是 100 万美元。

萨迪克无法平静下来，他有一种想做点儿事的强烈冲动。

再干最后一票。

那是 9 月初。如果他这个星期不动身，就来不及了。出租车课程马上就要开始，如果他不能按时参加，就意味着将失去求职津贴。

他下午登上了飞往伊斯坦布尔的航班。

“我在哈塔伊！”飞机降落后，他给奥斯曼发了条短信，“来这里接我！”

哈塔伊天气炎热，阳光很强，小镇里弥漫着一种昏昏沉沉的气氛。萨迪克走在之前寻找女儿时走过的街道，等待中间人和奥斯曼的电话。他顺便去看了看几处以前最喜欢的地方，先是一家供应最好的豆子的早餐咖啡馆，然后又去了坐落在简朴的糖宫旅店拐角处的“大口喝”酒吧。他给奥斯曼打了个电话，没人接。他觉得有点儿孤独。萨迪克是一时心血来潮才来到这里，真是疯狂，他觉得自己和奥斯曼可能会被人给耍了。出发前有人告诉他，根本就不存在红水银这种东西，任何与之有关的交易都是纯粹的骗局。

“大口喝”酒吧里的大部分桌子都是空的。除萨迪克外，店里唯一的顾客是一位老人。他穿着短裤和褪色的 T 恤，一大杯啤酒已经喝了一半。他的脸颊微红中透着苍白，看上去非常疲倦，像是个老工人，手很粗糙。他抽一口烟，抿一口酒，然后叹口气，接着再吸一口烟，就这样从晌午时分一直喝到午后。萨迪克注意到那人的身份证和几张土耳其里拉钞票掉到了椅子下面的地板上。他提醒了那人一下，那人弯腰把卡片和钱捡了起来。

“这是这个月的薪水，”他含糊不清地说，“如果我再喝酒，我可能连裤子都没了。”说完他嘶哑地笑了起来，操着一口叙利亚方言。

萨迪克用手指敲着桌面。他不想再听这种不幸的故事。

在外面的人行道上，一家叙利亚人正在进行激烈的争吵。父亲发着火，母亲不停地哭。父亲给孩子们每人买了一根烤肉串，一个儿子还想再吃一根。

“那谁来付钱？谁来付钱？谁?！”那人大声喊道。“谁来付钱？”他掏空口袋，把剩下的零钱都扔在儿子面前的地上，转身就走，一边大喊道：“我不饿，我不饿，你们都去吃吧！”

那人转过了拐角，他的家人快速把硬币捡起来，急匆匆地跟在后面，很快就从萨迪克的视野里消失了。

到处都是满目疮痍、民不聊生的景象。

他必须办一张土耳其这边的手机卡，用在挪威办的那张手机卡费用太高了。在土耳其，萨迪克总是带着两部手机，一部是在挪威办的智能手机，这样他就可以在有 WiFi 的地方上网。此外，他还有一部老式手机，可以使用土耳其的电话卡。大街上就有一家他经常光顾的手机店，里面还出售钩针编织的婴儿服装和拖鞋。

当他到达那里时，一个老人和一个年轻女人正在前面排队。从衣着来看，他们很穷，男人穿着白色的束腰外衣，头上缠着一块头巾。那个女人身上穿着黑色的长袍，蒙着面纱。

“不可能，”柜台后面的人说，“我们不能给你们办卡。”

这父女俩是从叙利亚来的无国籍难民。他们在大马士革郊外的一个难民营住了 30 年，一直没有取得叙利亚公民身份。因此，他们没有身份证或社会保险号码供店员录入系统，这也意味着店员不能把电话卡卖给他们。

“我再怎么想卖给你们，这个系统无法通过啊。”他解释说。

对于土耳其电信公司来说，这个男人和他的女儿根本就不存在。

接下来轮到萨迪克了。

“国籍？”

“挪威。”

“证件？”

萨迪克把护照递给他。

系统确认他可以办理土耳其电话卡。

他用新号码给奥斯曼打电话，还是没有人接。阴凉处的温度现在也有37摄氏度。他去了榨果汁的那个老人那里，点了一份加开心果的鳄梨汁。奥斯曼还是没有回电话。

他又去了“四个朋友”饭店，那里24小时营业。几个服务员走过来跟他打招呼。

“事情怎么样了？”他们问。

“挺好的。”萨迪克回答说。

但情况远非如此。

日落时分，他走到旅馆里空空如也的空调餐厅，点了一瓶冰水。餐厅这边有无线网，他可以试着通过Viber和瓦次普来联系奥斯曼。他找到一个插座，然后坐下来给手机充电。这样至少还有点儿动静——手机屏幕亮了，电池电量也在增加。

餐厅里不准抽烟，想抽的话他只能到外面去。门厅的门开着。他站在街上，大口吸着尼古丁，直到感觉头有些晕。他感到一阵轻风吹在他的背上，吹进他那浸透汗水的衬衫和皮肤之间，有一种痒痒的感觉。

他回到餐厅，在电话旁坐下。最终，他收到了一条短信。

“准备好，”奥斯曼写道，“等待消息！”

萨迪克走出旅馆，穿过街道，走进对面的一家时髦酒吧。他点了一杯啤酒，外加一碗爆米花。他突然想到他需要点儿盐。他想，自己浑身没劲可能就是因为缺盐。他把一碗爆米花都吃完了。

他的电话响了。打电话的是迪拜的那位中间人。萨迪克立即去见他们，但没谈出个所以然。他们什么东西都卖，好像和萨迪克不是一个星球上的人。他们想的跟他想的不一样。那个夜晚非常的沉重。

第二天醒来时，萨迪克感觉头部的神经怦怦直跳。他给奥斯曼发了条短信。奥斯曼回复说，边境暂时关闭了，所以他来不了了。

难道要萨迪克自己去卖水银吗？

奥斯曼回答说，不是这个意思，他会在阿特麦这边支持他。

第二天，萨迪克漫无目的地四处游荡。到了晚上，那个中间人没有出现。他上床睡觉了。夜晚又热又潮。他有点儿头疼。唯一通气的地方是天花板上的一个小口，房间里闷得让他喘不过气来。他骂自己不应该来这一趟。他的心里非常沮丧。

“你在磨蹭什么？回答我！”第二天早上，萨迪克对着电话吼道。轻轻松松赚大钱的承诺看来是实现不了了。

“好吧，好吧，”奥斯曼回答说，“我昨天开车往南去……随后听到一阵枪响。一片混乱！很多人被打死了。萨迪克？”

萨迪克已经把电话给挂了。他没有心思再听这些废话。

第三十三章　内心的声音

萨迪克正在费力地背诵东西：街道、道路、广场、死胡同、规则、制度、出租车计价器、周末价格……

他大部分时间都待在桑维卡的图书馆里。他在那里浏览阿拉伯新闻网站，查收邮件和信息，做家庭作业，然后继续上网。其间，奥斯曼曾打电话给他说迪拜中间人的事儿。写诗、研究、回忆、忘却。医院、学校、大使馆、教堂、清真寺、墓地、公园、运动场。

他要把奥斯陆的每一条街道都记下来：托尔斯门、奥廷斯门、洛文斯基门、格尔德勒夫门。他还学习了交通管理系统、门诊运输、信用管理、急救、客户服务和安全程序等知识。能在公共汽车站让乘客下车吗？要在车里安装儿童座椅吗？

“你的情况怎么样？”一天早晨，奥斯曼问他。

“啊，正在学出租车课程，这个你知道的。”萨迪克回答说。

“哈哈，我应该派穆罕迈德到挪威那边跟你抢生意！”

“这边有一大堆穆罕迈德跟我抢生意，这个国家已经挤满了外来人口。”萨迪克回复道，“现在这里也有很多叙利亚人。你应该带你的家人一起过来。”

奥斯曼停顿了一下，然后回答说：“是的，我可能会去。从现在起，我不知道生活会变成什么样子。‘胜利阵线’和‘伊斯兰国’都希望我只为他们工作……我现在正冒着巨大的风险。我应该把家人给弄出去，至少把我老婆和女儿们给弄出去，但还有父母需要我考虑。我不知道，你得帮帮我，答应我，如果我不得不离开这里……”

萨迪克答应了他。

考试时间定在 9 月 30 日。

他们给前来参加考试的人准备了 50 个问题，比如说：“从中央车站到埃克贝里哈伦体育场，你会走哪条路？”

就在新一批想当出租车司机的人正在奥斯陆填写答卷的同时，位于莫斯科的联邦委员会批准了俄罗斯空军在叙利亚的军事部署。做出这一决定数小时后，俄罗斯向霍姆斯投下了第一批炸弹。

交了试卷后，萨迪克乘火车去了桑维卡，下车后他步行去图书馆，然后打开电脑。他身上的压力消失了，第一次考试结束了。但当他看了当天的主要新闻，心中的压力反而加重了。战争升级了，想把女儿弄出去变得越发困难。据俄罗斯国防部称，这次袭击的目标是“伊斯兰国”，他们的导弹击中了军事设施、车辆、弹药库、通信中心和补给线。

俄罗斯媒体为普京终于出手收拾叙利亚残局感到高兴。俄罗斯将向世界展示如何赢得这场战争，如何击垮恐怖分子。

在接下来的几天里，俄罗斯每发动 10 次袭击，只有一次会对“伊斯兰国”产生影响。大部分袭击针对的是叙利亚唯一的世俗力量“沙姆自由人组织”、“基地”组织叙利亚分支“胜利阵线”，以及其他几个联合反对阿萨德政权的民兵组织。

俄罗斯的目标非常明确：让俄罗斯在中东的盟友继续掌权。

炸弹落在叛军占领区的外围，目的就是削弱他们的力量，从而使政府军能够收复失地。美国支持的几个组织，包括中央情报局训练出来的几个组织，也遭到了俄军的轰炸。

民兵们迅速重新集结，寻找掩体藏了起来，而平民仍然处于没有任何保护的状态，无法避开从天而降的死神。莫斯科方面坚称，他们是针对恐怖分子实施的迅速而准确的军事进攻，而许多炸弹却落在远离前线的大后方，而且往往正是叙利亚政府军打算进攻的地区。只要是叛军控制的地方，不管是医院、居民区，还是学校，无一幸免。

迄今为止，在这场战争中造成伤亡最大的是叙利亚空军。它在袭击中使用了精准度很差的武器，如桶爆弹，即一种装满烈性炸药和金属弹片的石油桶或类似容器。这些桶爆弹从叛军防空防御系统范围之外空投下来，一阵大风就能改变它们实际降落的位置。这种炸弹没有安装制导装置，落在哪儿就在哪儿爆炸，会给爆炸所在地带来毁灭性的伤害。快速飞来的炽热金属片会割断孩子的手臂，或者把孩子切成两半。从看到桶爆弹到它落地，你只有 30 秒的逃跑时间。

只有 30 秒。

阿萨德的飞行员只有在晴天才能投放桶爆弹，而俄罗斯的飞机则要先进得多。尽管俄军的进攻非常猛烈，但想在空中赢得战争是不可能的。截至 2015 年秋，除“伊斯兰国”外，叙利亚境内大约还有 15 万名叛军士兵。许多人相信，伊斯兰极端分子坚信天堂和天堂的赏赐，所以没有哪个民兵组织准备投降。

只要是可能与西方国家谈判或者可能被西方国家收买的民兵组织，都是俄军试图削弱的目标。阿萨德，或者是“伊斯兰国”，普京希望这个世界上只留下两者中的一个。

西方国家处于更困难的境地。如果“伊斯兰国”被剿灭的话，它们希望有人能够来接管它，但它们找不到这样的人。

ꕥ

“地狱正落到我们身上！地狱正降临在我们头上！”

“冷静点儿，跟我说话，我听着呢……”萨迪克回答说。

“俄军正在屠杀我们！他们把目标对准了平民！他们在轰炸儿童！他们轰炸的是我们，我们这些反对‘伊斯兰国’的人！他们允许‘伊斯兰国’存在，却要我们去死！”

奥斯曼每天都发来新的报告。整个 10 月，叙利亚充满了暴行。

“他们准备把全国的人都给炸成灰。我们越陷越深。我们的思绪越来越混乱，不知道该怎么办。”

一天晚上，奥斯曼在电话里哭了。

“这座建筑彻底毁了，一个深孔、一个弹坑，它被两枚火箭弹击中了。第一枚火箭弹把外墙炸开了，第二枚火箭弹飞进来把里面的人炸死了。他们想干掉我们每一个人。到最后，只剩下‘伊斯兰国’和阿萨德！”

“炸到谁了？”

“我们的朋友！还有孩子，还有家人！”

“愿真主欢迎他们。”萨迪克说。

“如果握着魔鬼的手能够打败俄军和阿萨德，我也会去做。我向真主发誓，我已经准备好了……然而，我现在筋疲力尽，这里一片混乱……”

萨迪克每天晚上都熬到深夜。他越来越害怕女儿们所在的拉卡会遭到地毯式轰炸。他的心情摇摆不定，今天下定决心忘掉两个女儿，明天又想着怎么才能把她俩给救出来。

他在公寓里听到越来越多奇怪的声音。是从楼梯间传来的还是从窗户外面？这些声音经常使他猛地一哆嗦。家人在的时候也有这些声音吗？这些声音是怎么发出来的？是冰箱、洗碗机、烟斗、柜门发出的声音，还是树枝碰到窗户的声音，还是外面的路人、楼上的人家或门廊处产生的回音，抑或有该死的精灵站在他面前嬉笑？

萨迪克试图让自己平静下来，他尽力想让思路清晰一些。不，他不害怕，不害怕。人们一直认为他是个冷静沉稳的人，但10月的夜晚是如此黑暗，他无法摆脱不安。萨迪克的思绪转向那些被杀害的叙利亚人。他们的灵魂现在何处？他们为什么不来跟他说说话，告诉萨迪克他们是进入天堂还是地狱？这样他就能弄清事情的真相。如果另一个世界里的人能告诉萨迪克下一步该怎么做该多好啊。那些已经离开这个世界的人，他们在炸弹爆炸之前是否与家人告别过了？他想起了奥斯曼的朋友，他的孩子们在床上被炸死了。母亲正在摇晃着让他们入睡，这时候死神从天而降，一切是在毫无预警的情况下发生的，还是他们提前听到了飞机的轰鸣声？他们在临死之前有没有来得及高喊“真主至大”？

他想起了那些在索马里战争中死去的朋友，死的人太多了。现在他们为什么不来问问他“你的情况怎么样？”他们从来没有这么做过。他经常想到小时候的一个朋友，一个永远定格在十几岁的男孩。当时，萨迪克是值班指挥官，有人汇报说，有个人试图进入营地，却不知道口令。“开枪打死他。”年仅十几岁的萨迪克命令道。第二天早上，他看到了朋友的尸体。

哦，这些该死的声音。它们一天到晚萦绕在他的耳边。而他唯一想听到的，是萨拉在他旁边的呼吸声。

10月的第二个星期，也就是导弹袭击摧毁了奥斯曼朋友居住的那栋建筑的几天之后，奥斯曼告诉萨迪克，“伊斯兰国”已经从靠近哈马的一大片地区撤军。

没过几个小时，人们便弄清了事情的原委。奥斯曼描述了俄罗斯战斗机和叙利亚地面部队第一次协同作战的情形。

“今天下午4时，俄罗斯战斗机开始轰炸‘胜利阵线’和‘沙姆自由人组织’在哈马的控制区。真主啊，这太可怕了！”

“今天早上6点，政府军进入该地区。”

俄罗斯人的炸弹为阿萨德政府军开辟道路，政府军正在一步步收复失地。“伊斯兰国”在他们采取行动之前选择了撤退，这证明了两者之间的一种默契：如果你想避免伤亡，就撤出，让我们来接手。“伊斯兰国”和阿萨德政府是完美的敌人。与希望政权更迭的地方民兵不同，对“伊斯兰国”来说，只要他们能够按照自己的方式管理“哈里发国”，大马士革那边谁来掌权对他们来说无所谓。这些伊斯兰极端分子现在无意接管叙利亚全境。

“一个肮脏的游戏。”奥斯曼在电话里反复强调。

一天，他写道：“北约向‘沙姆自由人组织’空投了20吨弹药、给养和饮用水。”

这么做非常有必要。由于道路无法通行，反对派军队的日常供应正在缩减。

“他们又投了30吨，不过地方投错了，全部落在了‘伊斯兰国’的地盘上！我不是在开玩笑，北约把补给当礼物送给了‘伊斯兰国’！”

奥斯曼认为全世界都在阴谋反对叙利亚人：俄罗斯、阿萨德和北约正在联合起来打击叙利亚普通民众。至少在地面上看起来是这样的。

在另一条短信里，萨迪克收到一具尸体的照片。他一眼就认出了照片里的人。他是哈姆扎，奥斯曼最好的朋友，他们都叫他“雄狮”。他四肢张开躺在那里，脸上有一个红色的伤痕，像是瘀伤，卷曲的黑头发和满是灰尘的乱蓬蓬的胡子遮住了半边脸，看起来灰乎乎的，不过这也许是因为他的尸体已经开始变色的缘故。

“啊！我几乎没法发出这条短信。哈姆扎，你还记得他吗？‘胜利阵线’的那头雄狮在哈马北部被杀了。他和我俩一起去过阿尔丹那的法庭。愿真主认他为殉道士。快安慰安慰我！我在哭呢。我全家人都在哭。他留下了两个妻子和7个孩子。”

萨迪克记得哈姆扎。他跟奥斯曼一样，也是30出头。

他回复说：“真主已经接纳他进入天堂。他是怎么死的？狙击手？政府军的空袭？还是俄军？”

“俄军。”

“愿安拉把那些飞行员家里的房子夷为平地。”

“他不听我的话，从来就没听过，我也无能为力。我们的生活越来越惨了。为了我和我的家人……我们的情况日益恶化。”

ꕥ

在“伊斯兰国”的挪威人中，唯一仍在社交媒体上露面的女人只有艾莎了。阿扬和莱拉姐妹俩已经不再公开发布任何信息，艾莎却及时在脸谱网上公布在拉卡生活的最新情况。2015 年 10 月中旬，艾莎发布了第一个帖子。

“我注意到有很多人想知道，‘伊斯兰国’的生活到底是什么样的。为了让大家了解更为真实的‘伊斯兰国’生活情况，我决定稍微写一点。”

帖子内容是用挪威语写的。这些帖子似乎是专为那些考虑来这里的挪威女孩准备的。第一个帖子的标题是“伊斯兰国的生活和社会建设”。文中讲到，“伊斯兰国”控制的每个地区都有自己的政府、学校、法院、警察部队、医院和福利制度。

“接受援助的标准当然是要符合伊斯兰教的建国方针。”她强调说。国家的一切不好都是敌人造成的：“敌人野蛮轰炸平民区和医院，导致资源和设备缺乏。”敌人的进攻也导致学校不能正常运转。接下来的描述与其他“伊斯兰国”女孩在网上发布的内容差不多。你可以“根据级别高低”分到一栋房子或一套公寓。冰箱、微波炉、洗衣机、空调和电视，一切都是免费使用。

他们对“哈里发国”的描述几乎形成了一种独有的风格：欢迎来

这里过幸福的生活，这里不但一切免费，还能帮助你进入天堂。

起初，萨迪克承诺将在10月1日之前搬出公寓，后来他获准延期到11月1日。但到了11月，他的东西仍满屋子丢得乱七八糟。

萨迪克醒来时，发现外面已经下霜了，冷飕飕的。到了晚上，气温会降到零度以下。地面上覆盖着一层亮晶晶的白霜，在白天会逐渐融化。现在正是挪威最美的时候，到处都是鲜黄色和红色，微风吹过，清新的空气扑面而来。有一天，当他终于强逼着自己开始收拾行李时，他发现了5月收起来的那顶便帽，现在又到把它戴在头上的时候了。

11月初的一个晚上，天已经黑了，他一个人坐在电脑前。这时，他听到一个声音在他的脑海里说道："给你一些建议，把女儿们带出来！那里的情况越来越糟，这只是开始，这场战争短时间内不会平息，姑娘们必须离开那里。"

那声音继续说："想干脆利索地了结此事，你就必须忘记她们还是个大活人。你必须假想自己是在运送两具尸体。"

萨迪克站起身来。他必须马上出发，必须现在就去把她们弄出来。除了战争，一切都失去了意义。早上5点，他给一个朋友发了一条短信："我必须先去哈塔伊，然后去迪拜，再回到哈塔伊……然后进入叙利亚……如果我能活着回来，我会再遇到你的。致以最诚挚的问候。萨迪克·阿卜杜拉·朱玛。"

几个小时后，萨迪克又发了一条短信："现在我要睡觉了。好好想一想，8 个小时后再回我。”

他的朋友一醒来就发来短信说：“现在去拉卡听起来非常危险。”

萨迪克回信说，军情六处要他过去，英国人会帮他实施救援计划，迪拜来的 4 名特工将协助此事。英国情报部门还想招募他。

几天后，他又给朋友发了短信：“我在拉卡，难以置信。”

“你开玩笑吧！”他的朋友答道。

“我是认真的。”

那天晚些时候，这位朋友从他们都认识的一个熟人那里得知，他在奥斯陆购物中心碰到了萨迪克。

“诗人萨迪克”牢牢地控制了萨迪克的思想。

他对人讲，他在哈塔伊见了军情六处的人，4 名特工也从迪拜飞来与他会面。萨迪克还透露说，他们已经拟订了一项规模宏大的援救计划。

他说，他通过了出租车司机考试，现在只需警方出具一份无犯罪记录的书面证明，再到医院开一个健康证明，他就可以开始申请工作了。事实上，萨迪克每天都在电脑前待着。

11 月中旬，巴黎遭遇恐怖袭击后，法国总统弗朗索瓦·奥朗德誓言要报复“伊斯兰国”。两天后，法国战斗机轰炸了 20 个目标地点，包括“伊斯兰国”的指挥中心、征兵基地、弹药库和训练营。但法国和联军面临的问题是，拉卡仍有 40 万平民被禁止离开，各家医院的库存血浆也快用完了。

女儿们和她们的孩子处境似乎越来越危险，再加上在贝鲁姆的生活也找不到方向，萨迪克似乎更期望再次前往叙利亚。他在头脑中演练的救援行动变得更加蔚为壮观。英国和索马里的情报部门以及法国反恐部队都参与了进来，他也扮演着重要的角色。“我必须亲自去救我的女儿。事情就该是这样子。”他告诉朋友。不过，他需要先凑点钱。

萨迪克破产了。冰箱里空空如也。每个月他都把大部分福利金寄给萨拉和索马里的那一大家子。他借钱太多，朋友都跟他疏远了，他没法再向朋友借钱。

报纸是萨迪克唯一的选择。他告诉记者，他在拉卡的联系人向他透露了一个大新闻并承诺会发照片过来。于是，他手里有了 3 000 挪威克朗。

2015 年 12 月 18 日，《挪威日报》报道了这个故事。“独家新闻：272 名‘伊斯兰国’战士已潜入欧洲，另有 150 名恐怖分子正在来得路上。”萨迪克杜撰的内容再次成为头版新闻。

“《挪威日报》透露了两批经过专门训练的‘伊斯兰国’恐怖分子袭击欧洲目标的具体细节。据报道，第一批恐怖分子已经到位，第二批目前仍留在叙利亚境内的‘伊斯兰国’控制区，他们之前在位于伊拉克的辛贾尔和摩苏尔之间的一个营地完成了训练。”《挪威日报》写道，这些信息来自“一个对‘伊斯兰国’的活动有切身体会的人”。

根据萨迪克告诉他们的情况，记者还指出，第一批恐怖分子最初有 300 人，但有 28 人在叙利亚的空袭和其他军事行动中丧生，因此只剩下了“受命潜伏”的 272 人。

第二批恐怖分子目前正在叙利亚：“有 112 人已经完成了训练”，恐怖分子开着“11 辆车”。文章中包含大量细节。“其中一部分人接受了自杀式袭击训练，准备成为殉道士。《挪威日报》认为这些人已经被‘彻底洗脑了’。还有一部分恐怖分子专门接受了如何使用武器发动恐怖袭击的训练，他们身上还配有自杀带。”记者接着写道，“这两种方法都被用在了11月13日发生的巴黎恐怖袭击当中。”

记者写道：“挪威警察安全局确认，在《挪威日报》与他们联系之前，他们就已经获悉这些信息。”

这是不正确的。警察安全局予以否认，说他们对此毫不知情。一直与警察安全局保持联系的一位记者对这则消息的真实性深表怀疑，于是他向警察安全局透露了这个故事的来源：贝鲁姆的那位父亲。

媒体还是决定继续报道此事。这个故事的广泛传播给人们造成了一个印象，那就是《挪威日报》消息灵通，好像是记者在叙利亚进行现场报道，而且对“伊斯兰国”的恐怖计划了如指掌。《挪威日报》因此销量大增。奥斯陆的恐怖主义专家对此只能耸耸肩。因为这个报道的细节太过精准，显得很不真实。在阿拉伯世界，故意使用精确的、不规则的数字提升一则可疑新闻的可信度的事并不少见：300名恐怖分子，死去28人，还剩下272人。报道的正文后面附着一栋建筑物和一个大弹坑的照片。标题写道：“一位此前曾提供可靠消息的人士声称，欧洲恐怖袭击就是在拉卡的这栋大楼里策划的。照片来源：保密。”

萨迪克和奥斯曼已经把命令传达下去：搞些与“圣战者”有关的信息，挪威“圣战者”更好，最好有照片。

女儿们离家后的第三个假期快到了。

伊斯梅尔从韦斯特福尔大学学院回到家。他在学期中改了专业，毕竟纳米技术并非他的最佳选择。伊斯梅尔现在的目标是成为一名自动化工程师，设计、创建、开发和管理各类自动化系统，即招生说明书中所谓的“根据给定的规则和目标，通过传感器收集数据，监视、控制和管理整个流程的系统”。

这个专业具体、实在，有据可依。伊斯梅尔已经找到了适合自己的职业。

就在圣诞节前夕，沉默了几个月后，莱拉又与伊斯梅尔取得了联系。一切都跟以前一样，仿佛什么事都没有发生过。

“嗨，伊斯梅尔，你的情况怎么样，有什么新消息吗？”

她继续说道：“我想问你一个问题，你能答应我完全诚心诚意地回答我吗？你说你不相信伊斯兰教，那你至少应该是在寻找什么值得相信的东西，对吗？比如，如果你不相信伊斯兰教是真理，那么肯定有其他的真理存在，对吧？你在寻找这个真理吗？你外甥女很好……谢谢你的关心，她4个月大了。”

“我再也受不了这个样子了，”伊斯梅尔回复说，“每次你联系我，我都会想起我再也见不到的姐妹。好好照顾孩子吧，不要再跟我联系了。我相信，死了之后，我会恢复到出生之前的样子，就这样。”

“伊斯梅尔……我没想到你是个悲观主义者，你说我们再也见不到对方是什么意思？永远不要说‘再也见不到’这句话。我问你是否在寻找真理，因为这是你上次告诉我的（你是多么想找到值得相信的东西）。作为一个人，我们需要信仰‘某种东西’，不管它是什么。‘我相信，死了之后，我会恢复到出生之前的样子。’你这话是不是想告诉我，你会一直这么虚无地活着？”

一小时后，伊斯梅尔回复了她：“是的，我想你误会了。虚无不好也不坏，虚无是一种完美的和谐。你想想，虚无是多么美妙啊。”

莱拉没有回答。

一小时后，伊斯梅尔问：“你那边正在被炸弹轰炸吗？”

一个星期后他写道：“？”

随后，伊斯梅尔注意到莱拉已经注销了自己的账号。

从那之后，他们再也没有联系过。

第三十四章　尾声

人的大脑中保存着人生的各种经验，这些经验从婴儿在子宫里时就开始形成。

新生儿能听出母亲的声音。一个星期大的婴儿能识别出母亲的气味，再过几个星期，他便能认出母亲的脸。2 个月大的婴儿趴在那里时能把头抬起来，还能把自己和周围的环境分辨出来。3 个月大的婴儿想要人抱时可以表达出意愿。4 个月大的婴儿可以用视觉进行交流。5 个月大的婴儿就能理解面部表情背后的感受。6 个月大的婴儿开始对其他婴儿表现出兴趣，并且能自己坐在那里，有些孩子可能已经开始会爬了。

7 个月大的孩子会与父母建立固定的联系。世界发展得很快，大脑很快就能装备好各类知识经验。这些经验将融入语言、逻辑和其他各类系统中。在 8 个月大时，他便学会对陌生人产生怀疑，会从父母那里核实这个陌生人是否是他们中的一员。这时候，思想开始形成，并最终转变为信念和信仰。9 个月大时，他就能站起来了。

莱拉在艾西亚 9 个月大的时候打来了电话："艾西亚能走路了！"

萨拉叫道："哦，真好啊！"

女儿们打电话给她们的母亲，告诉她两个小孩的最新情况。艾西亚病了好几次，但莱拉现在确定她已经完全康复了。阿扬家的小萨拉胃口不太好，不过现在已经有了很大改善。

2016 年秋，这两姐妹、她们的女儿和她们的丈夫住在一个大集体里，与他们住在一起的还有来自挪威、瑞典和英国的几对儿夫妻。小孩的数量也在不断增加。

“这里非常好，妈妈，”莱拉告诉萨拉，“我们一直都在一起。”

妇女们负责做饭、相互帮忙照看孩子、跑腿干点儿杂活或打扫房间，男人们则去执行“伊斯兰国”下达的各种命令。她们之间的姐妹情谊似乎非常强烈。女儿们告诉母亲，一旦谁身体不舒服，马上就有人给她拿来药物。她们还互相帮忙照看孩子，给孩子们洗澡、换衣服、喂饭，哄孩子们上床睡觉。

艾西亚和小萨拉这对儿表姐妹像她们的母亲一样，过着足不出户的生活。

她们的外祖母问到了炸弹轰炸的事。

“妈妈，这不算什么问题。我们住的房子很结实，地下室也非常不错，正好可以当防空洞，别担心。”

莱拉对母亲说，只要一听到飞机声，她们马上就会到地下室去，这种事每天都在发生，很平常。

在社交媒体上，“伊斯兰国”的妇女们用各种方式表达她们的无畏精神。一个英国来的姑娘写道：“在一个小时的时间里已经投了三枚炸弹了，从早上 9 点就开始用炸弹轰我们。我讨厌美国。”乌姆·吉哈德更是轻描淡写地说：“在我回家的路上，一枚炸弹正好落在我的身后。我只想说一句：太吵了。”

女儿们不在身边，已经有三个寒暑了。

2016年整整一年，女儿们几乎没跟家里联系过。她们只在穆斯林圣日期间打过电话，然后就再没有消息了。萨拉感到纳闷，难道只有在圣日里她们才被允许打电话吗？不过她没有问女儿这个问题。她知道那个危险的组织肯定在窃听她们的通话内容，所以她从来不问任何可能惹恼他们的问题。

萨迪克和萨拉早就为收到女儿的死讯做好了心理准备。有时候萨迪克觉得这可能是最好的结果。这样一切就结束了，他们就可以继续自己的生活，萨拉也可以从索马里回来了。

当萨拉从哈尔格萨打来电话说想他时，萨迪克挂断了电话。

“你知道我在哪里。如果你想我，那就回家吧。”是她自己选择搬走的，现在她又到萨迪克这里寻求同情和安慰。萨拉明白萨迪克的意思，他希望她能回来，让两个儿子继续上学。

“把女儿们找回来！”从第一天起萨拉就是这么对他说的，“把她们救出来！”

对萨迪克来说，这已经成了他生命的意义所在。

萨迪克知道，在萨拉眼里，他变得越来越渺小。无论是身为父亲、男人，还是一家之主，他都是失败的。这就是对他的惩罚。他们都离他而去：他的女儿、妻子、两个小儿子，还有伊斯梅尔。现在就剩下他孤零零的一个人。

“你的妻子很快就会回来的，”朋友安慰他说，“你的女儿们也一样。”

但这一切并没有丝毫的迹象。

不过，他的两个儿子想回来。在哈尔格萨，他们大部分时间都待在客厅的游戏站前，或者把一个坑坑洼洼的塑料瓶当足球踢。去年夏天，萨迪克夫妇一直为该住在哪里争论不休。萨迪克准备采用折中的办法，让他们在哈尔格萨再住一年，然后他们就必须回家，这样就有足够的时间为下一学年做好准备。萨拉回复说："好吧。"

她信守诺言。暑假前一个月，萨拉和孩子们在奥斯陆机场下了飞机。紧接着在第二天，艾萨克和贾布里勒就回到了他们以前的班级。学校和儿童福利会也对他们进行密切跟踪，以便让他俩跟上同龄人的水平。

从学校回家后，伊斯梅尔在当地一家超市找了份暑期工作。三个男孩子住在卧室里，萨拉和萨迪克睡在客厅里。一天晚上，伊斯梅尔小声对两个弟弟说："挪威才是我们的归宿。"听了哥哥的话，艾萨克和贾布里勒都在黑暗中点了点头。

伊斯梅尔不再跟那姐妹俩联系。他最后一次收到莱拉的信息是在新年之前，当时他给莱拉发了一个问号，不过没有收到任何答复。他们已经将近一年没有联系了。

8 月，伊斯梅尔向超市请了几天假。Emax 遴选 100 名成员参与创业项目，他被选中了。Emax 是挪威创新署专为年轻人创办的一个创业项目，旨在激励和帮助"青年企业家实现他们的梦想、目标和愿景"。培训最后一个周末在利勒哈默尔度过。这些年轻人将在那里获得"发展自己和创造自己与挪威的未来的工具"。入选的 100 人被分成 10 组，负责不同公司安排的任务。人们将对他们的创意和方案进行评价，并最终选出一名获胜者。此前的获胜者曾受邀前往伦敦、硅谷和上海，以便“建立联系，更深入地学习如何开拓业务”。

伊斯梅尔所在的小组没有获胜，但这是一个难忘的周末。他在脸谱网上发了一张这群新朋友的照片，照片里的人都胳膊挽着胳膊站在一起。和其他金发男孩一样，伊斯梅尔也穿着浅蓝色衬衫和牛仔裤，有点儿青年企业家的味道。他在脸谱网上写道：“美妙的体验！”

暑假结束后，伊斯梅尔登上了返校的火车，准备开始第二学年自动化工程课的学习。到校后，他把苹果手机的背景图给换了。灰色背景上的白色文字概括了他现在的处境：做好独行的准备，很多与你一起开始的人不会陪你走到终点。

萨迪克与母子三人重逢后的日子并不都是美好的。以前那套宽敞的公寓已经被收回去了，萨迪克单身一人时郡政府分给他的那个一居室现在已经显得过于拥挤。萨拉对这栋房子和周围的邻居都不满意。这个公寓所在的社区居住的主要是领取社会福利金的人，并且这里大多数居民都是单身。他们中有酗酒的、吸毒的，环境混乱嘈杂。在这里，你能听到有人在凌晨三点做饭，有人整晚都大声播放音乐，或者争吵不休。萨拉向一位朋友抱怨说，这里到处都是注射器和碎玻璃瓶子。“这不是孩子该待的地方。”她强调说。她去了挪威失业救济和社会保障署，要求给她家分一套新公寓。但保障署的人让他们自己找房子，地方政府可以给他们提供租金。萨迪克上网搜索，然后去现场看房，但每次都遭到拒绝。萨拉因此得出结论：挪威人不喜欢索马里人。

但是，索马里人喜欢索马里人，萨拉一回到挪威，就和她在贝鲁姆的朋友恢复了联系。在这个国家生活了15年之后，她认识了很多妇女，其中一些人还是索马里妇女协会的成员。

萨拉回来的另一个目的，是想终止谣言。现在，整个索马里社区的人都知道萨迪克对那个年轻的《古兰经》经师穆斯塔法异常愤怒，他认为穆斯塔法应对女儿们的激进行为负责。他常对人说："是他开始了我们的噩梦。"索马里妇女协会的成员将萨迪克对穆斯塔法的指控视为对她们的批评。毕竟，雇用穆斯塔法的人是她们，在姐妹俩离家出走后继续请他当老师的也是她们。她们辩称，如果姐妹俩的激进行为和叙利亚之行与穆斯塔法有关的话，那么按照这个道理，其他人肯定也应该会离家出走才对。

萨拉曾拿出家里的生活费给女儿交《古兰经》课的学费。女儿们离家后出走，萨拉曾试图找穆斯塔法理论，然而这个年轻人一直躲着她。

后来，穆斯塔法通过萨拉的一个朋友给萨拉发了一条短信："我与她们去叙利亚的事毫无关系。对她们的离开我也感到很震惊。愿真主保佑你们。"

萨拉的结论是：既然他这么说，那就不是他干的。

此外，萨迪克曾因指控那名《古兰经》经师招募恐怖分子而在社交媒体上受到谴责，这事让所有索马里人都感到丢脸。现在，大家应该团结起来了。

到处都是谣言。萨迪克在社交媒体上受到谴责的事传出来后，陶菲克清真寺曾要求穆斯塔法暂时离开。宗教领袖们非常担心。同奥斯陆的其他清真寺一样，这个清真寺正忙于消除激进思想。他们派一位名叫阿布迪巴希德·阿里·穆罕默德的年轻宗教领袖参加关于如何打击极端主义的小组讨论。此人也是索马里人，他相貌英俊，言语得体，受过良好的教育。他是毛遂自荐参加讨论活动的，不过条件是不跟小组里的任何女性握手。

因为离家出走的那两姐妹，穆斯塔法受到了挪威警察安全局的审问。警察安全局收到密报，指控他与“青年党”、“伊斯兰国”及招募恐怖分子活动都有联系。他的朋友也被传去问话。

其中一个人与“先知的乌玛”组织关系密切。警察安全局先是问了他一些基本问题，然后又问他是否认识穆斯塔法。

“穆斯塔法？不认识……”

“那么，你怎么会在他家过夜呢？”警察接着问道。

这个年轻人意识到警察一定掌握了不少情报，因为他只在穆斯塔法家的沙发上待过一夜。问话进行到一半时，一名男子走进了房间。他是个挪威人，身材高大，头发金黄，说一口流利的索马里语，对索马里的部落、族群和各种运动都了如指掌，给那个年轻人留下了深刻的印象。不久之后，警察安全局拜访了这个年轻人的父母。他的父亲因为他没有珍惜政府给他的机会而大发雷霆，于是那个小伙子便退出了极端组织。

讲授《古兰经》并非穆斯塔法的主要收入来源，他还有一份保安工作。阿扬姐妹俩离开后，过了不久，这名年轻的极端分子就被奥斯陆大学布林登校区聘用了。他身穿印有保安公司名称的深蓝色制服，每天晚上在办公大楼里巡视。

警察安全局对穆斯塔法进行了搜查，但没有发现任何不利于他的证据。

大家都说，他只是给学生们讲《古兰经》，他是一个优秀的穆斯林，他为战争受害者募捐，陪伴陷入困境的年轻人。他有时开车去接那些需要指导的男孩。他可能会去酒吧，把喝得酩酊大醉的索马里人送回家。他还会在路上跟那些男孩聊天，问他们需不需要帮助，有什么困难没有。

穆斯塔法给人以兄弟般的印象。他确实是兄弟。他张开双臂站在那里，竖起耳朵聆听别人的心声，然后事情就会转个圈儿回到原点：他会收紧援助之手，让那些受到他帮助的人给予回报。

最终被逮捕并受到指控的是乌拜杜拉·侯赛因，那名“真主的小奴隶”，迪尔拉的前夫。

2016 年 9 月，他成为第一个被指控招募恐怖分子的挪威人。检察长认为，有足够证据证明他招募了想加入恐怖组织的人，并为他们前往叙利亚提供便利。起诉书中指出，几个他曾帮助过的人后来在执行任务时被杀。乌拜杜拉给他们安排好行程，为他们购买衣服和装备，帮助他们购买机票，并帮助他们与其他人取得联系。检方指控称：“他与那些与‘伊斯兰国’有关联的人进行直接沟通，以确保那些去叙利亚的人成功从土耳其越过边境。”警察安全局认为，直到被抓前，他一直是“伊斯兰国”的成员。

“先知的乌玛”失去了顶梁柱。乌拜杜拉被拘留，巴斯蒂安和另外几个人死了，其他成员则大多去了叙利亚。从某种意义上来说，被艾莎称为“团体的黏合剂”的阿凡范·巴蒂仍充当领袖的角色。不过

“先知的乌玛”组织的成员不再组织示威活动，脸谱网上的群也解散了，但他们仍然会见见面，一起吃吃饭，不过大都选择在家里进行。

阿尔范·巴蒂是与在叙利亚的希沙姆联系较为密切的人员之一。由于担心引起安全部门的注意，许多人都不敢再谈论挪威人去参加“圣战”的事。警察安全局会跟踪年轻的极端分子，探访他们的家人，并揭发他们参与的其他犯罪活动，因为那些活动比招募恐怖分子更容易被定罪。这种做法看来还是很有效果的。据警察安全局了解，2016年，没有一个挪威人离开挪威前往叙利亚。虽然通往天堂的道路不再经过叙利亚，但激进运动仍在继续。

对年轻女性来说，虔诚的浪潮仍在继续。就在阿扬和莱拉离家出走的同时，奥斯陆不同地区的一些女孩也曾考虑过这个问题，不过她们都没有付诸行动。很多人现在都意识到“伊斯兰国”的成员并非真正的伊斯兰教的信仰者。只有在建成一个真正的伊斯兰国家后，她们才会前去投奔。

很多清真寺都吸引了严格秉承教旨的青少年前去修行，其中之一便是陶菲克清真寺。“过去每周去清真寺两次就够了，”陶菲克姐妹会的一个女孩说，“周末可以去那里学习《古兰经》，在清真寺里要举止得体，戴上披巾，至少进入清真寺时要戴一条，出门时可以再摘下来。而现在这些十几岁的女孩几乎都住在清真寺里。”

她们在寻找什么？

姐妹之间的情谊，一个有归属感的地方，天堂，追随先知，早点儿结婚，因为“宗教的一半是婚姻”。许多家长都为女儿们信教的热情越来越高而感到自豪，但这种不断增多的宗教活动与极端主义之间几乎没有明确的界限。一个人不可能在一夜之间成为一个盲目的狂热分子，这是一个渐进的过程。当受到世人的反对时，极端主义组织里的这些女孩相互影响，相互支持。她们把持不同意见者拒之门外，将他们视为异教徒或者是异教徒的朋友。她们只听那些声称“西方国家只有让穆斯林全部消失才会善罢甘休”的传教士的话。特别是西方国家越来越关注穆斯林应该做什么、不应该做什么，该穿什么、不该穿什么，这让她们更加相信那些传教士的话。相对温和派则认为，这是因为双方对彼此不甚了解，心存忌惮。

阿扬和莱拉在引导她们前往叙利亚的那股激进主义浪潮中扬帆远航。她们离开时，正值挪威和叙利亚的大门都敞开的时候。如果再等一两年，她们可能就只能与新一批虔诚的信教者并肩战斗，身体生活在挪威，心灵却游离在挪威社会之外。

9 月，莱拉打电话祝全家开斋节快乐。她抱怨说走路的时候脚还是疼。莱拉告诉萨拉，去网吧打电话简直是一种折磨。她那只受伤的脚一直没有彻底痊愈，除此之外，一切安好。

萨拉已经接受了女儿们不愿回家的事实。她不想再深究这件事，也不想着要去谴责某人。她认为女儿们对伊斯兰教存在某种程度的误解。就是这样。

萨迪克对此却完全不能接受。焦虑已经在他的身体和灵魂中扎下根了。他一直梦想着能回到以前那种乏味的生活，希望萨拉和两个儿子能回来。但等他们都回来后，他又觉得自己的生活确实无聊至极。

奥斯曼和萨迪克晚上继续聊天，沉溺于两人编织的白日梦中。“不管愿不愿意，她们都得出来。”萨迪克对奥斯曼说。

“这事我说了不算。”奥斯曼承认。

萨迪克无法再依靠他的帮助了。走私变得越来越难。一切都变得困难了。土耳其已经封锁了部分边境。那些曾经用带破洞的铁丝网围起来的地方，现在建起了一道 7 英尺高的混凝土墙。奥斯曼以前经常走的那个边境检查站被一枚导弹击毁。其他的边境哨所，要么需要过境许可证才能通过，要么就被库尔德人掌控。奥斯曼被困在了叙利亚。

他们来来回回地分析拉卡的局势。拉卡还能坚持多久？谁会占领这个城市？“伊斯兰国”还能存在多久？如果“伊斯兰国”被赶出去，谁会取而代之？

那些在打击“伊斯兰国”的斗争中相互合作的地方组织基本上没有共同利益，他们只是暂时结成战术联盟的对手。击败“伊斯兰国”之后，新的战争就会爆发。这片土地上有太多的利益纷争，解决之道似乎遥不可及。在这片越来越血腥的战场上，土耳其人、美国人、俄罗斯人、伊朗人、伊拉克人和沙特阿拉伯人，真主党、库尔德游击队、伊朗什叶派穆斯林以及大批萨拉菲派、瓦哈比派、极端分子和“圣战分子”，还有阿萨德政府军，他们都在为自己的利益而战。

5 年来，国际社会一直对此无能为力。5 年来，曾有过无数次的谈判和谴责，外交官和政治家们已经筋疲力尽。只有一件事永远不会停止：从天而降的死亡。

阿萨德的政府心安理得地屠杀着自己的国民。社交媒体上到处散布着那些头一天还活着、第二天便已死去的人们的照片。

阿萨德政府军轰炸的主要是叛军控制区。2016 年秋，“哈里发国”的居民仍然生活在相对安全的环境中。人们的态度变得更加坚定。这里只有一个真理存在，并且永远不会有人反对。“圣战者”的妻子们有着相同的心态并相互影响。出身贫寒的女孩会在推特上吹嘘自己的奴隶：“我家的用人（奴隶）教我如何烤叙利亚式面包。今天，我终于亲手做了一个。”

关于拉卡日常生活的公开渠道越来越少。推特建立了一个有效的监测系统，可以迅速关闭“伊斯兰国”成员的账户。此外，“哈里发国”对互联网的使用也进行了限制。

好景不长，“伊斯兰国”的生活水平开始下降，即使是外国战士也不例外。自 2016 年夏末，“伊斯兰国”不再与土耳其接壤。2017 年初，由于“特殊情况”，“伊斯兰国”宣布削减士兵 50% 的工资。本地战士现在每月工资为 200 美元，而外国战士可以拿到 400 美元。外国人在拉卡形成了一个特殊阶层，他们住进了最好的社区。他们中像阿扬这种从家里带钱来的人，只要这些钱还没有花完，他们就会过上比当地居民更好的生活。

到了秋季，通往拉卡的几条补给线被关闭，这直接导致物价飞涨。为了一桶汤或一袋大米，人们会排上好几个小时的队。“伊斯兰国”想掩盖排队的场景，但“拉卡正在悄无声息地遭受屠杀”组织持续报道了此事。

女人即便是待在家里，也有很多事情要做。对那些在拉卡的女孩来说，大清早就要起床做饭，直到深夜才能休息。阿扬和姐妹们用大锅为战士们准备饭菜：米饭、肉、蔬菜、油炸土豆、鸡肉砂锅以及油炸河鱼。

她们在家里或大型公共厨房里做饭。到了吃饭的时间，她们便把做好的食物用卡车运到前线或检查站，供那些战士食用。

姐妹俩完全信奉“伊斯兰国”倡导“妻子必须顺从丈夫”的思想。在挪威一直提倡两性平等的阿扬，在一次谈话中对一名来自家乡的朋友说，她不介意希沙姆再娶一个妻子。

“你不会吃醋吗？”她的朋友问。

“不，我们需要生很多孩子，”阿扬回答说，“如果战争会持续很久的话，我们需要新的士兵。”

从她个人来讲，她希望真主保佑她生个儿子。

巴斯蒂安被杀后，艾莎和埃米拉都再婚了。萨拉赫丁死后，艾莎又生了一个儿子。

“除了培养出下一代的狮子，以便让他们长大后在‘伊斯兰国’内继续传播伊斯兰教，你还想再干什么呢？”乌姆·穆萨纳在推特上写道。奎利姆反恐怖主义研究基金会的资料显示，“哈里发国”内现在有3万多名孕妇。

从很小的时候起，这些孩子就被教导要敬畏国家，仇恨不信教的人。他们从小就要精读《古兰经》。孩子们6岁开始上学，学校是教他们学会服从命令的工具。孩子们被灌输顺从思想，以便将来成为新的传教士和战士。被视为“无神论”的历史、哲学、公民学以及艺术和音乐等课程都被从课表删除。地理方面，他们只学习伊斯兰世界的相关知识，体育课则被以格斗和射击为重点的“圣战训练”取代。

教师也必须接受再教育。所有的物理和化学定律都是真主创造世界的时候产生的，所有的进化论内容都要被剔除出去，达尔文的名字成了一大忌讳。“家园”和对叙利亚的其他所有称谓都被取缔，取而代之的是“伊斯兰国”、“穆斯林之地”或“沙姆省”等名称。数学中与利率、民主或选举有关的例题都被删除，计算单位也都换成了坦克、大炮和子弹。所有不符合伊斯兰教法的图片都被清除：妇女的脸、裸露的身体部位、非伊斯兰服装。

“伊斯兰国”为了建立穆罕默德勾勒出的那样一个理想的伊斯兰社会，必须从娃娃开始抓起。每个年龄组中最优秀的男孩都要接受特殊培训。他们可以观看石刑、绞刑和斩首。现场观摩此类事件被视为一种特权，被允许参与行刑则被视为一种殊荣。让刚懂事的小孩把刀递给行刑的刽子手，对小孩来说是一种荣誉。某些情况下，他们还获准参与杀人过程。“伊斯兰国”训练小孩监视自己的家人和邻居，训练他们担任信使、前线战士、步兵、人肉炸弹或狙击手，还训练他们制造炸弹，学习使用轻武器、步枪、冲锋枪和榴弹发射器。

极端主义行为已经成为“伊斯兰国”的家常便饭。

女孩则接受特别的教育。她们不能参加“哈里发国”的幼童军。相反，她们是“哈里发国”的珍珠。

这个比喻闪烁着萨拉菲派的影子。

有什么东西比珍珠更珍贵呢？如果你拥有一件如此珍贵东西，你会把它随便乱放，任由它变脏，或是把它放在门外，任由别人抚摸，甚至被人偷走吗？

不，你会把它包起来，放在珠宝盒里的丝绸或天鹅绒上，然后把它锁起来，以免招来小偷。只有在特殊情况下，在确保安全的情况下，你才会把它拿出来。

女人是珍珠。如此美丽，如此珍贵。

最好把装珍珠的盒子锁好。

“伊斯兰国”制定了一整套抚养女孩的规则。她们应该学习一些知识，但不能学太多。她们从小就要跟母亲住在一起，通过言传身教来培养德行。7~9 岁，女孩要学习《古兰经》、数学和伊斯兰自然科学。10~12 岁，她们要学习伊斯兰教法的基本知识，特别是与妇女有关的部分内容。她们要学会缝纫、编织和烹饪。13~15 岁，她们将深入研究伊斯兰教法、伊斯兰教历史、《圣训》，此外还要学习如何做家务和养育子女。女孩的结婚年龄不应太晚，最小可以 9 岁结婚，这是一个年龄下限，理想的结婚年龄是 16 岁。

按照“伊斯兰国”的电子刊物《大比丘》的说法，培养年轻女孩的目的是“形成我们的社会，多生儿子，然后派他们去参加激烈的战斗”。“哈里发国”的孩子们从小就要接受训练，服从“哈里发”，鄙视不信教的人，习惯暴力，为战争做好准备。

“我认识一些人可以救她们。他们可以开车进去……”

说这话的是奥斯曼。“把她们藏在车里……开车把她们带出来……越过边界……让我跟他们谈谈。”

奥斯曼警告萨迪克不要自己一个人去。“如果库尔德人占领拉卡，她们就完蛋了。库尔德人就像魔鬼……他们不会放过两个黑种人妇女。她们的孩子也不例外……听着……”

她们的孩子。

两个小女孩正在经历很多人生的第一次。她们开始蹒跚学步。她们会抓住桌子的边缘站立，她们会笑，会闹。

人类是社会动物。从出生之日起，孩子就寻求与人交流。在生命的最初几周，孩子的大脑开始储存期望，而母亲则通过分泌荷尔蒙提高自己照顾孩子、亲近孩子和关注孩子的能力。

奥斯曼曾发信息给萨迪克说：“当她们都有了孩子，就会醒悟。”

但阿扬和莱拉并没有醒悟。

她们在暴风中心，继续自己的生活。男人们去前线打仗时，女人们就待在家中。吃饭时，她们围坐在一块大塑料布周围，用一个大盘子吃饭，孩子们在她们身边玩耍。

婴幼儿在意的是自己身边的小世界。即便在极端条件下，只要孩子的日常生活保持不变，只要大人没有乱了阵脚，孩子就会觉得很安全。

同时，孩子的大脑也很脆弱。戏剧性的事件和恐惧会以破碎图像或恐怖片段的形式存储在他们的脑海中，使他们做噩梦或者给他们带来心理创伤。经验会影响到大脑中形成思想和信仰系统的区域，也就是构建理性的那片区域。

这两个表姐妹暂时跟她们的小伙伴住在一起。

但住在偷来的房子里并不安全，这种生活很快就会结束。“哈里发国”也将成为历史。

两个表姐妹。

留给她们的是沉重的遗产。

珠宝盒会被打开，包裹珍珠的丝绸会被撕破。

她们终究会发现：这里就是地狱，我们即地狱。

如果她们能够活下来的话。

后　记

想要向世人讲述两姐妹故事的是萨迪克·朱玛本人。

“我想让人们能够提前发现那些危险的迹象，”他说，“我们以前特别盲目。我们认为一切都会过去的，现在我们理智多了。”

他希望家长、学校、清真寺和警察能开展更好的合作。

对我来说，最重要的问题是：这一切是如何发生的?

这本书的书名很容易起：《两姐妹》。故事是围绕着两姐妹展开的。

我做的第一件事就是倾听家人的心声，然后把她们的故事记录下来。随后，我采访了她们的朋友、同学、老师、校长以及其他姐妹俩在青春期早期接触过的成年人。随后，我试图追踪引导阿扬和莱拉走向激进伊斯兰主义的路径，以便弄清是什么激励两姐妹前往叙利亚的。

她们的父母允许我查阅姐妹俩留下的各种资料。除了委员会会议的备忘录、传教士的指导、请求佩戴头巾的请愿书和打印出来的电子邮件外，我还从这些材料中挑选了一些文章、成绩单、课堂照片以及她们《古兰经》课和伊斯兰讯息网晚间课程的笔记。阿扬做事井然有序，这给了我很大的帮助。她列出了一长串她招募到的伊斯兰讯息网的志愿者，包括他们的电话号码和邮箱，这使我能够接触到许多认识她的人。同样，我联系上了她在脸谱网上所有的朋友，还联系了在推特上关注她的人，其中有一些还关注了她的朋友艾莎以及学校照片上出现的几个人。

我去参加了奥斯陆的那些清真寺、伊斯兰讯息网和其他青年宗教组织的聚会，寻找姐妹俩留下的踪迹。我联系了索马里人成立的各个协会，并加入穆斯林在脸谱网上建立的群，以便寻找有关两姐妹的信息。

就这样，一个朋友和熟人的关系网慢慢浮现出来。这个关系网与她们父母提供的信息以及她们留下的书面资料，给我提供了重要的信息来源。

因为姐妹俩没有直接参与本书的写作，她们往来的邮件和聊天记录就显得尤为重要。同样重要的是，我们还可以通过她们与伊斯梅尔在脸谱网、Viber和瓦次普上的聊天记录，深入理解她们的想法以及她们在这一过程中做出的各种判断。他们之间的交流反映了“伊斯兰国”的宣传内容，不过姐妹俩应该想不到自己的这些话会被记录下来。否则的话，书中记录的她们的那些机密对话应该就不会发生了。在我看来，两姐妹的话是对她们理想中的“哈里发国”的描述。

我给两姐妹发了几次信息，请她们就如何决定前往叙利亚谈谈自己的看法，并请她们讲一下那边的生活情况，但我没收到任何回复。我还尝试通过在拉卡有关系的其他组织联系她们，但她们始终以沉默回应。

之所以出现这种情况，原因可能有很多种。一种是纯粹程序性上的原因：未经“伊斯兰国”宣传部门同意，“伊斯兰国”成员不能接受采访。“伊斯兰国”通常是通过发言人或者由领导层的代表在他们安排的采访中向外界传达信息。要想在未经领导的批准下采访“伊斯兰国”的普通成员，必须要在隐姓埋名的情况下才行。然而在“伊斯兰国”，姐妹俩太好辨认了。

2013 年 11 月，当她们的父亲来叙利亚想把女儿带回家时，姐妹们做出了明确的选择：她们决定留在“伊斯兰国”。她们说自己相信“伊斯兰国”的计划，通过她们的言行举止也可以看出，她们支持“伊斯兰国”的主张。

除了父亲的第一次营救行动外，她们对其他几次营救行动毫不知情，这从萨迪克和奥斯曼的聊天记录里可以看得一清二楚：他俩一直想在违背姐妹俩意愿的情况下绑架她们。在与伊斯梅尔的聊天中，姐妹俩似乎也完全站在“哈里发国”的一边。她们从未在口头上或书面中对“伊斯兰国”表达过任何负面看法。从本书中也可明显看出，她们在政治上和宗教上已经与父亲决裂了。因此，萨迪克关于女儿们或“伊斯兰国”的那些言论，对生活在“伊斯兰国”控制下的姐妹俩不会产生半点儿影响。

你该如何描述两个素未谋面、也不想跟你讲述她们故事的人？

方法之一，是先讲讲她们的行为：她们做过什么？什么时候做的？我们从书面资料了解到了什么？周围的人如何评价她们？

一本纪实文学题材的书是由众多相互叠加的场景组成。我通过这些场景来重建真相。因此，场景信息的来源越可靠，对场景的描述就越准确。书中所描写人物的思想，都是基于他们在特定环境下的言辞、想法或者是书中人物向别人所说的他们内心的想法。

我尽最大的努力，尽可能地寻找导致姐妹俩离家出走的各种信息以及她们在拉卡的生活情况。但真正了解她们的想法和动机的，只有她们自己。

两姐妹的名字没有出现在媒体上，所以我给她们虚构了两个名字。如果有一天，她们能够返回挪威，希望可以在挪威继续生活下去，她们还可以继续使用之前的名字。同样，我把她们几个兄弟的名字也给改了。不过，按照她们父母的期望，我在本书中保留了萨迪克和萨拉的真实姓名。

除了在谈话和采访中公开讲述家人的故事外，萨迪克还向媒体透露了自己的姓名和照片。

姐妹俩的几个朋友为我的写作提供了帮助，不过他们不希望在书中出现自己的真实姓名，于是他们自己选择了在本书中使用的名字。刚开始我就很清楚，很多朋友都不愿谈姐妹俩去叙利亚的事。一些女孩担心别人会认为她们也有极端主义思想，或者认为她们与某个恐怖组织有联系。挪威的法律已把“伊斯兰国”定义为恐怖组织。

至于姐妹俩所在学校的那些老师，有人希望书中采用他们的全名，另一些人则希望在书中称他们为“挪威语老师”或“数学老师”。

我向所有人提供了他们的访谈副本，以使他们有机会纠正任何可能出现的错误。

姐妹俩于 2013 年 10 月 17 日离家后，她们的家人首先联系了阿斯克尔和贝鲁姆的警察局。她们的部分卷宗后来被移交给了挪威警察安全局。从一开始，我就获准查看警察局的记录，并从警察安全局了解到他们处理此案的方法。

此外，挪威外交部的知情人士还向我透露了 2015 年 3 月挪威驻土耳其领事馆提供援助的事。

在没有征得两个女孩同意的情况下去关注她们的生活，这在伦理上能否站得住脚?

我的回答是肯定的。全世界都在试图了解穆斯林青年激进化的原因。研究人员、政治家和青年工作者都正在试图搞清楚为什么一些青少年拒绝接受教育，拒绝在和平的环境中生活，反而加入恐怖组织。对这个问题不会有单一的解释，但我们可以指出其中的几个因素，如寻找自己的身份认同、生命的意义、社会地位、渴望归属感、他人的影响、一时兴起、反叛的欲望、浪漫的观念。就两姐妹而言，还应增加一条：宗教意识的觉醒。研究人员在谈到激进化时，尤为重视推拉因素的作用：一方面有某种东西在把他们往外推，另一方面有某种东西在把他们往里拉。

2016 年秋，警察安全局在一份报告中指出，通过对与极端伊斯兰主义背景有关的人员进行调查发现，激进化是“一种多种族现象，其典型特点是：受影响者大都是受教育程度低、有犯罪背景、缺少工作经验的年轻人”。其中，60% 的人是在童年时期或年轻时期移居挪威，这类群体的主要特点是中学辍学率和工作后的失业率都很高。只要仍有年轻人面对这些挑战，他们被恐怖组织招募的可能性就会一直存在。

作为一名记者，探索社会中出现问题的领域是我的职责所在。面对这个故事，我们必须问这样一个问题：这只是她们个人的事，还是与我们也有关系？

在本书中，我没有做出任何解释。没有解释是什么吸引她们信奉伊斯兰激进主义，也没有解释是什么促使她们离开挪威。我只在书中讲述了自己的发现，结论由读者自己决定。从哪里开始？根本原因是什么？她们从什么时候起开始做出不同的选择？一名想要成为外交官的女孩为何会选择到拉卡做一名家庭主妇？为什么她们对“后世”的生活比对“今生”更感兴趣？

要理解人们在生活中所做的选择，我们需要了解这些人的具体情况。宗教是一种个人选择，它绝不会脱离个人生活独自存在。相反，宗教与个人的经历、生活环境及成长环境密切相关。

因此，除了描述两姐妹的情况外，在我认为合理的情况下，我还重点介绍了与之相关的其他人的情况。

《两姐妹》这本书介绍了许多前往叙利亚的挪威公民。这些描述富有戏剧性，涉及他们的童年、家庭内部关系、虐待、欺诈、背叛、谋杀，还有爱情。

请允许我举例说明我在公布个人资料时所做的选择。书中的一个重要人物是艾莎·谢扎迪。我之所以在书中使用了她的全名，是因为在前往叙利亚之前，她本人就已经选择通过自己发表的帖子和媒体采访公开露面，到拉卡后又以在脸谱网上发帖子的方式向世人公布她在拉卡的生活情况。她和她的父母都没有对我的采访要求做出回应。艾莎的故事是根据她朋友的叙述和书面资料写出来的。我引用了奥斯陆地区法院 2016 年 5 月对她父亲做出的判决，该判决向公众开放，从中我们可以一窥她的童年生活。

通过研究那些从挪威和其他欧洲国家前往叙利亚的人，我们可以发现，其中有暴力或离婚家庭背景的年轻人，以及童年生活不稳定、有犯罪前科的年轻人的占比很高。大多数来自欧洲的外国战士都是在脆弱的青少年时期开始变得激进。至于书中描写的两姐妹，我发现，她们的行为除了为追求生命的意义和身份认同之外，还源于宗教觉醒、抗议和反叛。

为了弄清这一切，我把更多的精力放在其中一些人物身上，尽管他们可能并不愿意我这么做。其中一位是阿尔范·巴蒂，由于他与姐妹俩的一个朋友结了婚，因而成为书中的主要人物。不管是面对面谈话，还是通过书面方式沟通，他都明确表示不希望把自己的私生活公布于众。我没有遵从他的愿望，因为他过去是、现在仍然是挪威穆斯林激进派的核心人物，我们无法把他的个人行为与他的领导者角色区分开。正如艾莎所说，他是“先知的乌玛”组织的“黏合剂”。2017 年 5 月，他因私藏武器被捕，不过在几个月后获释。

乌拜杜拉·侯赛因也不想配合我的工作。在 2015 年夏天斋月期间我见到了他，准备对他进行一次采访，不过他告诉我等斋月结束后再与他联系。我通过短信和信件（最后两封信是他在狱中的时候写给他的）把我感兴趣的话题告诉他，请他从自己的角度来说说这些事。但他拒绝回应。2017 年 4 月，他因招募“伊斯兰国”成员被捕，并被判处 9 年监禁。

本书中第三位通过与姐妹俩的朋友结婚而出现的男人现在已经死了。鉴于巴斯蒂安·瓦斯奎兹无法再为自己辩护，我仔细搜寻了所有与他有关的信息和指控。我选择使用的这些信息均得到几个相互独立的消息来源的证实。我还查阅了他前往叙利亚之前在警察局留下的案底和卷宗。

因此，我对巴斯蒂安·瓦斯奎兹、阿尔范·巴蒂和乌拜杜拉·侯赛因的描述，除了基于书面资料外，完全是根据周围人对他们的评论。我还把自己对这些人的描述内容发给了他们的律师约翰·克里斯蒂安·埃尔登。

这条宗教之路引导我前往好几个地方。第一站：伊斯兰讯息网。

2011—2012 年，该组织确认了阿扬曾在组织中的核心地位。书中对伊斯兰讯息网的描述，是根据我在几次会议中的观察及该组织网站上公布的讨论会会议记录等书面资料写成的。此外，我还采访了该组织的成员兼领导人法赫德·库雷希。

接着，我前往位于奥斯陆的、以索马里人居多的陶菲克清真寺，寻找那位年轻的《古兰经》经师。他自称穆斯塔法，但警察知道他的另一个名字，他在担任保安期间也用他的真实姓名。我知道他的真实姓名，不过在本书中还是选用了他在清真寺和朋友面前使用的这个名字。

穆斯塔法一再拒绝跟我见面。有几次，我告诉他我想知道他在《古兰经》课上都讲了什么内容，以及他跟姐妹俩出走叙利亚的事有多大关系。

在追踪穆斯塔法期间，我还去参观了陶菲克清真寺。第一次见到清真寺的教长阿卜杜巴希德·阿里·穆罕默德时，他告诉我，他从未听说过有个叫穆斯塔法的《古兰经》经师，他也不知道他的真实姓名是什么。我提到，鉴于姐妹俩离开后媒体对那位《古兰经》经师的质疑，他应该不会不熟悉这个经师的名字。听到这些，他告诉我："只能在律师在场的情况下才能继续我们的谈话。"

后来，他同意在清真寺与我见面，律师事务所的一名律师也到场旁听。之所以要请律师在场，是因为据他所说，我在上次谈话中对他进行了"严厉的指控"，并且"言语中充满攻击性"。尽管如此，我得到的仍是同样的答案：教长从未听说过任何名叫穆斯塔法的《古兰经》经师。尽管事实上穆斯塔法在这所清真寺里很有名气。

我在该清真寺专为妇女开放的网页——陶菲克姐妹网上发布的关于征集阿扬和莱拉的信息的公告，不久之后也被删除了。

我还就那名年轻妇女在清真寺内死亡一事采访了拉比塔清真寺教长巴斯基姆·古兹兰。他强调，清真寺不赞成驱魔行为，此类驱魔行为都是在领导层不知情或未经其许可的情况下进行的。

萨拉和萨迪克的故事——他们的童年、青年和在挪威的生活，主要基于他们自己的讲述。在叙利亚的那些戏剧性的经历也只是萨迪克的一面之词。

我花费了大量的时间，和他一起一遍遍地梳理这些故事的具体细节，反复审查，让他重新确认之前的叙述，并试图找到相关时间、地点和事件的佐证。至于在阿尔丹那坐牢，遭受酷刑、审讯以及在进入叙利亚之前在哈塔伊那几天的经历，完全是根据萨迪克的叙述写就的。那两名“胜利阵线”的战士在网站上讲述的关于姐妹俩的故事，与萨迪克的描述相符。此外，纪录片制作人施蒂瑞克·詹森和维斯勒米采访了一名与萨迪克一起被抓的人，后者证实他曾亲眼看到萨迪克在狱中的那段经历。萨迪克自己讲述的那些经历与其他被拘禁的人的讲述基本相符。在萨迪克去叙利亚之前和之后，有很多人跟他一样，越过边境寻找自己的孩子，他们也被要求加入“伊斯兰国”，然后被当作间谍投入大牢，并在最终获释之前惨遭酷刑和折磨。

为了深入了解几次救援计划以及萨迪克在这些计划失败或无法付诸实施时所经历的绝望情绪，我查阅了萨迪克和奥斯曼之间的那些残酷的聊天记录。这些记录从一个独特的视角反映了战争中一个当地蛇头的各项行动，以及他与周围社会之间错综复杂的关系。奥斯曼明白这些信息的用途，并同意接受纪录片《只是一个父亲》的采访。镜头中只拍了他的背影，我还把他的名字改了。

这些聊天记录用的都是阿拉伯语，由作家、“阿拉伯之春”活动家伊亚德·巴格达迪负责翻译。他还翻译了奥斯曼和“两面人”的语音资料。在谈到姐妹俩的激进思想时，我大量采用了巴格达迪对萨拉菲思想及其影响的观点。

我从这一领域的专家那里受益匪浅，其中包括作家查尔斯·李斯特（Charles Lister）、知名博主艾曼恩·塔米米（Aymenn al-Tamimi）和挪威国防研究中心的托马斯·黑格尔默（Thomas Hegghammer），我不断地就这些问题请教他们。

我经常翻看李斯特写的《叙利亚“圣战”》（*The Syrian Jihad*），核对叙利亚各起事件的发生时间及冲突的背景。艾曼恩·塔米米的博客提供了与“伊斯兰国”和“胜利阵线”有关的最新情报信息。

希拉兹·马厄（Shiraz Maher）的《萨拉菲“圣战”主义思想》（*Salafi-Jihadism*）也是本书的一个重要参考。此外，我还一直与“拉卡正在悄无声息地遭受屠杀”组织中的积极分子保持联系，并与叙利亚本地组织的代表讨论过当地局势。

本书在很大程度上依据网上公布的各类文章和报告。挪威这边的资料主要来自马里乌斯·林厄（Marius Linge）对伊斯兰讯息网的深入研究、布林贾·利亚（Brynjar Lia）对“先知的乌玛”组织的研究，以及托马斯·黑格尔默有关“圣战”文化和激进化的著作。

我还引用了布鲁金斯研究所、国王学院、奎利姆反恐怖主义研究基金会和战略对话研究所的研究报告。

艾莎母亲对此事件的反应来自挪威的《沃特陆》（*Vårt Land*）日报。关于哈吉·巴克的报道刊登在《明镜》（*Der Spiegel*）杂志上，阿布·穆罕默德·马克迪西与“伊斯兰国”的会谈记录发表在《卫报》（*The Guardian*）上。

没有这些人的贡献，就不会有这本书。我在这里对那些勇于阐述自己的观点并愿意拿出更多时间做进一步说明的人表示由衷的敬意和感谢。

我花了几天、几周甚至几个月的时间跟其中的一些人待在一起，而与另一些人则只是在网上聊聊天，或者做一次简短的采访。他们与我一起创作了本书中的人物、故事和场景。

我非常感谢所有与我交谈并对我的询问做出答复的人。

来自卑尔根大学的助理教授、阿拉伯语研究者伯尔尼·梅尔沃德（Pernille Myrvold）帮我翻译并转写了书中的阿拉伯语单词。同样，医学院学生瓦尔桑·伊斯梅尔（Warsan Ismael）在索马里语单词和短语方面提供了帮助。

我感谢那些为我发掘素材的人。纳赛尔·韦德多迪（Nasser Weddady）找到了“胜利阵线”那两名战士描写姐妹俩故事的文章，历史学家托雷·马吕斯·洛伊登（Tore Marius Løiten）提供了相关文章和研究材料。在贝鲁姆郡工作的伊赫拉克·尚根据他在工作中与当地青年打交道的经历，给我提供了研究激进化的有趣视角。我也感谢姐妹俩的朋友，以及多恩斯基中学、内斯布鲁中学和鲁德中学的教师和校长与我分享对姐妹俩的了解。

我感谢施蒂瑞克·詹森和维斯勒米·赫维德斯汀两年来的合作。我们分享发现的材料，讨论彼此正在进行的项目。

作家特鲁德·马斯坦（Trude Marstein）修饰了本书的文字，卡吉出版社总编图瓦·埃贝克·塞勒姆（Tura Ørbeck Sørheim）也对本书的出版做出了很大的贡献。

感谢出版总监安妮·贾萨格（Anna Gaathaug）安排我与萨迪克·朱玛会面。感谢出版人埃尔林·卡吉（Erling Kagge）自始至终对本书的关心。对于本书的英文版，我要感谢翻译肖恩·金塞拉（Seán Kinsella）和编辑亚历克斯·斯塔尔（Alex Star），他们为把本书翻译成英文付出了艰辛的劳动。

把一个故事变成一本书并不容易。整个过程中需要做出许多选择，许多结论需要再三考虑。这本书中，我认为最需要解答的一个问题是：到底是什么原因致使两个志向远大、成绩优良、幼年从战祸中逃离出来的女孩奋不顾身地重赴战区，心甘情愿地臣服于“伊斯兰国”严酷的统治之下？

本书的写作过程中，Manifest智库的凯瑟琳·桑内斯（Cathrine Sandnes）与我一起讨论了许多细节，并帮助整理了本书的原稿。最后，我要感谢编辑阿斯拉克·诺尔（Aslak Nore），他深入研究了这个课题，并用渊博的知识和极大的热情帮助我解决书中遇到的各类问题。

我们还一起商讨了讲述这个故事的最佳方式。

当然，最值得感谢的是两个人：萨迪克和萨拉。

挪威大约有90个家庭的孩子去了叙利亚。在这90对父母中，只有少数几对自告奋勇地站出来，其余的人大都保持沉默。原因可能有很多，或是为了保护他们自己，或是为了保护他们的孩子。他们也许是希望有一天他们的孩子回来后，可以不用背着“圣战者”的标签，能够继续以前的生活。

萨拉和萨迪克遭遇了父母所能经历的最糟糕的事情：孩子离家出走，不愿再回来。他们邀请我去他们在贝鲁姆和索马里的家。此外，我还和萨迪克一起去过哈塔伊。

界限由他们自己来定，公开多少信息也由他们说了算。他们读过本书的定稿，萨拉是由翻译读给她听的。他们有机会改正书中的错误。根据事先的协议，他们不能纠正或更改别人对他们女儿的看法。从这个角度来说，所有素材都有独立的来源，并经过了反复对比、校正。

萨拉和萨迪克允许我研究他们家实时发生的事情，我深感荣幸。本书正是围绕“女儿们为什么要离家出走？”这一问题展开，涵盖了我能搜集到的与这一问题紧密相关的所有内容。

没有萨迪克和萨拉的勇气，就不会有本书的出版。

奥斯娜·塞尼斯塔

2016 年 10 月 4 日于奥斯陆